广视角・全方位・多品种

权威 · 前沿 · 原创

日本蓝皮书

BLUE BOOK
OF JAPAN

日本发展报告
（2011）

中华日本学会
中国社会科学院日本研究所
主　编／李　薇
副主编／高　洪　林　昶

ANNUAL REPORT ON DEVELOPMENT OF JAPAN
(2011)

社会科学文献出版社
SOCIAL SCIENCES ACADEMIC PRESS (CHINA)

法律声明

　　"皮书系列"（含蓝皮书、绿皮书、黄皮书）为社会科学文献出版社按年份出版的品牌图书。社会科学文献出版社拥有该系列图书的专有出版权和网络传播权，其 LOGO（　）与"经济蓝皮书"、"社会蓝皮书"等皮书名称已在中华人民共和国工商行政管理总局商标局登记注册，社会科学文献出版社合法拥有其商标专用权，任何复制、模仿或以其他方式侵害（　）和"经济蓝皮书"、"社会蓝皮书"等皮书名称商标专有权及其外观设计的行为均属于侵权行为，社会科学文献出版社将采取法律手段追究其法律责任，维护合法权益。

　　欢迎社会各界人士对侵犯社会科学文献出版社上述权利的违法行为进行举报。电话：010 - 59367121。

社会科学文献出版社

法律顾问：北京市大成律师事务所

日本蓝皮书编委会

主　编 李　薇

副主编 高　洪　林　昶

编　委（按姓氏笔画为序）

王　伟　吕耀东　李　薇　张季风

林　肖　林　昶　高　洪　韩铁英

主要编撰者简介

李　薇　女，北京市人，法学博士，中国社会科学院日本研究所研究员、所长，中国社会科学院研究生院教授、博士研究生指导教师。毕业于中国社会科学院研究生院法学系民法专业。兼任中华日本学会常务副会长，中国社会科学院法学研究所日本法、亚洲法研究中心秘书长，法学系教授。研究专业和方向为日本民法、日本经济。主要研究成果：《日本交通事故人身损害赔偿法律制度研究》（专著，1997）、《立法过程》（译著，1990）、《私人在法实现中的作用》（译著，2006）；发表的论文有《日本的不良债权和金融振兴综合政策》、《日本侵权行为法中的因果关系理论》、《〈东京高等法院裁定：民法第九百条违宪〉判例研究》、《日本中央银行法的修改》、《日本的财政重建》、《日本宏观经济政策的转换》、《日元贬值与对亚洲经济的影响》、《冲绳问题的复杂因素及其本质》等。

高　洪　男，辽宁沈阳人，哲学博士，中国社会科学院日本研究所研究员、副所长，中国社会科学院研究生院教授、博士研究生指导教师。毕业于中国社会科学院研究生院宗教系。兼任中华日本学会秘书长及常务理事、中国中日关系史学会常务理事、中国日本史学会常务理事。研究专业和方向为日本政治及中日关系。主要研究成果：《日本当代佛教与政治》（专著，1995）、《日本政党制度论纲》（专著，2004）、《日本文明》（合著，1999）、《樱花之国》（合著，2002）、《日本政府与政治》（合著，2002）、《新时代尖端产业》（译著，1987）、《科技六法全书》（合译，1988），以及涉及日本政治与中日关系的学术论文、研究报告近百篇。

刘江永　男，北京市人，法学博士，清华大学当代国际问题研究院副院长、教授、博士研究生指导教师。毕业于北京外国语大学日语专业，后进入中国现代国际关系研究所，获该所法学硕士后赴日本早稻田大学读博士课程，因单位工作需要辍学回国。获清华大学法学博士学位。担任中日友好21世纪委员会中方委员、中国国际关系学会常务理事、中华日本学会常务理事、教育部日本问题专家组成员等。研究专业和方向为大国关系、中国的国际战略、国家安全理论、国际政治与经济、日本与东亚地区。主要研究成果:《彷徨中的日本》(专著,2001)、《中国与日本:变化中的"政冷经热"关系》(专著,2006)、《跨世纪的日本——政治、经济、外交新趋势》(主编,1995)、《论钓鱼岛的主权归属问题》、《日本的股份公司制度》(编译)等。

张季风 男,吉林伊通人,经济学博士,中国社会科学院日本研究所研究员、经济研究室主任、硕士研究生指导教师,全国日本经济学会秘书长兼常务理事。毕业于东北师范大学外语系,获东北师范大学日本研究所硕士学位、日本东北大学经济学博士学位。研究专业和方向为日本经济、中日经济关系和区域经济。主要研究成果:《日本国土综合开发论》(专著,2004)、《挣脱萧条:1990~2006年的日本经济》(专著,2006)、《中日友好交流三十年(经济卷)》(主编,2008)、《日本经济蓝皮书:日本经济与中日经贸关系发展报告(2009)》(副主编,2009)、《日本经济蓝皮书:日本经济与中日经贸关系发展报告(2010)》(副主编,2010)、《日本经济概论》(主编,2009),以及有关日本经济与中日经济关系的论文百余篇。

吕耀东 男,山西人,法学博士,中国社会科学院日本研究所研究员、外交研究室主任、硕士研究生指导教师。先后获得山西师范大学法学学士学位、北京师范大学历史学硕士学位、北京大学法学博士学位、吉林大学政治学理论博士后国家一等资助。兼任中国社会科学院青年人文社会科学研究中心常务理事、日本研究所中日关系研究中心副主任。研究专业和方向为日本政治、外交及大国关系、当代日本外交政策与外交战略、东亚的冲突与合作等。主要研究成果:《冷战后日本的总体保守化》(专著,2005)、《中国和平发展与日本外交战略》(专著,2010)、《21世纪的中日关系》(合著,2003)、《21世纪初期日本的东亚政策》(合著,2010);发表的论文有《构建和谐世界与中日关系》、《洞爷湖八国峰会与日本外交战略意图》、《试析日本的环境外交理念及取向》、《从福田访华看中日关系发展前景》、《日本福田内阁的内政外交走向》、《美日同盟的发展轨迹探讨》、《试析日本民族保守主义及其特性》、《舆论中的中日关系：症结与分析》等五十余篇。

王　伟　男，吉林梅河口人，中国社会科学院日本研究所研究员、社会研究室主任、硕士研究生指导教师，中华日本学会常务理事。毕业于日本创价大学文学部社会学专业。曾任日本东京大学、成城大学、东京都立大学客座研究员。研究专业和方向为日本社会。主要研究成果：《日本青年剪影》（合著，1990）、《第四次中日青年论坛——转型中的中国与日本》（合编，2000）、《世界中的日本文化——摩擦与融合》（合编，2004）。参加了《日本社会解读》、《日本的社会思潮与国民情绪》、《21世纪日本沉浮辨》、《世纪之交的城乡家庭》、《一笔难画日本人》、《现代中国家庭的变化与适应策略》（日文）、《国外社会福利制度》等书的撰写。发表的论文有《战后日本的社会阶层与政治意识》、《战后日本家庭变化》、《日本人口结构变化及其对日本社会的影响》、《多样化居住形态中的老人赡养》、《日本家庭养老模式的转变》、《日本社会保障的课题与改革的深化》等数十篇。

林　昶　男，北京市人，中国社会科学院日本研究所《日本学刊》副主编、副编审、编辑部主任，中华日本学会编辑出版部主任，世界知识出版社、北京大学出版社特约编辑。毕业于中国社会科学院研究生院日本系日本文化专业在职硕士研究生班。曾受聘北京日本学研究中心客座研究员。研究专业和方向为日本文化。主要研究成果：《中国的日本研究杂志史》（专著，2001）、《中日关系报告》（合著，2007）、《中日农村经济组织比较》（合著，1997）、《何方集》（选编，2001）、《宦乡集》（选编，2002）、《何方谈史忆人》（选编，2010），以及《中国的日本研究》（1997）、《中国的东北亚研究》（2000）、《中日青年论坛》（1998～2003）、《21世纪的日本》（2000～2004）、《日本发展报告》（2002～2010）等工具书、丛书的副主编。

中文摘要

本书由中华日本学会、中国社会科学院日本研究所与社会科学文献出版社合作推出，是来自中国社会科学院、中共中央党校、清华大学、国际关系学院等科研机构和高校的日本问题专家共同完成的研究成果。

本书抓住 2010 年以来日本的政治、外交、安全、经济、社会文化等领域中的突出变化，尤其是中日关系的最新动态，对今天的日本作了较为全面、深入的总体分析，并在这一基础上对其未来发展作了展望。书中还收录了 2010 年日本大事记。

2010 年的日本政治经历了更换首相、参议院选举、执政党党首选举等重大变故。民主党政权从上台之初的理想主义口号回落到应对实际问题的现实当中。但由于菅直人联合政府在政治目标、政策能力等方面的缺失或不当，现政权的"政治主导"受到多方质疑。在安全战略方面，由菅直人领导的联合政府修正了鸠山执政时期的做法，一方面表现出对美外交的倾斜、日美同盟的修复与强化，同时在对华外交方面采取了强硬态度以及对华安全战略的防范态势。由于 2010 年构成整个东亚地区局势变动的最大因素是中国继续崛起和美国战略重心的重返亚洲，日本调整了外交和安全两大战略，普天间机场搬迁问题和钓鱼岛冲突问题以及新《防卫计划大纲》的出台，都与执政党对"中国因素"、"美国因素"的认识密切相关。

2010 年是中日关系的紧张之年。9 月 7 日的"钓鱼岛事件"激发了中日之间的矛盾。日方依照日本国内法拘留中国船长的处理方式打破了此前中日双方在处理钓鱼岛突发事件上的默契和常态；日方有关钓鱼岛主权的"根据"，牵扯出如何认识中日之间在邦交正常化时两国领导人关于钓鱼岛的约定和如何认识中日近代历史等重大问题；中日双方在钓鱼岛和东海划界问题上存在主权争议，而双方在主权争议等敏感问题的处理上缺少战略互信和协调处理机制，是导致双边关系脆弱和瞬间恶化的基本原因。

2010 年日本经济呈稳步回升趋势。根据 2011 年 1 月国际货币基金组织公布的最新预测，2010 年日本实际 GDP 增长率为 4.3%，居西方主要发达国家之首。日本经济恢复增长的主要原因有二：一是在新兴国家需求增加背景下，受国际金融危机影响大幅下滑的出口反弹回升；二是国内经济刺激政策对内需的拉动。但是，在日元急速升值、欧美经济减速以及国内耐用品消费刺激政策到期等因素作用下，2010 年第四季度起经济增长势头受阻。面对通货紧缩、财政重建和经济增长等中长期课题，日本政府和央行继续推行积极、宽松的宏观经济政策。

日本社会低出生率和老龄化的人口结构的变化，是制约今后日本经济发展的首要因素。这一因素投射到社会领域，突出表现为 2010 年爆发的"大相扑丑闻"与"百岁老人失踪"两大社会事件，给日本国民心态留下了深刻烙印，不仅影响日本人的价值观、生活方式和国民意识，也对他们的日常行为产生了很大的负面影响，有时甚至影响到日本的国际立场。

进入 2011 年，菅直人政府面临着多重"难关"。民主党执掌政权后迅速丧失革新的冲动，回归日本传统政治的老路。在外交安全方面，从新自由主义"国际制度论"和"集体安全论"以及"东亚共同体主张"，回归到冷战结束以来的国际地缘政治的新现实主义。在经济方面，借亚洲经济高速增长和全球经济温和复苏之力，日本经济保持温和增长。但日本经济依然缺乏动力，日本财政状况的持续恶化，已经形成对日本经济新的严重威胁。

从总体上看，今后日本"总体保守化"的政治生态不会发生变化，政坛将持续动荡。外交和安全方面将延续新现实主义的政策，但对华政策将出现一定的调整。日本经济将延续危机后的缓慢增长周期，但是外部条件的变化和财政状况的进一步恶化可能对日本经济造成冲击。尤其是 2011 年 3 月 11 日东北沿岸突发 9.0 级大地震后，强震、海啸与次生的核电危机灾难叠加在一起，使日本社会在经济、政治上受到前所未有的挑战和考验。震后的经济重建，以及重塑日本政治、安全、外交秩序，将是民主党政权在 2011 年中无法回避的使命和责任。

Abstract

The Japan Blue Book is jointly published by the Institute of Japanese Studies of CASS, and the Social Sciences Academy Press. It is written by the experts specializing in Japanese studies from CASS, Party School of the CPC , Tsinghua University, Institute of International Relations and other research institutions and universities as well.

By grasping the outstanding changes of Japan's politics, diplomacy, security, economy, society and culture in 2010, especially the latest development of Sino-Japan relations, this book does have a comprehensive and in-depth review and analysis of the overall situation and illuminating prospects of Japan's future trends. Japan's major events in 2010 are also included in this book.

Japan's politics in 2010 witnessed replacement of Prime Minister, Senate election, party leader election of the ruling party and other major changes. The Democratic Party held up the idealism slogan coming into power, and then it had to face reality to deal with practical problems. However, due to Naoto Kan coalition government's inadequacy and improperness in its political objectives and its policies, the current "Politics-led" regime has been questioned from all sides. In security strategy, Naoto Kan administration revised the policies in the reign of Hatoyama regime, demonstrating a strong incline toward the US, and making efforts to repair and strengthen Japan-US alliance, at the same time, holding a tough line and defense posture against China. In face of continuous rising of China and American strategy center back to Asia as the biggest factors resulting in the changes of East Asia in 2010, Japan readjusted its diplomacy and security strategy. Actually, it is acknowledgement of Chinese factor and the US factor by the government that lead to the relocation of Futenma Air Station, the Diaoyu Islands conflicts and the new "National Defense Outline".

The Sino-Japan relations were in tension in 2010. The "Diaoyu Islands Incident" on the Sep. 7th sparked the dispute between China and Japan. Japanese detention of Chinese fishing boat captain in line with its domestic law broke the previous mutual understanding and changed the normal approaching dealing with the Diaoyu Islands emergencies. Japan's legal foundations over the Diaoyu Islands sovereignty involve in many a big question such as how to understand the agreement reached by the former leaders of both sides in their efforts to normalize Sino-Japan relations in 1970s, and how to think about Sino-Japan modern history. There are sovereignty disputes over Diaoyu Islands and demarcation of East China Sea between China and Japan. However, lack of strategic mutual-confidence and coordination mechanism handling the sensitive issues such as disputes over sovereignty is the basic reason causing the bilateral relations fragile and capricious.

Japan's economy in 2010 showed a steady rising trend. According to the latest forecast published by the International Monetary Fund in January 2011, the real GDP growth rate of Japan in 2010 was 4.3%, ranking first in the major Western countries. There are two main reasons that caused Japan's economy return to growth. Firstly, under the circumstance of the increasing demand of the emerging countries, Japan's decreased exports due to the international financial crisis rebounded sharply. Secondly, Japan's policies on stimulating the domestic economy drove up the domestic demand. However, due to the rapid appreciation of Japanese Yen, the economic slowdown in European and American countries and ending of domestic stimulating consumption policies, Japan's economic growth was hampered in the fourth quarter of 2010. Facing the long-term issues such as deflation, financial reconstruction and economic growth, etc., Japanese government and the Central Bank continued to carry out active and liberal macroeconomic policies.

Japan's population structural change with low birth rate and rising number of aging people is a primary factor restraining its further economic growth in the future. This factor also influences the social life, which is highlighted in the tow social events in 2010: "big sumo scandal" and "the centenarians missing". The two events left deep impression upon Japanese people's mentality, which may not only change Japanese values, lifestyles and national consciousness, but also may have a significant negative impact on their daily behavior, to some extent may affect Japan's international position.

After entering 2011, Naoto Kan regime is facing multiple difficulties. The Democratic Party lost the revolutionary impulse rapidly after taking power and returned to the old traditional Japanese politics. From the viewpoint of the diplomacy and security, Japan returned to the new realism of international geopolitics after the Cold War instead of the new liberal "International System", "Collective Security Theory" and "East Asian Community Idea". As to the economy, relying on the Asian economic growth and the modest recovery of global economy, Japan's economy has maintained moderate growth. However, Japan's economy still lacks momentum, the financial situation is further deteriorating, which has formed a new and serious threat to Japan's economy.

Generally speaking, the "General Conservative" political environment of Japan will not change, the political instability will continue in the future. It's new realism of diplomatic and security policy will continue, but its policy toward China will have a certain adjustment. Japan's economy will continue the cycle of slow growth after the crisis, but the changes of external conditions and further deterioration of the financial situation will impact the Japanese economy.

Even worse, hit by the magnitude 9.0 earthquake off the eastern coast of Japan on March 11, 2011, with earthquake-induced tsunami and nuclear power crisis coming together, Japan will face unprecedented test socially, economically and politically as well. To rebuild Japan's economy and reshape its political security order after the earthquake is an inevitable responsibility for the current Democratic Party administration during 2011.

目 录

B I 总报告

B.1 2010 年日本形势回顾与展望 ………………………… 李 薇 / 001

B II 政治安全篇

B.2 参议院选举对日本政局的影响 ………………… 高 洪 何晓松 / 023

B.3 民主党代表选举与菅直人政权 ………………… 林晓光 周 彦 / 042

B.4 日本民主党安全战略 ………………………………… 杨伯江 / 059

B.5 日本新《防卫计划大纲》评析 …………………………… 吴怀中 / 073

B III 外交关系篇

B.6 波澜起伏的 2010 年中日关系 …………………………… 刘江永 / 088

B.7 日美关系调整下的东北亚危局 …………………………… 吕耀东 / 115

B.8 日本与东盟国家关系新动向 ……………………………… 白如纯 / 129

B IV 经济社会文化篇

B.9 2010 年经济走势分析 …………………………………… 张季风 / 141

B.10 2010 年日本产业动向 …………………………………… 胡欣欣 / 157

B.11 社会保障课题及改革走向 …………………………………… 王　伟 / 174

B.12 由社会热点问题解析"国民心态" ………………………… 范作申 / 186

B Ⅴ　钓鱼岛专题篇

B.13 钓鱼岛的主权归属问题 ………………………………… 刘江永 / 199

B.14 "钓鱼岛事件"与民主党政府的对华外交 ……………… 张　勇 / 229

B Ⅵ　附录

B.15 2010 年日本大事记 ………………………………………… 朱　明 / 241

皮书数据库阅读**使用指南**

CONTENTS

Ⅰ General Report

Ⅰ.1 Retrospect and Prospect of Japan in 2010   *Li Wei* / 001

Ⅱ Politics and Security

Ⅰ.2 The Impact of Senate Election on Japan's Politics   *Gao Hong, He Xiaosong* / 023

Ⅰ.3 The Democratic Party Delegate Selection and the Naoto
Kan Regime   *Lin Xiaoguang, Zhou Yan* / 042

Ⅰ.4 The Security Strategy of the Democratic Party of Japan   *Yang Bojiang* / 059

Ⅰ.5 Review on Japan's new "National Defense Program Outline"
    Wu Huaizhong / 073

Ⅲ Foreign Relations

Ⅰ.6 Sino-Japanese Relations in 2010: Ups and Downs   *Liu Jiangyong* / 088

Ⅰ.7 The Crisis of Northeast Asia under the Adjustment
of Japan-US Relations   *Lv Yaodong* / 115

Ⅰ.8 New Trends of Japan's Relations with ASEAN Countries   *Bai Ruchun* / 129

日本蓝皮书

B IV Economy, Society and Culture

B.9   Analysis on Japan's Economic Trends in 2010   *Zhang Jifeng* / 141

B.10 Japan's Industry Trends in 2010   *Hu Xinxin* / 157

B.11 Issues and Reform Trends of Social Security   *Wang Wei* / 174

B.12 Analysis on the "National Mood" from Hot Social Issues *Fan Zuoshen* / 186

B V   Special Topi: Diaoyu Islands

B.13 The Sovereignty Disputes over Diaoyu Islands   *Liu Jiangyong* / 199

B.14 "Diaoyu Islands Incident" and Japan's Diplomacy of Democratic
      Party Regime toward China   *Zhang Yong* / 229

B VI   Appendix

B.15 Japan's Major Events in 2010   *Zhu Ming* / 241

总 报 告

General Report

B.1

2010 年日本形势回顾与展望

李 薇[*]

摘 要：2010 年，日本民主党执掌政权后迅速丧失革新的冲动，回归日本传统政治的老路。在外交安全方面，从新自由主义"国际制度论"和"集体安全论"以及"东亚共同体主张"，回归到冷战结束以来的国际地缘政治的新现实主义。在经济方面，借亚洲经济高速增长和全球经济温和复苏之力，日本经济保持温和增长。但日本经济依然缺乏动力，日本财政状况的持续恶化，已经对日本经济形成新的严重威胁。2011 年，日本"总体保守化"的政治生态不会发生变化，政坛将持续动荡；外交和安全方面将延续新现实主义的政策，但对华政策将出现一定的调整；日本经济将延续危机后的缓慢增长周期，但是外部条件的变化和财政状况的进一步恶化可能对日本经济造成冲击。

关键词：民主党政权 战略调整 财政与人口问题

* 李薇，法学博士，中国社会科学院日本研究所所长、研究员、博士研究生导师，兼任中华日本学会常务副会长，研究领域为日本民商法、中日关系。

一 "政治主导"局面动荡

2010 年的日本政治并未因 2009 年的政权更迭而出现稳定局面,新政权经历了更换首相、参院选举失败、党首选举的"内战",面临的是党内政治的对立和民意的下降。民主党政权从上台之初的理想主义口号回落到应对实际问题的现实当中,由于在目标、政策、能力等方面的缺失或不当,现政权的"政治主导"受到多方质疑。

(一)发展目标缺失

2009 年 8 月,有媒体对自民党政权"走到尽头"的政治原因作了如下分析:首先,在冷战结束后未能重新确定外交和经济社会发展的新理念、新政策;其次,越来越把目标锁定在维持政权上;再次,在党建方面未能适应 1994 年实行的小选举区制度。[①] 在 2010 年,同样的问题被上台不久的民主党政权重复。前后两党都以掌握政权为目标、以迎合选票为要义,反映了日本社会的政治生态,即没有任何一个政党能够为进入后工业化发展阶段的日本指出方向、阶段性目标和切合实际的政策。

与执政后期的自民党政权相同,拿不出目标定位的无政治状态是 2010 年民主党的致命伤。第一任首相鸠山由纪夫及其智囊精英曾经对政治抱负给出了十分理想主义的归纳:在政治上"脱官僚主义",实现"政治主导",走向成熟民主国家;在经济上"脱物质主义",与新自由主义经济划清界限,实现"民生第一"的经济转型;在外交上"脱冷战主义",重新审视日美同盟,发展多边平衡外交,构建"东亚共同体"。[②] 在鸠山任首相的最初几个月,确实给日本国内外留下一种全新的印象。但是,鸠山的理想主义目标既不代表执政党全党一致的政治选择,更没有形成国内多数政治精英的基本共识,只是鸠山由纪夫及其身边政治家、学者对今后国家发展方向的思考,不属于国内政治主流。民主党政权的第

---

① 参见 2009 年 9 月 12 日〔日〕《东洋经济》周刊朝日新闻编委星浩的文章。
② "脱官僚主义"、"脱物质主义"、"脱冷战主义"引自日本政治学会会长山口二郎教授 2009 年 10 月 29 日在出席韩国东北亚研究财团国际会议时的发言。

二任首相菅直人基本收回了鸠山的理想主义口号，回归现实主义立场，在政策主张上有较强的"市民型保守"① 色彩，与政权更迭前的自民党政权相比并无新意，仍旧未能对日本经济社会发展目标和路径提出明确的思路。

（二） 执政经验不足

新政府在政权运营上未能立即实现从在野走向执政的角色转换，仍旧带有"讲话缺乏深思熟虑，不需要胜算的可能，最终不了了之"的在野党特点。② 在执政后立即实行的"脱官僚"、"挪基地"和"晒预算"等各项新政中，③ 暴露出执政经验不足的特点，虽然各项新政都具一定合理性，却收效甚微，与其初衷相去甚远。

"脱官僚"的目的是打破长期以来各省厅的纵向权力割据。但是，从"官僚主导"向"政治主导"的转变需要明确的政治意志与富有经验的操作能力，绝非简单切断官僚在决策中的话语权或成立一个"国家战略室"所能实现的。民主党采取的措施之一是"政务三领导"④ 会议取代事务次官会议⑤，这个做法使得政治家与省厅操作层面的信息被阻断，决策缺少了事前沟通渠道，导致国家机构行政能力萎缩。⑥ 因此，菅直人内阁决定自 2011 年起邀请事务次官列席"政务三领导会议"。

"挪基地"的最初设想已经从"县外"转回到"县内"原点。由于在竞选时曾经承诺将普天间机场转移到冲绳之外，鸠山由纪夫就任首相后不得不向美方提出修改普天间搬迁协议的要求，同时在冲绳之外寻找能够接收普天间机场的地方。鸠山的本意是希望驻日美军撤离日本，因此"至少搬到县外"的要求已经是与美方各退一步的折中。但是，不仅美国容不得鸠山的"离心离德"，也没有

① 前首相中曾根康弘语，参见 2010 年 9 月 18 日〔日〕《日本经济新闻》。
② 2010 年 4 月 20 日〔日〕《朝日新闻》社论。
③ 《国际先驱导报》记者郭一娜将"新政"归纳为"脱官僚"、"晒预算"、"解密约"，本文对其归纳有所调整。
④ "政务三领导"的日文原文为"政务三役"，指大臣、副大臣、大臣政务官，均由国会议员担任。
⑤ "事务次官"是文官官僚的最高级别为副部级，协助大臣主管日常业务；事务次官会议已经有123 年传统。
⑥ 政务官架空事务次官导致行政程序发生混乱，参见 2010 年 1 月 5 日〔日〕《日本经济新闻》，《鸠山政权研究（1）》。

任何"县外"愿意接收。"挪基地"计划以回归协议原点、社民党脱离联合政权和鸠山辞职而告终。

"晒预算"的目的是减少政府开支,减轻预算压力。这是执政党在审定国家预算上首次尝试把各个政府部门编制的预算展示到公众面前,在行政革新大臣的主持下,由政府官员和民间人士在一定时间内重新进行审核,对可能出现浪费的项目预算采取取消或削减的措施。由于许多预算是过去项目的续拨款,并且涉及中央与地方的关系,在尚未重新确定中央与地方财权、事权的分工之前,削减项目预算对于新政权来说实属不易。启动于 2009 年底的"晒预算",雷声大雨点小,真正削减的项目和节省的经费不多,并未达到缓解财政压力的效果。① 因此,调整中央与地方财权事权的地方自治改革方案已经出台,根据该方案,首先将对各省厅分头下拨各类补助资金的做法进行改革,拟在统一核算统一下拨的同时,扩大地方政府的事权财权,并以此杜绝项目腐败并减少项目浪费。②

从 2010 财年起,民主党政权必须履行上台前的一些承诺,如对儿童家庭的补贴、汽油税的废除、对农户的直接补贴、高速公路免费等。这些政策虽取悦于民,但对财政造成新的压力,因此在放出补贴的同时,不得不在其他项目上收紧,对刺激消费没有明显的作用。而在另一方面,现政权又不得不调整承诺,例如在 2010 年的参院竞选纲领中已经收回了 2009 年众院竞选纲领中暂不提高消费税的承诺,在 2010 年降低企业税的同时已经为近期提高消费税做了舆论准备;在温室气体排放量的控制指标上,也因经济界的反对而收回 2009 年提出的量化标准。这些变化既是政权无奈,更是日本社会现实使然。

(三) 执政党内政治动荡

民主党利用求变的民意上台,却没有明确可行的方针政策出台,其自身的表现便随时可能成为支持率产生变数的因素。2010 年 6 月 2 日,鸠山首相和小泽干事长因政治资金问题,在舆论的压力下,为了挽救民主党的形象,也为 7 月的参议院半数选举失利负责,不得不宣布辞职。

政治资金问题一直是困扰日本政党政治的结构性问题,其背后映衬着日本政

① 第一次"晒预算"约 1 万亿日元,不足目标额的 1/3。
② 这项改革的名称为《地方主权战略大纲》,由财政学教授神野直彦主持。

治文化传统，即政治势力—竞选资历—资金后盾的链条带有强烈的江湖特色，政治首领需具备最基本的揽钱能力。鸠山由纪夫的资金管理团体"友爱政经恳谈会"在 2009 年底被查出造假账问题，以酒会收入记账"伪装"政治资金达 4 亿多日元，其中大约 3.5 亿来自于鸠山的母亲。鸠山前秘书因此在 2010 年 4 月被东京地方法院判处有期徒刑，而鸠山首相则因"没有证据参与其中"被免予起诉。无论是为了逃避遗产税或是利用家族财富参与政治，"不知情"的回应是鸠山 6 月 2 日宣布辞职的重要原因。① 小泽一郎同样对其秘书接受大型建筑公司西松建设的政治捐款并做假账②的行为表示"不知情"，对自己的政治资金管理团体"陆山会"买卖土地的 4 亿日元资金未入账也表示"不知情"，继辞去民主党党首职务之后再辞民主党干事长职务。按照日本刑事诉讼法，在检查委员会经两次审查并最终作出"应当起诉"的决定后，东京地方法院须启动对小泽的"强制起诉"程序。尽管有人认为检查委员会两次推翻检察厅"免予起诉"决定的背后存在着深层的国内外政治因素，但无可否认政治文化生态的弊端同样影响现政权的稳定。

如果说民主党的力量来自于鸠山由纪夫的资金后台、小泽一郎的政治操盘、菅直人的工会支持，那么"三驾马车"的解体预示着党内力量的分化和政治走向的变化，其政治意义已经超出朝野之间的政治较量。鸠山的理想主义口号虽然难以实现，但是代表着长期以来力图与美国实现平等地位的部分政治家的心声，也显示了探索冷战后日本国家发展新路径的愿望，他的下台意味着鸠山理想亦随之而去。而操盘手小泽的辞职以及与菅直人之间在党首选举"豪赌"中的失败，预示着民主党内部势力发生变化。社会运动家出身的菅直人既与鸠山的理想主义保持距离，更与小泽的"旧的政治文化"格格不入。从 2010 年 6 月 8 日组阁开始，经过 9 月 17 日党首选举后的内阁调整，到 2011 年 1 月 14 日的内阁再次调整，菅直人政权在人事安排和政策运营上逐渐实现了"去小泽化"。菅直人认为，由于小泽一郎前干事长掌握了党的"人事大权和财务大权"，形成了"双层权力结构"，因此在党和政府的权力中枢部门，必须坚决执

---

① 2010 年 8 月 30 日《21 世纪经济导报》登载了记者芮成钢对鸠山的采访，鸠山坦言，"政治献金问题恐怕还是我辞职的重要原因"。

② 从检方掌握的情况看，2003～2006 年间，小泽的首席秘书从西松领取了 2100 万日元的政治献金，并造假账规避检查。

行"去小泽化"路线。① 前首相中曾根康弘认为,菅直人内阁里虽然"没有了个性极端的捣蛋鬼",却显现出"市民型保守","有可能出现官僚主导型的特色",菅内阁"未能摆脱自民党内阁式的要素"。② 2010年底,菅直人的政治班底为了在国会顺利通过预算相关法案,把小泽推到了在野党面前,并意图顺势促其退党。在先党内后党外的斗争策略上,现政权也与自民党时代的政权表现相似,同是政治生态使然。

(四) 参院半数选举受挫

在2010年7月11日进行的日本参议院半数选举中,民主党仅获得44席,比选举前的54席减少12席,加上此次未参与半数选举的现有62席,民主党在参议院共拥有106席,未达参议院半数的121席。由于执政盟友国民新党未获议席,在没有任何新盟友参与联合执政的情况下,意味着执政的民主党提案将在参议院遭遇麻烦。对于民主党参议员选举失败的原因主要有两种分析:一种是从竞选技术角度看,认为小选区制度导致选票随舆论一边倒,民主党在同一选区确立复数候选人的做法导致投票分散以及未能主动争取无党派票等。另一种解释是从民主党执政能力角度看,认为首相在选举前贸然提出消费税的增税计划,导致大批中间选民倒向在野党阵营,而更深层的原因是执政的民主党并未显示出与自民党有何本质区别,使人对其执政能力表示怀疑。

从民调结果看,民众普遍认为提高消费税是无法避免的,因此选战失败的原因应当主要缘于民主党的执政能力未能给选民带来信心。菅直人上台后面临三个主要困难:鸠山和小泽的政治资金问题、普天间问题、财政赤字问题。在2010年6月11日的施政演说中,菅直人力图将国内视线引导到经济增长与改善财政上,他特别提到鸠山和小泽已经以辞职的方式"承担了责任","平息了事态";下一步是修复日美同盟关系,开展有责任感的外交;要继续推动民主党既定的行政改革,重建经济、财政和社会保障。在他的讲话中可以看出,政治资金问题已经由鸠山和小泽自负其责,而对外关系也已经明确了方针,当务之急就是如何解决最棘手的财政经济问题。民主党政权有充分的国内外理由将话题转移到健全财政上。在国际方面,

---

① 2010年9月17日〔日〕《每日新闻》。
② 2010年9月18日〔日〕《日本经济新闻》。

欧洲发生主权债务危机以及日本因国债对 GDP 之比过高而受到国际货币基金组织等机构的提醒；在国内方面，一改以往朝野在税改问题上的对立，主要三党在同一问题上思考方向一致。借助舆论对于回到了现实之中的菅内阁①给予较高的支持率②，本可以有效地把视线转移到财政问题上。遗憾的是，民主党政权仍旧没有给出明确的改革目标和到位的政策解释，因而给在野党留下了票箱的空间。

二 外交安全政策调整

2010 年的日本在安全战略方面进行了重大调整，主要表现在对美外交的倾斜、日美同盟的修复与强化、对华外交的强硬以及对华安全战略的防范。由于 2010 年构成整个东亚地区局势变动的最大因素是中国继续崛起和美国战略重心重返亚洲，日本外交和安全战略的调整基于对这两个因素的研判。因此，在分析 2010 年日本应对普天间机场搬迁问题和钓鱼岛冲突问题以及新《防卫计划大纲》的出台时，都应注意到日本对中国因素和美国因素的认识。

（一）修复并强化日美同盟

2010 年是日美关系小疏离大回调之年。6 月 2 日，前首相鸠山由纪夫在他的辞职讲话中说："我们必须追求由日本人自己来创造和平的那一天。我不认为继续依赖美国是好事。"③ 鸠山一语道破了普天间机场搬迁、冲绳美军基地乃至日美关系的实质——要不要继续维持日美同盟以及如何维持同盟。鸠山在上台之前的 2009 年 8 月 27 日曾经给美国《纽约时报》撰写文章《日本的新道路》，被美国人放大理解为日本要与美国拉开距离；鸠山在上台后的施政演说中提到"重视亚洲"和"紧密而对等的日美同盟"关系，投放出小泽一郎所说的日美中"等距离外交"信号；鸠山政权在涉及对美关系上做了三件令美国不快的事：停止海上自卫队对印度洋美军提供油料补给④，追查当年自民党政权与美军之间达

---

① 据悉，菅直人在 6 月竞选党首时寻求前原诚司的支持，前原提出了三个条件：消除小泽影响，掌握党内人事，重振日美外交关系。赞成此路线的人支持了菅直人。

② 2010 年 6 月 10 日〔日〕《读卖新闻》称，支持率上升到 64%。

③ 2010 年 6 月 2 日《参考资料》转载日本共同社的《鸠山讲话全文》。

④ 日本对印度洋美军的油料补给所依据的《新反恐特别措施法》2010 年 1 月 15 日到期，民主党决定不再延长该法律。

成的"核密约"①，提出普天间美军基地"至少迁至县外"，言外之意是最好迁至国外。"实现紧密而对等的日美同盟"是鸠山对日美关系的定位，这让美国人以为传统的日美同盟关系已经面临被调整的危险。鸠山请求美国重新商讨美军驻冲绳条款的直接结果却是他自己快速地、屈辱地辞职。其实，美国的战略精英早就注意到鸠山—小泽关于日美安保同盟的立场，鸠山的"常态下无美国驻军的安保"、小泽的"美国在远东的存在只要有第七舰队就够了"等言论，无不触动美国的战略神经，加深美国的战略疑虑。2008年12月约瑟夫·奈就早早地对当时还在野的民主党政要发出了警告。②

鸠山政权的外交调整意向干扰了美国的亚洲战略，而美国政府对鸠山政权的排斥也引起日本国内广泛的不安。2010年1月9日是《日美安全条约》修改50周年，在"天命之年"，日本各大媒体在美国媒体的驱动下展开有关日美同盟关系的讨论，"核密约"的曝光和普天间机场搬迁问题以及来自美国的公共外交攻势成为"安保论争"的驱动力。③ 这场论争实际上是一次对时代的再认识，也是一次对日本安全战略的再认识。"安保论争"持续了将近一年，虽然以新《防卫计划大纲》的出台暂告一段落，但仍旧余音未断。④

2010年7月以来，奉行新现实主义路线的菅直人内阁急于修复对美关系，在外交与安全事务上不断重复对美国的承诺，把周边外交的出发点定位于日美同

---

① 2009年12月底，"日美核密约"首次获得确认，密约原件在前首相佐藤荣作私宅现身，文件上有佐藤的签名，时间为1969年11月19日。这个文件的发现给至今被外务省否认的"核密约"的真实性提供了"决定性证据"。2010年3月9日，日本外务省向外务大臣提交了存在"核密约"的报告，该报告确认了三份密约，分别在1960年和1971年达成。

② 参见《日中、日美的明暗》，2009年12月24日〔日〕《日本经济新闻》。

③ 〔日〕《文艺春秋》2010年5月号刊登了比较典型的一次座谈纪要，关于日美同盟的必要性以及如何维持同盟关系，哈佛大学教授约瑟夫·奈认为，1995年，冷战后的日美同盟关系被定义为东亚太平洋地区的稳定剂，从那以后的日美同盟并非冷战的遗物，驻日美军如同日本为让美国履行防卫义务扣押的"人质"，同盟关系就好像呼吸的空气，当呼吸困难时才意识到不可或缺，日美需要共同搭建新构架，抑制中国，拉住中国；麻省理工学院教授约翰·道尔则认为，确认核密约的意义在于认识日美同盟中那些不透明的事情，这并不是过去的事情，屈从于日美同盟的日本外交是个悲剧，鸠山敢于说"不"的行为值得赞赏，但是日本今后面临领土争端，如果采取极端政策不利于地区稳定，日本如果试图与美国在军事上保持对等，只会造成邻国的恐慌，引发亚太地区的军备扩张。看得出美国需要日本也担心日本，而非真正的信任。

④ 2010年12月，日本出版文春新书《日美同盟VS中国、朝鲜》（春原刚、约瑟夫·奈、理查德·阿米蒂奇合著），这本篇幅不长的小开本对谈录通篇强调日美同盟对应对中国和朝鲜的重要性，上市一个月销售量超55万册，足见日美同盟话题仍旧是关注的焦点之一。

盟，在不断参与美国主导的军演的同时，与美国共同进行了史上规模最大的联合军演。美国方面，在 8 月 6 日的广岛和平纪念日之际，奥巴马派遣驻日大使鲁斯首次出席了该纪念仪式，美国希望通过此举向日本示好以加强美日同盟。双方相互给足了面子，以"最重要的同盟关系"走向更紧密的战略合作。但是，普天间问题仍旧是日美之间未解的难题。此前鸠山的失败证明，没有任何地方政府愿意接受普天间机场的搬迁，日本政府只能履行与美国既定的县内搬迁协议，而美国人也必须耐心等待。在 2010 年 1 月 24 日举行的冲绳县名护市市长选举中，反对普天间机场搬迁到该市的稻岭进当选；2010 年 11 月 29 日举行的冲绳县知事选举中，同样对县内搬迁持反对意见的仲井真弘多再次当选。这两个结果使得普天间机场搬迁计划的实现变得更加遥远。根据日美两国 2006 年达成的驻日美军重组计划和 2009 年 2 月日美两国达成的协议，只有在普天间机场搬迁基本完成后，8000 名海军陆战队队员才能转至关岛。面对冲绳的对抗和美方的压力，急于恢复日美同盟关系的菅直人政权只有一条出路，即采取对冲绳政治说服与经济补偿并用的一贯做法，以获得当地的理解与配合。①

（二）否认争议并误判对华关系

2010 年是中日关系的紧张之年，9 月 7 日的"钓鱼岛事件"激发了中日之间几乎所有的矛盾。日方依照日本国内法拘留中国船长的处理方式打破了此前中日双方在处理钓鱼岛突发事件上的默契和常态；日方有关钓鱼岛主权的"根据"，牵扯出如何认识中日之间在邦交正常化时两国领导人关于钓鱼岛的约定和如何认识中日近代史等重大问题；中日双方在船长的拘留—放还问题上僵持，影响了正常的民间交流与经贸关系；媒体的集中报道对社会大众发挥了重要的导向作用。所有这些都使得双边关系变得紧张和复杂。中日双方在钓鱼岛和东海划界问题上存在主权争议，而双方在主权争议等敏感问题的处理上缺少战略互信和协调处理机制，是导致双边关系脆弱和瞬间恶化的基本原因。

中日之间在钓鱼岛主权问题上存在争议是不争的事实，正因为如此，才有

---

① 2010 年 12 月 27 日菅直人政权与冲绳县就振兴冲绳进行具体磋商。因仲井真知事在基地搬迁问题上态度温和，政府承诺在 2011 财年内对冲绳县给予 320 亿日元的资金支持，因名护市稻岭市长态度一直强硬，政府没有对该市作任何表示。这是政府在冲绳问题上惯用的软硬两手。

1972 年邦交正常化时中国领导人与日本领导人之间关于该岛"搁置争议、共同开发"的默契原则。多年来，中日之间在钓鱼岛主权和东海划界争端以及历史认识等敏感问题的处理上，尽量采取谨慎的态度，不让突发事件影响两国关系的大局。鸠山—菅内阁均在参拜靖国神社问题上作出了维护大局的表态。但是，由于日本国内"总体保守化"的政治生态日趋严重，对中国经济快速崛起和军事发展的认识多为消极，新现实主义的"中国威胁论"迎合大多数人的心理，一旦出现偶发事件，可立即转化为外交安全危机。在此次事件的处理上，日本政府将强硬的对华外交作为国内政治筹码，将"政治主导"替代有效的外交途径和手段，在钓鱼岛主权问题上既不承认争议也不搁置争议，切断了共同开发的合作之路。

从应急处理的层面看，"钓鱼岛事件"的处理过程本身，有很多经验教训值得吸取。首先，政治领导人的外交引航作用至关重要，及时就突发事件进行沟通与协商，可以避免受情绪驱动的混战出现，也可以最大限度地减少对双方既已取得的外交成果所造成的伤害；其次，中日双方缺少对争议地区的共同管理机制和危机处理机制，如果建立了应对突发事件的机制并常态化运作，将会减少因冲突引起的不良后果。由于菅直人政府不承认钓鱼岛存在争议的事实，损害了两国领导人之间沟通的基础，阻碍了机制的建立。

从安全战略层面看，此次日本采取非常态处理方式，既反映出冷战结束后新现实主义对华安全政策的主导性思路的延续，也反映了现政权在对华安全战略上从鸠山政府的新自由主义向菅直人政府的新现实主义的回归。可以清楚地看到，2010年日本的对华关系与对美关系呈现同步的快速调整，菅直人政权执政以来，在日美同盟关系被重新定位于外交安全的"基轴"，战略信任加深，双边关系逐渐转暖的同时，日本将中国定位于"潜在威胁"，战略信任荡然无存，双边关系迅速转冷。从近一年来的日美双方著名战略家们就东亚战略安全所发表的文章中，可以发现凡是主张强化日美同盟关系的文章，大多是以防范中国、朝鲜为其论据的。① 中日关

---

① 2008～2010 年间约瑟夫·奈的文章和讲话最具代表性。2011 年 1 月 3 日〔日〕《读卖新闻》刊登了该报邀请约瑟夫·奈和外务事务次官薮中三十二进行的网络对谈，摘录如下。薮中："……日本人需要促成意识和态度发生大变革的刺激。"奈："中国自我主张的加强及朝鲜的威胁不就是刺激吗？""……2009 年秋民主党上台之初，曾经担心日本疏远美国，转而靠近中国，现在这种担忧似乎完全没有必要了。"

系随着日美同盟的强化而恶化，这是日本战略调整的结果。因此，可以说，对中国和美国以及中美关系的认知以及对地区形势的判断，是导致日本在钓鱼岛事件中采取了非常态的处理方式的主要原因。

中日关系的背后确因日美同盟关系的存在而受到美国因素的影响，但是日本在处理对华关系上忽视了一个事实，即尽管日本将本国外交的定位与日美同盟关系画上了等号，美日同盟关系却并不等同于美国外交的全部。在中日关系的背后同样也存在着中美关系因素，虽然中美关系是冲突与合作并存，但合作还是中美之间的主流。因此，中日关系并不等同于中国与日美同盟的关系，中美关系也不可能等同于中国与美日同盟的关系。如果日本把对华关系的基本定位置于日美同盟关系之中，中日之间的战略互惠关系就难以建立，战略互信也无从谈起。

（三）对华战略指向从"关注"到"担忧"

2010 年 12 月 17 日日本公布了新的《防卫计划大纲》和 2011～2015 年《中期防卫力量发展计划》。与 2004 年 12 月出台的旧《防卫计划大纲》相比，新《防卫计划大纲》在对中国军事力量发展的表述上，从"仍需加以关注"调整为"让地区和国际社会担忧"，反映出对中国的战略疑虑。与旧《中期防卫力量发展计划》相比，新《中期防卫力量发展计划》在"所需费用"上减少了 7500 亿日元军费开支，体现了要少花钱多办事的思想。新《防卫计划大纲》将过去的"基础性防卫"调整为"动态防卫"，意味着向新型作战模式的转变。新《防卫计划大纲》确认防卫的重点转向西南，加强监视和守护能力，明显有防范中国的意图。在装备上要增加舰艇数量并提高质量，削减陆上坦克和火炮数量等。

与过去强调在美军保护下"专守防卫"相比，新《防卫计划大纲》显示的趋势是，日本未来将进一步在日美同盟的框架下出动自卫队与美军并肩作战。这个调整符合日美双方的意愿。美国要想在东北亚借助朝鲜半岛危机构筑围堵中国的军事攻势，就必须有日本这个前线基地的存在，不仅是日本的地缘位置重要，日本的工业基础、制造能力、配套服务对于消耗量极大的现代战争强者美国也很重要，美国还需要日本继续分担军事基地的成本。日本借助美国高调、快速的重返亚洲战略，在防务上以中朝为对象，更加积极也更加外向。值得注意的是，虽然军费没有增加，但是战略调整的动向明显，对华防务质量和军事部署升级，围堵势头增大，中日海上军事冲突的风险增加。日本的战略调整显示出日本对中国军

事能力的过于夸大，对中国的战略疑虑日益加深。与此同时，日本多次督促美国作出日美安全条约适用于钓鱼岛的表态，在领土问题上显示出前所未有的强硬。①

中日之间日益紧密的经济联系并没有带动战略互信的加深，这既是近年双边关系的新特点，也是新问题。基本原因在于，从现实主义思维出发，会对相互依存中的"相对收益"与安全之间的关系得出这样的结论，即中国在经济相互依存中的"相对收益"大于日本，导致中国的国际政治权力和军事权力威胁日本；如果以扩大本国的相对权力为目标，国家间安全关系变成零和博弈；经济利益和安全利益呈现结构性矛盾。② 双方战略互信的缺失必然影响双方关系的稳定，外交上的突发事件也一定会对长期的经济合作带来负面影响。

日本对华心态的变化，是导致日本外交决策心理环境变化的重要因素。判断一个国家是否"威胁"，需要首先判断其是否有主观意愿和客观能力。中国在经济、军事、软实力上距离美国还有很长的路要走，距离日本能够保持 GDP 世界第二达 42 年之久，也还要经受 41 年的考验。中国在海洋发展实力、现有舰艇的高科技含量以及航母制造能力方面也比不上日本。军事发展越是处于"不透明"状态越容易引起外界的战略猜疑，因此，中日之间相互希望对方就军事现代化意图以及军费的增加采取更加公开、开放、透明的态度，这是一个合理的期待。军事上的双向开放与互信是推进中日战略互惠关系的基础。

随着美国加大向东亚地区驻军的力度，日本的战略调整也扩大到与周边国家的军事合作。特别值得注意的是，日本与韩国的军事关系变化。2010 年底，日韩双方分别以观察员身份参加了对方国家与美国举行的大型军事演习。2011 年 1 月 10 日日韩两国在强化彼此间的安全与防务合作，决定今后每年交替主办国防部长级和副部长级会谈，双方还就《相互提供物资劳务协定》和《军事情报保护协定》进行了磋商并达成共识。虽然日韩之间尚不可能组建军事同盟，但上述协定一旦签署，意味着军事合作的升级。日韩之间军事关系的变化是日韩两国借助"天安号事件"和"朝韩炮击事件"以及美国战略重心重返亚洲的机会，

---

① 日本担心美国在钓鱼岛问题上偏向中国，2010 年 8 月 16 日美国国务院主管公共事务的助理国务卿克劳利被问到美国之前关于钓鱼岛的立场时，在被追问的情况下表示："如果你今天问我条约是否适用于钓鱼岛，答案会是肯定的。"2010 年 9 月钓鱼岛事件发生后，日本再次要求希拉里表态；2011 年 1 月日本外相前原诚司访问美国时，再次求得美国的表态。

② 参见吴怀中《日本对华安全政策的理论分析》，《日本学刊》2010 年第 2 期。

为提高各自在东北亚军事格局中的"砝码"所采取的行动。东北亚各方加快军事实力建设的趋势，预示着东北亚军事格局的变化。

三 经济发展状况、中长期政策、长期性问题

2010 年日本经济呈稳步回升趋势。根据 2011 年 1 月国际货币基金组织公布的最新预测，2010 年日本实际 GDP 增长率为 4.3%，居西方七国之首。日本经济恢复增长的主要原因有二：一是在新兴国家需求增加背景下，受国际金融危机影响大幅下滑的出口反弹回升；二是国内经济刺激政策对内需的拉动。但是，在日元急速升值、欧美经济减速以及国内耐用品消费刺激政策到期等因素作用下，2010 年第四季度起经济增长势头受阻。面对通货紧缩、财政重建和经济增长等中长期课题，日本政府和央行继续推行积极、宽松的宏观经济政策。

（一）经济基本状况

日本经济在 2009 年春探底后从第二季度开始较快恢复，截至 2010 年第三季度，日本实际 GDP 连续四个季度保持正增长。实现增长的主要因素主要来自中国等亚洲国家的出口需求和日本国内刺激经济的政策效果。2010 年下半年，受外需下降以及部分对策性政策过期的影响，增长速度减慢，但全年仍实现持续温和增长。根据日本政府的预测，2010 财年（当年 4 月至次年 3 月）扣除物价因素后的实际 GDP 增长率为 3.1%，2011 财年预计为 1.5%。[1] 值得注意的是，日本经济的增长率虽然较低，却是在劳动人口减少的情况下取得的。2010 年日元升值创新高，虽然升值给出口企业带来冲击，但如果仅从汇率差价计算，日元升值对经济景气不会造成负面影响。[2] 2010 年以来出口强劲复苏，根据日本财务省统计，2010 年上半年出口同比平均增长率高达 38.3%，面向亚洲的出口增长幅

---

① 参见〔日〕首相官邸《2011 年度经济预测与经济财政运营的基本态度》，2011 年 1 月 24 日由内阁会议确定，http://www.kantei.go.jp/jp/kakugikettei/2011/0124mitoshi.pdf。

② 参见〔日〕日本瑞穗综合研究所编《解读日本经济的明天》，东洋经济新报社，2010，第 18 页。该报告指出，日本的出口以美元计价的约占一半，以日元计价的约占四成；进口中，以美元计价的约占七成。因此，至少从 2009 年的情况看，相对于出口来说，进口受汇率变动的影响更大。

度最大，其中对中国的出口增长47%。2010财年工矿业生产将达13.8%的正增长①；随着生产的扩大和企业效益的好转，设备投资也出现回升动向，据财务省法人企业统计，2010年第三季度企业设备投资与上年同比增长4.8%，结束了长达14个季度的连续负增长；企业经营收益在第一季度同比上升272.7%，第二季度同比上升125.9%，第三季度同比上升50.7%，回升速度在战后日本经济史上较为罕见。在政府各种扩大消费政策的刺激下，民间最终消费支出一改过去的负增长或零增长，呈现出上升趋势，2010年第一季度同比上升3.1%，第二季度同比上升1.6%，第三季度同比上升2.7%②，2010财年可能实现1.5%左右的正增长。

日元对美元的汇率在2010年7月之前的一年里大体维持在90日元左右的平稳状态。7月中旬呈现升值态势，8月12日升至83日元，9月至10月逼近80日元大关，虽然政府9月15日抛售1.5万亿日元进行了市场干预，但收效不大，直到2010年底，仍处于83日元左右的高位。据野村证券测算，日元兑美元汇率每升值1日元，日本400家主要企业在2010年度的利润将减少0.5%，并可能加剧通缩的蔓延。2010年以来失业率仍居高位，估计全年度的失业率约为5.0%。2009年度消费者价格指数仍为－1.6%，截至2010年10月，每月消费者价格指数同比一直为负增长，这说明通缩局面还没有得到有效控制。菅直人政府在提出的"三段式经济对策"和"应对日元升值、通货紧缩的紧急综合经济对策"中明确提出在2011年实现物价正增长的目标，但能否真正实现，只能拭目以待。

（二）短期中期经济政策

继2010年度92.3万亿日元大规模预算后，2010年底日本政府又推出追加预算以刺激经济；提交国会审议的2011年度预算92.4万亿日元为史上最大规模预算，其财源包括：税收40.9万亿日元、新增发国债44.3万亿日元，其他收入（特别会计结余，即所谓"埋藏金"）7.2万亿日元。2010年10月日本银行推出了"一揽子金融宽松政策"，其内容包括三个政策支柱：一是将基准利率目标由0.1%变更为0%～0.1%的目标区间，采取实质上的零利率政策；二是强化中长

---

① 参见〔日〕内阁府《关于2010年度经济走向》（内阁府年度中期测算），2010年6月22日。
② 〔日〕内阁府政策统括官室：《日本经济2010～2011——景气"再启动"的条件》，2010年12月。

期物价稳定基础上的政策期限效果，提出如果消费价格指数年比不超过 1%，零利率政策将继续维持；三是作为一项临时性应急措施，在日本银行资产负债表内设立资产购买基金，额度为 35 万亿日元，其中 30 万亿日元用于新型公开市场操作，5 万亿日元用于购买国债、公司债、商业票据和上市交易基金（ETF）、不动产投资信托基金（J－REIT）。日本银行首次进行金融实践，购买以降低风险溢价为目的的特定的风险性实物资产。

2010 年 9 月 10 日营内阁推出了《为实现新增长战略的"三段式经济对策"》，目标设定在 2011 年底，分三步展开。在第一阶段，针对目前日元升值和通缩状态，制定积极有效的紧急经济政策，投入 9150 亿日元，预计将带动 9.8 万亿日元规模的事业投资效果，解决 20 万人的就业，提升 GDP 增长 0.3 个百分点。① 第二阶段指机动应对景气和就业状况变化，对补充预算编制等进行灵活调整；据此在 10 月 8 日补充提出了"应对日元升值、通货紧缩的紧急综合经济对策"，主要包括扩大就业、刺激消费、育儿援助、社会保障和振兴地方经济等内容。该对策财政预算总投资约为 3.8 万亿日元，预计带来 19.8 万亿日元规模的事业投资效果，扩大就业 45 万 ~ 50 万人，拉动 GDP 增长 0.6 个百分点。② 第三阶段是从 2011 年起正式实施新增长战略。这是从 2008 年 8 月至 2010 年 12 月，为了应对国际金融危机，日本政府出台的第七次紧急经济对策。

2010 年 6 月 18 日内阁会议通过的《新经济增长战略》（2009 年底公布了该战略的基本框架）是日本到 2020 年的中长期经济政策的集大成，这标志着民主党政权的经济政策基本确立。该《新经济增长战略》基于如下危机意识：①日本经济持续低迷、通货紧缩、消费需求不足；②少子老龄化等经济社会环境变化；③亚洲新兴国家的崛起和国际竞争环境的变化；④环境能源的限度。提出了"强经济、强财政、强社保"的经济社会综合发展的口号，不再走"扩大公共投资"和"全面市场化"的道路，而走扩大需求、扩大就业的第三条道路。明确了中长期增长目标：到 2020 年要实现年平均名义 GDP 增长率为 3%、年平均实际 GDP 增长率为 2% 以上的正增长。还提出，到 2020 年，要在环境、健康、亚

---

① 参见〔日〕内阁府《为实现新增长战略的"三段式经济对策"》，2010 年 9 月 10 日内阁会议决定。

② 参见〔日〕内阁府《应对日元升值、通货紧缩的紧急综合经济对策》，2010 年 10 月 8 日内阁会议决定。

洲合作和旅游等四个领域创造出超过 123 万亿日元的需求，并且创造 499 万个就业机会，将失业率控制在 3% 左右。具体提出了绿色创新、生活创新、亚洲经济战略、旅游立国与振兴地区经济、科技 IT 立国、扩大就业和人才立国、金融立国等七大战略领域，欲通过实施 21 项国家战略项目（每一项都确定了实施时间表）来实现新经济增长目标。正式实施时间从 2011 年开始，即进入民主党政权提出的"三段式经济对策"的第三阶段。

（三）日本经济的长期性问题

1. 财政赤字问题

根据日本财务省统计，截至 2010 年 12 月末，包括国债、借款和短期政府债券在内的日本公共债务余额为 919.15 万亿日元，创历史新高，国民人均负债约721.6 万日元。[①] 2010 财年日本国家与地方长期债务总额预计将达到 869 万亿日元，与 GDP 之比高达 181%。2011 财年日本政府提出预算方案，将国家与地方长期债务总额提高至 892 万亿日元，占 GDP 的 184%。[②] 2011 财年 92.4 万亿日元规模的财政收入预算中，44.3 万亿日元要靠新发国债支撑，国债依存度达47.9%。扭转国家财政状况日趋恶化是日本政府的重要课题。在财政支出中，每年以 1 万亿日元增速持续增长的社保支出是最大的负担。为此，政府正在考虑提高消费税。目前日本的消费税率为 5%，与其他发达国家相比，还有较大的可提高余地。

2010 年 6 月 22 日，日本内阁公布了"财政运营战略"，该战略的目标是，在 2015 年将财政赤字减少为 2010 财年的一半，在 2020 年实现财政收支平衡。同日，政府的税制调查会发表了《税制改革讨论的中期报告》，指出，如果按照"慎重的估计"，即以 1% 名义增长率计算，并不能达到上述 2015 年的目标，差 5 万亿日元，也不能达到 2020 年的目标，差 22 万亿日元；如果按照"增长的估计"，即以 3% 名义增长（实质增长 2%）计算，要达到 2020 年目标还差 14 万亿日元。因此，即便能够实现 1% ~3% 的经济增长，仍不可避免地要提高消费税。

① 参见〔日〕财务省《国债、借款及政府债券统计》，2011 年 2 月 10 日，http://www.mof.go.jp/gbb/2212.htm。

② 参见〔日〕财务省主计局《我国财政情况》（2011 年度政府预算方案），http://www.mof.go.jp/seifuan23/yosan004.pdf。

如果以 10% 的消费税率计算，2020 年因税收可得 12 万亿日元收入，但距离财政平衡目标还差 10 万亿日元，因此，10% 的消费税率仍不足以为财政解困，消费税率需要提高到 10% 以上。

菅直人首相在一上台的 6 月 18 日就明确表示，愿意参考自民党提出的将消费税提高到 10% 的建议，制定超党派的税制改革法案。舆论给予了积极的评价。大和综合研究所理事长武藤敏郎认为，三大政党同时提出增税，是前所未有的超党派合作机会。① 经团联会长米仓弘昌认为，可把增加的税收作为特别目的税收，设立社保特别账户，专门用于健全社保，以应对每年增长 1 万亿日元社保需求的现状。② 2010 年 12 月 16 日菅直人内阁通过了 2011 年税制改革大纲。主要内容是，为了帮助企业走出困境以及保护就业，将法人实效税率下调 5%，预计企业整体将实现 5800 亿日元的实质性减税；为了重建财政以及缩小贫富差距，通过调整所得税和财产继承税，增加高收入者的税负，约可实现 5900 亿日元的税收。这项法案将提交国会审议。因面临国会对预算案的审议，该法案中虽然没有提及提高消费税的问题，但这只是整个税制改革的第一步，提高消费税已经成为政府的既定方针。

2. 人口结构对经济发展的制约问题

日本社会低出生率和老龄化的人口结构的变化是制约今后日本经济发展的首要因素。庆应大学深尾光洋教授指出，目前日本的劳动人口以每年 1% 的速度减少，对经济增长产生 0.7% 的负面影响，日本生产率的提高为 0.7%，故人口减少造成的经济影响与生产率的提高相抵。③ 劳动人口的减少使日本的潜在增长率从 20 世纪 80 年代的 4% 降至 2010 年代的 1% 左右④，如果人口结构进一步恶化，经济的潜在增长力将进一步下降。

1970 年 65 岁以上老人占总人口的 7%，1994 年达 14%，2007 年达 21%，根据日本内阁府发表的 2010 年版《老龄社会白皮书》⑤，截至 2009 年 10 月 1 日，65 岁以上老人占总人口的 22.7%。日本总务省于 2010 年 9 月发布的推测数

① 参见 2010 年 6 月 30 日〔日〕《日本经济新闻》。
② 参见 2010 年 7 月 1 日〔日〕《日本经济新闻》。
③ 参见 2010 年 9 月 6 日〔日〕《金融财政情况》周刊，第 10 页。
④ 参见日生基础研究所经济调查部长栌浩一《2010 年日本经济展望》，2010 年 1 月〔日〕《东洋经济统计月报》。
⑤ 〔日〕内阁府网页，http://www.8.cao.go.jp/kourei/whitepaper/w－2010/zenbun/pdf/1s1s_1.pdf。

据表明，截至 2010 年 9 月 15 日，日本 65 岁以上人口达 2944 万人，占总人口的比重达 23.1%。① 目前日本人的平均年龄为 45 岁，农业人口的平均年龄为 65.8 岁。②

低出生率和老龄人口的增多，必然导致日本老年赡养系数的上升。日本出生人数继续下降，根据厚生劳动省发布的推测数据，2010 年日本出生人数 107.1 万人，总和生育率为 1.37。③ 出生率的降低不仅提高了老龄人口在人口结构中的比例，而且导致了人口的减少。根据日本总务省发布的数据，截至 2010 年 7 月，日本总人口为 12745 万人，同比减少 10.7 万人，其中，日本人人口为 12576.6 万人，同比减少 8.1 万人。④ 日本人口已连续六年处于人口减少状态。

随着人口结构的变化，养老金、医疗、护理等日本社会保障方面的压力日益增大，社保支出正在以每年 1 万亿日元以上的速度增长。社会保障费用在日本财政预算中所占比例日益增高，财源不足，国债依存度越来越高。在 2010 财年预算中，日本社会保障费为 272686 亿日元，占一般会计支出预算的 29.5%，如果扣除国债、地方转移支付等支出，社会保障费在一般支出中则占 51.0%，是最多的支出项目。⑤ 在日本内阁于 2010 年 12 月 24 日通过的 2011 年度一般会计预算案当中，社会保障预算支出 287079 亿日元，比上年度增加 14393 亿日元，同比增长 5.3%。

民主党政权的基本思路是将税制改革与社保改革一体化进行。2010 年 12 月 6 日，民主党"税制与社会保障彻底改革调查会"的《中期报告》认为，要进行税制与社会保障一体化的改革，提高消费税是目前解决社保财源的现实办法，在未来社会保障的发展趋势与国民负担的关系上，还需要努力争得国民的理解。⑥ 12 月 10 日民主党的《关于社会保障改革有识之士研究会报告——面向安

① 参见《65 岁以上人口达历史最高的 23.1%》，2010 年 9 月 20 日〔日〕《日本经济新闻》。

② 参见 2011 年 1 月 1 日〔日〕《日本经济新闻》。

③ 参见〔日〕厚生劳动省《2010 年人口动态统计年推算数据》，http：//www.mhlw.go.jp/。

④ 参见〔日〕总务省统计局《人口推算——2010 年 12 月报》，http：//www.stat.go.jp/。

⑤ 参见〔日〕《厚生劳动白皮书》2010 年版，http：//www.mhlw.go.jp/wp/hakusyo/kousei/10/dl/02‑02‑02.pdf。

⑥ 日本民主党"税制与社会保障彻底改革调查会"《中期报告》，http：//www.dpj.or.jp/news/files/101206zeitosyakaihosyo.pdf。

心和活力的社会保障蓝图》① 提出了社会保障改革的理念和"参加型社会保障"原则，同时指出，建立中等规模、高功能的社会保障体制是当前日本社会保障改革的目标。2010 年 12 月 14 日，日本内阁批准了两报告。这些设想变成法案还需要经受执政党与在野党之间的政治讨价还价。

结　语

相对于 2009 年日本的政权更迭，2010 年日本在国内政治和外交安全政策方面所表现出的混乱与调整更加值得深思。

日本在国家经济社会发展模式上继续迷茫，在政治上依旧保守，说明其尚未对自身的发展转型找准定位。日本实现赶超欧美目标并进入后工业化阶段之后，既往的发展模式问题暴露、泡沫经济崩溃、在全球化竞争中新增长点缺失，国内政治随之动荡。在希望变革的同时，却因挫折感、危机感而在政治上总体趋于保守化，表现为国内政治的摇摆和扭曲。在 2011 年，日本国内政治的稳定取决于地方选举结果以及现政府能否出台短期内行之有效的经济社会政策。

日本在外交和安全上更加明确地采取新现实主义立场，并在其延长线上表现得更加外向和更加进取。在冷战结束后的亚洲，新现实主义在国际关系中起主导作用，"安全利益"成为追求的焦点。作为美国东亚安全战略"基石"的日本，其安全利益被置于美国战略之中。经济强国日本虽然不是美国的挑战者，但发展与美国的平等关系也是历史的必然。② 拥有主导权的美国只有引导日本把矛头指向外来威胁才能避免与日本的对立，而对于日本来说，脱离日美同盟意味着搅乱美国战略并失去自身保护伞，只能在同盟内与美国共同推行新现实主义安全战略中实现自身的"价值"。事实证明，日本已经在这个模式中将军事力量的职能由"内向型"转为"外向型"，由"国土保护型"转为"地区干预型"。③ 2010 年日本对美国的小疏离大回调证明日本尚不具备脱离日美同盟关系的国内外条件。

---

① 《关于社会保障改革有识之士研究会报告——面向安心和活力的社会保障蓝图》，http：//www. cas. go. jp/jp/seisaku/syakaihosyou/kentokai/dai5/siryou. pdf。

② 参见刘世龙《美日关系（1791～2001）》，世界知识出版社，2003，第 5 页。

③ 参见吴寄南《新世纪日本对外战略研究》，时事出版社，2010，第 190 页。

但是，值得注意的是，日本在同盟中的作用将会增加，同盟对日本的军事束缚将会减弱。

目前，左右日本对地区安全认知、对自身身份认定和利益选择的外部因素主要是美国和中国。其中，美国因素是日本战后对外关系中的传统因素，而中国因素则是近十年逐渐生成的新因素。2010年美国将战略重心东移，在地区主导权上高调展示对华遏制，最大限度地发展同盟关系和伙伴关系，为日本修复同盟关系创造了外部条件，使得日本在对美、对华关系上加速其政策转变。面对中国经济和军事的快速发展以及朝鲜半岛局势的复杂多变，日本对自身安全利益的关注和对华战略的疑虑正在同步日益加深。根据新现实主义的理论，尽管中日之间经济关系越来越紧密，只要中国不断做大做强，日本的相对利益就会相对变小，国家安全会越来越受到威胁，领土争议等敏感问题可能随时爆发，双边关系将会更加紧张。日本认为自身不能单独构成对中国的威胁，因而其战略调整是通过强化日美同盟关系和发展多边关系"参与遏制"，但这种做法同样刺激了中国对日防备心态的增强。中日之间的关键问题是，如何在亚洲给自己定位和如何相互定位，以及以怎样的手段实现定位。互惠关系的前提是互信关系的建立，而战略互信是以相互间定位为基础。在互信缺失的同时，由于日本在对华关系上有自身的利益，不可能让双边关系一直恶化下去，建立战略互惠关系同样是日本的既定目标。所以，日本在对华关系上存在着既被美利用又利用美国，同时又要维护对华自身利益的扭曲现象。

在目前的格局下，中日关系将在一张一弛中发展，不会永远恶化。因为在东亚，所有国家的对外关系中，对美关系都是最重要的，而在美国的对外关系中，对华关系是最重要的。美国从自身利益出发，必须阻止中国对美国霸权造成"威胁"，因而最大限度地团结日本、韩国、俄罗斯等国家。中美关系紧张对日本有利，中日关系紧张对美国有利，而日美都不愿意单独恶化对华关系，避免他人坐收渔翁之利。鉴于中美关系缓和、日俄之间存在更为实质性矛盾，日本希望缓和双边关系的愿望也是真实的。可以预料，2011年的日本在外交安全和对华关系方面将沿着2010年铺垫的方向发展，日本在继续修复对美关系的同时，将积极修复对华关系。这无疑是改善中日双边关系的机会，也将为2012年中日邦交正常化40周年营造良好氛围。中国在坚持自己原则立场的同时，也会从坚持中日友好和构建中日战略互惠关系的大局出发作出相应的回应。

在本书付梓之际，2011 年 3 月 11 日，日本东北部沿海水域突发 9.0 级特大地震并引发了大海啸，强震引发的核电安全危机等次生灾害，致使日本在大面积能源中断、交通瘫痪的同时，笼罩在放射性物质污染的恐慌之中。骤然降临的灾难不仅夺走了数以万计的生命，更对日本经济造成沉重打击，日本朝野、官民怀着巨大痛苦投入到抵抗震灾与重建家园的行列里，整个社会经济、政治、外交无一例外地经受着一切前所未有的挑战与考验。

参考文献

〔日〕《日本经济新闻》2010 年相关报道。
〔日〕《每日新闻》2010 年相关报道。
〔日〕《朝日新闻》2010 年相关报道。
http：//www. kantei. go. jp/jp/kakugikettei/2011/0124mitoshi. pdf.
http：//www. 8. cao. go. jp/kourei/whitepaper/w－2010/zenbun/pdf/1s1s_ 1. pdf.
http：//www. mhlw. go. jp/.
http：//www. stat. go. jp/.

2010 年の日本情勢への回顧と展望

李 薇

要　旨：2010 年、日本民主党は政権を我が手に収めたとなるや忽ち「革新」の看板を降ろし、再び日本伝統政治の古いやりかたに回帰してしまった。外交・安保面においては、新自由主義の「国際制度論」と「集団安全保障論」及び「東アジア共同体主張」から、冷戦終焉以来の国際地縁政治の新現実主義に縒りを戻した。経済面においては、アジア経済の高度成長と世界経済の緩やかな回復につれ、日本経済は緩やかな成長を維持してきたが、しかし、依然として成長動力足りず、財政悪化止まらず、日本経済にとって、すでに新たな脅威と

なっている。2011 年になって、日本の「総体保守化」という政治生態に変化は望めず、政界の激動は続くであろう。外交・安保面においては、新現実主義に基づく政策を継続させながら、対中政策には一定の調整を行うであろう。経済面においては、危機以降の緩やかな成長周期を維持していくであろうが、しかし、外部条件の変化や財政状況の更なる悪化によって、日本経済に衝撃をもたらす可能性もある。

　キーワード：民主党政権　戦略調整　財政と人口問題

政治安全篇

Politics and Security

B.2

参议院选举对日本政局的影响

高洪 何晓松*

摘 要: 2010年7月日本迎来参议院第22届半数选举,这是民主党执政后迎战的第一次参议院改选。由于选举前民主党"鸠山—小泽体制"面临执政危机,匆忙上阵的菅直人内阁在选举纲领、政策主张、人员部署等多方面误判和失策,执政联盟方面输掉了这次一举掌控两院的机会。伴随自民党、众人之党等在野党议席增长,缺少众议院2/3以上议席的民主党面临着比此前自民党执政时期更为严重的"扭曲国会"局面。菅直人政府因此举步维艰,多年来动荡不定的日本政治扑朔迷离,选举结果对民主党政权的内政外交产生了较为深远的影响。

关键词: 参议院选举 民主党 扭曲国会

---

* 高洪,哲学博士,中国社会科学院日本研究所副所长、研究员,研究领域为日本政治及中日关系;何晓松,法学博士,中国社会科学院日本研究所助理研究员,研究领域为日本政治体制及日本国家发展战略。

2010 年 7 月，日本迎来了参议院第 22 届半数选举。这是 1955 年以来日本第一次在非自民党执政环境下举行的参议院半数换届选举。① 就此而言，这场选举对于一年前实现了新老保守政党"政治轮替"的日本政局可谓非同小可，而上台执政仅十个月的民主党更是殚精竭虑，力争乘势彻底摧垮势衰的政治对手，以求得民主党天下的长治久安。

一 参议院选举前民主党陷入困境

众所周知，日本自 1988 年参议院选举出现了国会两院由朝野双方分别掌控的"扭曲国会"以来，丢失参议院半数议席经常是导致自民党政权垮台的主要原因。尤其是在民主党崛起后在野党掌握了参议院主导局面的数年里，安倍晋三、福田康夫、麻生太郎走马灯般地引咎辞职，每个政治难关背后的深层原因，无一不是政治对手把持着参议院使自己的政治计划难产的结果。同样道理，民主党能否长期稳定执政，也在很大程度上取决于民主党在 2010 年的参议院选举中能否取得胜利，维持执政联盟在参议院过半数的议席。所以，时任党代表的鸠山由纪夫首相与主管党务的干事长小泽一郎早早就确立了"民主党力争获得 54 个改选议席"的目标，试图通过选举控制两院以确保平稳执政。

（一）"鸠山—小泽执政联盟"面临挑战

2009 年 9 月民主党在大选中获胜，结束了自民党的长期执政，实现了历史性突破。不过，谙熟日本政治的人们都知道，2009 年大选的结果与其说是民主党在鸠山由纪夫– 小泽一郎领导下民主党的一次"选举完胜"，不如说是民主党人利用社会上渴求革新自民党政治的普遍诉求，举全党力量迎战大选实现了多年以来政权更替的愿望。毕竟，自民党政治终结的根本原因在于其自身，几乎连续执政半个多世纪的老大保守政党积重难返，让自民党交出盘踞多年的权力

---

① 尽管 1993～1994 年日本出现过短暂的非自民多党联合执政，但从 1993 年 8 月建立的细川护熙政府到 1994 年 6 月垮台的羽田孜政府均未曾遭逢三年一度的参议院半数选举——第 16 届参议院选举的投开票日为 1992 年 7 月 26 日，而象征着"1955 年体制"结束的第 17 届参议院选举的投开票日为 1995 年 7 月 23 日。

宝座不仅是社会上广泛的共识，甚至连自民党内部也有人希望通过政权更迭使自民党来一次凤凰涅槃式的重生。所以，取得政权后的民主党人别无选择地展开了对自民党政治的革新和调整，但缺少执政经验和稳定、成熟的政治路线以及战略、策略的鸠山政权并没有就自己设计的选举纲领向公众交上一份令人满意的答卷。

在国内政治方面，以寻求政治改革为旗帜的民主党执政后，迅速推进"政治主导"与"脱官僚"的改革实践，把大批民选政治家派送到各级政府部门，以便深入调整政官关系。在外交方面，鸠山倡导"东亚共同体"，加强与中国和韩国的关系，对美追求平等关系。但鸠山内阁时期，日本正处在国际金融危机席卷亚洲之际，因国内固有的少子老龄化问题，日本经济受到沉重打击。鸠山内阁虽然两次推出经济刺激方案，但经济状况持续恶化。在驻日美军普天间基地搬迁问题上，鸠山首相选举时承诺向县外或国外搬迁。但在美国强大的压力下，鸠山内阁最终全面退让，决定实施自民党早些年与美国达成的协议，把普天间基地迁至冲绳县名护市边野古周边。就此内阁决议，身兼消费者行政、少子化对策、食品安全及男女平等事务担当大臣的社民党党首福岛瑞穗拒绝签字，处于保证联合政府统一与树立民主党和本人权威的两难之间的鸠山首相，最终作出痛苦的抉择——罢免福岛瑞穗。由此，社民党退出由民主党、国民新党和社民党组成的执政联盟。鸠山内阁由三党联合减少为两党联合，政治影响力和局势的掌控力双双受到削弱。

与此同时，民主党内也频频曝出政治献金丑闻，主要涉及民主党干事长小泽一郎。2004年，小泽一郎的政治资金管理团体"陆山会"，在东京都世田谷区花3.5亿日元购买了476平方米的土地，但这笔交易没有记录在2004年度政治资金收支报告上。2010年1月，东京地方检察院特搜部逮捕了小泽前秘书、民主党众议员石川知裕，之后又逮捕了小泽的另外两名秘书。石川知裕向特搜部供认，有3.5亿日元的买地资金未记入政治资金收支报告书。同时，他称买地资金是向小泽一郎借的。这种矛盾的供述产生了疑点——购买土地的资金可能来自建筑公司的献金。特搜部随即搜查了胆泽水坝的建筑商水谷建设和鹿岛建设，并两次传唤小泽一郎。小泽推托说不知此事，他的秘书承揽了全部责任。2010年2月特搜部决定不对小泽起诉，只起诉他的三名秘书。但2010年4月，民间机构"检察审查会"经过投票，一致决定应对

小泽一郎起诉。① 普天间基地问题和民主党内政治献金丑闻,使鸠山内阁支持率一度跌到17%。

岂料天有不测风云,鸠山由纪夫内阁无力解决普天间美军基地搬迁问题,心力交瘁的鸠山首相在逐步接近参议院选举的春季关键时期支持率大幅度下滑,并连带同样被金权政治丑闻弄得声名狼藉的小泽一郎出现了被迫辞去干事长职务的传闻。执政党即将临阵换帅,给自民党以及其他在野党一种"激励",而民主党自身的选情变得前景黯淡、扑朔迷离。按照当时政治评论家三浦博史、川上和久等人对"鸠山—小泽体制"发生动摇后的选情预测,如果民主党以"鸠山—小泽体制"进入参议院选举,民主党将在比例选区获得15个议席,在选举区获得32个议席,总共47个议席,社民党将获得2个议席,国民新党则丢掉改选的3个议席;执政联盟共获得109个议席,低于过半数的122个议席,产生"扭曲国会"。如果民主党解散众议院举行众参两院同日选举,民主党在众议院只能获得221个议席,丢掉86个议席,社民党和国民新党能维持原有议席数,执政联盟不能过半数;自民党将获得181个议席,比选前多65个议席。身为明治大学副校长的政治学者川上和久更是直截了当地分析称:"民主党能上台执政,仰赖无党派层的支持。但民主党在政治献金以及普天间基地问题上背叛了他们。如果'鸠山—小泽体制'继续存在,民主党内阁的支持率将跌到10%左右,获得的议席数还会减少。"② 有鉴于此,日本政坛上出现了奇特的一幕,作为主要政治对手的自民党内部反而普遍希望"鸠山—小泽体制"继续执政,这样自民党在选举中可以更轻松取胜。此外,新老保守政党外的新兴政党无不跃跃欲试,其中以众人之党(一作"大家党")最为引人关注,被认为有可能实现参议院增加9个议席的"大跃进"。

(二)菅直人临危受命迎战选举

随着民主党"鸠山—小泽"领导体制陷入绝望境地,民主党高层也开始"逼宫",反小泽的势力前原诚司、野田佳彦、仙谷由人、冈田克也等纷纷要求

---

① 〔日〕伊藤博敏:《东京地方检查特搜部未能成功检举逃税案件》,2010年6月9日《明察(SAPIO)》半月刊,第28~30页。
② 〔日〕川上和久:《双重选举紧急预测》,2010年5月23日《每日周刊》,第21~22页。

首相和小泽辞职。老谋深算的小泽一郎为了避免自己的政治生命终结，在 2010 年 5 月 28 日向派内人士透露"可以打倒鸠山首相"了。显然，小泽的如意算盘是找亲小泽的政治家担任首相，他做幕后将军。他找到田中角荣的女儿田中真纪子，请对方出山竞选党首。田中真纪子 2009 年应小泽邀请加入民主党时，与小泽一郎有约定，如果鸠山辞职，田中支持小泽竞选党首。但小泽深陷献金丑闻，无法出面竞选。反小泽派看准时机，加紧向鸠山施加压力，不给小泽挑选党首候选人的时间。然而，坐在首相位子的鸠山由纪夫自然也不会束手待毙，6 月 2 日上午突然宣布辞职，同时表示民主党新领导层成立后，小泽不宜继续保持在党内的强大影响力，试图用"脱小泽"后的民主党可以给人一种"民主党变了，变得清廉了的印象"来挽回选举败局。小泽在鸠山的逼迫下辞职，民主党的"鸠山—小泽体制"落下帷幕。反小泽派迅速纠集到一起，推举菅直人担任民主党党首。

2010 年 6 月 4 日，日本副首相兼财政大臣菅直人，击败小泽一郎派推举的樽床伸二，当选民主党党首并出任日本首相。菅直人自 1980 年首次当选众议院议员以来已经连续十次当选国会议员，可谓民主党内举足轻重的政治家。[①] 1996 年 6 月他和鸠山由纪夫一起组建了民主党，并共同担任党代表。他在选民中的形象是公正清明且非常廉洁。在 1996 年菅直人出任桥本内阁厚生大臣时，日本许多病人因输血感染艾滋病，病人家属集体控告厚生省。而厚生省拒绝承认，极力隐瞒事实真相。菅直人上任后，查清日本血库有许多血液没有进行艾滋病病毒检查，病人输入污染血后感染了艾滋病。他公布了调查报告，并劝说政府与患者家属达成和解。由此菅直人的仗义执言在选民中留下深刻印象。

布衣出身的菅直人一直反对"世袭政治"，对钱权交易的"金权政治"可谓深恶痛绝。用清廉的政治形象为自己标注出代言民众的品牌效应，也是他多年来从政立于不败之地的法宝之一。[②] 菅直人新首相的上任对提升民主党人气起到了

---

① 菅直人于 1996 年 6 月至 1999 年 9 月、2002 年 12 月至 2004 年 5 月、2010 年 6 月至今三次担任民主党代表。此外，曾于 1996 年 1 月至 11 月担任自民党政府厚生大臣。

② 2009 年 10 月公布的内阁成员资产数据显示，菅直人及妻子菅伸子的总资产为 2231 万日元。菅直人自称，"虽然我也不能保证自己是 100% 清白，但从一系列数据来看，我长期以来开展政治活动用的多数是个人资产"。因此，菅直人担任民主党党首有利于体现民主党的"清廉形象"。

立竿见影的效果。日本共同社的电话舆论调查显示，约57%的国民对新首相菅直人"充满期待"，和5月底鸠山内阁不足20%的支持率相比，这一数据是很大的回升。民主党的支持率也较上次调查上升15.6个百分点，达36.1%，大幅领先最大在野党自民党的20.8%。菅直人在当选首相后的首次记者招待会上称："大家对民主党的期待没有结束，希望这次参议院选举成为实现大家期待的一步。"民主党参议院改选议员都报以热烈掌声。自民党议员则哀叹道："'鸠山—小泽体制'是民主党支持率低迷的主要原因，换成菅直人后，政局风向发生变化，而自民党没有提高支持率的手段，参议院选举肯定非常艰苦。"①

　　菅直人上台后首要的党内调整是整肃小泽一郎的政治势力。菅直人深知小泽作为宦海沉浮多年的斫轮老手一定会像田中角荣一样幕后操控民主党政权，因此他在人事任免上清除小泽派系的影响，并将"脱小泽化"策略与凸显自己清廉形象紧密联系在一起。他在组阁时，任命反小泽势力的领军人物仙谷由人担任政府中权力仅次于首相的内阁官房长官，任命历来与小泽势不两立的枝野幸男担任负责党务的干事长，并明确说出"希望小泽一郎沉寂一段时间……他最好不要多说话，这样对他自己、对民主党、对国家都有好处"，表现出与小泽一郎决裂的政治态势。小泽派针锋相对。小泽在2010年6月4日樽床伸二竞选失败的当天晚上，就在派系干部面前宣称"9月的党代表选举才是最重要的，我们只要团结一致，就能在代表选举中获得半数以上选票"，表现出亲自出马竞选的意愿，以致日本媒体惊呼"平成时代的西南战争"即将正式爆发。② 小泽一郎带领小泽派掀起反对"菅政权"的斗争，对民主党的参议院选举产生了深刻而重大的影响。

二　民主党在参议院选举中惨败

　　2010年7月的参议院选举，是民主党2009年9月上台以来第一次重要的国政选举，直接关系到民主党政权的稳定。当时，选情对未来政治局面的影响已经十分清晰——如果在众议院拥有压倒优势的民主党，能够在参议院选举中，接近

---

① 《参议院选举大预测》，2010年6月20日〔日〕《每日周刊》，第24页。
② 这是在借用明治维新后由维新三杰之一西乡隆盛为核心的旧武士集团在九州地区发动的反政府战争，来隐喻民主党内部元老叛逆所引发的政治震荡。

单独过半数。那么今后十年时间里自民党几乎无望再夺回政权。但是，如果民主党失败，产生"扭曲国会"的局面，民主党就必须联合其他政党，政局可能会突然恶化，民主党政权稳定执政的基础也将随之化为乌有。

（一）经济困境与选举纲领中的"增税"误判

此次选举的政策争论主要集中于日本的经济和财政政策。日本在国际金融危机的冲击下，经济萧条，失业率居高不下。国民最关心的是如何防止经济再度恶化，如何让日本经济走上正轨。日本最严重的经济问题是累积国债，它已经是日本 GDP 的 2.1 倍。据预测，日本国债到 2015 年将是日本 GDP 的 2.5 倍。巨额的债务是日本经济持续危机的根源。对此，各政党都提出了解决方案，自民党把消费税提高到 10% 写入竞选公约，并向国民解释：增加消费税可以刺激经济，当人们知道要增加税收，就会提前购买自己所需要的东西，增加的支出会提振日本经济，增加经济活力。自民党的方案中，国民付出的消费税直接用到社会保险中，日本国民将不再每月缴纳 1.5 万日元的国民养老金。因此，每个日本国民都相当于获得了免费的社会保险。自民党方案还对妇女做了一些优惠，妇女拿国民养老金，可以从 65 岁拿到 86 岁，共 21 年。男性只能从 65 岁拿到 79 岁，共 14 年。因此，自民党的消费税政策受到日本妇女的欢迎。

看到自民党把增加消费税写入竞选纲领，菅直人错判形势，在没有进行党内充分讨论的情况下，贸然提出把现有消费税提高到 10%。尽管民主党的"增税主张"与自民党看似相同，但自民党的主张是建立在认真讨论和研判基础上，尤其是自民党站在在野党的立场上强调提高消费税对日本经济和社会保障的重要作用。相形之下，民主党匆忙提出的"增税"只是为了选举需要的空洞口号，明眼的选民无不认为民主党不仅违逆了自己在 2009 年大选是作出的"五年不增加消费税"的政治承诺，更有"平日不烧香，急来抱佛脚"的投机嫌疑。况且，民主党的消费税政策让人难以理解，更无法实施。民主党的方案是家庭年收入在 200 万日元以下的家庭全额退还消费税，家庭收入在 200 万~400 万日元之间的按比例退还。而实际上，今天的日本社会中很多人都在通过"合理的方式"隐瞒自己的真实年收入。因此，民主党提出的方案无法实现，完全是应景之作。加之菅直人对消费税的用途也没有说明，在日本官僚主导的政治环境下，增加的消费税完全可能被无用的公共建设浪费掉。因此，民主党的"增税"方案一出台

就受到国民和舆论的一致反对，菅直人政权非但没有因此拉高得票率，反而因之陷入更加被动的境地。

（二）执政业绩直接关乎选民的选票投向

此次选举的另一个政策争论，是民主党上台以来的执政业绩。民主党在2009年大选时宣布的政策公约是增加儿童补贴、免除高中学费、对农家按户补偿、增加医疗费等。按计划，日本政府从2010年6月开始发放儿童补贴，第一年需要2.3万亿日元，国库负担1.7万亿日元，其余的6000亿日元指定由地方支付。这引起地方的强烈反对，地方政府已经开始削减公务员的工资，很难再凑出这些钱。日本正处于经济危机中，政府不仅没有新增财源，已有财源也在逐渐减少。而民主党为了选举需要，向选民泼洒现金的做法是不负责任的，长期来看会损害日本经济。日本2010年3月通过的政府预算是92万亿日元，其中税收只有37万亿日元，需要新发行54万亿日元的国债，创日本历史最高水平。按民主党的方案，2011年度的儿童补贴还要翻番，达到5.3万亿日元，超过4.7万亿日元的国防预算。其实，向国民泼洒现金的做法不利于国民自立，甚至还因存在制度缺陷，出现外国人冒领儿童补贴的不良事件。从道理上讲，政府的职能应该是从国民征收税金并有效率地使用，向国民提供福利和服务，比如建设学校、雇佣老师、建设公路和福利设施。民主党把现金泼洒到能够得到选票的领域，受到日本知识界和政界的广泛批评，身为地方自治体首长的神奈川县知事松泽成文更是痛陈发放补贴的弊端。①

民主党还推出高速公路收费改革，打出2000日元随意行和高速公路总里程18%免费的招牌。其实，日本政府财政困难，民主党政权只能拿出1000亿日元减免高速公路通行费。所谓的高速公路总里程18%免费，其实减免的金额只占全部高速费收入的5%。2000日元随意行是指轿车行驶里程超过70公里以上的一律只收2000日元，卡车超过120公里以上的一律只收5000日元。但根据日本高速公路的统计数字，东名高速公路轿车平均利用里程是51.2公里，卡车是140.3公里，只有卡车超过120公里的上限；名神、中央、东北、常磐等高速公路，轿车平均利用里程不超过60公里，卡车不超过113公里；全日本高速公路

---

① 参见〔日〕松泽成文《儿童补贴是地方自治的死敌》，《文艺春秋》2010年6月号，第107～108页。

轿车平均利用里程是 41.3 公里，卡车是 78.3 公里。^① 而民主党政权推出改革措施后，将取消道路公团民营化后的各种优惠，如地方通勤 5 折优惠，深夜 3 折优惠；还将取消原麻生政权实行的公休日收费上限 1000 日元，以及夜间 3 折优惠等政策。这样一来，对大部分的车辆而言，改革后的收费将超过改革前。所以，与其说是改革，毋宁说就是民主党应付参议院选举的精明对策——因为到了政策实施的 2011 年 3 月，即便汽车司机们发觉上当了，那时参议院选举早已经结束了。

在邮政民营化方案上，民主党重新实行国有化。民主党上台后逼迫日本邮政社长西川善文辞职，任命原大藏省次官齐藤次郎担任社长，原邮政事业厅长官足利盛二郎和大藏省官僚坂笃郎担任副社长。日本邮政重新成为官僚下凡的圣地。民主党推行的邮政国有化会产生三个问题：①民间企业能做的事业国家来做，既没有经济效益也压迫民间企业；②官僚主导的邮政事业往往经营不善；③邮政储蓄资金进不了民间市场，大多转到无用的公共事业，日本"财政投融资"体制有死灰复燃的危险。2010 年 3 月 30 日，在民主党内阁恳谈会上，邮政改革担当大臣、国民新党党首龟井静香提出增加国民邮政储蓄上限。时任总务大臣的原口一博表示赞同："日本邮政要在全国开展业务，必须能挣到钱。把国民邮政储蓄上限从 1000 万日元提高到 2000 万日元，有利于日本邮政吸收存款。"^② 显然，如果日本政府继续持有日本邮政的股票，推行邮政国有化，等于对邮政储蓄担保。民间资金会进一步流入邮政储蓄，压迫日本的私有银行。美国国土面积是日本的 25 倍，邮费却是日本的一半，美国的邮政公司靠高效率维持运转，而民主党政权用国民资金填补日本邮政的经营亏空，这种做法难免为世人所诟病。

另外，在日外国人的地方参政权问题也成为一个争论焦点。在日本历史上，一些朝鲜人被强制带到日本，这些人没有拿日本国籍，但是在日本生活了几十年。这在世界和亚洲的历史上是很特殊的事情，是在日本和朝鲜那段不幸的历史背景下形成的。这些人希望能够生活幸福，也希望自己的子孙们生活幸福。作为个人，应该得到参政议政的权利，只要他对日本政治感兴趣，就应获得投票权。但日本国内的很多保守派或右翼分子，在这些重要问题上不让步。目前，在日本

---

① 参见〔日〕猪濑直树《小泽的心机是复活旧的道路公团》，《文艺春秋》2010 年 6 月号，第 120~122 页。

② 〔日〕竹中平藏：《邮政国有化使日本再度失去十年》，《文艺春秋》2010 年 6 月号，第 115 页。

有三名日籍外裔议员，一名是韩国裔的白真煦议员，一名是来自芬兰的弦念丸呈议员，另一名是来自中国台湾的莲舫议员。莲舫是许多日本女性的偶像，由她来负责公共事业预算选择，使其备受民众瞩目，俨然成了民主党的招牌人物。

（三）投开票日的确定与选举结果

由于诸多不确定因素的影响，民主党原定于 2010 年 7 月 11 日投票的参议院选举，也曾传出要改在 7 月 25 日。因为执政联盟中的国民新党为了通过邮政改革法案，一度要求民主党延长国会会期，在春季国会通过邮政改革法案。此外，进入夏天投票率会降低 5%，民主党依靠联合工会和业界团体等组织票，低投票率有利于民主党。但国民新党提出的邮政改革法案是逆潮流而动，企图推翻前首相小泉纯一郎的邮政民营化，重新恢复邮政国有化。民主党忌惮舆论的反弹，权衡再三最终没有理会国民新党的要求。

2010 年 7 月 11 日，日本第 22 届参议院举行换届选举。日本国会参议院共有 242 个议席，议员任期 6 年，每 3 年改选一半。此次参议院选举改选 121 个议席。7 月 12 日凌晨，参议院选举结果最终揭晓，民主党与国民新党的执政联盟在选举中失利。民主党在选举中仅获得 44 个改选议席，未能达到"54 个改选议席"的目标。而执政联盟中的国民新党，在本届大选中丢掉了改选的 3 个议席。加上民主党未改选的 62 个议席，以及选举后加入执政联盟的新党日本的 1 个议席，执政联盟最终在参议院中只占有 110 个席位，未能达到过半数所需的 122 个议席。

较之民主党的失利，最大在野党自民党的战果可谓差强人意，获得 51 个改选议席，在一定程度上阻止了近年衰落的颓势。公明党仅获得 9 个改选议席，与选前变化不大。相反，成立不到一年且首次参加参议院选举的众人之党旗开得胜，获得 10 个改选议席。在野党在参议院中占有的席位数上升至 132 个，超过半数，日本再次出现了朝野政党分控众参两院的"扭曲国会"。（见表 1）从削弱民主党的意义上看，自民党无疑是本次选举中的最大赢家，也为该党在下一次众议院选举中重夺政权奠定了基础。自民党总裁谷垣祯一在自民党大获全胜后，立即对民主党展开攻势。他底气十足地声称："在民主党执政下，国会的运作既混乱又粗暴，民主党应该立即解散众议院，问信于民。"①

---

① 《参议院选举速报》，2010 年 7 月 12 日〔日〕《读卖新闻》。

表1　参议院选举各党得票情况

	选举前	当选数	无改选	现议席
民　主　党	116	44	62	106
自　民　党	71	51	33	84
公　明　党	21	9	10	19
共　产　党	7	3	3	6
社　民　党	5	2	2	4
国民新党	6	0	3	3
众人之党	1	10	1	11
奋起日本党	3	1	2	3
其　　　他	12	1	5	6
合　　　计	242	121	121	242

资料来源：〔日〕《产经新闻》2010年7月13日，第14版。

（四）菅直人政权败选的原因

选举过后民主党人痛定思痛，开始分析在参议院选举中失利的原因。媒体和政治评论界的文章更是铺天盖地。按照主流意见，菅直人和民主党落败的原因主要有四个。

首先，菅直人在选前，把提高消费税写入竞选公约，违背了民主党在大选时提出的"不增加消费税"的竞选公约。在普天间基地问题上，前首相鸠山由纪夫已经违背竞选公约。国民对民主党一而再、再而三地背信，失去了信心。有分析认为，菅直人提出增加消费税，无非是想转移大众对悬而未决的普天间美军基地问题和民主党内献金丑闻的关注。另一方面，强大的小泽派对"反小泽"的菅直人、前原诚司和冈田克也等虎视眈眈，菅直人承受了巨大压力，他需要在党外寻求帮助。自民党在竞选纲领中写入了增加消费税，所以在参议院选举结束后菅直人可以和自民党合作，推动消费税改革，缓解小泽派的压力。

其次，在日本文化中，政党的概念很薄弱。日本现在貌似两大政党，但在政见、理念方面两党大同小异，并没有真正的差异化。日本选民也知道，换一个执政党不会有什么大变化。自民党执政时，把政府资金泼洒给能带来选票的选民。民主党执政后泼洒的资金规模更大，只是两党泼洒资金的领域不同而已。民主党上台后许多改革是逆潮流而动，民主党宣称"脱官僚、政治主导"，但民主党受

官僚的影响比自民党还大。民主党执政后，连续曝出政治资金丑闻。鸠山由纪夫首相从他母亲那里得到数亿日元的政治资金，小泽一郎借给"陆山会"4亿日元，其中3.5亿日元购买了土地，鸠山和小泽的收入都应该向国税厅纳税。日本国税厅隶属于财政省，因此菅直人担任财政大臣时，对财政省官僚言听计从。①菅直人就是在财政省官僚的影响下，要把消费税提高到10%。民主党执政十个多月后，日本国民看不到变化，渐渐失去了耐心，开始质疑民主党政权，呼唤自民党回归。

再次，此次参议院选举，第三极力量崛起。日本国民对民主党已经失望，对自民党又有疑问，第三极力量得渔翁之利，乘机崛起。前自民党副首相渡边美智雄之子渡边喜美组建的"众人之党"，缺少政治资金，只在永田町租了一个几十平方米的事务所。但众人之党的党纲却深受选民的欢迎，该党承诺如果取得政权，不会向选民泼洒资金。它要精简和整顿政府机构，建设以民为主的国家。它要打破官僚统治和中央集权，实行"脱官僚"和地方分权。渡边喜美批评民主党，嘴上说减少行政浪费，却向选民泼洒资金，民主党就是自民党的克隆。众人之党为解决日本的经济危机提出行政改革方案。方案指出日本的官僚是日本经济危机的根源，官僚的工作稳定，不受经济危机的影响，而应对经济危机，政府出台经济刺激政策，官僚正好可以大显身手，进一步掌握政府的财权，因此，官僚希望日本陷入经济危机。众人之党发现政府的资产负债表中有700万亿日元资产，其中520万亿日元是金融资产，对外贷款是250万亿日元，现金存款是120万亿日元。这些资金全部流入独立行政法人、地方公共团体等官僚下凡的圣地。由此，众人之党宣称要改革独立行政法人、地方公共团体，盘活政府资金，削减政府公务员近30万亿日元的工资。公务员工资削减20%，就能节省5万亿日元。②众人之党的政策目标直指日本的顽疾——"官僚主导政治"，这是日本其他政党不敢说的。因此，众人之党的政策获得选民的青睐，在选举中共取得10个议席也是情理之中的结果。

最后，菅直人上台后的"脱小泽"政策，引起小泽派的反击。此次参议院

① 参见〔日〕渡边喜美《拯救日本只有排除官僚的小政府与4%的增长战略》，《明察（SAPIO）》半月刊，2010年6月9日，第9页。
② 参见〔日〕渡边喜美《拯救日本只有排除官僚的小政府与4%的增长战略》，《明察（SAPIO）》半月刊，2010年6月9日，第8、10页。

选举，小泽一郎几乎每天都批评菅直人提高消费税，违背民主党的竞选公约。这样的"分裂选举"挫伤了民主党的士气，在选民中也引起混乱。早在"鸠山—小泽"体制落幕前，时任民主党干事长的小泽一郎就选定了一部分参议院候选人。这部分候选人都是亲小泽的，所以民主党领导层拒绝为这些人站台助选。枝野幸男干事长指示民主党议员，"优先为现职议员助选，别管小泽选定的候选人"。莲舫到静冈县助选时，只帮助县联推举的现职候选人，而没有为小泽选定的第二候选人助选。在选举战略上，仙谷由人官房长官担心菅直人又说错话，不让菅直人去各个选区助选。直到投票前夕，千叶县选情告急，菅直人一连两天待在千叶县。而德岛县的一选区，民主党候选人只差几千票落选了。① 自民党的党首谷垣祯一则开展"选举行脚"，不辞辛劳地跑遍各个选区，为自民党的胜利立下汗马功劳。

三　参议院选举后的"扭曲国会"

参议院选举后，民主党内许多议员要求菅直人和干事长枝野幸男引咎辞职，承担选举失败的责任。小泽派议员更是多次提出菅直人应为选举失利负责。菅直人也表示："自己的不慎发言导致选举陷入恶战，造成严重后果，对此由衷表示歉意。"他强调"痛感失去众多同人之责任重大"，但菅直人拒绝引咎辞职。他恳请全党议员给予合作，以应对执政党和在野党分别在众参两院占据优势的"扭曲国会"局面。由于民主党在众议院中占据议席不足2/3，菅直人面对的"扭曲国会"比此前自民党的安倍、福田、麻生等人时更为困难。民主党在政权运营中，必须多听一些在野党的意见，多作一些妥协。

（一）民主党选后寻求新伙伴未能成功

为消除"扭曲国会"的羁绊，民主党不得不寻求新的合作伙伴。一些处于第三势力的政党就成了民主党的"拉拢对象"，但这些党派却纷纷与民主党划清界限。公明党是民主党最想拉拢的政党，公明党在参议院有19个席位，加上执

---

① 《小泽一郎是用扭曲钵盂包围菅直人的"章鱼"》，2010年8月8日〔日〕《每日周刊》，第21页。

政联盟的 110 个席位，可以在参议院稳定过半数。但菅直人曾经多次攻击公明党的背后组织创价学会。2008 年菅直人在国会质询时称："奥姆真理教的麻原彰晃是真理党的党首，如果真理党掌握了权力，广泛散播奥姆真理教的教义，难道不违反政教分离的原则吗？"内阁法制局局长答辩称："宗教团体行使统治权力是违宪的。"菅直人对政教一体的批判惹恼了公明党，公明党要求政府撤回答辩。麻生政权撤回答辩后，愤怒的菅直人把矛头转向公明党出身的环境大臣齐藤铁夫。菅声称："宗教组织创价学会已经左右了内阁决议。"由此，菅直人及其左膀右臂成了创价学会这个公明党背后的支持母体不可饶恕的仇敌。①

选举结束后，因"扭曲国会"而苦不堪言的菅直人为了讨好公明党，在 2010 年 9 月 26 日前往池田大作设立的东京富士美术馆参观。参观的前一天，内阁府政务官才通知公明党的干事长代理高木阳介。菅直人接近创价学会的手法，与前首相小泉纯一郎相似。小泉在 2002 年 11 月出席公明党大会，对池田大作拍摄的月亮照片赞不绝口，拉近了与公明党的关系。可是，公明党代表山口那津男讽刺菅直人："我只知道小泉的艺术造诣很深，从不知道菅还懂艺术。不知道菅直人听了谁的建议，但实在是太肤浅了。"公明党拒绝和民主党联合还有更深层的原因。2011 年 4 月，日本就要举行统一地方选举，公明党在选举前和民主党联合，公明党的支持票可能会投给民主党，所以在日本统一地方选举前，公明党不会和民主党联合。

众人之党在参议院有 11 个议席，加上执政联盟的 110 个议席，距过半数的 122 个议席只差 1 个议席。所以，民主党也希望和众人之党联合。早在 2010 年 6 月 4 日，菅直人当选党首后，到众人之党在国会的办公室会见渡边喜美。他对渡边说："我是来要求和你们联合建政的。"同日，菅直人和国民新党党首龟井静香就早日通过邮政改革法案达成一致。但一周后，菅直人就放弃了在年内通过邮政改革法案，并逼迫龟井静香辞去邮政改革大臣。因为渡边喜美是邮政民营化的支持者，废除邮政改革法案是众人之党与民主党实现联合的一个基本条件。有舆论认为，菅直人在组阁时，任命民主党政调会长玄叶光一郎为无任所的公务员制

---

① 与菅直人同样在政治斗争过程中与创价学会结下怨恨的还有仙谷由人和马渊澄夫，后者分别担任过菅内阁中的官房长官和国土交通大臣，成为妨碍菅及其民主党与公明党联合执政的障碍。

度改革担当大臣，就是想在参议院选举后，把公务员制度改革担当大臣的职位让给渡边喜美。

但渡边对民主党体制抱有深深的疑虑，他认为民主党把政策失误和政治资金丑闻的责任推给鸠山、小泽，让他们辞职，是一种"杀王"行为。就像中世纪，通过杀掉引起民愤的国王，树立新国王维持共同体秩序的惯常做法。民主党树立菅直人为新王，通过"脱小泽"，鼓动国民的情绪，推高民主党的支持率。[①] 但是菅直人曾经是鸠山内阁的副首相，对鸠山内阁的失误负有连带责任。民主党和自由党的合并，也是在菅直人担任民主党党首的时候。因此，是菅选择了小泽，以小泽辞职鼓动国民的情绪，也掩盖不了菅直人和小泽的关系。另外，众人之党的主要政策是改革公务员制度，但该党的公务员制度改革法案与民主党的完全不同。渡边称民主党的法案是"菅官联合"，既没有政治主导也不禁止官僚下凡，也不会真正改革公务员制度，所以才拒绝与民主党联合。

（二）保守政治大联合幻影与权力再分配

为了稳定执政，菅直人首相甚至流露出寄希望于民主党与自民党的保守派大联合。参议院选举前，菅直人提出增加消费税，就是考虑在参议院选举后和自民党组建保守政治大联合，共同推动消费税改革。这样还可以把反对增税的小泽一郎排除在外，收取一箭双雕的效果。

实际上，小泽一郎本来骨子里也是主张增加消费税的，只是出于选举的考虑主张暂时不增加消费税。消费税问题历来是敏感的政治话题，早在2007年，小泽作为民主党代表，就曾与福田康夫商谈保守派大联合，其本意就是便于增加消费税。但由于菅直人等强烈反对，谈判没有成功。菅直人上台后，转而寻求与自民党大联合。这一过程中曾有不少大型新闻媒体也支持保守派大联合，如《读卖新闻》一直明确站在"反小泽"的立场上。2010年7月7日《读卖新闻》周刊公布参议院选举调查结果，称有75%的受访者不赞同小泽一郎对民主党领导层的批判。《读卖新闻》还刊载学者文章，称"小泽一郎批评菅直人违反竞选公约，增加了选民对民主党内部团结的担心"。读卖新闻周刊社的会长渡边恒雄接

---

① 《谁能信赖与合作伙伴一周内就爽约的菅首相呢?》，2010 年 7 月 14 日〔日〕 《明察（SAPIO）》半月刊，第 31 页。

受朝日新闻《时代（AERA）》杂志专访时，称赞菅直人提高消费税的发言。就消费税大联合的可能性，渡边希望民主党排除小泽派，剩下的民主党和自民党联合，形成"近似大联合的中联合"①。但自民党议员提出了超出民主党可能接受范围的苛刻条件，进而否定了这种可能性。"首先，自民党和支持率低迷的民主党联合，没有好处；其次，菅直人从没有加入过自民党，自民党对菅直人保持警惕；再次，民主党与自民党联合，民主党必须让出首相的职位。"②

菅直人领导的民主党缺少与在野党的联系，八面玲珑的小泽一郎也拒绝为菅直人效力，菅直人只得暂时打消与主要在野党联合的念头。民主党只剩下"部分联合"的政策选项，即根据政策主张的接近性，在个别法案或政策上分别与各党派展开局部合作。比如，公务员工资削减法案与众人之党合作，劳动者派遣法修正案与社会党合作，社会保障法案与公明党合作。"部分联合"可能是政治学的一个有趣研究题目，但政治运转充满权术，"部分联合"困难重重。2010 年 8 月 4 日，民主党提出国会议员年度经费法修正案和社会保险及政府养老金医院存续法案。③ 经过与在野党的协商，在野党表示赞同。民主党的参议院国会对策委员长羽田雄一郎认为，这是民主党"部分联合"的成果，"今后我们要认真听取在野党的意见，一起讨论法案"。这是菅直人提出"部分联合"后，民主党第一次成功通过的两个法案。

2010 年 7 月 30 日，第 175 届临时国会举行新一届参议院议长选举。按照惯例，议长由参议院第一大党选出，副议长由第二大党选出。尽管自民党全体议员对民主党提出的参议院议长候选人西村武夫投了空白票，但西村武夫仍凭借民主党在参议院第一大党地位当选了议长，而自民党提出的副议长人选尾辻秀久也顺利当选了参议院副议长。如果说，参议院议长、副议长是按照约定俗成的惯例进行的权力分配，那么各党派在参议院 15 个常任委员会中的角逐，才是带有实质意义的争夺。争夺的结果是 15 个委员会的常任委员长职务由民主党获得 8 个职位，自民党获得 6 个，公明党获得 1 个。但是，自民党方面获得了最重要的职位——参议院运营委员长。参议院的议程一般由议长和运营委员长协商决定，所以自民党可

① 渡边恒雄谈话，2010 年 7 月 1 日〔日〕《时代（AERA）》周刊，第 35 页。
② 参见《菅、仙谷、枝野三人可悲的联手组合》，2010 年 8 月 1 日〔日〕《每日周刊》，第 24 页。
③ 日本医院分为加入社会保险的医院和加入养老金保险的医院。

以阻止民主党"强行表决"。自民党还可以通过对首相和内阁成员的问责决议案，让民主党政权陷入困局。更致命的是，如果在野党团结一致，国民新党所倡导的"邮政改革法案"将再一次化为泡影。继社民党因普天间机场未能实现"县外搬迁"而退出执政联盟之后，民主党也将再一次无法兑现对盟友的承诺，即"在参议院选举之后将邮政改革法案作为最优先议题尽早使之通过"，联合执政的国民新党可能彻底退出执政联盟，这将再一次打击参议院选举后的民主党政权。

（三）参议院选举后的政治余波

在社会政治层面，参议院选举后菅直人首先要解决经济问题。民主党的主要支持团体——日本工会总联合会会长古贺伸明与菅直人的会谈中，一再强调解决就业问题的重要性，指出日本的失业率已经升高到5%，日本工人中临时工已经超过1/3，这需要政府构筑新的社会保障网。① 菅直人也对外宣称，政府的任务一是解决就业，二是解决就业，三还是解决就业。人有了工作才会增加收入，进而增加消费，激活经济。有工作的人纳税，也有利于整顿财政。他表示，今后将集中对环保、医疗、旅游等领域增加预算，支持企业进行技术革新和拓展业务，以便创造就业机会。

为刺激经济，菅直人内阁推出了总额4.8万亿日元的第二个经济刺激方案。2010年11月16日，菅直人政权推出2010年度补充预算案，在国会众议院通过。在野党占优势的参议院以125票对114票否决了这个议案。但日本法律规定首相选举和预算案，众议院有优先权，预算案即使遭参议院否决，仍会在众议院通过30天后成为法律。也就是说，在野党只能拖延参议院辩论进程，延缓补充预算案的生效时间。与预算案相关联的《地方转移支付税法修正案》凭借公明党的支持，在参议院顺利通过。然而，自民党、众人之党和公明党等在野党，在参议院通过了对官房长官仙谷由人和国土交通大臣马渊澄夫的不信任案，菅直人政权再受重创。11月27日，菅直人与鸠山前首相会面，就参议院通过对仙谷由人和马渊澄夫的不信任案，以及党内形势交换意见。菅直人表示，"即使支持率跌到1%也不会辞职"。但不信任案毕竟让菅直人面临内阁改组的压力，在野党锁定

---

① 〔日〕古贺伸明：《在野党与执政党的政策纲领内涵迥异》，《中央公论》2010年7月号，第75页。

菅直人内阁的重臣，就是要断其左右臂。① 进入 2010 年底，自民党等在野党加快了政治攻击的步骤，纷纷表示如果仙谷由人和马渊澄夫不辞职，他们将拒绝参加国会审议。鉴于自民党加强国会斗争后将有很多法案在参议院不能如期通过，菅直人只得采取丢卒保车的策略，重新安排枝野幸男接替仙谷由人担任官房长官。当然，从理论上讲，菅直人所领导的民主党也可以像小泉纯一郎那样，在邮政民营化的法案未能获得参议院通过时解散国会众议员举行大选，但实际上小泉内阁当时的支持率要比现在的菅直人高出许多。所以，菅直人并不具备小泉式政治豪赌的资本。倘若菅直人在较低的支持率下贸然解散众议院举行大选，民主党无疑会遭到惨败，进而失去执政党地位。

进入 2011 年后，菅直人政府在"扭曲国会"的困境下仍旧处于一定的弱势，而民主党政府的支持率持续低下已经使党内议员发出了要求菅直人辞职的声音。民主党高层的政治策略，似乎是在艰难的执政过程中等待转机，尽量延长政权寿命并在大选临近时更换党首，用新班底对支持率的拉高效应去迎战大选。然而，日本社会中较为普遍的看法是，即使更换新的领导人，不解决"扭曲国会"的局面，民主党也将难逃下台的厄运。我们认为，民主党如果要从根本上改变参议院选举后政治上的被动局面，需要彻底反省自己的内政、外交政策，仅仅着眼下一次选举的技术处理远不足以摆脱目前的困境。一个只想延长寿命的政权只会关注下一场选举，但若要带领日本克服政治、经济以及外交上的困境走向新岸，则需要民主党的精英们思考下一个时代。

参考文献

〔日〕日本国会参议院网站，http：//www. sangiin. go. jp/议会选举信息特集。

〔日〕日本民主党网站，http：//www. dpj. or. jp/policy/manifesto/seisaku2009/08. html。

〔日〕日本自民党网站，http：//www. jimin. jp/index. html。

〔日〕《读卖新闻》、《产经新闻》2010 年相关报道。

〔日〕《明察（SAPIO）》、《时代（AERA）》2010 年、2011 年相关报道。

---

① 虽然国会通过不信任案，一般来说只是"道德诉求"，并无法律约束力。然而，问责掀起的政治舆论有一定分量，负隅顽抗的政客往往难逃黯然下台的命运。

参議院選挙の結果による日本政局への影響

高　洪　何　暁松

　要　旨：2010 年 7 月、日本は第 22 回参議院通常選挙を迎えた。今回の選挙は民主党が政権を臨んだ後初めての選挙であった。選挙直前、民主党の「鳩山・小沢体制」が政権危機を直面したことに加え、慌しく登場した管直人内閣は選挙のマニフェスト・政策・人員の配置などで誤った判断や失策があったため、与党連合は今回、衆参両院で圧勝するチャンスを見逃した。逆に自民党やみんなの党は参議院で席数を増やし、元々衆議院で三分の二の多数議席を保有しなかった民主党は自民党時代以上に「ねじれ国会」の状況に迫られた。これゆえに菅直人政権は様々な困難を直面し、長年揺れる日本政治情勢の先は更に見え難くなった。今回の選挙結果は今後民主党政権の内外政策の決定に重大な影響を与えることになる。

　キーワード：参議院選挙　民主党　ねじれ国会

B.3
民主党代表选举与菅直人政权

林晓光　周彦*

摘　要：2010 年是日本民主党联合执政的第二年。6 月初鸠山内阁在内外压力下突然辞职，匆忙接任的菅直人内阁 7 月迎战参议院选举失利，9 月执政的民主党举行了代表选举。虽然菅直人在艰难环境下击败了小泽集团在党内的进攻，但新组成的内阁和民主党的领导班子在内政和外交等各方面几乎没有值得称许的建树。随着日本各主要政党中的鹰派人物纷纷进入决策核心，日本政府的外交安保政策进一步趋向强硬，同时，在涉及领土主权、海洋权益和人权问题上，不断发出"挑衅性"言论，与中国、俄罗斯等相邻大国的关系明显紧张。内外困境使菅直人政权的支持率不断下滑，岌岌可危。

关键词：民主党　菅直人政权　党代表选举　小泽一郎

2010 年 9 月 14 日，执政的日本民主党举行了代表（党首）选举。按照民主党代表选举关于投票点数制的规定，411 名国会议员 822 点，地方议员 2382 人 100 点，34 万党员党友 300 点，一共 1222 点。当天投票的有效点数为 1212 点。选举结果，菅直人赢得国会议员票 412 点、地方议员票 60 点、党员党友票 249 点，共 721 点；小泽分别得到了 400 点、40 点、51 点，共 491 点。①

现任党代表菅直人以较大的优势战胜了挑战者小泽一郎，连任党代表后，组成了新的内阁和民主党的领导班子，延续了以"去小泽"为主要色彩的党政领导体制。日本国内政局经过这一轮变动之后，有些什么样的特点？在经济和政治

*　林晓光，中共中央党校国际战略研究中心教授，博士研究生指导教师，研究领域为国际政治，研究方向为日本政治及中日关系；周彦，齐齐哈尔大学人文学院教授，齐齐哈尔大学中日关系史研究中心主任，研究方向为东亚近代历史及中日关系。
①　参见共同社东京 2010 年 9 月 14 日电。

等方面将会有什么样的政策调整？其国内政局和对外政策将如何演变？本文将就这些问题作简要的分析和论述，以期对日本政治局势的现状和走向有一个大致的把握和预测。

一 日本政局的现状、问题和走向

2010 年 6 月 2 日，日本首相鸠山由纪夫在民主党两院议员大会上表示，由于驻日美军普天间机场搬迁问题造成社民党退出联合政府等政局混乱局面，自己将引咎辞职，同时表示民主党干事长小泽一郎也将辞职。鸠山内阁全体辞职后，在众议院占多数的民主党将加紧选出后任党代表，时任副首相兼财务相的菅直人于 6 月 4 日接替鸠山由纪夫出任日本第 94 任首相。作为新首相兼民主党党首，菅直人需要闯过"7 月的参议院选举"和"9 月的民主党代表选举"这两道横亘在首相面前的难关，才可能长期执政。此外，民主党内有大小九个派系，除小泽派外，还有前原派、野田派、鸠山派、羽田派、菅派、前民社党右派、前社会党系和"自由之会"。统合诸派系也同样是菅直人及其追随者们必须解决的难题。

菅直人新内阁成立后，形成了由首相菅直人、官房长官仙谷由人、外相前原诚司、民主党干事长冈田克也、民主党干事长代理枝野幸男五人组成的党政领导体制和最高决策核心。但新内阁上台以来，一方面政治仍然混乱、经济持续低迷、国民普遍不满、外交仍困难重重，内政外交尚无明显起色；另一方面，由于未来两年之内没有法律规定的国会选举等政治议程，所以民主党有望在相对较长的一个时期内执政，有利于执政党推行基于中长期战略构想而设计的政策措施。但良好的政治机遇并不等于良好的执政能力，民主党能否抓住机遇，以实际业绩取信于民，展示出高于其他政党的执政能力，还要拭目以待。从它执政以来的实绩看，恐怕最多只能打个及格分。

民主党能否在相对较长的一个时期内执政，有以下几个课题。

（一） 能否善于利用较为有利的国内环境

菅直人之所以能够战胜日本政界号称"幕后将军"的实力派人物小泽，主要在于小泽因为政治资金的丑闻而形象大损、不得人心，虽然在国会议员票的得

票率方面，两人几乎旗鼓相当，但在地方组织票和党员党友票方面，菅直人遥遥领先，因而奠定了菅直人获胜的民意基础和党内基础。新内阁诞生后日本媒体所进行的民意调查显示，内阁、民主党以及首相本人的支持率都有所上升，说明了国内各界对于新内阁扭转困难局面的期许，以及对于"密室政治"、"金权交易"的深恶痛绝。这样一个国内社会的舆论环境和民意基础，对于菅直人内阁和民主党执政，无疑是较为有利的。但是，由于同时与中、俄等周边大国发生领土之争，菅直人内阁应对无方，被媒体批评为"外交漂移"，致使内阁支持率大为下降。这说明民主党既未能有效地认识更无力利用较为有利的国内环境。

根据政治经济学关于政治与经济互相影响的理论，低效的行政管理和低迷的经济表现，都将成为国民对政府不满的原因，从而增加国内不稳定的政治风险，并可能导致混乱的政治局势和致命的社会危机。[1] 日本国内正处于这样混乱的政治局势之中，即使不会导致致命的社会危机，也很难避免巨大的社会转型成本。美国政治学家亨廷顿给出了现代国家在转型进程中的几组社会变量的因果关系：社会动员÷经济发展＝社会消极，社会消极÷机会流动＝政治参与，政治参与÷政治制度化＝政治动乱。[2] 其逻辑结论为：政治发展带来民众社会期望值提高，并诱发政治参与的扩大，但政治参与的扩大与政治制度水平的低下形成矛盾，导致政治的不稳定。因此，民主党上台后治理能力不足、政策方针多变，也是造成政治不稳定的重要原因之一。而经济发展和社会改革必须以政治稳定为前提，所以国内政治的混乱，是日本经济恢复和社会福利举步维艰的主要原因。

（二）能否拥有维持政权稳定的政策能力

按照选举政治议程，下一次日本众议院选举将在 2012 年举行。如果不出现导致首相提前解散议会、举行大选的极为重大的政治变动，民主党有望自 2009 年起连续执政三年。一个相对稳定、长期执政的政府，对于自 2006 年以来已经更换了六任首相、亟须政治稳定的日本来说，对于经济长期低迷不振、需要大刀阔斧振兴经济的日本来说，是极为重要的政治条件和机遇期。同时，首相和内阁

---

① Minxin Pei，"China's Trapped Transition：The Limits of Developmental Autocracy Conclusion，"转引自《中国转型智库》，2010，第 28 页。

② 参见〔美〕萨缪尔·P. 亨廷顿《变革社会中的政治秩序》，王冠华、刘为等译，上海世纪出版集团，2008，第 42 页。

更换过于频繁，无疑也损害了日本的国际形象，以及日本为国际社会作出贡献的能力，降低了国际社会对于日本的信赖程度。因此，无论从内政还是外交来看，一个相对稳定、长期执政的政党和政府都是必不可少的。但是，民主党是否有维持长期政权的能力，在其仅仅上台一年多以后就成为很多人担心的问题。

美国政治学者亨廷顿认为：转型国家首先要建立权威和秩序，即稳定的政治共同体。这种稳定性可以用政治共同体的制度化程度来衡量。制度化即构建社会组织，形成社会共识的进程和规范，可以用四组指标衡量：适应性/刻板性、复杂性/简单性、自主性/从属性、内聚性/离心性。适应性、复杂性、自主性、内聚性越强，制度化程度越高，反之，刻板性、简单性、从属性、离心性越明显，制度化程度越低；制度化水平的高低反映了政治共同体的发育水平。[①] 民主党内部的理念多元、派系纷争，也是政治共同体的制度化水平低和治理能力低的反映，进而成为日本国内问题成堆，却了无治理善策的原因。更成问题的是，这不仅仅是民主党一个政党的问题，而是日本各政党的通病。日本各政党虽然批评民主党的政策，但几乎没有谁具备取代民主党执政所应有的组织实力、管理能力和建设性的政策。因此，日本政局"你方唱罢我登场"的混乱局面，恐怕还将持续一个不一定很短暂的时期。

（三）能否加强设置政治议题和行政管理的能力

民主党执政以后，过度追求政策决定过程的"政治主导"，对于官僚系统，无视其专业素养和能力，降低其政治地位和作用，致使官僚系统在决策过程中的积极性、主动性与合作意愿降低。近来日本外交不断失误，与外务省官僚系统的被压抑不无关系。民主党的外交及安保调查会未经党内充分讨论，就提出恢复战前旧军队用语的建议，试图削弱和平宪法框架下通过特殊用语对自卫队进行政治管理的作用，"过于轻率和鲁莽"，"暴露出民主党政治上的幼稚和拙劣"。[②] 同时法务相轻率的发言导致在野党提出罢免议案，也暴露了民主党政治家欠缺政治经验、政治运营能力不足的弱点。就连首相菅直人也在 2010 年 12 月 10 日以后的

---

① 参见何俊志、任俊峰等编《新制度主义政治学译文精选》，天津人民出版社，2007，第145 页。

② 《民主党建议恢复旧军队用语暴露其政治能力低劣》，共同社东京 2010 年 11 月 18 日电。

几天之内屡屡失言。他说自己上台半年来只是"暂时的驾驶试用期",毫无政治家勇于承担责任的意识和意志,被在野党批评"没有担当政权的资格"。不久他又表示:"日方必须考虑(朝鲜半岛)万一发生情况时,能救出绑架受害者的准备工作。""目前日本也没有能够出动自卫队飞机救出在韩日本人的相关规则。我希望与韩方启动磋商。"在如此重要的外交问题和涉及和平宪法的重大问题上轻率发言,是十分不妥和不慎的。于是,12月13日,官房长官仙谷由人在记者会上强调:"日方完全没有研究过在对韩关系问题上自卫队能做些什么,当然也不会对此进行磋商。"因此,他表示"坚决叫停"。与此同时,日本社民党党首福岛瑞穗12日批评说:"这太糟糕了。如果派遣自卫队,就可能会导致战争。""民主党的一部分人有意做自民党没做过的事,并且热血沸腾,这令人十分担忧。"① 这样未经党内协商就贸然发表意见,而官房长官与首相意见截然不同,又遭到在野党的批评,只能证明日本政局的混乱和民主党的幼稚,加强了人们对民主党是否具有执政能力的怀疑。

更为要命的是,这些问题在民主党并非个案或特例,执政以来屡屡发生,每发生一次都不可避免地消耗了民主党的政治资源,产生了不可忽视的负面效应。日本政治评论家大宅映子因此指出:菅直人能够维持下去的唯一原因就是国民认为频繁更换首相不好,菅直人政府已经穷途末路。②

(四) 国内经济能否尽快强力复苏

民主党和菅直人内阁面临的经济方面的困难和问题也是堆积如山,理不尽,解还乱。日本国内经济方面目前最大的问题,一是经济低迷,二是财政赤字,三是日元升值。而民主党政府解决经济问题的既有思路和实施方法恰恰是相生相克,效果很可能互相抵消,导致劳而无功。为了复苏经济,就要放松银根以扩大企业投资,增加社会投入,为了扩大出口,就要干预外汇市场,阻止日元继续升值,但这都有可能增加通货膨胀的风险。为了重建财政、减少财政赤字,政府就要开源节流,大力削减支出,但公共投资的降低不仅将减少发展经济投资,放缓经济复苏势头,而且增加税收、减少对社会福利的投入,必将引起国民的不满。

---

① 2010 年 12 月 13 日〔日〕《读卖新闻》。
② 参见共同社东京 2010 年 11 月 22 日电。

国民福利不足将降低国民消费能力，导致社会需求不足，内需不足又反过来制约国内市场的扩大，制约企业的扩大再生产；结果经济回升缓慢、企业利润不高，能够缴纳给政府的税金也不多，政府财政收入无法有效增多，依旧债台高筑。为了健全财政、保证社会福利的财源，菅直人首相提出了 2011 年将考虑提出包括增加消费税的经济政策方针，恐怕又将引起日本国内各界的大辩论。① 如果提高消费税以增加政府收入，又会招致国民的不满。治理这样的经济问题，需要壮士断腕的勇气和魄力，也需要缜密的设计、计算和对症下药的政策措施。令人遗憾的是，上台一年多的民主党至今未能拿出一个思路正确、措施得力的经济振兴战略。尽管也多次提出了经济振兴计划，但大都流于空洞口号和原则方针，缺乏切实有效的具体措施，也没有取得经济复苏的显著实效。②

唯一可以让民主党人和菅直人内阁松一口气的是，国内经济状况有所好转。2009 年第四季度以来，日本经济的各项数据有所好转，从而为新内阁提出新的经济振兴计划、下大力气加快经济复苏，提供了实施时间、政策空间和有利机会。2010 年 11 月 8 日，日本政府出台一项总规模 5.1 万亿日元的经济刺激计划，希望通过增加就业、强化福利设施建设、增加儿童抚养补贴、加大公共事业投入、确保稀土供应等手段，推进经济增长战略，应对日元升值，扩大内需，振兴国内经济。预计上述计划将拉动经济增长 0.6%，增加就业岗位 45 万 ~ 50 万个。③ 包括该计划的补充预算于 11 月 26 日被参议院否决，但已经于 11 月 16 日由众议院通过，两院协商后未能达成一致，根据"众议院优先"的法律规定，预算案获得通过。④ 民主党的经济恢复战略因此得以付诸实施。11 月 26 日，总额 4.8 万亿日元的 2010 年度补充预算案在国会获得通过。首相菅直人希望把政权运营的重心转移到编制 2011 年度预算上，以重新获得国民支持，但官房长官被问责一事对现任政府构成沉重打击，使政治运营越发困难。

尽管近来由于外交纷争吸引了日本国民的注意力，但能否尽可能快地解决国内经济社会问题才是真正关系到民主党政权生死存亡的关键所在。如果上述经济

---

① 转引自《菅首相》专栏文章《税制改革隐含着增加消费税的基本意向》，2010 年 12 月 25 日〔日〕《每日新闻》。

② 参见《外交前景不明　内政课题如山》，2010 年 9 月 15 日〔日〕《日本经济新闻》。

③ 参见共同社东京 2010 年 11 月 16 日电。

④ 参见《问责马渊澄夫国土交通大臣》，2010 年 11 月 26 日〔日〕《读卖新闻》。

刺激计划仍然与以前的多个经济刺激计划一样无疾而终，恐怕民主党就更难向国民交代，其政权寿命也就屈指可数了。

二　政治运营：困难重重

由于在 2010 年 7 月的参议院选举中失利，民主党未能改变在参议院中少数党的局面，"扭曲国会"的状况使政治方面的难题被放大，更加难以处理。

（一）民主党内能否形成合力，举党一致

小泽虽然在代表选举中败下阵来，并且被检察机关"强制起诉"，但他本人是否从此金盆洗手，不再过问政治了？即使小泽本人有意退出江湖，其庞大的"小泽军团"将会怎样呢？是树倒猢狲散，还是选出新领袖，继续当非主流派？如果小泽不肯解甲归田，是否还会重新上演 1993 年的政治剧，拉出人马、另立山头？对于菅直人来说，这些问题都是不能不考虑的。因为小泽所得国会议员票点数只比菅直人少了 12 点，得到了 200 名民主党议员的支持，几乎占民主党全体国会议员的一半，党代表也好，首相也好，今后在政策制定和政治运营等方面，都无法忽视这 200 名国会议员的存在。小泽已经明确表示过，即使遭到"强制起诉"，也决不退出民主党，决不辞去议员职务。如果民主党劝告小泽"离党"或"辞职"，或应在野党的要求让小泽到国会接受质询，小泽就有可能率领本派系另起炉灶，导致民主党的分裂。自民党副总裁大岛理森认为，如果民主党要求小泽到众议院的政治伦理审查会接受质询，民主党必将分裂。[①] 民主党一旦分裂，将可能在参众两院都沦为少数党，使民主党政权岌岌可危。

对于菅直人首相来说，上策自然是在保持民意支持的基础上安抚小泽派，争取合作，形成举党一致体制。但这也是个两难选择：赢得民意、取得高支持率的前提，与党内中小派别合作的条件是"去小泽"，而完全"去小泽"又怎么可能得到小泽派的合作？如果小泽和小泽派选择不合作，民主党党内矛盾重重、内斗不断，对于政治运营不是什么好事。万一小泽带队造反，更是对民主党的致命打击。尽管在代表选举中并非所有小泽派成员都投了小泽的票，但小泽哪怕是拉出

---

① 参见《传唤小泽民主党龟裂》，2010 年 12 月 10 日〔日〕《时事通讯》。

去几十人，也将使民主党在众议院的绝对多数化为泡影，只能保持相对多数。这对于已经面临"扭曲国会"、在参议院处于少数地位的民主党，无异于雪上加霜。就新内阁的阁僚构成而言，"去小泽"的色彩非常明显，小泽派无一人入阁，投票支持小泽的仅有三人入阁，而且均未担任较为重要的核心职务。小泽派对此安排的不满意是可以想见的。接下来任命各省厅的副大臣、政务次官是又一次利益分肥，如果仍然未能分配给小泽派一些职位，以缓解其不满情绪，还是这样壁垒分明的"去小泽"，小泽派还能否顺从合作就很难说了。也许正是出于这样的考虑，菅直人于9月21日任命了七名小泽派或支持小泽的人出任副大臣或政务次官①，希望能以此来消弭小泽派的不满，以形成"举党一致"的党政体制，但似乎并未得到小泽派的谅解和支持。

由于民主党干事长冈田克也要求小泽到国会接受问责，主张经众议院的政治伦理委员会通过决议反对金权政治，甚至准备向小泽提出"离党劝告"。小泽因而拒绝与冈田对话。② 这是因为"去小泽"派认为，即使小泽另立山头，最多也只能拉出去30多人，还不至于改变民主党在众议院的过半数席位，所以对小泽穷追猛打。而接近小泽的各省厅"政务三役"则表示，如果冈田强迫小泽退党或接受质询，就将集体辞职，不惜以政府各部门功能的缺失进行对抗，姿态明确而坚决。小泽派甚至要求召开两院议员总会，要求仙谷辞职，甚至有要求首相引退的动议。③ 小泽也积极活动，与本派议员聚餐，与鸠山前首相、舆石东参议院议员会长等人会谈，达成了"不允许任何人分裂党"的共识④，意在钳制"去小泽"派和干事长冈田克也。因内阁与民主党支持率下降而苦恼的菅直人首相在联合工会的斡旋下与小泽举行了会谈。小泽主张回到"政权交替"的起点，意在恢复菅、鸠山、小泽三驾马车的民主党领导体制，冈田干事长则提出"真正的举党体制"。⑤ 双方仍然是"话不投机半句多"。

实际上，小泽虽然因政治资金问题一时退避三舍，但仍然密切关注政局变化。

---

① 参见《菅首相起用"小泽派"七人》，2010年9月21日〔日〕《体育报知》。
② 参见《冈田发表"决议"，小泽前景堪忧》，2010年11月30日〔日〕《产经新闻》。
③ 参见《传唤小泽或导致集体辞职》，2010年12月11日〔日〕《产经新闻》。
④ 《小泽、鸠山、舆石东会谈》，2010年12月12日〔日〕《时事通讯》。
⑤ 《小泽声称：要返回政权轮替的原点》，2010年12月25日〔日〕《产经新闻》。

2010 年 11 月中旬，小泽连续四天与大约 60 名在代表选举中支持自己的党内议员促膝商谈，话题涉及 2011 年 1~2 月间提前解散众议院举行选举的可能性，被认为是瞄准了"营直人之后"的政治准备。① 即使这不过是小泽用来试探政治风向的气球，至少也说明，小泽及其派别并不甘心就此偃旗息鼓，随时准备卷土重来。小泽派已经征集了召开民主党两院议员大会所需之 1/3 议员的签名。如果召开这一大会，就将追究民主党领导层选战屡败、政治运营混乱的责任，不惜弹劾党的领导核心。新年伊始，出席小泽新年会的有 120 名民主党议员，虽然比上年少了大约 40 人，但仍然是一支任何人也不能小觑的力量。② 小泽派的核心人物认为，只要本派系团结一致，民主党内的反小泽派就投鼠忌器，不敢逼小泽退党，就不得不为了党内团结和政权稳固而支持小泽。自民党等在野党也有人提出与小泽派联合的话题③，为小泽派在党外的政治出路提供了一个新的选项。

但随着检察机关对小泽金权问题的调查再次进行，民主党内要求小泽"退党"的呼声日趋强烈。到 12 月底，营直人首相决心对小泽提出"事实上的退党劝告"④。小泽迫于压力，同意出席国会的政治伦理审查会。⑤ 小泽是否会另起炉灶、建立新党，还是与那些政党派别联合组成新党，成为日本政局未来发展的又一个变数。按照日本法律，政治资金案件的审理过程十分复杂，即使现在马上起诉，一审判决最快也要 2011 年下半年，而整个审理过程甚至可能会延续几年时间。也许，日本法院对小泽金钱问题作出判决之际，将是决定小泽政治命运的关键时刻。如判小泽有罪，小泽恐怕将从此金盆洗手，退出江湖；如果判决小泽无罪，小泽将趁着"利好"重振旗鼓，卷土重来。无论如何，那都将是小泽政治生命中最后的机会。小泽揭竿造反或卷土重来之日，就将是日本政界重新洗牌之时？

民主党内"脱小泽"与"小泽派"围绕小泽是否应该接受国会质询的对

---

① 参见《观望"后营直人时代"》，2010 年 11 月 19 日〔日〕《读卖新闻》。
② 据富士电视新闻广播网（FNN）2011 年 1 月 2 日电，出席小泽家庭新年会的国会议员多达 120 人。
③ 《小泽派趋于激进对抗》，2010 年 12 月 21 日〔日〕《东京新闻》。
④ 《首相发出"离党劝告"，小泽以"可能解散国会"来回击》，2011 年 12 月 28 日〔日〕《产经新闻》。
⑤ 参见《小泽决定接受政治伦理审查会的调查》，2010 年 12 月 28 日〔日〕《时事通讯》。

立依然严峻，短期内似乎难以达成妥协，民主党内部的意见对立进一步激化。这种因政治手法和政治伦理不同而导致的分歧如此深刻，反映了民主党内部政治理念和政策主张的截然不同，是否会导致民主党的分裂，还需要我们密切观察。

（二）能否与野党合作维持国会的正常运作，即民主党能否与在野党达成谅解，顺利进行国会运营和政治运作

在野党目前在参议院占多数席位，即使按照"众议院优先"的法律规定，还不足以全面推翻执政党占优势的众议院通过的法案，但给执政党的政治运作造成麻烦和困难是绰绰有余的。在野党能够合作的议题虽然不多，但把民主党因代表选举产生的对立视为良机，提出要民主党"撤回竞选纲领"的条件，以迫使民主党政府提前解散议会举行大选。然而，对于执政党，幸运的是，在野党目前小党林立，很难在所有的问题上都形成合力，这就给执政党留下了在某些议案上与某些政党合作，在另外一些议案上与另外一些政党合作的空间和机会。菅直人首相表示要就各种政策与在野党真诚合作，充分协商。① 部分在野党也表现出与民主党在个别议案上进行合作的意向。奋起日本党代表平沼赳夫认为，为了国民、国家，能够合作之处，则应合作。新党改革代表舛添要一主张，在税制和养老金方面，能达成一致时，当然合作为好。社会党的党首福岛瑞穗也表示，如果调整关于普天间美军基地的日美协议，可以进行合作。② 他们都附加了合作条件，给民主党内部的意见整合增加了难度。

为了在本届国会通过 2011 年度预算案，应对民主党可能的分裂，首相菅直人竭力谋求与在野党合作。2010 年 12 月 6 日，菅直人会见社会党党首福岛瑞穗，请求在编制 2011 年度预算上给予合作。福岛提出如果不修改日美安全协定，即如果不把普天间美军基地撤离冲绳，就无法重新合作，并要求坚持"武器出口三原则"。③ 这个条件与菅直人内阁竭力恢复和巩固日美同盟、加强防卫力量的政策背道而驰，显然是菅直人首相不能轻易答应的。不久，

① 参见共同社东京 2010 年 9 月 14 日电。

② 参见共同社东京 2010 年 9 月 15 日电。

③ 《菅直人要求社民党在编制预算上给予合作》，2010 年 12 月 6 日〔日〕《产经新闻》。

又传出来民主党试图与奋起日本党合作的消息。结果不但在野党（自民党的河村建夫选举对策局长）指斥为"完全的野合"，连民主党内部也有人表示"难以理解"，要求"慎重对应"。① 如果民主党能与社会党、奋起日本党合作，将使其在众议院的席位从311席增加为320席，达到再次表决法案所需要的2/3多数。但是，菅直人一方面向主张护宪的社会党暗送秋波，另一方面又试图联合理念相当保守的奋起日本党，这种不管政治理念差异，一心谋求维持政权的做法，遭到了日本各界和民主党内部的批评。看来，党外合作的必要性与党内意见整合的困难，已经成为菅直人首相无法回避的"两难选择"。

在"扭曲国会"的政治现实里，也许"个案合作"是民主党能够较为顺利地进行国会运营的最好途径，如果不是唯一途径的话。不过，从稳定民主党政权的角度看，联合某几个在野党组成联合政权也许才是长远之计。问题在于，目前在野党中国会席位仅次于自民党的公明党与民主党有难解的心结，民主党看好的众人之党又屡次拒绝民主党的青睐，与民主党联合的国民新党力量实在太弱小，所以民主党还没有找到可以联合也愿意联合的伙伴。一方面，国会第三大党公明党与菅直人内阁对抗的姿态日趋明确，不仅同意对仙谷、马渊的问责案，而且其国会对策委员长漆原良夫明言拒绝参加仙谷、马渊出席的国会审议。② 当然，这里面不乏公明党的待价而沽，想看看民主党、自民党哪一边支持率高、执政可能性大，就与哪一边联合，以便再次联合执政。另一方面，多党"大联合"的政权设想再度浮出水面。

一种联合是民主党、奋起日本党、自民党三党联合，始作俑者为读卖新闻社社长渡边恒雄。渡边与奋起日本党的与谢野馨代表以及民主党内阁仙谷由人官房长官的关系都非同一般，他提出了"菅直人首相、谷垣副首相（自民党总裁）"，以两年为期的大联合构想。③ 另一种是自民党谷垣祯一总裁、大岛理森副总裁、公明党井上义久干事长、漆原良夫国会对策委员长，以及仙谷氏主导的民主、自民、公明三党"大联合"的构想。这虽然仅仅是部分人的构想，仅仅是水面下

① 《叩问首相的联合政权》，2010年12月6日〔日〕《读卖新闻》。
② 参见《公明党摆出与菅政权对决姿态，创价学会开始批评政府》，2010年11月29日〔日〕《产经新闻》。
③ 参见《保守大联合的地下暗流》，2010年12月27日〔日〕《产经新闻》。

的暗流，目前充其量只具有试探风向的意义，但其提出本身已引起政界各路人马的激烈辩论，引起了各党的表态。自民党总裁谷垣祯一宣称："大联合的条件是众院解散。"① 因此，无论其成功与否都足以为已经混乱的日本政局再增添新的不确定性，说明日本政局的乱象尚无宁日。

（三）日本政界的重组将会何时发生

目前日本政治的乱局使得近几年来"政界再编"的说法从未停息过，人们普遍认为只有再经过 1993 年以后那样的"政界再编"，日本政局才能彻底走向稳定。但到目前为止，日本的政界重组还只是从自民党分出了几个小党，整个政界尚未进入大动荡、大分化、大改组的阶段。日本媒体认为，如果小泽另立山头，将引发新一轮日本政界重组，并进一步分析说：如果小泽拉出100 人脱离民主党，民主党必将下台，如果只拉出 60 人，小泽就会成立新党，与自民党、公明党联合，争取执政；无论如何，都将导致政界重组。② 显然，如果小泽派选择从民主党分裂出去，就将拉开日本政界重新洗牌的序幕。也许，小泽扯旗造反之时，就是日本政界天下大乱之日？小泽指出：如果民主党失去政权，政坛必然陷入混乱局面。民主党虽然失去民心，但并不等于国民同意把政权交回自民党。民主党、自民党都无法在大选中获得过半数议席，极右或极左势力可能会趁机抬头。③ 精于政治计算的小泽，实际上指出了日本政界再洗牌的可能性，以及政局动荡的后果，可谓一针见血、入木三分。而这一幕政界重组的悲喜剧也许正在酝酿之中，并将"风起于青萍之末"。

2010 年 11 月 22 日，法务相柳田因轻率发言引咎辞职，这对竭力保持脆弱的经济复苏活力的民主党是一次打击，对于全力保护柳田的菅直人内阁也是一次重大的政治冲击。更为严重的是，在野党并不打算就此罢手，而是"得理不饶人"，打算接连追究国土交通大臣马渊和官房长官仙谷的政策失误，以及菅直人首相用人失察的责任。如果问责议案连续通过，对菅直人内阁的打击将是致命的。④ 因此，

---

① 《保守大联合的前提是解散国会》，2010 年 12 月 28 日〔日〕《产经新闻》。
② 参见《小泽失败可能导致政界重组》，2010 年 8 月 28 日〔日〕《每日新闻》。
③ 参见《时代闭塞感＋不信任情绪＝？》，2010 年 11 月 22 日〔日〕《东京新闻》。
④ 参见〔日〕岁川隆雄：《问责决议："柳田之后是仙谷由人"导致菅直人政权终结》，2010 年 11 月 20 日《现代商务》。

有日本观察家认为，迫不得已之际，菅直人内阁也许不得不"挥泪斩马谡"，让目前国民不满集于一身的仙谷下台以拉升支持率。① 11 月 26～27 日，在野党占多数席位的参议院先后通过了对仙谷和马渊的问责决议案。② 尽管参议院的"问责决议案"不具备像众议院的"不信任案"那样的法律约束力，但在政治上、道义上的压力不容忽视。如果历史上首次对官房长官的问责案在国会获得通过，对菅直人内阁的打击无论怎样估计都不过分。这一打击包括：党内议论纷纷，对领导层的能力存有疑问；在野党趁机发难，有的议员提出了"何时解散国会"的问题；国民大为失望，舆论推波助澜，内阁和民主党的支持率直线下降；国内政局混乱导致日本的国际形象受到损害。虽然参议院通过的问责议案不具有法律约束力，但在野党将拒绝出席仙谷和马渊出席的国会各委员会，造成政治运营的困境或停转。更有甚者，出现了"12 月或 2011 年 1 月改组内阁"的呼声。仙谷官房长官任民主党干事长、冈田克也干事长出任外相、前原诚司外相转任官房长官的"人事安排"传言也不胫而走。③

虽然菅直人首相一度表示，"完全不考虑改组内阁"④，但形势总是比人强，随着仙谷提出可以考虑辞去官房长官一职，菅直人内阁的改组似乎不可避免，将面临存亡去留的生死关头。自民党总裁宣称，2011 年"将运用各种手段""迫使菅直人政府解散众院、举行大选"⑤。自民党总裁大岛理森更是宣布，"2011 年是众院解散、夺回政权之年"⑥。似乎向民主党发出了宣战书。菅直人首相为了政权的稳固和 2011 年度预算的顺利通过，不得不重新考虑 2011 年的内阁与国会等政治运营战略，包括考虑在例行国会召开之前的 2011 年 1 月如何对内阁进行改组，具体时间将在 1 月 13 日民主党大会之后。⑦ 试图通过改组内阁、革新人事来拉抬支持率，进而在国会上顺利通过 2011 年度预算。时至 2010 年末，菅直人首相不得不放弃海外出访，集中考虑内阁改造、人事安排和内政措施等问题。⑧ 如

---

① 参见 2010 年 11 月 10 日〔日〕《现代商务》。
② 参见 2010 年 11 月 26 日〔日〕《产经新闻》。
③ 参见 2010 年 11 月 27 日〔日〕《现代商务》。
④ 2010 年 11 月 26 日〔日〕《产经新闻》。
⑤ 共同社东京 2010 年 12 月 24 日电。
⑥ 2010 年 12 月 24 日〔日〕《产经新闻》。
⑦ 参见 2011 年 1 月 1 日〔日〕《时事通讯》。
⑧ 参见 2010 年 12 月 28 日〔日〕《时事通讯》。

果内阁改组也无法提升支持率，如果 2011 年度预算难产，菅直人内阁恐怕也将寿终正寝了，甚至不得不提前解散众议院举行选举。如此，则日本政坛的新一轮洗牌将不可避免。

（四）民主党和菅直人内阁的支持率直线下降，导致政权岌岌可危

日本共同社 2010 年 11 月 23 日、24 日进行的舆论调查表明，菅直人内阁的支持率从月初的 32.7% 大幅下挫到 23%，而不支持率却从上个月的 48.6% 上升为 61.9%，已经濒临"危险水域"，其中 74% 的受访者对菅直人内阁的外交"不予好评"。① 12 月 27 日，言论 NPO 公布了关于菅直人第二届内阁执政百天的舆论调查结果，共有"领导能力"等 8 个设项，各为 5 分，菅直人平均只得了 1.8 分，远低于鸠山、福田、安倍等前任首相。显然，外交方面的进退维谷、内政方面的一筹莫展，已经成为菅直人内阁目前最大的失误，对邻国的强硬姿态不仅在政治上一无所获，反而令日本经贸损失惨重，而日本政府修复对外关系的积极主动，又被国内一些政治势力攻击为"柳腰外交"。这导致菅直人内阁的支持率出现逆转，创下执政以来的新低。

2010 年 12 月 12 日，日本举行了茨城县议会选举。在这场被视为 2011 年统一地方选举前哨战的选举中，民主党惨败，只获得了全部 65 个议席中的 6 席，而自民党获得了 33 席。② 日本国民再一次用选票表达了对民主党政府的不信任。这对于已经风雨飘摇的菅直人内阁来说，不啻雪上加霜。小泽就此严厉批评民主党领导层："菅直人内阁成立以来，在选举方面是连战连败。"③

日本国内社会舆论普遍认为菅直人政权现已陷入危机，无论是外交还是内政，许多政策的推行都四处碰壁，即使召开国会，恐怕对议案的审议也将因在野党的抵制而持续停滞，民主党及其内阁陷入了无力推动法案成立和通过的"危险"境地。从 2009 年 9 月上台到 2011 年 1 月，三年的政治机遇期已经过去了 16 个月，民主党在内政和外交等各方面几乎没有值得称许的建树，如果民主党政权能维持到下一次众院定期选举，还剩下大约 20 个月的时间，民主党能在此期间表现出令人刮目相

---

① 参见共同社东京 2010 年 11 月 24 日电。

② 参见 2010 年 12 月 12 日〔日〕《产经新闻》。

③ 2010 年 12 月 18 日〔日〕《读卖新闻》。

看的政策水平和治理能力吗？日本媒体指出，民主党本来是肩负着国民的希望上台执政的，现在却迷失了方向。① 这就是菅直人率领的民主党主导的日本政治给人带来的不安全感。② 日本媒体对民主党及其政权的前景都不表乐观。

因此，如何一方面处理好国内经济复苏乏力、政局动荡不安、社会福利等问题，另一方面处理好外交安保问题，已经成为菅直人内阁和民主党政府面临的严峻考验，也许将是决定民主党能否继续执政的关键。

三　日本政局：暗流涌动欲向何方

由于民主党的政治表现令日本国民大失所望，使得曾经期待政权更替带来焕然一新的国民被失望情绪所笼罩。面对财政危机、社会差距扩大、外交受挫等重大国政问题，民主党束手无策，没有什么灵丹妙药。其他政党忙于党派纷争，也提不出什么建设性的意见。因此，对民主党的失望情绪正在演变成为对政党、政治的严重不信任。日本媒体对此评论说，民主党政府正以出人预料的速度大失民心，政党政治的坐标发生混乱，连政党本身都可能走向解体。③ 新一轮的政界动荡、分化和重组似乎已不可避免。值得注意但却仍然不透明的是，在政界重组的过程中，日本政治将走向何方？新老议员和大小政客们是否会为了选票而迎合国内的某些右翼势力和右倾思潮，在外交、安全、国际关系等问题上竞相提出更为强硬的政策主张？

由于菅直人依靠崭露头角的前原等少壮派的支持才打败了小泽，因此不得不依靠少壮派执掌政权。在菅直人第二届内阁中，官房长官、国家战略相、外相、财务大臣等重要职务，不是前原派就是与前原派联手的松下政经塾出身的政治家，使得少壮派政治家全面主导内阁事务和政府决策。这一政治局面和权力运作机制的形成，是否会导致日本政治、外交、安保等领域的政策全面强硬，菅直人能否有效控制内阁成员的言论和行为，有效发挥政府首脑的领导力，将是本届内阁无法回避的一大课题。执政的民主党选择了著名的鹰派人物前原诚司出任外相，而最大的在野党自民党又起用了鹰派少壮人士组成党的领导体制（石原慎

---

① 参见《无所适从的夕阳西下之感笼罩日本》，2010 年 12 月 29 日〔日〕《朝日新闻》。
② 参见《为不使日本沉没，必须大刀阔斧的改革》，2011 年 1 月 1 日〔日〕《读卖新闻》。
③ 参见《时代闭塞感＋不信任情绪＝?》，2010 年 11 月 22 日〔日〕《东京新闻》。

太郎长子石原伸晃为干事长、前防卫大臣小池百合子任总务会长、前防卫大臣石破茂续任政调会长）。前防卫厅次官岩屋毅表示，在外交和安保问题上，执政党与在野党意见一致。① 因此，无论日本政局如何变动，在外交安保政策上的强硬，也许不会因为政党更替而发生根本性改变。2010 年 12 月，民主党政府内阁会议通过了自民党执政时期即开始修订的《防卫计划大纲》，非但没有改变原案框架、原则方针和基本内容，反而增加了"加强西南诸岛防卫"、增添潜艇和战机的内容，就是一个明显的例证。

民主党的外交及安保调查会建议政府使自卫队走出"正规军化"的第一步。民主党外交及安全保障调查会汇总的建议提出，在年底制定出台的新《防卫计划大纲》中，把陆、海、空三个自卫队的首脑即幕僚长以及统合幕僚长，定为可获得天皇"认证"的官职。按照现行《自卫队组织法》，自卫队的各个幕僚长目前由防卫相任命后向内阁会议报告，获批准后正式就任。这表明日本的武装力量是一支"国军"，一旦自卫队幕僚长需要天皇"认证"，则将变成与战前一样的"皇军"。这使人不由得担心，日本是否会再一次出现当年陆、海军具有的不对议会负责的独立统帅权，为发动战争而建立组织系统、指挥机制。建议案还要将统合幕僚监部改称"统合参谋本部"，"运用"改称"作战"，把自卫队"基础防卫力"概念改为机动的"动态威慑力"，把自卫官的军衔全部改回战前的名称。② 如果日本挟经济超级大国、军事世界强国的实力，使自卫队获得正规军名分，使"大日本皇军"借尸还魂，将成为地区安全最大的威胁。

目前，以前原为代表的日本政界少壮派政治家已开始全面进入日本政治外交安全的决策核心，他们在政治外交理念方面具有跨党派的高度同质性。如：在领土、资源、海洋权益等显示国家利益的方面，总表现出寸利必得、毫不退让的姿态；在安全保障问题上，一贯鼓吹"中国威胁论"，主张并积极推动日本调整防卫政策，加强国防力量；在价值观念上，惯于标榜"人权"、"民主"，并以此作为对中国施压的工具；在政治手法和从政风格上，他们虽无世袭政治背景，却有强烈的政治抱负，虽善于利用媒体影响和导引社会舆论，善于利用"民意"作为对中国的舆论压力，却缺少策略和经验，激进但不善于妥协。因此，在今后的

---

① 参见彭博通讯社网站 2010 年 10 月 21 日文章。
② 参见共同社东京 2010 年 11 月 20 日电。

中日关系发展进程之中，日本的少壮派政治家有可能在涉及领土主权、海洋权益和人权等问题上，经常性地发表"挑衅性"言论，表现出不惜对抗的言论或行为，给中日战略互惠关系带来意外冲击和局部的间歇性紧张，中日之间发生摩擦的机会和频率将可能增多。

参考文献

〔日〕民主党网站，http：//www.dpj.or.jp。

〔日〕《读卖新闻》2010年相关报道。

〔日〕《日本经济新闻》2010年相关报道。

〔日〕《朝日新闻》2010年相关报道。

〔日〕《产经新闻》2010年相关报道。

〔日〕共同网2010年、2011年相关报道。

民主党代表選挙と菅直人政権

林　曉光　周　彦

　　要　旨：2010年は民主党連合政権運営の第二年目であった。去る6月に鳩山内閣は内外の圧力を受け、突然の辞職を発表した。7月に慌てて政権の跡継ぎをした菅直人内閣は参議院選に失敗し、9月に与党の民主党は代表選挙を行った。菅直人さんは危ぶむところで小沢グループを撃退したものの、新しい内閣と民主党の執行部は内政外交においては何れも称えにに値するものがなかった。一方、日本における各政党のタカ派が政治の中心に入ることによって、これからの日本の外交や安全保障は更なる硬直になる恐れがある。日本の政治及び外交今後どの方向に向かっていくのか、中日関係今後どう発展するのか高い関心を持って注目すべきであろう。

　　キーワード：日本民主党　菅直人政権　党代表選挙　小沢一郎

B.4

日本民主党安全战略

杨伯江 *

摘　要：日本民主党安全战略，较之自民党时期更具进取性，更为积极外向。巧用日美同盟、提升独力防卫能力及构建"民主安全网"，是日本维护及扩张安全利益的三大基本手段，其中提升独力防卫能力是主线。日本安全战略的此番调整，反映了近年来国内国际形势的变化，是各方面因素综合作用的结果。今后一个时期，这一调整也将继续朝着"进取"、"积极"、"外向"的方向不断向前推进。新《防卫计划大纲》的出台，预示着日本更高层次战略调整的开始。

关键词：民主党　安全战略　日美同盟

在经历了一年多的"政权试用期"之后，民主党执政思路出现重大变化，对外战略的现实主义、实用主义色彩趋强，安全、军事因素在对外战略中的占比上升。鸠山、菅两届内阁的政策演变、新《防卫计划大纲》及其形成过程的台前幕后所体现出的民主党安全战略，较之自民党时期更具进取性，更为积极外向。巧用日美同盟、提升独力防卫能力及构建"民主安全网"，是日本维护及扩张安全利益的三大基本手段，其中提升独力防卫能力是主线。

日本安全战略的此番调整，反映了近年来国内国际形势的变化，是各方面因素综合作用的结果。而鉴于主要促变量如国际战略力量对比的变化等预计会持续发展，今后一个时期，这一调整也将继续朝着"进取"、"积极"、"外向"的方向不断向前推进。新《防卫计划大纲》的出台，标志着民主党执政以来的"安保论争"将暂告一段落，但同时也预示着日本更高层次战略调整的开始。

---

* 杨伯江，法学博士，国际关系学院教授，研究专业为国际关系，研究方向为东北亚地区安全。

一 从"拼外交"到"拼安保"

民主党上台执政以来，对外战略实施重点明显从最初的"战略性外交"转向"创设型安保"，曾经的自由主义、理想主义色彩昙花一现，迅速让位于保守主义、实用主义。

（一）民主党曾构想"外交立国"

民主党 2009 年 9 月取代自民党执政后，继续坚持对政治大国化目标的追求，但就实现目标的途径选择，提出了不同于自民党的"新思维"。面对新兴大国崛起、战略力量对比变化，从自民党政权后期开始，日本一直为如何能立于不败之地、赢得全球大竞争而苦心孤诣。[①] 民主党上台之际就此秉持的看法是：日本今后不能继续全靠经济说话了，要维护乃至提升国际地位，只有靠"拼外交"，即加大外交手段的运用力度，提高外交对拓展国家利益的贡献度。用民主党核心智囊人物须川清司的话说，中国 GDP 坐三望二，日本被赶超已近在眼前，日本经济沉沦可能难以避免，但国家的没落并非不可避免，关键是能否有效地推进战略性外交。外交拙劣是导致日本近年来国际影响力下降的关键因素，强化自主思考、奉行"智慧外交"是未来日本的出路所在。鉴于日美同盟的有效性、可靠性下降，日本外交需要进行多元战略选择，紧扣国家利益，发挥自身优势。[②]

首任民主党政权、维持了近九个月的鸠山内阁在其前半期将此"拼外交"思路发挥得淋漓尽致，形成西方媒体所谓的"鸠山冲击"：①对美要求平等独立，提出修改普天间基地搬迁方案、调查日美"核密约"、修订驻日美军地位协定等多项议题；②提高"东亚共同体"构想在对外战略中的定位，在借邻发展的同时偕邻自重，增加对美筹码；③停止在印度洋为美军补给的同时，对阿富汗、巴基斯坦尝试"出路外交"，探索为平息国际安全热点独立发挥作用；④高调展开减排外交，提出以 1990 年为基准、至 2020 年将二氧化碳排放量削减 25%

---

① 参见杨伯江《国际权力转移与日本的战略应对》，《现代国际关系》2009 年第 9 期。
② 参见〔日〕须川清司《打造外交能力》，讲谈社，2008 年 9 月。

这一"不可能的目标"。此外，对改善日俄关系、突破日朝关系，也显露出积极进取姿态。

（二）鸠山内阁后半期开始"转向"

至 2010 年初，鸠山内阁支持率从最初的 70% 多锐减约六成，日本各界形成反"鸠山冲击"风潮，其"战略性外交"主要卖点均引发质疑与抨击。与偏激刻薄的右翼保守派论调相比，主流媒体、"中道"战略精英的评析似乎更言之成理，也更具杀伤力（这部分势力加入批判阵营本身，就足以说明对"鸠山冲击"的反弹已经相当普遍）。譬如其代表性人物、曾任福田康夫首相高参的五百旗头真，先是归纳出"鸠山冲击"的三点理论依据，进而逐条加以批驳。① 如果鸠山内阁试图改变以日美同盟为基础的对外政策，其依据不外乎以下三点：①在当今这样全球化日益推进、相互依存的时代，国家间可以通过和平交易获取所需。日本应重估或改变靠军事力量维护安全的旧思维。②日本战败已过去半个多世纪，仍依靠美国保护安全有损民族自尊。鸠山一郎首相就曾说过，将来日本修宪、重整军备后，应要求美军撤走，实现对等的日美同盟。③美国单极统治时代结束，中国实力越来越强。为应对这一新局面，日本应改变对美一边倒的做法。

然而，关于第一点，"在当今世界，需要借助多元化多重性应对措施（来维护安全），即使在相互依存的趋势下，也不能在安全保障措施方面有所懈怠"。一国"无论软实力多么出色，如果自己不具备防范各种威胁的能力，那也是非常危险的"，因为"一般国家都不会玩弄战争游戏，但遗憾的是也有不守规矩的国家"。日本周边就有"炫耀其核武器和导弹能覆盖日本的国家"。关于第二点，"日本一直坚持专守防卫、不拥有高价进攻性武器，军费对 GDP 占比还不足 1%"（英国、法国、德国均为 3% 强），面对邻国的威胁，目前还没有做好大幅扩军的准备。实际上，"最大的资产"还是"可靠的日美同盟"。关于第三点，"美国的实力确实因伊拉克和次贷危机而受损，但美国的特点是能够在自由和多样性的背景下很快恢复元气"。"虽然中国的 GDP 已经与日本相

---

① 参见〔日〕五百旗头真《唯有日美同盟才是外交的基础》，2010 年 1 月 6 日〔日〕《日本经济新闻》。

当，但美国的经济规模是日中之和的三倍"。特别是军事上，美国具有明显优势，"其他国家即使花上十年也难以企及"。而反观中国，"虽然拥有强大的政治实力，但要想成为让世界信赖的领导者，还需要解决国内民主化等诸多课题"。①

与此同时，"东亚共同体"被同步否定。因为，①该构想是由民主党政权与日美"对等"的要求同时提出的，其冲击力由此被放大，也因此被置于日美同盟的对立面，使二者处于相互竞争、相互排斥的关系，反对"削弱日美同盟"导致对"东亚共同体"构想的敌意。②鸠山内阁的"东亚共同体"构想并没有从亚洲邻国那里得到预期的热烈回应。甚至据右翼保守势力称，不仅是日本国内，包括东南亚国家特别是越南、印度尼西亚、新加坡和泰国也"比以往任何时候都更担心日美同盟瓦解，害怕美国从日本撤军，中国在亚洲的军事存在进一步增强"②。

（三）政权更迭，"拼安保"提速

重压之下的鸠山内阁急于摆脱"轻同盟、轻安保"形象，加快了《防卫计划大纲》修订进程（此前美国研究界曾盛传，日本新大纲的出台可能再度延期至2011年）。以2010年2月政策咨询小组——"新时代安全保障与防卫力量恳谈会"成立为契机，民主党安全防卫政策开始大幅调整。③ 在恳谈会首次会议上，鸠山首相指示大纲的修订要着眼于应对周边国家军事力量的现代化。3月，韩国"天安号事件"后，日本国内"朝鲜威胁论"再度大幅升级，不仅成为压

---

① 还有多位战略专家持相同或近似观点。如白石隆认为：日本外交安全战略"首先要坚持日美同盟。以日美同盟为基轴的地区安保体系是保证东亚稳定的基础"。"如果放弃日美同盟，那么可以设想的最坏局面是美国把驻军撤到关岛和夏威夷一线，对日俄中采取平衡姿态，即采取'隔岸观火战略'。届时，日本为增强防卫力量，势必要投入远远高于目前的巨大资源。""而一旦日本迈出增强防卫这一步后，中国必然进一步加快扩军步伐，韩国、越南也将紧随其后。如此一来，（东亚国家）资源分配的重点就将从经济增长转向防卫。""要防止出现这种局面，就必须维护美国对东亚的军事参与。"参见〔日〕白石隆《东亚合作规则——日稳定美同盟的基础》，2009年11月1日〔日〕《读卖新闻》。
② 〔日〕中西辉正：《日美同盟空心化导致日本灭亡》，〔日〕《正论》2010年第3期。
③ 在此期间，鸠山内阁防卫大臣北泽俊美首次公开表示要"放宽武器出口限制"，持和平主义立场的《东京新闻》曾对此专门发表社论，点名批评北泽言论，警告民主党政府不可"切香肠式地销蚀武器出口三原则和扩大国际维和"。参见《重新审视防卫大纲》，2010年2月19日〔日〕《东京新闻》。

垮鸠山政权的最后一棵稻草，还导致后任的菅内阁推迟发布年度《防卫白皮书》，以重估安全形势，细化威胁因素。① 4 月，民主党发表执政后的首部《外交蓝皮书》，安全判断颇为严峻，基本重复前自民党政权对周边安全威胁的判断与描述。

6 月，菅直人在接任首相之际提出，"对中国正在增强军力一事必须给予严重关注"，就"天安号事件"表示"亚洲局势处于高度紧张。美军正在发挥威慑作用"。7 月，参议院选举，民主党政权公约提出的外交、安全政策主张，与安倍晋三内阁、麻生太郎内阁相差无几，突出强调深化日美同盟；在提及制定新大纲及中期防卫计划时，主张与澳大利亚、韩国、印度等推进防务合作。9 月，菅内阁发表民主党执政后的首份年度《防卫白皮书》，强调美军驻日的重要性，并首次提出中国的相关动向已经成为"地区和国际社会的担忧事项"。10 月，菅直人在自卫队阅兵式上高调宣讲中朝威胁，称"朝鲜正在积极研发导弹和核武器，中国正加速推进军事现代化，海上活动日趋活跃，日本所面临的周边环境日益严峻。面对这种变化，自卫队有必要加强实效军力予以应对"。

二　民主党"转向"的台前幕后

从鸠山内阁到菅政权，安全、军事要素在民主党政权对外战略中的定位明显提升，安全关注也从"9·11"后强调"多样化威胁"，回归、集中于传统地缘安全威胁。这是各方面因素累积叠加、综合作用的结果。

（一）外交挫败及安全环境变化，迫使民主党改弦易辙

民主党政权对日本对外关系的结构性矛盾估计不足，"拼外交"连遭挫败，这促使它调整思路。而内外压力的高度一致性、指向性，又决定了这一调整的方向性：调整不是沿着如何改进"战略性外交"的思路向前走，而是迅速从"外交"跳到了"安保"上。民主党政权开始认识到，对外战略的推进"不仅要用

---

① 参见《防卫大纲公布日期推迟　首相称基于自己的判断》，2010 年 7 月 29 日〔日〕《读卖新闻》。

嘴巴（外交），还要依靠牙齿（安保）"。①

首先是对美外交。民主党要求修改普天间基地搬迁方案，坚持基地"必须迁到县外、乃至国外"，以及调查日美"核密约"，引发了美国民主党政府的"战略忧虑"，两国关系陷入冰点。而鸠山首相最终迫于压力向美国低头，则不仅使普天间问题在历经八个月的外交博弈后重回原点，以美国的胜利而告终，同时也宣告了民主党对美"对等外交"的破产，鸠山内阁威信大挫。②

其次，从周边外交看，一是鸠山内阁突破日朝关系的策划未见进展，相反，随着日韩对朝政策协调的加强，日朝关系跌至新低。鸠山首相上任之初曾对朝采取灵活态度，在对朝政策上"希望展现出被认为与以往不同的方向性"。据传，他曾有意仿效前首相小泉纯一郎访问平壤，改善日朝关系。但鸠山政权后半期对朝政策明显趋硬。"天安号事件"后，在真相尚未查明的情况下，日本急不可待地强烈谴责朝鲜"击沉""天安"号的行为。在民主党内对朝强硬派坚持下，被朝鲜谴责为"民族叛徒"的原朝鲜劳动党书记黄长烨、被韩国认定为1987年大韩航空858客机爆炸案主犯的朝鲜前特工金贤姬在4月、7月先后被安排访日。内阁公安委员长中井恰表示，日方此举的意图是想借此"更多了解有关日本人被绑架到朝鲜的事件"，但这类举动对朝鲜的刺激、对日朝关系的破坏作用显而易见。二是日俄关系重陷僵局。7月，俄罗斯在"北方四岛"之一的择捉岛举行大规模军事演习，11月俄罗斯领导人又登上另一岛国后岛"视察"，日俄领土争端升级，对抗情绪加剧。三是中日关系。由于民主党政权放行"三独"代表人物窜访日本，鸠山首相在巴厘民主论坛公开置喙中国内政，中日深化合作进程未

---

① 民主党少壮派安保团队代表性人物长岛昭久关于对华政策的主张具有典型意义："面对崛起的中国，虽然需要以经济手段为中心努力予以接触，但终究需要在安全上做好对冲的准备。譬如，为应对中国不断增强的'拒止'（anti-access）能力，作为一种平衡，日本需要准备能将其抵消的相当的力量。""这远不是靠一国力量能单独完成的，日本需要与美国共同努力，或者与美韩共同努力，或者联合美国的亚洲盟国。日本需要在这些框架内努力尽责。"参见〔日〕长岛昭久《美国的实相与日美同盟》，《外交》卷2，时事通讯出版局，2010年10月。

② 2010年5月28日，日美两国就驻日美军普天间基地搬迁问题发表联合声明，表示将把基地迁至冲绳县名护市美军施瓦布军营周边，其核心内容与2006年自民党政权与美国达成的搬迁方案相同。同时，鸠山首相罢免了坚决反对2006年方案的内阁成员、社会民主党党首福岛，社民党随即宣布退出联合政权。6月2日，鸠山首相宣布辞职。"普天间交涉"失败对鸠山内阁打击甚重，日本选民对民主党政治的"不信"、"不安"上升，在随后的参议院选举中，冲绳选区投票率创下历史新低。

能如预期的那样顺利。而随着日方圈海动作加快，中日之间的海洋争夺、安全对抗意识上升，9月7日钓鱼岛海域撞船事件后摩擦升级。

此外，地区安全热点反复发作，再次为日本强化安保态势提供了外在驱动力。东北亚地区形势复杂，矛盾盘根错节，朝鲜半岛与日本近在咫尺，朝鲜又是日本至今尚未建交的国家，半岛局势、日朝关系向来是影响日本安全政策的重要外部因素。早在1998年，朝鲜发射"光明星1号"卫星①，日本旋即决定与美国联合研发战区导弹防御系统（TMD）。此后，朝鲜历次核试验、导弹试射及半岛局势的紧张，都成了日本右翼保守派、强硬派得势进而整军经武的契机，如2006年安倍晋三而非福田康夫接任首相、2009年麻生内阁支持率的回光返照，等等。2010年发生的"天安号事件"、朝韩"11·23炮击事件"，直接影响了民主党内部权力斗争的走向，以及年度《防卫白皮书》、新《防卫计划大纲》中的安全判断。

（二）与民主党、日本政坛权力结构同步变化

新老矛盾、"左""右"矛盾是民主党先天固有的结构性问题，自该党上台执政以来，在这两对矛盾的激烈角力中，优势明显在向"新"、"右"方面倾斜。①鸠山首相辞职、小泽一郎官司缠身，以此为标志，民主党老一代"三驾马车"权力结构不复存在，权力的年轻化加速发展。②"拼外交"思路碰壁、地区安全热点频发催生了日本政界新一轮"强化安保"氛围，右翼保守派、强硬派的政策主张顺风得势。民主党少壮派安保团队的权力地位上升，对核心决策圈的影响日渐加强。菅直人内阁成立后，少壮派安保团队代表性人物、防卫大臣政务官长岛昭久等频繁放话，一边试探各方反应，一边为安全政策的调整定调，对菅直人首相的决策实际起到了引领作用。

少壮派权势上升及鸠山下台的前车之鉴，实际上使菅直人首相原有的政治理念、政策主张遭到"绑架"。加之，反对修宪和放弃"武器出口三原则"的社民党退出联合政权，7月参议院选举社民党及日共得票率与得票数下降，下野的自民党为吸引选民而刻意突出本党"保守本色"，从自民党分蘖出的新兴小党对外

---

① 当时，美日韩都坚称朝鲜发射的是"大浦洞"1型弹道导弹，射程2000公里，并认为朝鲜这次发射未取得成功，第三级火箭爆炸后坠入日本东北方向约580公里的太平洋中。

多持保守强硬立场，整个日本政坛形成了一种有利于"强化安保"、政策强硬化的态势。其结果，2010 年底出台的新《防卫计划大纲》，除解禁武器出口被"缓期执行"外，从安保理念到具体政策，几乎原封不动地体现了少壮派安保团队的主张。

从更深层次看，"强军"一直是日本政治大国战略的题中之意。该战略虽经2005 年"争常"失利而受挫，但战略本身并未被放弃。7 月参议院选举中，民主党、自民党在各自的政策纲领中都将"争常"放在重要位置。日本政界各派之间的分歧在于：为实现这一目标，作为路径选择，是与亚洲合作多一些还是依靠美国多一些，是使用经济外交手段多一些还是使用军事安保手段多一些。"是否把军事手段作为谋求政治大国地位的主要手段，是区分鹰派保守主义与温和保守派的一道分水岭"，在鸠山内阁前半期，"前者明显在民主党政权中占据优势"。① 而 2010 年以来民主党政策的调整表明，日本欲借重亚洲、借助经济外交手段来实现自我发展的思路退潮，在一派眼里"可资利用"的周边邻国，瞬间成了另一派整军经武的口实与防范对象。

（三）与美国"重返亚太"战略共振

2001 年"9·11"恐怖袭击后，美国将国际反恐置于战略首位，反恐主题覆盖了小布什八年任期的大部分。在此期间，东亚地区形势发生两大重要变化：①主要国家力量对比持续演变，中国和平发展势头全面展开；②区域合作方兴未艾，东盟"10 + 3"框架进一步成熟，中日韩三边合作走上正轨，从 2008 年开始每年举行独立于"10 + 3"框架的三边峰会。从小布什政府后期开始，美国意识到"反恐得不偿失。两场战争伤了美国的元气，恐怖主义有增无减，伊斯兰世界普遍有屈辱感，而中国却在快速发展"。美国"似乎如梦初醒"，政府、军界和智库开始进行战略反思并逐步达成共识："反恐是一个长期的任务，不可能在短时期内有结果；美国不能因为非传统安全而忽视传统安全问题"。美国于是着手战略调整，"从反恐战争中脱身，把战略重点移向美国传统安全的中心，即西太平洋地区"。② 美国重返亚太，使本地区形

---

① 杨伯江：《民主党新政与日本之"变"》，《外交评论》2009 年第 10 期。
② 郑永年：《中国的亚洲安全困境及其选择》，2010 年 12 月 28 日〔新加坡〕《联合早报》。

势更趋复杂、大国战略因素陡然上升，也直接影响了日本安全战略的调整。

出于维护地区"均势"的需要，美国比以往任何时候都更需要一个"更强有力的日本"。小布什任内美日曾围绕对朝政策出现严重分歧，美国不顾日本利益和安倍内阁的反对，坚持为朝摘掉"支恐"帽子，使美日互信受损。奥巴马上台后，对日转而采取重视与协调姿态。2010年2月，美国国防部发布新《四年防务评估报告》（QDR），一方面在普天间基地搬迁等实际问题上寸步不让，坚持按2006年方案办，另一方面则突出强调美日、美韩"紧密的同盟关系"的重要性。2010年，美国在东亚借安全热点问题反复炒作，与盟国、"伙伴"频繁联合军演，积极撮合日韩进行安全军事协调，推动日本参加美韩军演、韩国参加美日军演。9月，驻韩美军司令夏普在美国国会听证时表示，（美国军方）"为了建设韩美日三国的战区导弹防御系统，正在尽一切努力"。

美国出于地区战略需要而采取的此类"纵日政策"，无疑鼓励了日本民主党政权内亲美派、强硬派、少壮派"安保团队"与其同步跟进。借此调整，日本首先是要抓住美国"重返"的机遇期，借船出海，在安全政策上进一步自我松绑，在军力建设上自我强化。小泉任内，日本就曾利用美国"反恐至上"的有利时机，通过多项"有事法制"，大幅强化了自卫队参与海外军事行动的自主裁量权。其次，日本要显示作为"紧密的盟国"，它仍有力量配合乃至支撑美国的此番战略"重返"，进而以巩固的日美同盟框架为凭借，推动与美国的其他区内盟国、"伙伴"构筑地区多边安全合作网。

三 维护安全的三大支柱

以新《防卫计划大纲》出台为标志，日本民主党安全战略完整亮相。它在安全理念上主张奉行"积极和平主义"，使日本成为"和平创设国家"，军力建设上提出"动态防卫力量"概念，战力部署上重点强调西南防御。而从维护安全的基本路径选择看，其核心是如下三点。

（一）深化并"巧用"日美合作

在经历了"鸠山冲击"后，民主党政权已完全回归靠美路线。11月横滨

APEC首脑会议期间，菅直人首相在日美峰会上"自上任以来最明确地表示要致力于日美双边关系"，称"在与中国和俄罗斯的问题上，美国能支持日本，我们感到非常高兴。我本人也认识到美国和美军的存在愈加重要"。日本官方人士解读称，这一番"坦率的言论""意味着首相已经从鸠山前首相推进的'对等的日美同盟'明确地转向了'同盟最优先'战略"①。2010年，日美多次举行联合军演，特别是12月上旬，日本和美国军队在包括冲绳东部海域在内的日本周边海域和空域举行了为期八天的"利剑"军演。这是日美两国自1986年以来第十次举行联合实兵军事演习，而规模超过以往任何一次，是此前韩美联合军演规模的六倍。新《防卫计划大纲》强调，为了应对核威胁，美国的核威慑力量对日本不可或缺，日本需要与美国紧密合作来维持和提高核保护伞的可靠性。据报道，菅直人首相计划2011年春访美，与奥巴马共同发表"新同盟宣言"，就"改善地区和全球安全形势"提出新目标。

不过，较之过去自民党的相关政策，民主党政权对日美同盟的强化有其新意，并非简单地"回归"。①在战略上，仍强调对美自主性、独立性，反对"无原则地靠美"。这一点并没有随着安全防卫政策的"转向"而消失。2010年11月，民主党外交安全保障调查会就修订《防卫计划大纲》提出建议案，提出鉴于朝鲜半岛局势不稳，应进一步加强日美同盟关系，但同时强调日本不应过于依赖美国。②在策略上，强调更多、更巧妙地"用美"而不是"为美所用"。以军事技术合作开发为例，日本一方面利用美国这一"外压"推动"武器出口三原则"解禁，另一方面试图借助技术优势对美施加政治影响。据防卫省披露，2010年秋季，日美在弹道导弹防御系统领域的新的合作研发项目——"舰载型战斗指挥系统"软件项目，因为两国谈判无法达成妥协而叫停，背景是日本要求美国在向第三方提供该软件时，必须事先征得日方同意，但遭到美方拒绝。②

① 《日本转向日美最优先战略》，2010年11月14日〔日〕《读卖新闻》。
② 《日美联合开发弹道导弹防御软件计划受挫》，2010年12月31日〔日〕《朝日新闻》。该军用软件由日美两国军民一体联合开发，可通过改良舰载电脑的显示器来提高宙斯盾舰的作战能力，还可在其系统出现故障时起到代替系统运转的功能。日美两国从2006年起一直在进行共同研究，原本计划从2010年起用六年时间在共同研究成果的基础上将合作推进到联合研发阶段并完成试制品。日美自2010年春开始就向第三方提供该软件的条件进行谈判，但最终在秋季宣告破裂。

（二）强化自主防卫能力

这是日本安全政策中最具成长性的一部分，包括"硬能力"和"软能力"两方面。前者包括军力建设、战力部署。新《防卫计划大纲》提出构筑"动态防卫力量"即"具备适应性、机动性、灵活性、持续性以及多目的性，依照军事技术水平的动向，以高度技术能力和情报能力为支撑"的军事力量，以取代过去"必要而最低限度的基础防卫力量"；放弃过去的均衡方针部署，战略部署向有效监控、动态威慑及快速反应方向进行调整，强化西南岛屿的防卫态势与兵力部署。后者包括在政治、政策上放宽自我限制及完善情报、决策机制及指挥系统。

推动军工产业国际合作、发挥国际军事作用、主动塑造安全环境等，是强化日本自主防卫能力的重要组成部分。新《防卫计划大纲》就此提出：通过参加"国际共同开发与生产"武器、在实现装备高性能化的同时应对成本的上升已经成为发达国家的主流，日本将就应对这一重大变化的方略进行研究，从而为修改"武器出口三原则"铺平道路；要研究修改"PKO 参加五原则"，更积极地参加各种国际维和行动。解禁军工产业国际合作，最终将使日本自卫队的装备水平大幅提高。据悉，菅内阁目前努力推动自卫队主力战机 F－15 后继机种的国际联合开发，同时也将潜艇、网络、太空等领域的联合开发纳入视野。由于"武器出口三原则"的制约，日本迄今无法参与 F－2 战机后继机种之一——F－35"闪电Ⅱ"的开发。今后如果能够参与 F－35 下一代机种的开发，那么将正好可以接替从 2020 年开始陆续退役的 F－15。日本防卫省已于 2010 年 11 月 29 日宣布成立官民联合研究会，为放宽"武器出口三原则"限制、实际参与国际联合开发预作准备。

如果说，强化日美同盟是日本安全政策调整的显性主线，那么强化自主防卫能力则是一条隐性主线。这不仅源于民主党主流派的政治信念，也是出于对全球化时代背景下大国多边关系的考量。尽管奥巴马政府对华牵制与平衡动作明显强化，但在大国利益深度互持的背景下，美国也深知"亚洲国家并不希望美国建立冷战式的反华军事联盟。对大多数亚洲国家来说，中国都是它们最大的经济伙伴。它们从中国那里获得援助和贷款，而且与中国人也不存在大的政治分歧"。"就像许多对冲基金一样，美国对华也应该采取'偏向多头策略'，也就是说应

该把精力更多地放在与中国的接触上。因为就目前来看，与一个很可能即将成为世界第一大经济体的国家展开新的长期冷战的策略相比，接触政策显然更为可取。"①

尽管日美同盟目前处于"强化周期"，日本仍极为担心在日美中三角中被美国外交"越顶"，也担心在安全上美国为了自身利益而置日本的利益于不顾，担心美国的安全庇护并不可靠，而这一切都促使民主党主流派"强军自保"。实际上，奥巴马政府自入主白宫以来，提出"无核世界"目标，与俄罗斯启动新一轮核裁军谈判，《核态势评估报告》首次明确动用核武的条件，均对日本的战略心理及安全认知产生了极大震撼，担心核保护伞失效。日本政策研究界重量级人物佐藤行雄曾专门就此撰文，称"日本越来越担心美国（安全）保障的能力……如果美国政府单方面地重新定义核威慑的概念，在提供威慑方面降低对核武器的依赖，那么日本对美国延展威慑能力的担心会进一步上升"②。

（三）推动亚太"民主国家"安全合作，构筑地区多边网络

新《防卫计划大纲》首次提出，要在亚太地区与拥有共同价值观和安全利益的韩国、澳大利亚及印度开展安全合作。此前，民主党政府首次发布的2010年度《防卫白皮书》、《外交蓝皮书》也对"加强与亚太民主国家合作"有所提及，组建"志同道合者同盟"无疑已成为日本安全战略的新"亮点"。

2008年韩国李明博保守政权上台，奉行"亲美仇北"政策，为日本调整对韩政策、强化日韩安全关系提供了契机，民主党政权更有意将日韩合作作为地区安全战略的重点。2010年7月美韩海军联合军演，日本自卫队首次以观察员身份参加。此后菅直人首相、前原诚司外相相继发出在朝鲜半岛出现紧急态时将派自卫队赴韩解救在韩日本人、日韩应建立安全同盟的惊人言论，反映了日方急于加强日韩安全合作的迫切心态。

---

① 《不断崛起却又脆弱的中国》，2010 年 11 月 15 日〔美〕《华盛顿邮报》。

② Reinforcing American Extended Deterrence for Japan: An Essential Step for Nuclear Disarmament, Yukio Satoh, The Association of Japanese Institutes of Strategic Studies (AJISS), 3 February 2009, http: //www. jiia. or. jp/en/commentary/200902/03 – 1. html.

日本的基本思路很清晰：借助日美同盟框架，分头强化与韩国、澳大利亚的安全合作。2010 年下半年自卫队分别与美韩、美澳军队秘密进行了不同军种的将官级战略磋商，这是美日澳、美日韩三国实战部队首次进行此类磋商；美日韩协商以陆海军为主，美日澳框架则以空军为重点。《朝日新闻》2010 年 11 月 9 日报道，日本已经开始与韩国就签署《军事情报保护协定》（GSOMIA）进行磋商，该协定将对有关保护防卫秘密的规则作出全面规定。据称，此举是为了应对朝鲜可能出现的非常事态，为日韩两国交换军事战略和相关情报铺路。日本迄今只与美国和北约签署了此类协定，此次与韩国方面商签，标志着日韩安全合作将全面启动。同时，继 2010 年 5 月日澳签订《相互提供物资与劳务协定》（ACSA）后，日本准备比照日澳标准，与韩国谋签日韩版 ACSA。

最值得关注的是，上述动向无不体现了日本民主党少壮派安保团队的形势认知与政策主张，即日本在安全上需要应对两大战略变化：①中国抬头，不仅国力上升而且对国际体系的影响力增大，应对中国崛起"远非一国力量所能独立完成，日本需要与美国共同努力、与美韩共同努力、联合美国的亚洲盟国，在这些框架内努力尽责"；②美国国力与影响力相对下降，国际社会中一直由美国负责提供的"公共财"（public goods）由此削弱，日本等美国的盟国、"伙伴"需要填补由此形成的空白。①

参考文献

〔日〕《2011 年后的防卫计划大纲》，日本首相官邸网站，2010 年 12 月。

〔日〕日本防卫省编《2010 年防卫白皮书》，行政出版社，2010 年 9 月。

〔日〕须川清司：《打造日本的外交力量》，讲谈社，2008 年 9 月。

〔日〕寺岛实郎：《战后日本与日美关系问答》，岩波书店，2010 年 10 月。

Normalizing Japan, *Politics, Identity and the Evolution of Security Practice*, Oros Andrew, Stanford University Press, 2008.

---

① 参见〔日〕长岛昭久《美国的实像与日美同盟》，《外交》卷 2，时事通讯出版局，2010 年 10 月。

日本民主党の安全保障戦略：変身と行き先

楊 伯江

　要　旨：日本民主党政権の執政方針がだいぶ変わりつつある。対外戦略にリアリズム、実用主義という傾向が強くなり、安全保障と軍事要因の占めるパーセンテージも上昇する傾向にある。新たな『防衛計画の大綱』に反映されている民主党なりの安全保障戦略は、かつての自民党政権と比べてもっと主導てき、外向き、アグレッシブな特徴を抱え、日米同盟の活用、自主防衛力の高め、アジア太平洋地域「民主ネット」の構築が安保維持の基本手段だと設定されている。中でも、自主防衛力の向上がもっとも成長性のある着力点だと考えれれている。

　キーワード：民主党　安全保障戦略　日米同盟

B.5
日本新《防卫计划大纲》评析

吴怀中*

摘　要： 日本政府于2010年12月17日正式出台了新的《防卫计划大纲》。新防卫大纲在对日本安全政策诸要素——安全环境和威胁判断、安全保障的目标和手段、防卫力量的作用以及建设方针等的阐释上，都有一些创新之处。总体而言，在21世纪初第一个十年结束之际的国际环境下，新防卫大纲的出台具有某种重要的指向性意义，尤其是在推动日本国家整体安全理念和指导思想的变化、转换防卫基本方针、推动对华军事态势和部署调整方面，其影响值得密切关注。

关键词： 日本《防卫计划大纲》　安全政策　战略走向

2010年日本安全防卫领域最受关注的动向，就是其新《防卫计划大纲》（正式名称为《关于2011年以后的防卫计划大纲》，以下简称"新大纲"）在12月17日的出台。① 其概要包括：倡导将日本防卫力量建设方针从"基础防卫力量"向"动态防卫力量"转化；重点强调日本周边安全形势紧迫严峻，中国和朝鲜是不安因素或威胁；变相提议修改"武器出口三原则"和"联合国维和行动参加五原则"等基本政策；提出强化西南岛屿的防卫态势和兵力部署；建议在首相官邸设置相关的国家安全保障新机构等。

---

* 吴怀中，法学博士，中国社会科学院日本研究所副研究员，研究专业为日本外交，研究方向为日本安全政策。

① 《关于2011年以后的防卫计划大纲》的内容，参见 http：//www. mod. go. jp/j/approach/agenda/guideline/2011/taikou. html。以下《关于2005年以后的防卫计划大纲》的内容，参见 http：//www. mod. go. jp/j/approach/agenda/guideline/2005/taikou. html；《关于1996年以后的防卫计划大纲》的内容，参见 http：//www. mod. go. jp/j/approach/agenda/guideline/1996_ taikou/dp96j. html。

新大纲是二战后日本制定的第四份防卫大纲，原则上将规范日本今后 5～10 年的防卫政策和战略走向。本文拟先从新大纲与此前的 2004 年防卫大纲（以下简称"旧大纲"）的文本比照中考察当前日本防卫政策的重点指向，再通过冷战后三份大纲的纵向比较概观日本防卫政策内涵和特征的演变轨迹，最后在以上基础上进一步揭示新大纲所预示的日本安全政策的变化趋向和重要意义。

一　新大纲的重要内容和特性

（一）新大纲的主要内容剖析

与旧大纲相比，新大纲首先在文本上有着体例新颖、栏目众多、内容翔实等诸多突出特点。除了前序后跋的第一章和第七章是照例虚设外，新大纲在从第二章到第六章的主体内容中（见表1），围绕日本防卫政策的理念、方针、手段以及基础建设等方面进行了详细的阐述，显示出日本政府在国际新形势下应对复杂安全局面的立意和筹谋。以下，在与旧大纲相应文本内容的比照中，具体分析新大纲的新意和特质。

1. 第二章"日本安全保障的基本理念"①

对比旧大纲，创新部分如下。①"日本的安全目标"从两项扩为三项：第一目标"防卫日本"的基本含义没有变化；第二目标是改善和保持亚太和全球安全环境，预防威胁发生，以此维持强化自由开放的国际秩序，显然其中的"亚太"和"国际秩序"部分是新设的；第三目标是为确保世界和平安定以及人类安全作贡献，全部为新设部分。②"安全手段"细分为四项：原本在旧大纲中作为第三项（前两项没变，即"日本自身的努力"和"与同盟国合作"）的"与国际社会合作"，被拆分为"亚太地区的合作"和"全球合作"两项。显然，地区安全合作在新大纲中被"计划单列"了。③强调要积极致力于"国际和平合作活动"。④强调为了应对核威胁，美国的核威慑力对日本来说不可欠缺，但日本需要与美紧密合作来维持和加强这方面的可靠性。相比之下，旧大纲只说明要"依赖美国的核威慑"。⑤强调在导弹防御方面日本需要作出自身努力。

---

①　如表1所示，对比旧大纲，此章为新设，但部分内容散见于旧大纲第三章的"基本方针"一节中。

表 1　新旧大纲的结构和篇目对照

2004 年大纲	2010 年新大纲
Ⅰ 制定的宗旨	Ⅰ 制定的宗旨
Ⅱ 围绕日本的安全保障环境	Ⅱ 日本安全保障的基本理念
1. 国际安全环境	Ⅲ 围绕日本的安全环境
2. 地区安全环境	1. 全球安全环境
3. 总体威胁判断	2. 亚太安全环境
4. 日本的条件	3. 日本的条件
Ⅲ 日本安全保障的基本方针	4. 总体威胁判断
1. 基本方针	Ⅳ 日本安全保障的基本方针
2. 日本自身的努力	1. 日本自身的努力
（1）基本想法	（1）基本想法
（2）国家层面上的综合应对	（2）综合性的战略措施
（3）日本的防卫力量	（3）日本的防卫力量——动态防卫力量
3. 日美安保体制	2. 与同盟国的合作
4. 与国际社会的合作	3. 与国际社会中的多层安保合作
Ⅳ 防卫力量的应有状态	（1）亚太地区的合作
1. 防卫力量的作用	（2）作为国际社会一员的合作
（1）有效应对新型威胁和多样化事态	Ⅴ 防卫力量的应有状态
（2）防备真正的侵略事态	1. 防卫力量的作用
（3）为改善国际安全环境的主动积极的	（1）有效的威慑及应对
措施	（2）确保亚太地区安全环境更加安定
2. 防卫力量的基本事项	（3）改善全球安全环境
（1）强化联合作战	2. 自卫队的态势
（2）强化情报功能	（1）快速反应态势
（3）应对科学技术的发展	（2）联合作战态势
（4）有效利用人力资源	（3）国际和平合作活动的态势
Ⅴ 留意事项	3. 自卫队的体制
	（1）基本想法
	（2）整顿体制时的重视事项
	（3）各自卫队的体制
	Ⅵ 防卫力量发挥的基础
	1. 有效利用人力资源
	2. 充实装备等的运用基础
	3. 进一步实现装备采购的效率化
	4. 维持和培育防卫生产和技术的基础
	5. 研究围绕防卫装备的国际环境变化的对策
	6. 防卫设施和周边区域的调和
	Ⅶ 留意事项

　　总结以上五点可知，新大纲在此章所要强调和突出的是：宣示周边威胁和地区安全合作（大部分针对中国），维护国际体系和"普世价值"，增强自主防卫

能力等。

2. 第三章"围绕日本的安全环境"

共分四节，新意如下。第一节"全球安全环境"：介绍了恐怖主义和武器扩散等非传统威胁（但没有将此定义为旧大纲的"新型威胁和多样化事态"）；强调了"低烈度争端的增加"、"破产国家的影响"；在非传统安全中列出了"海洋、太空、网络的安全利用是新课题"，"长期而言还需要注意气候变动给安全环境带来的影响"等新事项；还介绍了新兴国家崛起、美国相对衰退但仍维持"一超"的国际格局变化，以及"志愿同盟"合作的重要性。

第二节"亚太安全环境"：与旧大纲相同，强调日本周边的扩军形势、关注朝鲜半岛和台海等问题以及朝中俄三国的动向等。新增内容则是：①指出了领土与海洋问题。②把旧大纲中的"俄朝中"关注顺序调整为"朝中俄"；将朝鲜由"重大不安定因素"升格为"紧急且重大的不安定因素"；将有关中国的内容翻倍，首提中国国防费的增加、军事远程投送能力的强化、军事安全领域的不透明等问题，并且结论由之前的"今后有必要关注这种动向"升格为"中国的这种动向是地区和国际社会的担忧事项"。③指出美国正加强对亚太地区的参与，强调与日韩澳等同盟国及伙伴国的合作。

第三节"对维持日本的繁荣来说不可缺少的"条件：由"确保海上交通线安全"扩改为"确保海洋安全和国际秩序的安定"。

第四节"总体判断"部分：在以上三节认识的基础上，判断日本需要应对的安全局面是"各种事态"——而非之前的"新型威胁和多样化事态"；再次强调与同盟国等合作的重要性。

总结以上四节可知，新大纲意在强调：①恢复强调传统安全问题（低烈度争端、"破产国家"的影响等），尤其是来自中朝的威胁；②有意识地提出海洋和领土问题；③提起国际秩序或格局等广义安全议题；④开始强调维护网络和太空安全等新型议题；⑤一再强调与同盟国及友好国家合作的重要性，不再像旧大纲乐观地强调一般性国际合作和联合国的作用。

3. 第四章"日本安全保障的基本方针"

分为三节，新意如下。第一节"日本自身的努力"：①第一项"基本想法"强调与同盟国的合作、无缝应对各种事态。②第二项"综合性的战略举措"较之旧大纲的泛论，被细化为六大条目论述且内容大大增加。例如，旧大纲笼统强调了"政府综合应对威胁"、"强化情报工作"与"中央地方协作防灾"三项。新大纲则在此之上具体新增了构筑情报保密体制、推进太空开发和利用、强化网络利用及安全；实施应对各种事态的模拟、训练演习以及健全相关体制和法制；在首相官邸设置安全保障机构；研究修改"PKO 参加五原则"；加强安保宣传，争取国内外的理解。③第三项"日本的防卫力量——动态防卫力量"在主张积极开展国际和平合作活动、从财政情况等有限条件出发对自卫队进行整改等内容上与旧大纲相同，创新的部分则为明确提出放弃"基础防卫力量构想"，强调需要打造以动态威慑及应对来处理"多种事态"的"动态防卫力量"，以及需要进一步对自卫队的结构进行根本改革等。

第二节"与同盟国的合作"与旧大纲的相关部分类似较多，例如都强调日美同盟对亚太和国际安全的作用、阐释强化同盟的目标和途径。新的部分是强调同盟对日本参与国际安全事务很重要，日本应主动通过战略对话和具体政策来加强双边信任以及深化同盟——如推动国际及地区安全合作尤其是非传统安全合作、维护作为国际公共产品的海洋安全等。

第三节"与国际社会中的多层安保合作"与旧大纲对应部分不同的是：将原来的一项"国际论题"分为地区和国际两个论题且将地区置于国际之前。在第一论题"亚太地区合作"部分，在强调与东盟地区论坛合作、确保海上交通线安全等内容上与旧大纲一样，新的部分则是强调了构筑地区多层安全网络、与韩澳印三国合作、与中俄对话交流和合作等，并特别指出要与同盟国合作使中国在国际社会采取负责任行动；在第二论题"作为国际社会一员的合作"部分，新增日本应与欧盟和北约合作积极解决全球性安全问题，其他诸如充分利用国际开发援助战略、战略性实施国际和平合作活动、推动联合国改革等事项，与旧大纲基本一样。

总结以上三节可知，新大纲透露出的信息是：①日本应增强自身防卫能力——改造体制、法制和基本政策，对防卫力量进行结构改革——塑造"动态防卫力量"，以彻底告别冷战型安保模式；②日本应围绕自己的战略目的，在地区和全球层次上主动深化并利用日美同盟；③构筑国际及地区多层安全网络（尤其是与同盟国或友好国家）；④以上三点或多或少都针对中国。

4. 第五章"防卫力量的应有状态"

分为三节，新意如下。第一节"防卫力量的作用"分为两项论述：①第一项"有效的威慑及应对"新提出的内容是，要应对网络攻击以及由各种事态生成的复合事态；而与旧大纲相同的部分是，强调确保海空领域安全，提出应对入侵岛屿、弹道导弹攻击、特种部队和游击战的攻击、大规模及特殊灾害等事态以及改善国际安全环境。同时，与旧大纲首先强调以快速反应和机动防卫力量有效应对"多样化事态"相比，新大纲在此首先强调以"有效的威慑及应对"处理周边事态。②第二项为"确保亚太地区安全环境更加安定"。旧大纲并无此论，而是表示要保持冷战时期防卫力量的最基础部分，以防备"真正的侵略事态"。

第二节"自卫队的态势"整体为新大纲增加部分，强调自卫队为了应对各种事态要保持"快速反应"、"联合作战"和"积极开展国际和平合作活动"三种态势。

第三节"自卫队的体制"在旧大纲中对应为"防卫力量的基本事项"一节，同样都有"强化联合作战"、"强化情报功能"、"应对科学技术的发展"和"有效利用人力资源"四项内容。新大纲在此之上又添加了如下内容。①增加了"强化对岛屿的应对能力"、"强化应对国际和平合作活动的能力"以及"推动有效率和有效果的防卫力量建设"等内容。②增加了"基本想法"一项，强调缩减冷战型的装备和编制，调整自卫队的部署和运用，重点构筑西南地区在内的各种防卫能力（尤其是警戒监视、防空反导、运输以及指挥通讯等），同时暗示要设立"自卫队陆上总队"，以便精简部队层级，提高指挥效率。③增加了"各自卫队体制"栏目。"陆上自卫队"部分强调加强部队机动性、警戒监视能力以及岛屿防卫能力；"海上自卫队"部分强调保持机动护卫舰部队和"宙斯盾"舰反导能力，增加潜艇部队以保持水中警戒监视和情报收集能力等；"航空自卫队"部分强调加强防空（新战斗机）、导弹防御（预警和反导系统）能力等。

总结以上三节可知，新大纲意在：①开始回调旧大纲突出强调防卫力量要首先应对"新型威胁和多样化事态"的导向，指出要在应对多种威胁的同时，着重应对传统安全问题（尤其是地区安全问题）。②主张陆海空各自卫队的力量建设围绕有效监控、快速应对展开。③自卫队的部署和装备应向海空领域防卫，尤其是西南地区倾斜和集结。

5. 第六章"防卫能力发挥的基础"

此章为新增部分，着重从"有效利用人力资源"和"装备的制造、采购和运用基础"两大方面说明日本要加强防卫力量基础建设，透露出的重要信息指向是：①自卫队要配合国家的财政和人口状况，削减人事费用，进行结构改革，推动知识化、年轻化和效率化的建设步伐；②推动修改"武器出口三原则"，走武器"国际共同开发和生产"之路。

（二）从纵向比较看新大纲的特性

从冷战后三份防卫大纲的对比中，可以更好地看到新大纲所处的"历史地位"以及其所反映的日本安全防卫政策的到达阶段和演进趋向。表2从三份大纲的文本出发，就日本防卫政策的基本内容——安全环境判断、目标与手段、防卫建设方针等事项进行比较①。

从表2各项内容的比较中，可以大致看出新大纲所代表的指向性意义，某种程度上这也是冷战后至今日本安全防卫政策到达的阶段性特征：①在安全环境判断中，由之前的突出强调"新型威胁和多样化事态"向重视传统安全问题大幅回调，并显示出日益重视所谓中朝"威胁"引起的周边安全问题；②在安全目标设定上，视野"高阔"，高是开始强调价值、秩序甚或道义制高点，阔是重视广义国际和地区安全的维护，其中地区比重还进一步加大和突出；③在安保手段上，更加重视自身防卫能力建设以及主动借重美国和倚重同盟网络——以美国为主、由同盟国和伙伴国组成的国际和地区多层安全合作网络；④在防卫力量的作用和运用上，注重面向国际尤其是亚太地区，强调动态威慑和动态应对并举；⑤在防卫力量的建设方向和内容上，开始真正摆脱冷战型的厚重装备和均衡（及向北）部署，向有效监控、动态威慑和快速反应（特别是向西南诸岛）的动态力量建设方向进行调整。

---

① 迄今为止日本共制定了四份防卫大纲。但1976年的大纲是冷战环境下的产物，无论是客观上的国际安全环境，还是主观上的防卫思想以及对华认知，都与冷战后的三份大纲缺乏比较的基本前提，故在此没有被列为比较对象。

表2　冷战后三份防卫大纲的基本内容比较

	1995 年大纲	2004 年大纲	2010 年大纲
安全环境判断	(1)国际层面:呈现多样威胁(民族和宗教争端、大规模杀伤性武器扩散等)。(2)地区层面:朝鲜威胁等。	(1)国际层面:呈现"新型威胁和多样化事态"(恐怖主义、弹道导弹和武器扩散等)。(2)地区层面:朝鲜是重大威胁,需要注意中国的动向。	(1)国际层面:呈现"多种事态"——多样、复杂、多层,国际安全问题进一步关联化、"低烈度争端"增加。(2)亚太地区:朝鲜是"紧迫而重大威胁",中国是"国际社会和地区的担忧事项"。(3)海洋及岛屿安全问题日益严重。
安全基本方针	(1)安保目标:保卫日本。(2)安保手段:自助努力(自主防卫建设)、日美安保体制。	(1)安保目标:保卫日本、改善国际安全环境。(2)安保手段:自身努力、与同盟国合作、与国际社会合作。	(1)安保目标:保卫日本、维护亚太地区安全环境和改善全球安全环境以及维持强化自由开放的国际秩序,为确保世界和平安定和人类安全作贡献。(2)安保手段:自身努力、与同盟国合作、构筑与国际社会和亚太地区的多层安保合作网络。
防卫力量的作用界定	(1)保卫日本。(2)应对灾害及周边事态。(3)为构筑国际安全环境作贡献。	(1)应对新型威胁和多样化事态。(2)应对真正的侵略。(3)积极主动改善国际安全环境。	(1)有效的威慑和应对。(2)确保亚太地区安全环境更加安定。(3)改善全球安全环境。
防卫力量的应有状态和建设方向	(1)自卫队体制:陆海空三自卫队均衡部署、机动反应。(2)自卫队态势:联合作战、有机协调。(3)力量建设方向:合理、精干、高效。	(1)自卫队体制:重视联合作战、情报、科技、人力资源等能力建设。(2)自卫队态势:强调快速反应和机动。(3)力量建设方向:多功能、灵活、实效。	(1)自卫队态势:快速反应态势、联合作战态势、积极参与国际和平合作的态势。(2)自卫队体制:缩减冷战型的装备和编制,适当重新审视部队的地理部署和运用。重点构筑包括西南地区在内的警戒监视、海上巡逻、防空、反导、运输和指挥通讯等功能,进一步充实防卫态势。(3)力量建设方向:"动态防卫力量"。

二　新大纲的意义评估

客观而论,新大纲的创新之处——完全意义上的新概念、新思路和新方略并不多见，更多的是在旧大纲基础上的延伸发展。但是，也应该看到，日本在安全防卫领域的突破，历来是渐进积累（包括"进二退一"式）、螺旋上升、从量变到质边的演化过程。在这种过程中，新大纲的延伸发展及推进作用就具有十分重要的阶段性意义，可以说是日本安全防卫政策发生量质互变前的一个重要到达节点。以下就新大纲展现的宏观战略性意义和指示方向试作具体论述。

（一）新大纲推动整体防卫思路和战略的转换

第一，构思主动积极的大安全战略，推动国家安全范式转换。近年来，包括各政治势力主导提出的多种相关"提案"在内，日本国内一直就有强大的声音主张为了在新形势下保障国家安全，日本要做"和平创造国家"，要采取主动积极的外向安全战略，为此就需要制定符合大国身份的国家安全战略——集军事、外交、经济以及民间组织等诸手段于一体的新型"综合安全保障战略"而不光是侧重于军事安全的防卫大纲。虽然这种主张在现阶段还不能一步实现，但新大纲中已尽可能植入了这方面的构思和元素。例如站在时代制高点、综合安全观和软实力论的视角上提出了有关安全理念、目标和手段的大视角和新定义：立足"普世价值"——世界和平与人类安全等，维护"世界体系"——自由与开放的国际秩序以及其他"国际公共财产"，解决"全球问题"——包括太空和网络安全以及气候变化和各种非传统安全议题，拓宽"国际合作"——包括扩大维和活动、与北约和欧盟以及亚太的韩澳印等国合作构筑国际和地区的多层安全网络等。

第二，突破基本政策框架，推动"国防正常化"。在大纲制定的过程中，日本国内有关摆脱传统安全路线、推动国防正常化的建言和提议可谓此起彼伏，它们几乎都建议政府修改有关禁止行使"集体自卫权"的规定、"武器出口三原则"以及"国际维和五原则"等基本政策，并要求将来修改"无核三原则"，设立"国家安全委员会"等。当然，由于种种原因，这些主张在新大纲中仅得到了部分的反映和实现。例如，大纲变相提议将来修改"武器出口三原则"，提出重新研究自卫队海外派遣的方式、在首相官邸设置新的国家安全保障机构等。这些在若干年前还是日本政治禁忌的议题，现在不仅可以被公开讨论，而且可轻易取得民主党的党内共识，就足以说明：作为一种主流趋势，以上这些基本政策迟

早是要被修改和突破的。事实上，就拿修改"武器出口三原则"来说，如果不是菅直人首相在最后一刻出于"政局"原因而临门收脚，它应该是可以通过并被写入新大纲的。①

（二）新大纲开启防卫力量建设方针的重大调整

新大纲提出防卫力量建设和部署的新方针和核心内容，即从"基础防卫力量构想"切换到"动态防卫力量"——"具备适应性、机动性、灵活性、持续性以及多目的性，依据军事技术水平的动向，以高度技术能力和情报能力为支撑"的力量构想。

日本在1976年制定的第一份防卫大纲中，提出了基于冷战环境而设定的"基础防卫力量构想"，即：保持最小限度的防卫力量，以避免出现力量真空状态而招致侵略；以苏联为假想敌，为抵御其进攻而在北海道及全国各地比较均衡地配置自卫队及其装备。冷战后1995年的第二份防卫大纲对该构想实行了基本沿袭、局部调整，同时还具体提出了"合理、精干、高效"的防卫力量建设方向。新世纪2004年的第三份防卫大纲对该构想的态度是在"继承有效部分"的基础上施以大幅改造，同时具体提出了"多功能、灵活、有效"的防卫力量建设目标。而到了新世纪第二个十年开始之际，新大纲正式宣告以"动态防卫力量"建设方针终结该构想，提出打破自卫队的全国均衡部署态势，以防范"多种事态"为主要目标，重视部队的机动性和快速反应能力，力求：平时做到不间断的侦察、监控和演练，达到动态威慑效果；战时或有事时能够灵活调动军力，实施快速和机动的应对。为此，新大纲提出要大幅调整冷战时期形成的自卫队部署态势和装备系统。

新大纲正面提出转换防卫力量建设和部署的基本方针，计有以下几种原因。①冷战后日本早就提出将防卫部署重点由西北转向西南，进入21世纪后又提出要应对新型威胁和多样化事态，但实际上自卫队（尤其是陆上自卫队）的部署和装备调整迟迟没有跟上和到位，这次日本政府在新大纲中正式确立"动态防卫力量构想"新方针——虽然不乏概念整合和用语创新的意义，但更重要的应该是以新大纲为统一共识后的整改号令，形成了要适应新时代和新形

---

① 参见2010年12月7日〔日〕《朝日新闻》。

势、推动以上调整尽速到位的政策意志。②就物理条件而言，这实际上也是日本财力和兵员不足条件下的一种明智选择，即在难以实现大幅增量的条件下，尽可能"盘活存量"，靠机动和快速反应能力来弥补绝对力量的不足：在装备上抑陆向海（空），充实海空战斗力；在部署上，防卫重心进一步向西南方向推进。

（三）新大纲传达更加明确的防华指向

整篇新大纲，直接提及中国的不过寥寥两处。但实际上大纲所要推动的政策转换，或多或少都与中国有关。例如，大纲首次提出要在亚太地区与拥有共同价值观和安全利益的韩国、澳大利亚以及印度开展安全合作，变相提议修改"武器出口三原则"，竭力推动安保机制"正常化"等，也都被认为有部分目的是为了应对中国。当然，其中最具有代表性的事态还是上述防卫力量建设方针的转换。尽管日本政要一再声称此种转换没有针对中国，但正如日本主流媒体解读的那样，新大纲倡导将"基础防卫力量"构想转向"机动防卫力量"构想，主要背景是"中国军力的持续快速发展"、"中国扩大海洋权益的动作持续不断"，主要目的是为了以西南诸岛的防卫为中心，抵御包括中国军力"扩张"在内的各种事态。

日本迄今制定的四份防卫大纲中，有关中国的表述几经演变，从中可以清晰看出其对中国的防范意识在日益增强。1976 年的第一份大纲，在冷战时代下（中日已经复交）注重"美中苏战略平衡论"，重视基础防卫力量建设，防卫重点指向西北，对中国并无"防备"之意。1995 年的第二份大纲提到了日本周边的不透明和不安定因素，没有提及中国但已开始发出了某种暗示。2004 年小泉内阁制定的第三份大纲，渲染"周边不稳论"，明确提出鉴于中国海空军、导弹和核力量等的发展和活动，"有必要对中国的动向予以关注"。而这次的新大纲，则高度强调"东北亚局势紧张论"，进一步将矛头转向中国，指出"中国在周边海域加强了与主权权利相关的单方面要求"，中国海军在日本周边海域活动频繁，军事实力激增且不透明，"是地区和国际社会的担忧事项"。至此，新大纲对中国动向的表述升级为明白无误的"担忧"和强烈的警戒，中国被作为潜在的"主要威胁源"甚或某种意义上的"假想敌"。

2004 年出台的旧防卫大纲，虽然已经开始强调"岛屿防卫"和"周边海空领域的警戒"，但从那时起日本没有采取什么重大的实际措施。然而，这次却不同，新大纲不光从政策上表示强烈担忧，而且要特别着意于实际推动日本的防卫重心向西南诸岛转进，要加强针对中国的具体对抗措施，即"前沿部署"、"正面对峙"和"岛链围堵"。① 为此，新大纲要求适当削减或调整本土的陆上防卫力量，是把过去全国均衡部署的陆海空自卫队有所倾斜性地调动到西南重点地区，加强西南诸岛（从鹿儿岛至冲绳海域）的防卫态势，在不设防的空白离岛适当配置部队，同时强化日本周边海空领域的警戒监视能力。而为了与这一防卫政策倾向相配合，增加"西南海域"防卫上的预算投入，新大纲提出对自卫队武器配置进行调整，相应减少陆上自卫队的坦克、火炮和人员数量，用以加强海上自卫队（尤其是强化潜艇规模，目前拥有的 16 艘潜艇将增加到 22 艘）和航空自卫队（尤其是下一代新型战斗机）的力量②。

（四）新大纲着眼"后危机时代"的政策布局

以上是新大纲重点的意义所在。如果再加上以下各点，则可以看出日本面向后金融危机时代的安全防卫政策的大致轮廓。

1. 挖潜改造，持续推进自身防卫能力建设

正如新大纲编制过程证明的那样，在相当一段时期之内，日本政府在实施安全防卫战略上面临着预算不足、力不从心的局面。但是，由于日本的经济和财政规模巨大，所以日本政府努力通过内部挖潜、盘活存量、突出重点，以逐次强军、渐进积累的方式，仍然在硬件建设上取得了可观的进步。这就是进入 21 世纪以来日本防卫费用没有增加而军力却持续走强的原因。与此同理，在软件松绑上也取得了不菲的成就。新大纲的相关表述显示，当前日本政府决意在挖潜增收上（例如压缩占防卫费 40% 的人事费用，削减陆上自卫队的重型装备等）做足文章，以便节余出更多经费用于"动态防卫力量"建设，从而加快这种从量变

---

① 实际上，就在大纲出台前后，有些举措已经付诸实施了，例如 2010 年 12 月上旬日美在东海方向举行了号称史上最大规模的联合军演，剑锋所指相当明确，可谓为新大纲的对华指向做了生动的注脚。

② 『中期防衛力整備計画平成 23 - 27 年度』，参见 http://www.mod.go.jp/j/approach/agenda/guideline/2011/chuuki. html。

到质变的强军方式。这种动向显示出了当今日本在大力加强自主防卫能力方面更加强烈而急迫的意愿和决心。

2. 争取日美同盟稳中有进、为"己"所用

对比前两份大纲，新大纲显示的对美政策调整并不被认为是重点和亮点，但其代表的阶段性意义和指向却不容小觑，至少释放出了如下两个重要信息：①日本（尤其是民主党中的）部分政治精英在对美战略上经过短暂的博弈和摇摆之后，深刻认识到了必须回到维持和深化同盟的既有轨道上来——即便是把朝向西南的防华战略调整到位，也需要依靠同盟相助。所以，短时期内日本政府已丧失挑战美国主导权的冲动和意志，应该不会再行"造反"而是重返"亲美"路线。②新大纲强调要通过加强信任、战略对话和政策合作来深化日美同盟，通过同盟发挥国际作用和影响力，努力释放出了日本谋求自主性和双向性的信息。实际上，就思想层面而言，从菅直人、仙谷由人到前原诚司等的民主党领导层，多少都有些谋求对美自主的意愿。当然，从第一点来看，这一意愿将会被严格限制于同盟框架之内——在框架内尽量争取一份所谓的主动和自立。因此，根据以上两点可知，今后一段时期，日本在谋求深化同盟的同时，也会加紧主动利用同盟的"权变路线"。

3. 部分回调政策重点，突出应对"传统威胁"

新大纲对威胁来源没有沿用"新型威胁和多样化事态"，而是提出了"多种事态"的定义。与此适配，与旧大纲强调以国际合作和联合国来应对"新型威胁和多样化事态"相比，新大纲更强调以日美同盟、友好国家以及地区合作来应对"多种事态"。这是因为，首先，新型威胁的苗头早在 20 世纪 90 年代就开始出现，经2001 年"9·11"事件的放大效应以及美国安全判断的规范后，某种程度上在旧大纲中被过分闪亮登场了。但实际上，即便如当时日本保守派人士也承认的那样，其对日本的威胁并不如对美国那样大。其次，从 2005 年前后美国深陷伊阿战争、软硬实力受损并无力顾及东亚，经过金融危机后新兴国家尤其是中国全面崛起，再到近期的朝鲜半岛危机和东海岛屿争端，日本愈加紧迫地认为，"新型威胁"没有变化，但周边的安全环境不是好转而是一路"恶化"，其安全保障的重心需要向应对"传统威胁（中国和朝鲜）"作出回调。当然，它的这种判断和回调步伐很大程度上是受到了美国全球及亚太战略调整的影响，美国高调且强势重返东亚无疑是一个送上门的机遇。

4. 构建地区及国际安全合作多重网络

比起旧大纲，新大纲明显地重视地区安保合作，不但提出要推动与韩国、澳大利亚、印度等友好国家的合作，还提出要与远在天边的北约和欧盟以及欧洲国家强化合作关系，构筑地区甚或国际的多层安全网络。此前的自民党政权已与北约展开安全对话，民主党政权对此不但继承而且加以发展——将此写进国家防卫大纲中。无疑，推动这种军事安全外交肯定有部分或相当一部分动因是针对中国的，其中不乏制衡或围堵之意。因为日本越来越感到，后金融危机时代仅凭日本或日美同盟已无法确保针对中国的安全系数。但同时，这也是日本着眼于后金融危机时代所进行的安全布局，并不全部是针对中国的。因为，美国实力下降、世界安全形势复杂化，安全手段多样化已是题中应有之义①，仅仅依靠日美同盟已经不可能像以前那样确保日本的综合安全——何况美国是否靠得住还是问题②。反之，凭此还可以拓展对美战略空间和外交余地，提升日本的国际地位和影响力。

参考文献

〔日〕日本外务省编《外交蓝皮书2010》，时事画报社，2010年5月。

〔日〕日本防卫省编《平成22年度防卫白皮书》，行政出版社，2010年9月。

〔日〕日本防卫省防卫研究所编《东亚战略概观2010》，日本时报社，2010年3月。

〔日〕和平与安全保障研究所编《亚洲的安全保障2010～2011》，2010年7月。

〔日〕新时代的安全保障与防卫力量恳谈会编《新时代的日本安全保障与防卫力量的将来构想恳谈会——以"和平创造国家"为目标》报告书，2010年8月。

---

① 中国并不否定他国追求包括区域合作在内的多样化安全手段，如外交部长杨洁篪就表明："当今世界国际安全威胁更趋复杂多元，安全问题的综合性、整体性、关联性上升，解决各种地区安全问题单打独斗不行，孤军奋战不行，只有以合作求安全才是出路。"（杨洁篪：《用信心与合作共筑亚太未来》，《世界知识》2010年第24期）但中国反对某些国家打着"合作"的旗号去遏制或制衡其他国家。

② 例如，就连保守鹰派的前原诚司外相对美国也并非完全信任，他在野党时期曾多次强调要"脱美自立"，摆脱对美国的"过度依赖"，并要求日本自主发展巡航导弹等攻击性武器，以防止美国在关键时刻"靠不住"。

日本『新防衛計画の大綱』への考察

呉 懐中

　要　旨：日本政府は2010 年 12 月 17 日の安全保障会議と閣議で、新たな『防衛計画の大綱』を決定・公布した。新防衛大綱は日本安保政策の諸要素──安保環境認知と脅威判断、安保の目標と手段、防衛力の在り方およびその基盤構筑について幾つかの新味を出している。総じて言えば、21 世紀における第一の10 年期が終わろうとした段階の国際環境のもと、新防衛大綱は重要な指向性を帯びていると思われる。なかでも日本の安保政策におけるパラダイムや思考様式の転換、防衛基本方針の見直し、防衛力の態勢や配置の調整などを推進する上での意味については、なおさら注目する必要があると考えられる。

　キーワード：防衛計画の大綱　安保政策　戦略的展望

外交关系篇

Foreign Relations

B.6

波澜起伏的 2010 年中日关系

刘江永 *

摘　要：2010 年的中日关系起伏跌宕。上半年在鸠山内阁执政期间，两国关系发展比较顺畅。但是下半年菅直人内阁执政后，日本对外政策发生较大调整，中日关系脆弱的一面显现，特别是 9 月 7 日发生在钓鱼岛附近海域的日本海上保安厅抓扣中方渔民渔船导致的"钓鱼岛事件"，对两国关系造成严重冲击。在中方严正交涉和反制措施的影响下，日方不得不放回中方船长。日本年末出台新的《防卫计划大纲》，又给中日两国关系的恢复和改善增加了新的变数。

关键词：日本外交　中日关系　钓鱼岛　菅直人

2006 年以来，中日两国领导人先后进行"破冰"、"融冰"、"迎春"和"暖

---

* 刘江永，法学博士，清华大学当代国际问题研究院副院长、教授、博士研究生指导教师，研究专业为国际关系，研究方向为日本政治、外交及中日关系。

春"之旅的相互访问，有力地推动了中日关系的改善发展。相比之下，2010年的中日关系则是日本民主党执政后经受考验的一年，出现波折的一年。2010年，继5月末中国总理温家宝访日后，11月上旬中国国家主席胡锦涛出席了在日本横滨举行的亚太经合组织领导人会议。但是，由于日本国内政局变动等因素，日本现任领导人没能实现访华。

2010年两国关系呈现三个主要特点。①伴随民主党首相易人，中日关系在上半年与下半年明显不同，出现"上暖下寒"现象，即，上半年在鸠山由纪夫首相执政期间两国关系升温，中日韩区域合作取得进展，而在下半年菅直人首相执政期间两国关系开始降温，甚至再度跌至冰点。②历史问题对中日关系的影响相对下降，而领土与海洋权益之争及安全保障等现实问题对中日关系的影响明显上升。日方在钓鱼岛海域非法抓扣中国渔民渔船事件，使两国政治互信和国民感情受到近年来罕见的冲击。在新形势下，再度出现"政冷经热"现象。③菅直人内阁虽表示继续推进中日战略互惠关系，但在安全保障领域则出现倒退。年末出台的日本《防卫计划大纲》把防卫重点转向西南诸岛，以中国为首要防范对象。日美举行大规模联合军演。这些都给未来的中日关系带来消极影响和不确定性。

一 鸠山执政期间中日关系取得新进展

2009年8月民主党取代自民党执政后，鸠山由纪夫当选首相，组成第一个民主党内阁。中日两国保持高层交往，中日关系实现平稳过渡，开局良好。2010年上半年，在鸠山执政期间，中日双边关系和各领域合作进一步增强，双方在地区和国际事务中保持着良好的沟通与协调。

（一）鸠山内阁高度重视中日关系有利于增进战略互惠

2010年是中日邦交正常化38周年。38年来，中日两国关系取得长足进展。中国早已成为日本最大的贸易伙伴。2009年中国在战后以来首次超过美国，成为日本最大的出口市场。日本截至2003年连续11年是中国第一大贸易伙伴，2004年被欧盟和美国超过，退居第三位。2010年1~9月中日双边贸易额为2145亿美元，同比增长32.2%。

目前，中国是日本对外投资首选地，日本是中国第二大外资来源地。截至 2010 年 9 月，日本对华直接投资项目累计超过 4.2 万个，实际到位投资金额达 718.3 亿美元。中国对日直接投资累计金额为 7.67 亿美元。

中日两国人员往来不断增加。截至 2010 年 3 月，中日之间已有 245 对友好城市，2009 年两国人员往来达 487 万人次。伴随中国经济发展和人民生活水平提高，中国赴日旅游人数明显增加。2010 年 1~7 月，日本来华旅游人数达 217 万人次；中国赴日旅游人数达 119 万人次，同比增加 38%。平均每个赴日旅游者的中国游客消费 14 万日元以上，是所有赴日外国游客中最高的。日本政府决定从 2010 年 7 月起放宽中国赴日旅游签证的审批限制，把年收入 25 万人民币以上的个人旅游签证申请资格降至 6 万元以上（2011 年下半年将实现多次往返签证的办理）。日本各地相关业者接待中国游客的热情随之高涨。

鸠山首相执政后，中日两国高层交往和政治互信得到加强。鸠山首相公开表示，日本要真诚反省侵略行为，作为首相不会参拜靖国神社，并约束阁僚也不参拜。菅直人当选首相后也明确表示："因甲级战犯被合祀在靖国神社，所以首相和阁僚正式参拜有问题，在担任首相期间不打算参拜。"[1] 迄今，日本民主党内阁成员均未参拜靖国神社，历史问题自然也不再成为影响中日关系的障碍。

2010 年 5 月 31 日至 6 月 2 日，温家宝总理访问日本，取得丰硕成果。天皇明仁会见温家宝总理时表示，至今对 1992 年访问中国记忆犹新。日中两国交往源远流长，中国古代许多文化传到了日本，给日本带来很深影响。2010 年是鉴真东渡 1300 周年，日本有关方面将举行大规模庆祝活动。两国人民之间扩大交流，可以增进双方相互理解。天皇明仁预祝上海世博会取得圆满成功，希望通过上海世博会，加强日中两国在人文、节能环保等领域交流合作。他说，温家宝总理此次访问日本期间，邀请 1000 名日本青少年参加上海世博会，这是很好的事情，他表示赞同。[2]

温总理访日期间与鸠山首相会谈，增进了两国领导人的互信，达成了一系列重要共识，其中包括重建中日总理热线、建立两国防务部门海上联络机制、商签海上搜救协定等。中日双方签署涉及食品安全、节能环保、电子商务等领域的合

---

① 〔日〕《每日新闻》网站，http://mainichi.jp/select/seiji/news/20100616k0000m010050000c.html.
② 参见于青《温家宝会见日本天皇明仁》，2010 年 6 月 2 日《人民日报》。

作文件。中日还建立了两国媒体和社科工作者交流机制。中方将在今后五年每年邀请 100 名日本媒体和社会科学工作者访问中国，日方将 2010～2011 年两年内邀请 700 名中国媒体和社会科学工作者访日。中日双方商定 2011 年将分别在对方国家举办"电影电视周"和"动漫节"。鸠山由纪夫首相表示，期待着赴上海主持世博会"日本馆日"活动。

温总理此访尤其注重同日本民间的友好交往，并接受了 NHK 电视台专访。在日中友好七团体和侨界四团体的欢迎晚宴上，温总理用"心"发表了即席演讲；在日本经济团体联合会欢迎午餐会上，用"理"发表了即席演讲；在两国文化界人士座谈的时候，用"情"进行交流，引用日本汉学家内藤湖南的话"如果把日本文化形容成豆浆，那么中国文化就是盐卤"来形容中日文化交融，传递了中国政府重视中日民间友好和人文交流的积极信息；在同日本民众和学生接触中，用"行"与他们交流，和东京的普通市民一起晨练后到上智大学，同该校棒球队学生切磋棒球技艺，实现了中国领导人与日本民众的心灵和感情的沟通。

（二）鸠山首相执政期间中日韩合作相对顺畅

2010 年 5 月 29 日，第三次中日韩领导人会议在韩国济州岛举行，中国国务院总理温家宝、韩国总统李明博和日本首相鸠山由纪夫出席会议，并发表了《2020 中日韩合作展望》文件、《中日韩加强科技创新合作的联合声明》，三国就提升伙伴关系、实现共同繁荣达成多项共识。

中日韩领导人强调，三国将继续秉承正视历史、面向未来的精神，坚持不懈地推动三国关系朝着睦邻互信、全面合作、互惠互利、共同发展的方向前进。中日韩领导人决定加强三国高层交往，增进三国人民友谊与和睦，进一步构筑稳定的战略互信。中日韩领导人同意于 2011 年在韩国建立三国合作秘书处，共同有效应对自然灾害，探讨建立"三国防务对话"机制的可能性，加强安全对话，提升三国警务合作，推进三国地方政府交流。

中日韩领导人表示，将努力在 2012 年之前完成中日韩自贸区联合研究；努力在 2020 年前扩大三国贸易量，加大贸易便利化力度，不断改善三国贸易环境；加强海关合作；努力完成三国投资协议谈判，为促进本地区投资资本自由流动提供必要的基础设施；进一步加强金融主管部门的协调，加强金融合作，努力提

升亚洲财金合作，包括增强清迈倡议多边化的有效性；反对任何形式的贸易保护主义；加强科技与创新合作；加强工业、能源、能效、资源等领域的政策合作与磋商。

中日韩三国领导人首次就科技与创新合作发表联合声明，表达了三国希望加强科技和创新合作，提高研发实力，共同应对区域和全球性竞争与挑战的意愿。合作领域将包括医疗健康、环境保护、作物研究、废弃物处理、信息通信、应对自然灾害等。三方表示，将充分发挥现有三国科技部长会议机制的作用，统筹并协调三方现有机制下的科技与创新合作，共享信息，挖掘潜力，合理配置资源。同时，还将探讨建立新的合作机制与合作方式，继续为联合研究计划和前瞻计划提供经费支持，为支持三国科学家开展实质性联合研究加大投入。

（三）鸠山执政期间中日关系已出现隐忧

日本政局动荡，民主党执政后一路坎坷。由于鸠山由纪夫和民主党干事长小泽一郎关系密切、政见相近，鸠山内阁曾被日本报界称为"小鸠体制"。2010 年伊始，一度积极推动对华交往的小泽一郎便深陷政治资金丑闻的困扰。2010 年 6 月 2 日，执政仅九个月的鸠山由纪夫和小泽一郎突然分别辞去日本首相和民主党干事长。造成这一结果的主要原因如下。

首先，小泽涉嫌瞒报和违规集资等"政治与金钱问题"引起日本公众强烈不满。在野党和媒体的严厉追究严重损害民主党形象。鸠山内阁面临 2010 年 7 月参议院选举前支持率持续大幅下滑的被动局面。

其次，鸠山政府提出建立所谓"对等的日美关系"引起美国打压。鸠山内阁执政后一面终止了向印度洋上的美军舰船供油，同时又重新与美国谈判驻冲绳美军基地搬迁问题，使得美国方面不快。美国对鸠山和小泽表示出厌恶和冷淡，甚至拒绝邀请小泽访美。日本国内亲美鹰派也与此呼应，对鸠山内阁施加政治压力，以针对朝鲜和中国保持威慑机动反应能力为由，要求日方维持原搬迁方案。

再次，"天安号事件"成为压垮鸠山政权的最后一根稻草。2010 年 5 月 20 日韩国政府宣布"天安号事件"调查结果，认定是朝鲜鱼雷爆炸造成的，并要求美日共同对朝施压，导致地区安全形势急转直下。当天，鸠山由纪夫便决定以此为由，认同美军留驻冲绳的必要性，并向冲绳地方政府和民众作解释。然而，此举不仅未得到冲绳民众的理解，反而使鸠山内阁的支持率跌至 20% 以下。

在这一过程中，日本国内舆论不断冒出"中国威胁论"，反复渲染中国国防费"不透明"，对中国军事力量增强和海军在冲绳以南公海的正常训练大肆炒作。日本媒体称，2010 年 4 月包括两艘潜艇在内的中国海军舰队通过冲绳本岛和宫古岛之间海域，舰队的舰载直升机异常接近日本护卫舰，日本政府曾向中方抗议。① 2010 年版日本《防卫白皮书》称，"中国海军在我国近海活动频繁。国防政策的不透明和军事动向令人担忧"。

这种"中国威胁论"对民主党部分决策者也产生了直接影响。2010 年 5 月 15 日在韩国庆州举行的第四次中日韩外长会上，当时的日本外相冈田克也反复表示，中国"未履行核裁军承诺"，在全球致力于推进核裁军的情况下不断增加核力量，日本对此感到"强烈担忧"。② 菅直人首相在 2010 年 6 月党首辩论会上强调："对中国正在增强军力一事必须给予严重关注。有个词叫做'势力均衡'。"他还表示："亚洲局势处于高度紧张。美军正在发挥威慑作用。"③ 这些反常的"君子豹变"现象实际上反映出在日美矛盾突出、中美关系紧张背景下，日本政治决策者本能地作出的选择：通过对华示强，避免给美国造成"亲华疏美"印象，从而影响未来自身在日本的政治地位。

另外，日本一些人竭力宣扬"中国威胁论"和"美军威慑论"有两个目的：①为增强日美同盟凝聚力，说服冲绳保留美军基地；②为在 2010 年末出台的日本《防卫计划大纲》制造所谓的"依据"。这些都是中日关系在下半年发生逆转的不祥之兆。

二 菅直人内阁政策调整对中日关系的影响

2010 年 7 月 11 日，民主党在参议院选举中败北，日本国会再度形成朝野分别控制众参两院的"扭曲国会"局面。日本政局的这一突变，给中日关系带来严重负面影响。菅直人执政后支持率下滑与中日关系恶化趋势几乎同时出现。

---

① 参见富士电视台网站，http：//www. fnn－news. com/news/headlines/articles/CONN00180796. html。

② 中国新闻网，2010 年 5 月 16 日电，http：//mil. huanqiu. com/china/2010－05/817457. html。

③ 共同社 2010 年 6 月 22 日电，http：//china. kyodo. co. jp/modules/fsStory/index. php? sel_lang = schinese&storyid = 82468。

（一）菅直人执政之初曾积极推动日中关系

菅直人 1984 年曾作为 3000 名日本青年访华团成员访华，较早同中国建立起友好感情。据报道，此后他每逢过年还经常邀请中国留学生一起聚餐，共叙友情。近年来，菅直人曾多次率领民主党代表团访华，并经常深情地回忆起当年日中两国青年大联欢的情形，对当时领导组织这一盛大交流活动的胡锦涛主席深表敬意。

菅直人执政前主张，日本应对过去的对外殖民统治和侵略战争作深刻反省和道歉，与亚洲邻国建立互信，对美国和亚洲开展均衡、自立、积极的和平外交。1999 年，他参观北京卢沟桥中国人民抗日战争纪念馆，题词"前事不忘，后事之师"。2002 年，他参观侵华日军南京大屠杀遇难同胞纪念馆，当面向幸存者道歉。菅直人当选日本首相后重申不参拜靖国神社。他于 2010 年 8 月 10 日就"日韩合并"条约签署 100 周年发表首相谈话，就日本过去对韩国的殖民统治表示反省和道歉。

菅直人当选首相后立即与温家宝总理实现了首次中日领导人电话热线沟通，希望早日访华，"同中国加深战略互惠关系"。继而，菅直人首相委派前首相鸠山由纪夫作为自己的代表，出席 2010 年 6 月 12 日上海世博会"日本馆日"活动。6 月 27 日，胡锦涛主席在加拿大出席 20 国集团峰会期间与菅直人首相会面，称他是"中国人民的老朋友"，并表示当年 11 月访日，出席在横滨举行的亚太经合组织领导人会议。菅直人也作出友好回应，表示"中国是日本最大的贸易伙伴，希望加强互利双赢关系"。①

日本政府还首次起用民间人士、原伊藤忠商事董事长丹羽宇一郎出任日本驻中国大使。其目的是，体现民主党政治家对日本的外交主导权，推动同中国的经贸务实合作，希望丹羽大使能利用以往的人脉关系与中国高层增加接触。

2010 年 7 月 26 日在东京召开了中日防务部门事务级磋商。据报道，中方向日方提出了四项建议：①每年举行回顾上一年的总结会；②召开应对紧急情况的专家会议；③开通两国防务部门间的直通电话；④发生紧急情况时，现场的两国

---

① 胡锦涛主席会见菅直人首相时菅直人首相的发言记录，2010 年 6 月 28 日〔日〕《日本经济新闻》网站，http://www.nikkei.com/news/headline/related-article/g。

舰船、飞机间使用共通的通讯信号和频率。日方原则上同意中方建议，双方还将就建立两国防务部门之间的"热线"、会谈级别等进一步磋商。但是，日方拒绝限制对中国军舰活动的海上监视。

同年 8 月 8 日，中国甘肃舟曲发生特大泥石流灾害，日本政府 9 日通过驻华大使馆向中国国家主席胡锦涛和国务院总理温家宝转达了日本首相菅直人的慰问和援助意向。

8 月 28 日，第三次中日经济高层对话在北京举行。中国国务院副总理王岐山与日本外相冈田克也共同主持本次中日经济高层对话。双方围绕经济复苏对策、双边互惠双赢合作、全球及区域合作等三个专题深入交换意见，重点讨论了涉及两国经济合作的宏观性、战略性、长期性议题，达成重要共识。双方签署七项合作文件：《建立中日流通物流政策对话机制的备忘录》、《关于日本政府对华无偿援助项下中日人才奖学金协议》、《关于设立中日流通领域对话机制的备忘录》、《关于加强交流与合作的备忘录》、《关于打击木材非法采伐及相关贸易支持森林可持续经营的合作备忘录》、《中日朱鹮保护合作计划》、《关于促进中日食品安全及其贸易稳定发展合作备忘录》。

（二）菅直人内阁的政策调整

然而，伴随日本民主党首相易人，日本外交开始发生比较明显的变化。如果说"小泽—鸠山体制"内外政策的最大特点是"反小泉"，那么菅直人内阁的特点则是采取"脱小泽"的内外政策。除了靖国神社问题以外，2010 年菅直人内阁的对华态度和造成的结果，几乎又倒退回小泉纯一郎执政时期。菅直人外交急剧地向自民党执政时的传统政策回归，几乎修正了鸠山内阁所有颇具特色的外交路线。

菅直人执政后，重返"以日美同盟为基轴"的战后日本传统外交轨道，在普天间基地问题上维持鸠山内阁下台前与美方达成的协议，主张"日本将以日美同盟为外交基轴，同时加强与亚洲各国的联合"①。这与自民党政府的外交路线并无本质区别。菅直人执政后大为淡化了鸠山任内提出"东亚共同体"设想，转而积极研究加入美国倡导的泛太平洋经济伙伴关系协议（TPP）。

---

① 菅直人首相在日本国会发表的施政演说，2010 年 6 月 12 日〔日〕《朝日新闻》。

菅直人首相虽被称为日本政界的"自由派",但似乎缺乏外交经验,不太善于处理敏感问题。在对华关系方面,菅直人较之鸠山由纪夫更加强调对中国军力增强的担忧。自民党执政期间,曾提出在靠近中国台湾的与那国岛派驻自卫队,鸠山内阁期间放弃了这一打算,但菅直人执政后这种主张再度抬头。鸠山内阁为慎重起见曾推迟一年出台新的《防卫计划大纲》,目的是要慎重稳妥行事。而菅直人内阁于2010年12月通过的《防卫计划大纲》,不仅没有修改2004年《防卫计划大纲》中针对中国的消极部分,反而变本加厉,进一步把防卫重点转向针对中国的所谓"西南诸岛",对中国的军事动向进行"警戒监视"。

2010年7月民主党参议院选举政策公约的外交、安全政策部分,与自民党安倍晋三内阁和麻生太郎内阁大同小异,突出强调深化日美同盟;在提及制定《防卫计划大纲》和《中期防卫力量整备计划》时,主张与澳大利亚、韩国、印度等推进防务合作。但政策公约中并未提及日中战略互惠关系,而只提到"谋求中国防卫政策的透明性,强化信赖关系"。① 特别是菅直人内阁批准海上保安厅在中国钓鱼岛(日本称尖阁列岛)海域抓扣中方船员渔船,并企图按日本国内法处置,与中方发生激烈摩擦,严重影响了两国之间的政治互信与友好气氛。

(三)菅直人外交调整变化的主要背景及影响

菅直人是日本国内公认的"自由派政治家",但为什么当选首相后的政策却出人意料地转而倾向保守?其中至少有以下四方面的因素值得分析。

1. 从日本国内政治和个人因素看

菅直人上台后优先考虑的是如何保住执政地位,这与菅内阁上台的背景有关。正因为菅直人是作为市民运动起家的首相,他对执政地位看得很重,十分恋权。他喜欢的座右铭是"人生只有一次"。面对不断下跌的支持率,他发誓就是支持率跌到1%也不会辞职。

2009年9月民主党取代自民党首次执政,鸠山、小泽等人是以"反小泉路线"面目出现的,在内政上反对"邮政民营化",外交上就是反对"过度傍美",而这种政策受到美国和日本国内传统亲美势力的强烈反弹。鸠山内阁内外交困

---

① 参见日本民主党2010年7月日本参议员选举竞选政策公约,http://mainichi.jp/select/seiji/10saninsen/manifesto/etc/01.html。

时，偏偏遇到韩国"天安号事件"，结果不能不违心地屈从美国保留冲绳基地的要求，导致国内支持率大跌，被迫辞职。菅直人对此看在眼里，心知肚明，为巩固自身执政地位，在外交上首先决心搞好同美国的关系，防止重蹈鸠山与小泽的覆辙。于是，他起用了美国比较欣赏的前原诚司任外相，对鸠山的外交路线进行了大幅调整。

菅直人执政后不断受到来自日本右翼势力的压力。菅直人内阁成员名单尚未最终确定，东京都知事石原慎太郎便给菅内阁扣上了一顶"极左政权"的大帽子。前首相安倍晋三等人也随声附和。日本一些人嘲笑菅直人不懂国家利益和安全保障。所以，菅直人很容易在钓鱼岛领土争议问题上为迎合国内"激进民意"、缓解国内压力而刻意表现得比较强硬。

过度的"脱小泽"意识也对菅直人决策产生了一定影响。菅直人在 2010 年 9 月民主党代表选举中战胜小泽一郎后，在民主党内开始实行"脱小泽"路线，其中包括人事安排和内外政策。在这一过程中，鸠山前首相曾支持小泽竞选，客观上处于同菅直人对立的立场，这似乎也是导致菅直人当选后修改鸠山外交政策路线的原因之一。

菅直人首次当政，缺乏处理敏感问题的外交经验，外交上难以"脱官僚"，且自以为过去同中方交往较多、关系不错，在"钓鱼岛事件"上优先考虑减少国内压力，决策有误。这好比是在一场领土争议的豪赌中过度消费了以往对华友好交往的积蓄。为软化国内反对，菅直人内阁在"钓鱼岛事件"和岛屿主权问题上对华态度强硬，导致日本民众期待值上升，右翼势力趁机煽动反华民族主义情绪，结果反而自我缩小了改善对华关系的外交回旋余地。面对急剧恶化、不断下滑的日中关系，菅直人内阁不得不释放被非法扣押的中国船长，却又不能不付出国内支持率大幅下滑的代价。

2. 从对外政策思想倾向看

菅直人执政后外交政策的调整，是日本国内两种政治思潮在民主党内的反映。在民主党内外交政策理念上存在着两种思想倾向：保守派的"现实主义"与自由派的"理想主义"。所谓"现实主义"，是源于美国的一种国际政治思想，它是一种突出强调国家利益至上的权力政治国际政治理论。自民党长期执政下形成的日本官僚体系，在传统上受到美国"现实主义"思想的巨大影响。民主党内一些议员也不例外。他们尤其重视安全保障问题，惯于在军事上与强者为伍。

与其相反的是，强调国际关系"相互依存"的所谓"理想主义"国际政治理论。鸠山由纪夫执政期间，以他本人为代表的自由派"理想主义"一度在表面上占主导地位。

民主党在野时曾反对美国发动伊拉克战争和小泉内阁追随美国向海外派兵。面对美国次贷危机，鸠山由纪夫还痛批了美国的新自由主义经济和小泉内阁对美国一边倒的经济政策。伴随日本对中国经济依赖加深和日本对历史的反思，鸠山内阁首次提出以"友爱"精神构建"东亚共同体"，侧重加强同中国的关系。鸠山由纪夫的外交思想偏好于道德与良知，重视国际关系的相互依存，具有较强的理想主义色彩。这与弱肉强食、激烈竞争的新自由主义经济原理和唯利是图的新保守主义政治思潮格格不入。正因为如此，鸠山曾被人成为"外星人"。他的"友爱哲学"在日本也显得有些"阳春白雪"而难成主流。

与鸠山由纪夫不同的是，菅直人首相和前原诚司外相都不讳言他们是"现实主义者"，同时又不愿意被戴上"鹰派"的帽子。相比之下，菅直人首相上任后"自由派"的色彩大为褪色而"现实主义"的色彩开始亮相，而前原诚司担任外相后特别是受到中国媒体强烈抨击后，开始表示自己并非"鹰派"而是崇尚理想主义的"现实主义者"。[①]

3. 从日本对外政策决策机制看

日本对外决策机制的影响要素似乎发生着潜移默化的变化。自镰仓幕府以来，军人政治是日本的传统，日本是由武士阶级——军人统治国家的。江户时代，一些武士成为政治家，但敬武尚武精神依然是社会的主流与文化的核心。明治维新后，日本军人利用天皇制统治全面操控政治，形成军国主义专制统治。相比之下，战后日本和平宪法和民主制度下实行文民统治的历史并不算长。保证战后日本走和平发展道路的重要因素之一是文官统制。日本自卫队由防卫厅长官指挥，内阁总理大臣是最高司令官。但是，在日本谋求修改宪法，把自卫队提升为自卫军、恢复战前军队建制等主张一直存在。

21 世纪以来，从小泉纯一郎内阁起则强化了内阁和防卫系统在国家安全和危机管理决策机制中的地位和作用。面对 2001 年"9·11"事件，日本外务省因外交机要费挪用问题遭到舆论抨击而影响力下降，而首相主导下的内阁官房与防

---

① 参见 2010 年 11 月 22 日《环球时报》。

卫厅合作加强，成为决策中枢。日本不仅通过《应对武力攻击事态法》、《安全保障会议设置法修法》和《自卫队法修正案》等三项法案，而且在 2004 年由内阁官房牵头制定防卫计划大纲。该大纲"已不仅是防卫，而多少带有国家安全保障战略的色彩"①。安倍晋三执政后，积极主张修改宪法，谋求仿照美国建立"日本版的国家安全委员会"，并实现了防卫厅升格为防卫省。

2007 年防卫厅升格为防卫省以来，在日本对外战略决策中的影响力较前上升，而外务省的地位和作用则相对下降。一方面，主张摆脱官僚、强化政治家主导决策的民主党 2009 年 9 月执政以来，新执政党与旧官僚体制处于磨合期。鸠山内阁外相冈田克也起用民间人士担任驻外大使本来是一种"脱官僚"政治的改革尝试，但在一定程度上则挫伤了外务省官僚的积极性。另一方面，小泉参拜靖国神社曾引起日本国内政治分裂。日本一些人认为，同中国的较量选错了"赛场"，与其选择道义欠缺的历史问题，不如改变"赛场"，在安全保障方面同中国较量。菅直人上任后，前原诚司等"松下政经塾"毕业的民主党内少壮派议员似乎有了用武之地。作为自卫队最高司令官的菅直人在防卫方面并不精通，结果只好主要依靠这些人和防卫省，客观上反而强化了这方面的"官僚统治"。

伴随日本首相、外相更迭，2010 年上半年和下半年日本外交口号和倾向性变化较大，而防卫大臣则没有易人，防卫省谋求制定新的《防卫计划大纲》的基本内容则保持了连续性。20 世纪 80 年代初，日本政府曾组织专家智囊提出 80 年代《日本外交的针路》；90 年代初通过综合研究开发机构提出《90 年代日本的课题》。其中，防卫政策所占比重很有限。然而，21 世纪以来，上述综合战略研究几乎已经消失，取而代之的是与《防卫计划大纲》相关的"恳谈会报告"。而在此基础上制定的日本《防卫计划大纲》，已具有包括外交政策在内的国家安全战略的性质。

防卫省提出的对中国国防费不透明的担忧，现已成为从日本首相、外务省、经济界到主流媒体的"统一口径"。菅直人执政后，在日本对外政策决策中防卫省的影响力远超过以往的防卫厅。特别是在日本对华政策方面，日本外

① 〔日〕《防卫》第 32 辑，《新型国际社会与日本的作用》，转引自松田康博编著《NSC 国家安全保障会议危机管理——安保政策统合机制的比较研究》，彩流社，2009，第 307 页。

务省尚未提出具有建设性、长期性的日本外交大纲，而以往为的外交政策"也被定位为安全保障政策的组成部分"①。《防卫计划大纲》中的涉华部分实际上已成为日本对华政策的核心部分。尽管在可以预见的未来，日本还不会因此而成为军国主义和军事大国，但是否会对未来的中日关系产生负面影响还值得关注。

4. 从国际因素看

2010 年中美关系不畅。美国开始加大对东亚地区的介入。美国利用"天安号事件"加强美韩军事合作；利用"钓鱼岛事件"多次表示日美安全条约第五条适用钓鱼岛，给日本撑腰打气；借"朝韩炮击事件"，在黄海和东海举行美韩、美日联合军演，重新构筑"美日韩三角"安全体制。菅直人内阁也被锁定在其中。

曾对鸠山内阁不满的美国防部长盖茨，在日方作出配合与让步后，态度明显改变。他在 2010 年 6 月初新加坡举行的亚洲安全会议上就中国舰只在公海训练时的举动，公开指责中方而力挺日本。于是，在年末出台的日本《防卫计划大纲》中，日本便开始把对中国军力增强的关注改写为对"国际社会的担忧，其中的玄机不难看出。

2010 年中国的国内生产总值（GDP）增长 10.3%，超过了日本，成为世界第二经济大国。中美日关系发生新的格局性变化。日本经济同友会中国委员会 2011 年初向日中两国政府提出献策报告，其中有许多从经济贸易、人员往来、生态环境方面充实日中战略互惠关系的具体建议，但又画蛇添足地写道："鉴于中国成为仅次于美国的大国，有必要比以往更加尊重国际规则和惯例，提高增大军费的透明度等，在安全保障领域抚平不安感。"②

日本在经济上更加依赖中国，而在安全保障则仍然依靠美国；在经济上同中国加深合作，在安全上则对中国加强防范。这种扭曲的日本对华政策，会造成日本外交在矛盾中摇摆不定：一旦"傍美外交"严重碰壁便向"重视亚洲外交"适度回摆；而遇到美国压力，中美关系紧张，中日领土争议被突出后，日本又开

---

① 〔日〕松田康博编著《NSC 国家安全保障会议危机管理——安保政策统合机制的比较研究》，彩流社，2009，第 306～307 页。

② 〔日〕经济同友会中国委员会编《构筑富有实效的日中"战略互惠关系"——为日中两国政府建言》，2011 年 1 月。

始倒向美国；一旦中美关系比较融洽，日本又担心被边缘化。今后还会看到这种外交的摇摆性。

三 "钓鱼岛事件" 与中日双方的应对

2010 年 9 月 5 日，在日本民主党代表选举期间，作为候选人之一的小泽一郎突然宣称，"从历史上看，尖阁列岛（中国称钓鱼岛列岛——笔者注）一次都没有成为过中国的领土"，在这个问题上必须对中国说"不"。菅直人则表示，"中国增强海上力量，不仅是日美两国对此感到担忧，就连越南等一些国家也都对中国海军的扩军感到不安"，但回避了把钓鱼岛问题作为竞选焦点。① 不过，小泽的表态绝非空穴来风，他似乎已经知道并预告了日本政府决定采取的行动。从整个事件的过程看，日方一系列连续性、系统性的决策失误，是导致双方围绕钓鱼岛的争议不断升级的主要原因。

2010 年 9 月 7 日上午，在钓鱼岛的黄尾鱼海域发生了日本海上保安厅巡视船非法抓扣中国渔民渔船引发的事件。日方称，中方渔船妨碍日本海上保安厅船只执行公务并撞击日船，因此抓扣中方渔船，但从日方泄露的现场摄像资料可以清楚地看到两幅画面并可作如下解释。其一，是上午 10 时 15 分（北京时间 9 时 15 分）左右，日本海上保安厅的"与那国"号巡视船企图横向拦截前行的中国"闽晋渔 5179"号渔船。"与那国"号拖着船尾尚未消失的白浪突然停在加速行驶的中国渔船正前方，造成中国渔船躲避不及而与"与那国号"左侧船尾碰撞。其二，是 10 时 55 分左右（北京时间 9 时 55 分），日本"水城"号巡视船在与中国"闽晋渔 5179"号渔船朝同一方向急速航行时突然改变行驶方向，加速斜插到中国渔船左前方，造成其船尾右侧与中国渔船前部左侧碰撞。"水城"号完成撞船拍摄后加速甩开了中国渔船。

日方非法扣留中国渔船和船员后，决定以涉嫌"妨碍执行公务"为由，逮捕中国渔船船长，同时还以涉嫌违反《渔业法》（逃避登船检查）为由展开调查。8 日凌晨，日方非法将中方船长詹其雄押送石垣市市政厅进行调查，声称要按日本国内法处置。其后，日本石垣市简易法院非法批准拘留中国船长十天至 9

---

① 日本亚洲新闻网，http：//www.ribenxinwen.com/html/japanpolitics/2010/0905/6733.html。

月 19 日。由此可见，日本巡视船行动的目的是，通过拦截、阻挡、诱撞、登船、扣船、抓人，显示日方对钓鱼岛海域的所谓实际控制权和执法权。中日两国围绕钓鱼岛的争议由来已久，但这种情况在中国大陆和日本之间是首次发生。

对于菅直人内阁作出扣船抓人决定的一种比较温和的解释是，日本民主党政府缺乏执政特别是处理敏感突发事件的经验，加之当时菅直人正忙于民主党代表选举，导致处理问题过于草率。但是，这一事件的发生看似偶然，其中也有必然因素。

2008 年 6 月 10 日，在钓鱼岛附近海域发生日本海上保安厅巡视船撞沉台湾"联合"号海钓船事件。当时，台湾"联合"号船长何鸿义及两名船员被扣。当天，中国外交部新闻发言人秦刚表示，中国对此事严重关切和强烈不满。台湾当局也表示严正抗议，要求日方放人、道歉、赔偿，并于 6 月 15 日以涉嫌"伤害罪"、"过失伤害罪"、"毁损船只罪"，提出对日本巡视船船长追诉刑事责任。日方被迫放人，并对何鸿义表示遗憾及作适当赔偿。此后，日本巡视船不能不考虑如何在避免撞翻撞沉对方船只的情况下拦截、扣留对方船只。其具体做法就是从这次事件录像中所看到的情形。

为体现中国对钓鱼岛拥有主权，2008 年 12 月 8 日，中国海洋局下属的东海海监总队"海监 46"号和"海监 51"号分别由宁波港和上海港出发，于当天上午 8 时许进入钓鱼岛 12 海里范围实施维权巡航。

2009 年 2 月 26 日，日本首相麻生太郎在日本众议院相关会议上作访美报告时宣称："尖阁列岛是日本固有领土，将同美国协商将其纳入日美安全条约，若受到第三国侵犯，日本将启动日美安全条约。"麻生太郎之所以在会上讲这番话，是由于时任在野党民主党副代表的前原诚司的提问。前原要求日本政府正式向美国确认，将钓鱼岛问题纳入日美安全条约的对象。对此，麻生太郎说，日美间没有单独就钓鱼岛问题正式谈过，但是"近期会与美国进行进一步确认"。①

针对日方的要求，奥巴马政府考虑到同中国的关系而一直回避表明钓鱼岛适用于美日安全条约。据日本报界披露，直到 2010 年春季以后，美国国防部为加强因普天间基地搬迁问题而搁浅的美日同盟，才向国务院提出，回应日方提出的

---

① 参见时事通讯社 2009 年 2 月 26 日报道。

要求，改变美国以往的暧昧态度，明确表示美日安全条约适用于钓鱼岛列岛。美国国务院对此表示同意。① 于是，同年 8 月 16 日，美国国务院发言人克劳利表示："钓鱼岛在日本政府的行政管辖之下，条约第五条声明，该条约适用于日本管辖的领土。所以，如果你今天要问条约是否适用于钓鱼岛，答案是'是'。"② 美国的立场使日本政府内的强硬派受到鼓舞，在钓鱼岛问题上对中国态度也越来越强硬，结果导致扣船抓人的错误决定。

事件从发生到同年 11 月 13 日在横滨亚太经合组织领导人会议期间胡锦涛主席会见菅直人首相，大体可分四个阶段。

（1）第一阶段（9 月 7 日至 14 日）：中方严正交涉与日方的反应。

事发当天——2010 年 9 月 7 日下午，中国外交部发言人姜瑜严正表示，钓鱼岛及其附属岛屿自古就是中国领土。中方要求日本巡逻船不得在钓鱼岛附近海域进行所谓"执法"活动，更不得采取任何危及中国渔船和人员安全的行为。

9 月 7 日，日本外务省亚洲大洋洲局审议官北野充召见中国驻日大使馆公使刘少宾，对事件表示遗憾以示抗议。北野称，"这是中国渔船进入日本领海非法作业的事件"。刘少宾公使也对日方表明了中方的严正立场。当天，中国外交部副部长宋涛奉命紧急召见日本驻华大使丹羽宇一郎，就事件提出严正交涉，要求日方停止非法拦截中国船只的行动。

9 月 7 日晚，中国驻日本大使程永华就事件紧急向日本外务省负责人提出严正交涉，并表示强烈抗议，要求日方立即放人放船，避免事态进一步升级。日本外务省亚洲大洋洲局长也给中国驻日大使程永华打电话，就此事件向中方表示"严重抗议"，强调日本政府准备依据国内法律进行处理。

9 月 8 日晨，中国驻日本使馆就日方对中方船长采取所谓"司法措施"，向日方提出严正交涉。当天上午，中国外交部部长助理胡正跃奉命召见日本驻华大使丹羽宇一郎，就事件提出强烈抗议，要求日方立即放人放船，并确保中方人船安全。中国驻日本使馆已派员赶赴冲绳县石垣岛探视中方渔民。

9 月 9 日，外交部发言人姜瑜表示，钓鱼岛及其附属岛屿是中国固有领土，

---

① 参见〔日〕佐佐木类《"尖阁防卫"——希拉里国务卿言论的背后》，2010 年 12 月 6 日《产经新闻》，http://sankei.jp.msn.com/politics/policy/101206/plc1012060122001 - n2.htm。

② 凤凰卫视：《美国务院强调〈美日安全条约〉适用于钓鱼岛》，http://www.tudou.com/programs/view/7z_ IqwOF0F4Pk/。

中国对此拥有无可争辩的主权。中国政府维护主权和领土完整的意志与决心是坚定不移的。中日双方在钓鱼岛主权归属问题上存在争议是客观事实。中方主张在尊重事实的基础上通过谈判妥善解决问题。姜瑜强调，日方对在该岛海域作业的中国渔船适用日本国内法是荒唐、非法和无效的，中方决不接受。领土主权争议高度敏感，处理不当，将对中日关系大局造成严重冲击。日方对此应有清醒认识。希望日方正视事态的严重性，立即无条件放人放船，避免事态恶化升级。

9月10日，外交部长杨洁篪召见日本驻华大使丹羽宇一郎，就日方在钓鱼岛海域非法抓扣中国渔民渔船提出严正交涉和抗议，强调中国政府捍卫钓鱼岛主权和本国公民权益的决心是坚定不移的，要求日方立即无条件放回包括船长在内的全部中国渔民和渔船。外交部发言人姜瑜宣布：中方决定推迟原定于9月中旬举行的第二次东海问题原则共识政府间谈判。

时任日本外相的冈田克也9月10日下午在记者会上表示："中国国内有报道称巡视船（故意）使渔船与其相撞，这有违事实。这样的报道极其令人遗憾。"冈田同时强调："不希望事态进一步升级。将要求中国政府冷静且慎重地应对。"时任日本国土交通相的前原诚司当天表示："在东海，我国不存在任何领土问题，今后将继续坚决加以应对。"前原强调："切实保卫我国固有领土和领海是关系到主权的问题。"①

日方宣布对中国渔船船长拘留十天，并称若其认罪并缴纳罚款很快就放人。对此，中国外交部发言人姜瑜指出：日方不顾中方多次严正交涉和坚决反对，执意决定对中国船长履行所谓司法程序，中方对此表示强烈不满和严重抗议。钓鱼岛及其附属岛屿自古以来就是中国的固有领土。日方上述举动违反国际法和基本的国际常识，是荒唐、非法和无效的。日方如继续恣意妄为，必将自食其果。

9月12日凌晨，中国国务委员戴秉国紧急召见日本驻华大使丹羽宇一郎，郑重表明中国政府的重大关切和严正立场，敦促日方不要误判形势，作出明智的政治决断，立即送还中国渔民和渔船。丹羽大使表示，将把中方上述立场立即如实报告本国政府。

经中方严正交涉，日方于9月13日放还了中方船只和14名船员，意在向中

方发出菅直人政府重视中国的信号，缓和来自中方的压力。但是，9 月 14 日进行民主党代表选举，此前菅直人政府很难作出释放中方船长的决断。当时能就此作出政治决断的，除菅直人首相以外，还有冈田克也外相、仙谷由人官房长官、前原诚司国土交通大臣，而他们都支持菅直人首相连选连任。如果选举失利，他们都可能下台。所以，他们除了有自己的特定立场以外，都要考虑 9 月 14 日的选举结果，于是便以"政治不能干预司法"为由，与中方周旋。

（2）第二阶段（9 月 14 日至 24 日）：日方一错再错导致中国反制。

在中日双方各自强调拥有主权的钓鱼岛海域，日方按国内法扣押中国渔船和人员的做法本身，是首次针对中方的冒险性挑衅。从中方立场看，钓鱼岛及其附属岛屿是中国的固有领土，日本坚持按所谓国内法处理，就是要体现日本对相关岛屿和海域的领土权和执法权，这是绝对不会被接受的。即便按中日渔业协定处理两国"暂定措施水域"的违规渔船，也是各自负责管理本国的船只，而不能扣押对方船只及人员，而且双方船只必须保持至少 300 米以上的距离。虽然这次事件发生的区域有所不同，但中日之间这种起码的关照还是必要的。

在处理"钓鱼岛事件"问题上，菅直人内阁屡次错过化解矛盾的机会。2010 年 9 月 14 日菅直人在民主党代表选举中获胜，再度当选日本首相后，本来可以在 17 日改组内阁前释放中国船长，重组内阁后与中国谋求两国关系的转圜。然而，菅直人却在组阁后的 19 日再度延长所谓拘留期，进一步刺激中国，导致中方采取反制措施，中日关系进一步恶化。那么，菅直人内阁为何会一错再错呢？其决策过程大体有三种因素相互作用。

其一，菅直人重新组阁后起用前原诚司担任外相。其本意在于通过前原保持和加强同美国的关系。但是，前原诚司此前是直接决定扣船抓人的国土交通大臣，他担任外相后很难立即转变原有强硬立场。日方一方面向中方表示，一旦船长被送交日本法院受到起诉，行政便无法介入，后果难以设想；一方面表示，如果船长签字认错，就可立即放人。

其二，菅直人自认为："自己本以为同中国领导人已经建立起一定的信赖关系，没想到在撞船事件发生后中国政府采取了那么强硬的措施，感到很吃惊。"①其实，类似情况过去也曾有过。例如，当年的中曾根康弘首相也曾自以为和中国

---

① 2010 年 11 月 3 日菅直人首相会见中日友好 21 世纪委员会成员时的谈话。

领导人建立起个人信赖关系，结果他作为日本首相于 1985 年 8 月 15 日参拜靖国神社引起轩然大波，使中日关系严重受损。中日关系"从善如登，从恶如崩"，祸福凶吉有时就在于决策的一瞬间。因此，作为一个当政者尤须珍惜来之不易的中日友好。否则，其本人与中国多年积累起来的"友好资本"必定严重透支，追悔莫及。

其三，在日本高层决策背后有美国的影子。据日本媒体报道，美国政府认为这是在中国政府默许下"有组织的事件"。美国有关人士对日本媒体称，中国政府内部机构可能已决定对"尖阁列岛"（钓鱼岛列岛）进行有效统治。"军队正掩护渔船形成一体，落实这一方针。"正是在这一背景下，美国才"敲响警钟"，"暗示发生冲突时美军会采取措施，对中国的强硬态度予以牵制"。①

2010 年 9 月 14 日菅直人刚刚再度当选民主党代表，前布什政府副国务卿、美国著名鹰派人物阿米蒂奇便到访日本。早在大约十年前他就曾炮制谬论称，钓鱼岛列岛在日本行政管辖下，故适用于美日安全条约第五条。据报道，9 月 15 日，阿米蒂奇与菅直人内阁要员密切接触。他在日本不仅老调重弹，而且就日方在钓鱼岛海域非法扣押中方船长一事称，日本"判断准确，反应适度"，中国就是想通过这件事"试探日本政府的底线"，为防止此类事件再次发生，增加防务开支及日美联合军演次数以制衡中国是"最好的策略"。② 这等于支持日本继续扣押中国船长，怂恿日本增强军备对抗中国。阿米蒂奇虽已下野，但他在中日之间围绕钓鱼岛尖锐对立之际的访日言论，在短时间内的确起到误导菅直人内阁对中国采取强硬立场的作用，使日本失去了妥善处理此事的一次良机。

9 月 14 日中国外交部发言人姜瑜表示，中方决定推迟中国全国人大代表团近日访日。她指出，目前日方还非法扣押着中国渔船船长，这是当前中日关系的突出障碍，日方应采取切实行动，消除这一障碍。中方认为，当务之急是日方应立即停止所谓"司法程序"，使被非法抓扣的中方船长能够尽快安全返回。次日，外交部部长助理刘振民约见日本驻华大使丹羽宇一郎，就日方继续非法扣押我渔船船长提出严正交涉，要求日方立即放回中方船长。

然而，9 月 17 日重组的菅直人内阁对中方的交涉置若罔闻。9 月 19 日，石

---

① 2010 年 9 月 16 日〔日〕《产经新闻》。

② 共同社 2010 年 9 月 16 日电。

垣简易法院批准将中国渔船船长詹其雄的拘留期限再度延长十天，至 29 日为止，以便决定是否对他采取法律行动。新上任的外务大臣前原诚司当天就日中渔船相撞事件表示，将按照日本国内的法律，对中国渔船船长进行严正地处理。前原坚称："尖阁诸岛是日本固有的领土，不存在所谓的领土问题。"当时，"中方渔船不听从劝告，撞到巡逻船上，我们以妨碍公务的嫌疑逮捕了该船船长，并将根据日本的法律对此进行严正处理"。①

对此，中国外交部发言人马朝旭表示，中方多次重申，日方对中方船长的任何所谓司法措施都是非法和无效的，中方要求日方立即无条件放还中方船长，日方如一意孤行，错上加错，中方将采取强烈反制措施，其一切后果由日方承担。

9 月 19 日晚，外交部副部长王光亚就日方 19 日下午决定继续非法扣押中方船长一事，向日本驻华大使丹羽宇一郎表示强烈愤慨和抗议。从当天开始，中方暂停双边省部级以上交往，中止了双方有关增加航班、扩大中日航权事宜的接触，推迟了中日煤炭综合会议。中国一些旅游团组取消了原先的访日旅游计划，中国公民赴日旅游规模受到严重影响。

9 月 21 日中国外交部发言人姜瑜表示，我们希望日方认清形势，采取切实措施，立即无条件放回中方船长。日方非法抓扣中国渔民和渔船已经对中日关系造成严重损害，也影响了中日双边往来。日方应承担全部责任。要避免事态进一步恶化，日方应立即无条件放人。日方挑起事端，又错上加错，导致事态进一步升级，当务之急是日方采取切实行动，解决问题的钥匙掌握在日方手中。如果日方一意孤行，必须承担由此产生的一切后果。

其后，日方安排在纽约出席联合国会议的菅直人首相同温家宝总理举行会谈的努力落空。中国总理温家宝于当地时间 9 月 21 日晚在纽约会见旅美华侨华人、中资机构及留学生代表时说，钓鱼岛是中国的神圣领土，日方最近在钓鱼岛海域抓扣中国渔民和渔船，至今不释放中方船长，这是完全非法的、无理的，已经对中方船长及其家人造成严重伤害，并激起海内外全体中国人的愤怒；中方多次严正交涉，日方置若罔闻，中国政府不得不采取必要的反制措施。在此，他强烈敦促日方立即无条件放人。如果日方一意孤行，中方将进一步采取行动，由此产生的一切严重后果，日方要承担全部责任。温家宝指出，经过多年艰苦努力，中日

---

① 日本广播协会环球广播网 2010 年 9 月 19 日报道。

关系得到改善和发展，这一良好势头遭到严重破坏，完全是日方一手造成的；日本政府应当迅速改变错误做法，使中日关系回到正确轨道上来，这符合两国人民的根本利益，也符合和平、合作的世界潮流。① 温家宝总理的这番讲话对日本决策者产生了震撼。

9月23日有报道称，近日高桥定等四名日本人擅自进入河北省某军事管理区并对军事目标进行非法录像。河北省石家庄市国家安全机关接报后，即对上述人员依法采取措施，进行拘留审查。

菅直人内阁担心日中关系进一步恶化，进而影响同年11月胡锦涛主席出席在横滨举行的亚太经合组织领导人会议，于2010年9月24日突然宣布，同意冲绳县那霸地检当局释放中方船长的决定。菅直人首相当天在纽约表示，日本放还中国渔船船长是出于"全面考虑"作出的决定。他强调，日中两国是重要邻邦，双方有必要进一步发展两国战略互惠关系。当天下午，内阁官房长官仙谷在会见记者时表示，这一决定是那霸地检的判断，只是"知道了而已"，并反复强调"是（那霸）地检的判断"，唯恐日本舆论指责政府介入司法。

（3）第三阶段（9月24日至10月4日）：日方放人与总理接触。

日本宣布释放中方船长，但采取了所谓"保留处分"的说法，中方对此表示不满。2010年9月25日，中国外交部发表以下声明："2010年9月7日，日方在钓鱼岛海域非法抓扣中国15名渔民和渔船，并将船长扣押至9月24日。对这一严重侵犯中国领土主权和中国公民人权的行径，中国政府表示强烈抗议。钓鱼岛及其附属岛屿自古以来就是中国的固有领土，中国对此拥有无可争辩的主权。日方对中国渔民渔船的扣押、调查以及任何形式的司法举措都是非法和无效的。日方必须就此次事件向中方作出道歉和赔偿。中日两国互为近邻，坚持发展战略互惠关系的方向，符合两国人民的根本利益。双方应通过对话协商解决中日关系中的问题，维护两国关系大局。中方的这一立场没有也不会改变。"②

针对释放中国船长的决定，日本自民党要员安倍晋三、石原慎太郎等人强烈不满，民主党内也有人反对。9月27日，众议员松原仁等12名国会议员③联名

① 参见新华网，http://news.xinhuanet.com/world/2010-09/22/c_12596387.htm。
② 新华网，http://news.xinhuanet.com/2010-09/25/c_12601119.htm。
③ 其中包括松原仁、中津川博乡、神风英男、石关贵史、米长晴信、木村刚司、空本诚喜、柴桥正直、高邑勉、长尾敬、福岛伸享、金子洋一。

上书，要求政府在"尖阁列岛常驻自卫队"。民主党的前防务政务官长岛昭久等 43 名年轻国会议员①向仙谷由人官房长官提交了一份决策建议书。其中包括：重新研究"战略互惠关系"的具体意义与内容；加强稀土等储备体制，当中国对日禁运稀土时，立即向世贸组织起诉；修订《防卫计划大纲》，通过深化日美同盟，以冲绳为中心进一步增强西南诸岛防卫态势；把"尖阁列岛"（中国的钓鱼岛列岛）国有化并建立警戒监视雷达，早日在其周围进行日美联合军演；为确保东海至南海的航行自由，着手与美国、东盟、韩国、澳大利亚联手合作建立海洋秩序的国际格局。②

这次事件的处理，与日本国内复杂的因素搅在一起。既有反对释放中国船长的声音，也有认为一开始就不应抓人的看法。海上保安厅抓人扣船本来就是准备起诉，按日本国内法惩处的，但没想到中国作出如此强烈的反应。菅直人首相在国内遇到很大压力。民主党政府非常介意日本民调支持率的变化。在这次释放中国船长的过程中一直强调没有进行政治干预，而是地检从日中关系角度考虑作出的决定，是根据日本法律处理的。然而，日本民众并不接受这种解释。据《每日新闻》民调显示，菅直人内阁支持率从 9 月初的 64%降至 10 月初的 49%，其主要原因来自对政府处理此事的批评。87%的受访者认为，日本政府有关释放中国船长是"地方检察机关的判断"的解释"不能接受"；80%的受访者认为，"政府应该表示是政治判断"。

事实上，这次日方扣押和放还中国渔民和渔船，最终都是出于内阁负责处理对外关系的政治判断，而所谓按日本国内法处理则只不过是政治判断后企图采取的一种措施。然而，此事结果证明，这一措施不仅没能成为处理相关问题的法律先例，反而由于导致两国关系恶化而事实上遭到否定。最终，那霸地检还是从担心日中关系恶化的政治判断出发，决定释放中国船长；菅直人内阁也出自同样的

---

① 其中包括长岛昭久、吉良州司、近藤洋介、古本伸一郎、田村谦治、石关贵史、金子洋一、北神圭朗、鹫尾英一郎、石井登志郎、梅村聪、大西健介、绪方林太郎、冈田康裕、风间直树、胜又恒一郎、神山洋介、木村刚司、熊田笃嗣、坂口岳洋、柴桥正直、杉本和巳、菅川洋、高桥昭一、高邑勉、玉木雄一郎、中后淳、道休诚一郎、长尾敬、中野渡诏子、中林美惠子、桥本博明、畑浩治、初鹿明博、花咲宏基、福岛伸享、藤田大助、三村和也、向山好一、村上史好、森山浩行、山本刚正、渡边义彦。

② 参见〔日〕《产经新闻》，http://sankei.jp.msn.com/politics/situation/100927/stt100927223300 6 - n5. htm。

政治判断，认为那霸地检的决定是正确的，同意释放中国船长。因此，可以说日本释放中国船长完全是日本政府作出综合性政治判断的结果。

菅直人内阁希望通过放回中国船长，一举扭转日中关系恶化局面，尽早实现同中国领导人的会谈。仙谷由人官房长官表示，"我们需要考虑日本如何能与这个有着巨大经济和其他实力的国家建立一种战略性的、互利的关系"，"从更广泛的战略眼光角度来看，我认为（两国政府）应举行一次高级别对话，如果可能的话则应尽快举行"。①

2010年10月4日，温家宝总理和菅直人首相在比利时出席第八届亚欧首脑会议期间进行了交谈。双方强调了各自在钓鱼岛主权问题上的不同立场，同时就维护和推进中日战略互惠关系，加强两国民间交流和政府间沟通，适时实现中日高层会晤达成共识。这是中日"钓鱼岛事件"发生近一个月后两国关系出现转圜的一个积极信号，表明两国总理都有求同存异、维护两国关系大局的意愿。

日中协会理事长白西绅一郎指出，"由于民主党政府的无知，才造成今天这样的结果"。"如果这次能够及时让中国船长回去，并用日中首脑热线及时交换意见，日中关系的局面不会是今天这个样子。"②

（4）第四阶段（10月4日至11月13日）：一波三折与首脑会晤。

中国船长获释后，中方开始逐步解除反制措施。10月12日在新加坡举行的东盟防长扩大会议期间，中国国防部长梁光烈与日本防卫大臣北泽俊美下榻同一家饭店。两人在电梯间相遇后在该饭店另一处进行了短暂的交谈。北泽提出希望能够按照原计划实现日本海上自卫队训练舰停靠青岛。梁光烈对此没有积极回应，他表示希望两国军方继续增加互信，增进交流，但日本应该采取更多行动恢复两国关系。

中日关系受"钓鱼岛事件"冲击的"内伤"较重，短期内很难愈合。更有甚者，日本国会一些人提出反对菅直人内阁释放中国船长的主张。日本右翼反华势力利用领土争议激起民族认同感，接连发起反华游行，同时发起对菅直人内阁的攻击。受到最猛烈攻击的是仙谷由人官房长官，甚至在网络上还出现抵制仙谷

---

① 2010年9月22日《环球时报》，转引自法新社消息。
② 蒋丰、李鹏、单国宏：《白西绅一郎：中日关系越困难越需要民间交流》，2010年11月6日《环球时报》。

家乡德岛县产品的呼吁。

据《产经新闻》统计，截至 2010 年 10 月 22 日，日本 66 个县市议会中有 41 个议会通过决议，向菅直人首相提出意见书，质疑释放中国船长的做法，要求政府对中国采取强硬立场。钓鱼岛主权争议更导致中日两国民间感情对立加剧。据《朝日新闻》报道，9 月 29 日下午，一辆中国游客乘坐的旅游大巴在福冈市中央区的福冈市议会门前的路上，遇到日本九州地区 50 个右翼团体聚集的 60 台宣传车。这些右翼分子包围了中国游客乘坐的大巴，滋事寻衅了 20 分钟，日本警方赶到现场后旅游大巴安全离开。

然而，2010 年 10 月 18 日，日本外相前原城司在参议院决算委员会答辩时，却反把"钓鱼岛事件"发生后中国政府采取的措施形容为"歇斯底里"。10 月 19 日，中国外交部发言人马朝旭表示："我们对一国外相发表这样的言论感到震惊。改善和发展中日关系，符合两国和两国人民的根本利益。日本外交当局领导人最近的一系列言论，显然是与此背道而驰的。"①

10 月 29 日在越南首都河内举行中日韩领导人会议期间，温家宝总理与菅直人首相的会谈临时被取消，也与前原诚司外相的态度有关。中国外交部部长助理胡正跃指责"日本破坏会谈气氛"。胡正跃此前曾严厉谴责前原"连日来发表攻击中国的言论"。这次中方提出的问题主要有三点：①前原外相在日美外长会谈中提出双方将在"尖阁列岛"（中国的钓鱼岛列岛）问题上加强合作；②日方对 29 日上午中日外长会谈结果的说明，媒体只报道了日方的立场；③在东海油气田问题上，中方认为日方在歪曲中国的原则立场。②

日本外务省官员认为，中方指的大概是法新社的报道。该社在关于日中外长会谈的报道中称，前原诚司外相说日中双方同意恢复关于东海油气田开发问题的谈判。对此，内阁官房副长官福山哲郎表示："这完全是没有根据的报道。如果因这一毫无根据的报道而取消首脑会谈，实在令人遗憾。"外务省已要求法新社予以更正。③ 此后，10 月 31 日，中日两国总理见面寒暄了十来分钟，强调了民间交流的重要性，并表明将继续努力实现战略互惠关系。

---

① 2010 年 10 月 20 日《人民日报（海外版）》。

② 参见 2010 年 10 月 30 日〔日〕《每日新闻》。

③ 参见日本驻华大使馆网站；2010 年 11 月 22 日《环球时报》。

前原诚司外相态度的微妙变化，发生在 2010 年 11 月 3 日以后。当天晚上，第五届中日友好 21 世纪委员会第二次会议结束后，该委员会中方首席委员、前国务委员唐家璇及其他中方委员，在前原诚司外相举行的晚宴上，与他作了面对面的坦诚沟通。中方委员既指出他的对华强硬态度引起中国的形象恶化，也肯定了他任国土交通大臣时决定放宽中国人赴日签证审批等正确决定。结果，宴会前一脸严肃的前原在宴会快结束时则露出笑容，并发表了态度友好的讲话。他表示："我本人迄今曾 20 多次访华，每一次访问都令人难忘，其中赴内蒙古自治区植树的经历尤其印象深刻"；"正是两国的先辈们为日中关系栽下许多树木，并且抚育它们枝繁叶茂"；"我们需要'求大同存小异'。虽然作为邻国而不可避免地存在小异，但我坚信，只要我们倍加珍惜地守护先辈们栽种的树木，那么就一定能和 13 亿人民成为好邻居"。从那以后，前原外相几乎没有再发表出格的对华强硬言论。他会见记者时表示，作为外相不能想说什么就说什么，不能只考虑国内的评价，还要考虑国际影响；一项决策是否正确，不能只看眼前，还要看结果，看长远。11 月 22 日在接受《环球时报》采访时，前原表示，"有关这次撞船事件，日方一贯呼吁双方冷静处理"。关于日中关系，"彼此作为好邻居，进一步推进战略互惠关系符合两国和两国国民的利益。在日中两国贸易投资的相互依存关系日益深化以及人员往来不断增加的今天，我本人也愿意作为中国 13 亿国民的好友，尽力推进战略互惠关系"。

显然，在钓鱼岛领土争议问题上，中日立场不同是客观现实。现实主义者必须面对并勇于正视现实。在这个问题上"求同存异"，就是要求战略互惠关系之同，存领土争议之异。也就是说，中日继续搁置领土争议，全面推进战略互惠关系，应该是目前两国的最大公约数和共同利益。

2010 年 11 月 13 日，胡锦涛主席在横滨出席亚太经合组织第 18 次领导人非正式会议期间应约同日本首相菅直人会晤。双方各自重申了本国在钓鱼岛问题上的立场，同时达成三项共识：①发展长期和稳定的中日战略互惠关系，不仅符合两国国民的利益，而且亦对本地区及世界的和平与发展具有重要意义；②促进两国政府及民间的交流与合作；③加强在应对经济领域等全球性课题方面的合作。

胡锦涛强调，中日两国走和平、友好、合作之路是符合两国和两国人民根本利益的正确选择。双方应该从战略高度和长远角度，恪守中日四个政治文件确定的各项原则，牢牢把握中日关系发展的正确方向，努力推动中日战略互惠关系沿着健康稳定的轨道向前发展。胡锦涛指出，双方应共同努力，持之以恒地开展民间和人文交流，增进两国人民相互了解和友好感情。中日互为主要经贸合作伙伴，双方应继续深化双边互利合作，在国际事务中加强对话协调，共同致力于亚洲振兴，共同应对全球性挑战。菅直人完全赞同胡锦涛关于中日关系发展的意见，希望双方加强各领域交流合作，推动两国关系进一步改善和发展。前驻华大使宫本雄二提出，两国应遵守的第一个规则是"不因个别具体问题而影响两国关系全局"①。

为改善两国关系，日本驻华大使丹羽宇一郎 2010 年 12 月 20 日访问了南京。他表示"对过去发生的事情感到责任重大，会深刻反省"②。他接受中国媒体采访时强调，"希望 21 世纪日中两国能以一种面向未来的精神加强两国关系"。"日本和中国是永远没有办法迁徙的邻国，面对两国关系的发展，不应该从 10 年、20 年的短期角度来考虑，而需要用一千年、两千年的长远眼光去思考。如果以共同度过的时间长度而言，可以把日中关系比作超越夫妻关系。"③ 这是因为"夫妻关系顶多是几十年，而日中关系持续几千年，这意味着日中之间需要建立比夫妻更亲密和更长期的关系"。两国"如同夫妻结婚后生了很多孩子，现在想离婚也离不了，谁也离不开谁了"。"15 年前，日中之间贸易额占日本贸易总额的 7%，美国占 25%。现在中国是 20%，美国是 13%。15 年前，日本向美国的出口额占日本出口总额的 27%，向中国的出口额只占 5%。现在向美国的出口额占 16%，向中国的出口额占 19%。这些数字意味着日中关系在过去 15 年里得到了强化"。④ 日本驻华大使的上述公共外交努力有利于改善日本在中国的形象。

2011 年是辛亥革命 100 周年，也是中国"十二五"开局之年。日本经济同友会新年伊始便在献策报告中提出：日本应继续对中国改善民生提供合作与支

① 〔日〕宫本雄二：《今后如何与中国交往》，日本经济新闻社，2011，第 245 页。

② 〔日〕共同网 2010 年 12 月 20 日，http：//china. kyodo. co. jp/modules/fsStory/index. php? storyid = 88595%26sel_ lang = tchinese。

③ 丹羽大使接受《财经》专访《日中关系——我们是否能成为贤者》，《财经》2011 年第 1 期，http：//www. cn. emb – japan. go. jp/media/media101127. htm。

④ 《北京青年报》、《法制晚报》联合采访：《丹羽宇一郎：日中关系"雨后地更实"》，2011 年 1 月 25 日《北京青年报》。

持。2012 年将迎来日中邦交正常化 40 周年，希望日中两国政府和民间共同努力改善关系。① 这也是中方所期待的。

参考文献

人民网，2010 年 9 月 10 日，http：//world. people. com. cn。

中华人民共和国外交部网站，http：//www. fmprc. gov. cn。

新华网，http：//news. xinhuanet. com。

《环球时报》2010 年 1 月至 2011 年 2 月相关报道。

2010 年における波乱万丈な中日関係

劉 江永

　要　旨：2010 年の中日関係は波乱万丈といえよう。年の前半は鳩山政権の時期においては、両国の関係は順調に見えた。しかし、後半となると、政権は菅直人内閣に変わり、日本の対外政策は大きく変わり、中日関係の脆さが呈露された。特に 9 月 7 日中国の釣魚島周辺で発生した日本の海上保安庁による違法的な作業妨害や拘束を強行した「衝突事件」、両国の関係に重大な悪影響を与えた。中国の厳正な外交交渉や対応措置の結果、日本は中国漁船の船長を釈放した。しかし、年末に公表された新しい防衛大綱を見る限り、両国の関係回復や改善に至ってはなお時間と双方の努力が必要だ。

　キーワード：釣魚島　中日関係　日本外交　菅直人

---

① 参见〔日〕经济同友会中国委员会《富有成效的日中"战略互惠关系"——为日中两国政府建言》，2011 年 1 月。

B.7
日美关系调整下的东北亚危局

吕耀东*

摘　要：2010 年日本民主党联合政权外交理念主要调整为：放弃"平衡外交"，借美国全球战略东移亚太，修复、强化日美关系；以"道歉外交"，"战略性地利用日韩关系"，加强"日韩信赖关系"为亚洲外交的核心，在钓鱼岛领土主权及东海海洋权益等问题上对华采取强硬政策。

关键词：日美关系　日本民主党　外交政策　东北亚

日本民主党执政之初的总体外交理念及方针是，"要积极开展以预防性外交为首的外交活动，为构筑以联合国主义为中心的世界和平而不断努力。在各个层面上进一步与美国加深联系，并且促进其关系成熟。本着对（过去）战争反思的态度构筑与邻邦国家建立基础的信任关系，积极加强与亚洲各国的外交、经济关系，还要从更加广泛的领域加深与欧盟和俄罗斯的友好关系"①。在这一方针指导下，执政的民主党注重发展与中韩等亚洲国家的关系，调整和强化日美关系，重提"东亚共同体"构想，以"亚洲外交"回归的"外压力"，谋求"日美同盟"内部的对等化。也就是说，日本民主党所谓"自立性"外交的目的不是在所谓重视亚洲与欧美传统盟友两者中选择，而是力求在两者的平衡中掌握参与国际事务的话语权乃至主导权，充分体现日本沟通东西方的桥梁作用，突出日本作为"西方一员"的东方色彩。

然而，日本以东北亚为重点的"亚洲外交"出师不利，凸显其缺乏建设性。

---

* 吕耀东，法学博士，中国社会科学院日本研究所研究员，外交研究室主任，研究专业为日本外交，研究方向为当代日本外交政策与外交战略、东亚的冲突与合作。

① 日本民主党网站，http：//www. dpj. or. jp/policy/rinen_seisaku/seisaku. html/基本政策。

首先，领土问题仍然是日本东北亚外交的现实难题。2010 年 4 月 6 日，韩国抗议日本 2010 年版《外交蓝皮书》中把韩日两国均声称拥有主权的独岛（日本称竹岛）列为"日本固有领土"，指出此举与鸠山政权摆出的正视历史问题的姿态相背离。日本对韩外交再现以往功亏一篑的尴尬局面。特别是，日俄首脑在华盛顿核安全峰会会晤时，鸠山首相表示，"期待解决北方领土归属问题"，梅德韦杰夫总统称"领土问题是一大难题"。日俄首脑话不投机，领土问题仍未能取得进展。其次，日本政府决定对朝制裁期限延长，使日朝关系雪上加霜。日本政府在 2010 年 4 月 9 日的内阁会议上决定，把对朝鲜的单独制裁措施延长一年。这是日本政府第六次延长对朝制裁期限，也是鸠山由纪夫内阁上台以来的首次，以此力压朝鲜返回六方会谈，彻底解决"绑架问题"。[①] 可以说，日本新政府的东北亚外交并没有缓和原有的双边矛盾。再次，鸠山政权仍然以"绝对利益"看待日中战略互惠关系。4 月 13 日，在美国华盛顿的核安全峰会期间，鸠山首相会晤胡锦涛主席时，一方面称"日中将是东亚共同体的核心"，另一方面"要求尽快启动有关签订东海油气田共同开发条约的谈判"，并称"目前毫无具体进展"，指责中国"行动迟缓"。开出中国"将是东亚共同体核心"的空头支票，期望加速进行"东海问题"谈判。同时，图谋就所谓军事透明度、核安全等问题将中国推向国际舆论前台，突出日本唯一"核受害者"的角色定位。这些表明日本毫无推进中日战略互惠关系的诚心和实际行动，反而有害于中日关系的健康发展。

值得关注的是，日本民主党联合政权的外交实践证明，上述"平衡外交"终以失败告终，不仅鸠山由纪夫因未能兑现美军普天间机场迁出冲绳承诺等原因下台，而且，执政党也由于内外交困失去参议院多数席位，且民意支持率不断下降。为了挽回外交颓势，菅直人内阁力求通过对外关系调整巩固民主党的执政地位。特别是，日本民主党在参议院选举失利后，其对外关系及外交理念调整为：抛弃"平衡外交"，借美国全球战略东移亚太，修复、强化日美关系，拉美国强势介入亚洲事务；以"道歉外交"、"战略性地利用日韩关系"、加强"日韩信赖关系"为亚洲外交的核心，主动寻求日韩安全合作的可行性；在钓鱼岛领土主权及东海海洋权益等问题上对华采取强硬政策；继续以"绑架"和核问题对朝

---

① 参见共同社 2010 年 4 月 9 日电。

鲜保持高压态势。日美关系调整下的东北亚局势发生显著变化，日本外交政策表现为如下战略性调整。

一 日美关系的修复与调整

（一）修复受损的日美关系成为民主党政权的外交重心

近年来，美国希望通过微调驻日美军普天间搬迁相关协议，推动将日美同盟关系扩大至环境和能源领域的合作。但是，鸠山内阁在驻日美军普天间搬迁问题上的摇摆不定，使美方深感失望。日美双方通过各种渠道进行交涉，但美方的立场毫不动摇，坚持认为把普天间机场迁往名护市施瓦布军营沿岸地区的现有计划是最佳方案。这与鸠山首相要求美军基地迁出冲绳的观点相距甚远，导致日美关系趋于恶化。为此，2010 年 5 月 21 日，日本外相冈田克也与美国国务卿希拉里举行会谈。冈田希望日美间能够在普天间机场搬迁问题上找出共同解决的大方向。希拉里则表示，希望通过符合日美双方利益的方法，找到既能满足美军的运用条件，又在政治上切实可行的解决方案。双方一致同意为实现 5 月底前得出结论而共同进一步努力。冈田特别强调，东亚地区的不稳定性和不确定性正逐渐显现，日美同盟的重要性进一步增强，希望继续就深化日美同盟进行磋商。希拉里则确认了日美之间的持续性同盟，并表示对世界的未来而言，日美关系是维持地区稳定的重要基础。日美两国政府于 2010 年 5 月 28 日发表共同声明再次确认，日美同盟对日本的防卫以及亚太地区的和平稳定与繁荣都仍然是不可或缺的。菅直人内阁进一步改善鸠山内阁时期一度趋冷的日美关系，缄口不提民主党在众院竞选纲领中所强调过的"紧密且对等的日美关系"，而是利用韩国"天安号事件"导致的东北亚紧张局势，强调"日美关系是维持地区稳定的重要基础"。

（二）借《日美安全条约》修改 50 周年之机，发展日美同盟关系

日本首相鸠山由纪夫与美国总统奥巴马 2009 年 11 月一致同意在《日美安全条约》修订 50 周年的 2010 年之际推动相关讨论。议题涉及威慑力及导弹防卫、保卫海上安全、太空、网络恐怖活动等领域，讨论在从地区到全球的广泛领域加

强日美合作。虽然最初曾计划在 2010 年 11 月奥巴马访日时汇总方案，但因美军普天间机场搬迁问题迟迟不能解决及鸠山下台，相关事宜被推迟至 2011 年首相菅直人访美时。所以，菅直人于 2010 年 9 月 8 日在出席防卫省举行的自卫队高级干部会议上，围绕《日美安全条约》修改 50 周年的日美同盟走向表示，"有必要以符合 21 世纪时代要求的形式发展同盟关系"。他指出正增强军备的中国和朝鲜半岛局势是"不透明和不确定的因素"。到会的防卫相北泽俊美则要求日本自卫队根据亚洲地区和国际社会的局势变化采取相应的措施。① 11 月 2 日，北泽俊美在《日美安全条约》修改 50 周年的纪念集会上称，"确保海洋安全"是日美两国的共同课题，有必要进一步强化日美同盟。他指出："在日本周边海域，有东海等问题。海洋自由对于日本和美国这两个海洋国家而言很重要。"② 在场的美国驻日大使鲁斯在强调日美同盟的重要性时表示："考虑到亚洲太平洋地区的变化，我们每个人都要肩负起强化日美同盟的责任，必须为此贡献力量。"③

2010 年 11 月 13 日，日本首相菅直人在横滨与来日参加亚太经合组织峰会的美国总统奥巴马举行会谈。鉴于中日"钓鱼岛事件"，日美首脑就进一步"深化"同盟关系达成一致。菅直人称："日本国民与周边各国已意识到，美国与美军的存在对于本地区来说很重要。"奥巴马表示，美国将"毫不动摇"地坚持保卫日本这一决心。鉴于日本政府已决定就泛太平洋战略经济伙伴关系协定（TPP）与相关国家启动磋商，菅直人表示日本"已朝着开启的方向迈出了一大步。包括信息收集在内，也将与美国展开磋商"。奥巴马对此表示欢迎和支持，并重申支持日本成为联合国安理会常任理事国。双方还就围绕稀土等资源供应多样化以及开发清洁能源技术启动高层对话达成最终协议。④ 18 日，日本经济产业相大畠章宏在东京与美国能源部长朱棣文举行会谈，双方签署了合作开发清洁能源技术的联合声明，表示双方将围绕稀土开采和替代品研发举行专题讨论会，探讨将来开展共同研究。

---

① 参见共同社 2010 年 9 月 8 日电。

② 共同社 2010 年 11 月 3 日电。

③ 2010 年 11 月 4 日〔日〕《读卖新闻》。

④ 参见共同社 2010 年 11 月 13 日电。

（三）日美启动史上最大规模联合军演，表明民主党外交政策的自民党化倾向

2010 年 12 月 3 日，日本自卫队与美军开始在日本各军事基地以及周边海域空域举行为期八天的联合军事演习。日美实战演习始于 1986 年，此次为第十次。此次演习为迄今为止最大规模的一次，韩国也首次以观察员身份参加。在朝鲜半岛局势因"朝韩炮击事件"日趋紧张的背景下，此举意在彰显日美韩三国的紧密关系。日本方面派出约 3.4 万名陆海空自卫队官兵和约 40 艘舰艇、250 架战机，美方则出动近 1 万名官兵和 20 艘舰艇、150 架飞机。演习以日本遭遇军事攻击为假想，日美进行联合应对。演习的主要内容是弹道导弹防御，由配备海基型拦截导弹"标准 - 3"（SM - 3）的日美宙斯盾舰在能登半岛附近的日本海展开，并在北海道至冲绳区域部署了地对空导弹"爱国者 - 3"（PAC - 3）等。在冲绳本岛等西南诸岛所在的太平洋一侧，日美实施应对"离岛受袭"的岛屿防御训练。军演以"乔治·华盛顿"号航母及搭载海上自卫队"航母型"直升机的护卫舰"日向"号为中心，在日本周边海域及空域开展反潜作战与防空作战训练。

二　强化日韩信赖关系，联合打压朝鲜

日本民主党政权坚持"为维护东亚地区以及世界的和平与稳定，我们将进一步加强与韩国的信赖关系"既定方针，进一步突出韩国在日本对外关系中的重要地位，加快构筑"日韩信赖关系"已成为民主党参议院选举落败后其"亚洲外交"的首要课题和战略重点。

（一）民主党联合政权竭力回避日韩领土纠纷

日本为了克服"历史问题"的不利影响，构筑对韩国的"友好亲善"关系，将 2010 年定位为日韩"友好百年的出发点"，竭力在日韩领土纠纷方面回避刺激韩国。2010 年 4 月 2 日，针对记述日韩两国存在主权之争的竹岛（韩国名为独岛）问题的日本小学教科书通过审定一事，韩国国会全体会议通过决议表示，日方的决定是"侵害韩国领土主权的明显挑衅行为"，要求立即取消教科书合格的审定结果。该决议指责上述教科书通过审定"不仅有损日韩两国的信赖关系，

还将破坏东北亚和国际社会的秩序"。日本政府顾及韩方反应决定把内阁会议审议通过 2010 年版《防卫白皮书》的时间从原定的 7 月末推迟至 9 月以后。以缓和双边关系为由推迟《防卫白皮书》的内阁审议时间，在日本是极为少见的。

（二）日本发表"首相谈话"，表明要着力解决日韩"历史问题"

2010 年 8 月 5 日，日本政府决定在"日韩合并"百周年之际发表"首相谈话"，就过去的殖民统治向韩国国民道歉。此次谈话将与 1995 年 8 月前首相村山富市发表的"村山谈话"一样，计划加入"深切的反省和由衷的歉意"的表述。但与针对亚洲各国人民的"村山谈话"和 2005 年前首相小泉纯一郎发表的"战后 60 周年谈话"不同的是，此次谈话的对象限定为韩国。① 10 日，日本首相菅直人与韩国总统李明博通电话，向其通报了经内阁决定的"首相谈话"内容，并表示："将正视过去的历史，对该反省的加以反省，同时放眼今后的 100 年，努力加强真正面向未来的日韩关系。"菅直人"首相谈话"的主要内容包括：①违反韩国国民意愿、对韩国实行的殖民统治使韩国的国土及文化遭到掠夺，民族自尊心受到严重伤害。②对于殖民统治给韩国人民所造成的重大损失及痛苦，再次表示深切反省并由衷地歉意。③放眼今后的 100 年，将构筑面向未来的日韩关系。实行援助萨哈林韩国人、援助返还朝鲜半岛人遗骨等人道主义合作。将于近期移交现由日本政府保管的《朝鲜王室仪轨》等原属于朝鲜半岛的珍贵图书。④日韩两国是为促进地区与全球和平繁荣发挥领导能力的合作伙伴。2010 年 11 月 14 日，在横滨召开的亚太经合组织会议期间，菅直人首相与李明博总统举行了会谈，双方就日本向韩国移交朝鲜半岛沦为殖民地时期被掠入日本的 1205 册古籍达成了协议。日韩首脑还表示，在朝核问题上将与美国继续紧密合作。

（三）强调日韩的"同质性"与美国合作共同解决朝核问题的重要性

2010 年 8 月，菅直人在被日本媒体问及针对韩国的"首相谈话"的意图时说，东北亚"这一地区的稳定将以日韩为基轴，再加上美国，共三个国家构成"②。他在"首相谈话"中提到，日韩两国"具有民主主义、自由主义及市场

---

① 参见共同社 2010 年 8 月 5 日电。
② 共同社 2010 年 8 月 11 日电。

经济等共同的价值取向，是最重要的亲密邻国"，突出了两国的价值观的高度认同。日方还认为，日韩"双方均为美国的同盟国。即使互相有不满，但也共同承担着通过日美韩合作，维护地区稳定的责任"。① 2010 年 9 月 22 日，日本外相前原诚司与韩国外交通商部第一次官申珏秀在纽约联合国总部举行了会谈，日韩双方就慎重对待重启朝核问题六方会谈一事达成一致。前原诚司表示："没有日美韩的协作，日本不会单独答应重启六方会谈。"11 月 9 日，日本防卫相北泽俊美表示，日韩两国政府已开始就签订全面规定军事保密规则的《军事情报保护协定》（GSOMIA）展开磋商。此举主要针对朝鲜局势，旨在构筑两国防务部门可共享军事情报的机制。

（四）日韩美达成东北亚安全共识，联合对朝鲜施压

2010 年 11 月 24 日，菅直人首相就"朝韩炮击事件"致电李明博总统说，"包括联合国在内的国际社会采取一致措施非常重要"，对日韩两国开展紧密合作进行了确认。美国总统奥巴马当天也与李明博通了电话，双方就举行美韩联合军演及"强调牢固的同盟关系"达成一致。12 月 6 日，日本外相前原诚司、美国国务卿希拉里、韩国外交通商部长官金星焕发表共同声明：①日美同盟、美韩同盟及日韩伙伴关系对于维持亚洲和平与稳定不可或缺。三国决心有效应对共同面临的安全领域威胁。②三国外长强烈谴责朝韩炮击事件，要求遵守《朝鲜战争停战协议》。③谴责朝鲜建设铀浓缩设施的行为违反了联合国安理会第 1718 号和第 1874 号决议以及 2005 年六方会谈共同声明。④重启六方会谈的前提是朝鲜认真努力改善与韩国的关系，并为实现"可核查、不可逆转的弃核"目标采取具体措施。⑤为防止朝鲜扩散大规模杀伤性武器，加强多边的合作。⑥期待中国在要求朝鲜遵守旨在承诺弃核的 2005 年六方会谈共同声明方面作出努力。日美韩将根据需要通过国内措施加大制裁力度。⑦三国外长确认，在经济、政治、安全领域加强合作，构筑坚固、具建设性的对华关系，以实现东北亚和平。② 对此，日本内阁官房长官仙谷由人强调，日美韩"三方确认将为东北亚和平与安定而密切合作，并抱着坚定的决心和团结力加以应对，这点意义重大"。

---

① 共同社 2010 年 8 月 21 日电。
② 参见共同社华盛顿 2010 年 12 月 6 日电。

三 日美同盟阴影下的中日关系

执政之初的民主党坚持修好日中关系的理念，中日关系波澜不惊。在坚持中日战略互惠关系的连续性上，民主党表示继续坚持日中两国既定的"四个政治文件"，积极推进日中战略互惠关系的发展。中日双方均确认依据2008年5月的中日联合声明来强化"战略互惠关系"的总体方向。

但是，2010年参议院选举落败后的民主党政权开始发难中国，凸显钓鱼岛领土主权与东海海洋权益等问题依然是困扰中日两国关系的现实症结。在东海海洋权益和钓鱼岛领土主权问题上，日本民主党联合政权完全继承和延续了自民党执政时期的对华强硬政策。特别是，在所谓"中国军费透明度"及钓鱼岛问题方面，日本借美国全球战略东移亚太、美韩东北亚军事演习频频对华施压。

首先，日本2010年版《防卫白皮书》力图借美国的"矛头"指向中国。2010年9月10日，防卫相北泽俊美在内阁会议上提交的2010年版《防卫白皮书》获得审议通过。该白皮书指出，《日美安全条约》修改50周年的2010年是"值得纪念的一年"，日本将力争扩大两国合作的深度。"美军是'矛'，肩负着发挥打击力的作用"，强调了驻日美军的必要性。位于宜野湾市的美军普天间机场搬迁到冲绳县以外会导致海军陆战队功能分散，事实上不具可行性。白皮书还对"中国潜艇在日本近海航行等海军近期的频繁活动表示关切"。白皮书还批评中国国防费用的主要装备采购费明细不详，并把所谓中国国防政策的"不透明"和军事动向定位为"包括日本在内的地区及国际社会的关切事项"。白皮书还谈及应加强西南诸岛附近的岛礁防卫，担忧冲绳县宫古岛以西"没有部署部队，已成为一种防卫真空区"，并称正在研究新的部队部署计划。① 可以说，2010年版《防卫白皮书》关于深化日美同盟关系的目的之一，就是为了扩大日美安保体制的适用范围，将矛头指向中国。

其次，日本民主党政府偏执地认为两国间存在"军事透明度及东海油田开发等悬而未决"的问题，尤其是"钓鱼岛事件"表现出日本对华外交的短视行为。2010年9月7日上午，日本海上保安厅巡逻船在钓鱼岛附近海域非法纠缠

---

① 参见共同社2010年9月10日电。

中国"闽晋渔5179"号渔船时发生碰撞。随后,日方巡逻船对中方渔船实施非法拦截,并非法扣留中方渔船及渔民。据共同社报道,日本政府高官7日晚间表示,将把中方船长"带到最近的检察机关或是警察机构,按照日本的程序加以处理"。

针对上述事件,当日中国外交部发言人姜瑜强调,钓鱼岛及其附属岛屿自古就是中国领土,要求日本巡逻船不得在钓鱼岛附近海域进行所谓"执法"活动,更不得采取任何危及中国渔船及人员安全的行为。姜瑜表示,中方将密切关注事态发展,保留作出进一步反应的权利。中国外交部副部长宋涛也奉命约见日本驻华大使丹羽宇一郎,提出严正交涉,要求日方停止非法拦截行动。8日,外交部部长助理胡正跃奉命召见丹羽宇一郎大使,对日方在钓鱼岛海域抓扣中方渔船一事提出强烈抗议,要求日方立即放人放船,并确保中方人船安全。9日,姜瑜再次表示,钓鱼岛及其附属岛屿是中国固有领土。日方对在该岛海域作业的中国渔船适用日本国内法是荒唐、非法和无效的,中方决不接受。随后,中国外交部不断向日方提出严正交涉,国务委员戴秉国、外交部长杨洁篪以及副部长连续召见丹羽宇一郎大使,就日方在钓鱼岛海域非法抓扣中国渔船和渔民提出严正交涉和抗议,强调中国政府捍卫钓鱼岛主权和本国公民权益的决心是坚定不移的,要求日方立即无条件放回包括船长在内的全部中国渔民和渔船,并敦促日方不要误判形势,作出明智的政治决断。

9月13日,中国政府包机接回被日方非法抓扣的14名中国渔民,被日方非法扣留的渔船也于14日归国。14日,姜瑜表示,中方认为当务之急是日方应立即停止所谓"司法程序",使被非法抓扣的中方船长能够尽快安全返回。16日,姜瑜指出,目前日方仍非法扣押着中国渔船船长,这是当前中日关系的突出障碍,日方应采取切实行动消除这一障碍。19日,中国外交部副部长王光亚就日方决定继续非法扣押中方船长提出严正交涉。25日,被日方非法抓扣的中国渔船船长詹其雄乘中国政府包机安全返抵福州。当日,中国外交部发表声明指出:"2010年9月7日,日方在钓鱼岛海域非法抓扣中国15名渔民和渔船,并将船长扣押至9月24日。对这一严重侵犯中国领土主权和中国公民人权的行径,中国政府表示强烈抗议。钓鱼岛及其附属岛屿自古以来就是中国的固有领土,中国对此拥有无可争辩的主权。日方对中国渔民渔船的扣押、调查以及任何形式的司法举措都是非法和无效的。日方必须就此次事件向中方作出道歉和赔偿。"

日本部分政要不顾中日关系大局,就"钓鱼岛事件"大做文章,继续扩大势态,利用日美同盟关系拉美国介入"钓鱼岛事件",竭力扩大日美安保机制的适用范围。正如 2010 年 11 月 1 日中国外交部新闻发言人马朝旭在回答记者提问时所言,日本海上保安厅巡视船在钓鱼岛海域对中方渔船进行干扰、驱赶、拦截、围堵和抓扣,本身就是非法的,严重侵犯了中国的领土主权和中国渔民的正当权利。也就是说,日本在"钓鱼岛事件"中的"非法性"行为不容置疑。日本部分政要本末倒置、混淆国际视听的伎俩,只会导致"以邻为壑"的恶果,严重损害了中日战略互惠关系的健康发展。更有甚者,民主党上台执政后首次负责制定的新《防卫计划大纲》的"机动防卫能力"概念明显是针对中国。① 日本政府在 12 月 17 日的安全保障会议及内阁会议上通过了新《防卫计划大纲》与《中期防卫力量整备计划》,该大纲首次指出中国的军事动向"是地区和国际社会的关切事项"②,该大纲还决定增强"西南诸岛"防卫,把海上自卫队潜艇数量从 16 艘增至 22 艘,以此来防范中国。

四 因"领土问题"恶化的日俄关系

日本民主党执政之初,将改善日俄关系作为对外关系的突破口,力求"以坚决的态度加快北方四岛归属问题的谈判进程",并"通过促进经济文化交流及资源开发的相互协作,巩固日俄同盟"。③ 但是,自民党执政时期,2009 年 6 月日本众院全体会议上全票通过的《促进解决北方领土问题特别措施法》修正案明确写入日俄具有争议的"北方四岛"(俄称"南千岛群岛")为日本固有领土,此举招致俄方抗议。俄罗斯国家杜马也通过一项声明称,日俄和平条约谈判已失去了希望,并警告日方如不撤回该法案,谈判将无法取得进展。同样,上台执政的民主党内部也存在关于"北方领土"的强硬言论,2010 年初时任外相的冈田克也就日俄关系现状指出,"日本要求的是归还四岛,两岛的话不行"。这给初次上台执政的民主党提出了外交难题,让菅直人内阁在日俄"北方领土问题"

---

① 参见 2010 年 12 月 6 日〔日〕《日本经济新闻》。
② 共同社 2010 年 12 月 17 日电。
③ 日本民主党网站,http://www. dpj. or. jp/policy/manifesto/seisaku2009/08. html/民主党政策集。

上进退两难、束手无策。

　　2010 年 11 月 1 日，俄罗斯总统梅德韦杰夫视察了实际处于远东萨哈林州管辖下的、具有争议的南千岛群岛中的"国后岛"。这是包括苏联时代在内俄（苏）首脑首次登临"北方四岛"。梅德韦杰夫此举旨在通过直接彰显对"南千岛群岛"的实际控制，态度鲜明地对抗日方归还领土的要求，也是对于日本此前强硬政策的回应。对此，菅直人首相通过外交渠道提出严正抗议，并指出此行为将对日俄关系产生重大障碍。前原诚司外相也在当日的日本众院预算委员会会议上批评道："北方领土是我国固有领土，（视察）与日本的原则立场完全不相容，伤害了日本的国民感情。"① 与此同时，美国表示在"北方领土问题"上支持日本，敦促缔结和平条约。美国国务院发言人克劳利就俄罗斯总统梅德韦杰夫视察"国后岛"一事表示，"关于北方领土问题，美国支持日本"，并指出"正因如此，美国长年来一直敦促日俄举行和平条约谈判"，希望两国为缔结条约付诸努力。这是重视对俄关系的奥巴马政府上台后美国高官首次就"北方领土问题"表示支持日本。次日，美国国务院发言人克劳利在例行记者会上就"北方领土"表示，"美国认为日本拥有其主权"，但同时称不适用《日美安全条约》。他表示，"处于日本施政权下的领土"属于美国对日防卫义务的《日美安全条约》第五条的适用对象，而"北方领土目前不在日本的施政权之下，因此不适用这一条约"。美国政府的此次发言只是表明了其一贯立场。然而，在俄罗斯总统梅德韦杰夫首次视察"北方领土"中的国后岛之后表明这一态度，可能也有意表达对此举的不满。另一方面，美方重申"在北方领土问题上支持日本"，有意通过支持日本的主张，从而敦促日俄缔结和平条约。②

　　为了缓和紧张的日俄关系，因梅德韦杰夫总统视察具有争议的"南千岛群岛"而被临时召回国的日本驻俄大使河野雅治于 2010 年 11 月 7 日返回莫斯科。实际上，这次召回驻俄大使行为仅仅是日方向俄罗斯表明抗议态度的一个临时性举措。驻俄大使在被召回国的四天后便重新返俄归任，体现了日本为实现日俄首脑会谈的低姿态。③ 11 月 13 日，在横滨召开的亚太经合组织会议期间，菅直人

---

① 共同社 2010 年 11 月 1 日电。

② 参见共同社华盛顿 2010 年 11 月 3 日电。

③ 参见 2010 年 11 月 8 日〔日〕《朝日新闻》。

首相与梅德韦杰夫总统举行了会谈。菅直人对梅德韦杰夫视察"国后岛"一事表示抗议，称"不管从政府立场还是国民情感上，均无法接受"。对此，梅德韦杰夫反驳称，南千岛群岛"是我国的领土，今后也是一样的"。菅直人还就"北方领土"归属问题提议称："希望两国最终签订和平条约。今后将继续进行相关磋商，致力于解决领土问题，并深化两国合作关系。"而梅德韦杰夫希望日本改变拘泥于领土问题的外交思路，推进经济合作，邀请菅直人在来年合适的时候访问俄罗斯。菅直人回应称"会加以考虑"。① 会谈后，菅直人就日俄关系称："如果加深经济合作关系，就会对领土问题将产生好的影响。希望积极推进协商。"但是，日本内阁官房长官仙谷由人就俄罗斯总统梅德韦杰夫在日俄首脑会谈上提议应当改变北方领土问题的以往思维、推进经济合作一事表现得态度消极，认为日方无法表示完全赞同。12月4日，日本外相前原诚司乘坐海上保安厅的飞机从上空视察"北方领土"。这是俄罗斯总统梅德韦杰夫11月1日访问国后岛后，日本阁僚首次对"北方领土"进行视察。12月25日，梅德韦杰夫总统再次强调"南千岛群岛"是俄罗斯的领土。他说，虽然愿意与日本推进经济合作，但并不意味着俄罗斯必须放弃"南千岛群岛"。

对此，共同社评论指出，在对俄外交方面，日本2010年犯下了未能事先察觉俄罗斯总统梅德韦杰夫将访问"国后岛"的致命失误。虽然日本也在考虑让菅直人访俄，但是俄方在经济实力增强的情况下始终态度强硬，日方想扭转形势并非易事。

结语　日本民主党政权的东北亚外交缺乏建设性

2010年日本民主党联合政权的东北亚外交缺乏连续性、建设性和战略性，突出表现为当民主党未能如期实现执政之初的对外战略目标，在寻求日美同盟内部"对等化"失败后，随即抛弃"平衡外交"，调整亚洲外交重点，企图采取亲韩疏华的外交策略，修复出现裂痕的日美关系。2011年伊始，日本就迫不及待地将日美同盟强化提上议事日程，日本外相前原诚司和美国国务卿希拉里当地时间1月6日在华盛顿举行会谈，双方一致同意着手制定新的"共同战略目标"，

---

① 参见共同社2010年11月13日电。

力争在亚太和全球实现。此举旨在深化日美同盟，共同应对日益紧张的朝鲜半岛局势及中国加大保护海洋权益等举动。希拉里在会谈中表示，"将为日美同盟制定未来目标"。在会后的联合记者会上，前原称"双方一致同意，就各项议题加深共识，并具体落实合作关系"。围绕新的共同战略目标，双方还将考虑在菅直人2011年访美前举行外长和防长出席的日美安保磋商委员会会议。①

值得关注的是，民主党内阁上台以来，日本周边开始了"无休止的骚动"②，日本与中国、韩国、朝鲜和俄罗斯关系中的症结并未根除，问题依然存在，矛盾时而彰显，大有恶化周边关系的趋向。2010年日美关系调整下的东北亚变局表明，日本民主党有悖于执政之初标榜的以"预防性外交"手段处理国际争端与冲突的方针。特别是，日本民主党政权以"钓鱼岛事件"化解冲绳美军基地搬迁问题引发的地方"民怨"，无端制造新的"中国威胁论"来强化日美同盟关系，凸显民主党部分政要对华交恶的政策取向。日本对华政策今后仍然存在着一定变数，构筑中日战略互惠关系绝非坦途。此外，日俄两国在"北方领土问题"上的矛盾日益尖锐，民主党政权在打破朝鲜核及导弹问题、绑架问题的僵局方面束手无策，日韩岛屿领土主权纠纷隐患未消……可以说，日本部分政要正在借助深化日美同盟之机，通过与邻国不断制造摩擦的形式，力图摆脱"战后体制"，一步步达到其"普通国家论"所诠释的大国化战略目标。

参考文献

日本民主党网站，http：//www. dpj. or. jp/policy/manifesto/seisaku2009/08. html/民主党政策集。

日本外务省网站，http：//www. mofa. go. jp/mofaj/area/austria/visit/0909_ sk. html。

〔日〕《读卖新闻》2010年相关报道。

〔日〕《日本经济新闻》2010年相关报道。

〔日〕《朝日新闻》2010年相关报道。

〔日〕《产经新闻》2010年相关报道。

共同网2010年、2011年相关报道。

---

① 参见共同社华盛顿2010年1月6日电。

② 2010年12月1日〔日〕《产经新闻》。

日米関係修復における北東アジア危険な情勢

呂 耀東

　要　旨：2010年の民主党連立政権の外交理念の主な調整は、「均衡外交」を放棄し、米国のグローバル戦略のアジア太平洋地域へのシフトを契機に、日米関係を修復、強化することとなった。「謝罪外交」「日韓関係の戦略的利用」、「日韓の信頼関係」の強化をアジア外交の核心に据えることで、釣魚島の領土主権及び東中国海における海洋権益などの問題で中国に対して強硬策をとるというものだ。

　キーワード：日米関係を修復　日本の民主党　外交政策　東アジア

B﹒8
日本与东盟国家关系新动向

白如纯*

摘　要：以美俄外长正式出席 2010 年东亚峰会为标志，东亚区域合作框架将发生新的变化，即"10＋8"体制将取代"10＋6"框架。围绕中国的南海问题，东盟相关国家各怀心事，美日两国政要也适时表达了关切。继 2009 年日本民主党夺取政权提出"重视亚洲"的外交政策调整，2010 年美国奥巴马政府也推出"重返亚洲"的战略。双方均强调强化与东盟各国的关系，东盟相关国家也是乐得其所。东亚重新成为大国外交竞技场，东亚国际关系和地区格局恐添新的变数。

关键词：日本外交　"10＋8"体制　东亚区域合作　南海问题

2010 年 10 月，在越南举办了每年一度的东亚首脑系列峰会，中、美、日、俄、印等主要大国纷纷亮相。与历届峰会相比，以往有关区域经济整合的共同课题让位于有关政治、安全领域的明争暗斗，成为本次峰会一大特色。

2009 年 9 月，日本民主党夺取政权，提出"重视亚洲"的外交政策调整，成为本地区的重要"看点"。而 2010 年美国亦强势推出"重返亚洲"战略，频繁强调"加强同东盟的关系"①，美日两国可谓亦步亦趋。俄罗斯也不甘寂寞，参与东亚博弈。这次峰会第一次邀请"10＋6"以外的国家参加，俄罗斯外长和美国国务卿列席会议。这是自 2005 年 12 月马来西亚举行由东盟十国加中国、日本、韩国、印度、澳大利亚、新西兰领导人参加的首届峰会以来的"破例"。

＊　白如纯，法学博士，中国社会科学院日本研究所副研究员，研究专业日本外交，研究方向为日本与东盟关系、日本的东亚区域合作政策。
①　2009 年 7 月希拉里参加东盟地区论坛（ARF），高调提出美国"重返东南亚"，本次作为峰会特别嘉宾，被视为美国强化对本地区参与力度的重要指标。

可以预见，随着俄、美两国领导人正式参与2011年举办的第六届东亚峰会，东亚峰会的"10＋8"体制将取代"10＋6"框架。亚太地区尤其是东亚重新成为大国外交竞技中心，东亚国际关系和地区格局恐添新变数。

一 东亚全球政经中心地位稳固

2010年，东亚地区的经济继续呈现复苏与增长的态势。尤其是以中国、印度等新兴经济体的稳健增长为动力，东盟以及日、韩等经济体也不同程度保持了稳定、复苏或增长。同时，2010年的东亚及东南亚，大国互动频繁、区域合作继续呈现"向好"的趋势。作为主办方的东盟一体化加强，在事关自身利益方面继续积极运作，为区域合作与大国博弈提供平台。

（一）经济增长，区域合作再上台阶

次贷危机之后的美国经济尚未摆脱困境，希腊、爱尔兰等欧盟国家又身陷主权债务危机。作为新兴经济体的主要代表，中国和印度根据各自国情，积极调整国家经济发展战略，实现了经济的稳定、快速增长，不仅为亚洲经济增长作出了重要贡献，同时也成为世界经济复苏的动力之源。

作为一体化程度不断增强的地区组织，2010年东盟总体经济运行良好，经济增长率有望达到7%以上，表现好于预期。另据国际货币基金组织、经济合作与发展组织、亚洲开发银行等国际机构预测，2010年，亚洲发展中经济体的经济增长率将超过8%，远高于2009年的5.4%，同时也明显高于其他地区的经济增长速度。国际货币基金组织2010年10月发布《世界经济展望》报告，也认为亚洲经济的发展前景依然乐观，增长率预计仍将处于较高水平。报告指出，尽管亚洲经济增长依然面临外需乏力、通胀压力大等诸多挑战，但亚洲尤其是东亚仍将是世界经济增长最具活力的地区之一。[①]

由于东亚整体经济发展势头强劲，区内各国经济相互依存度增大，各国在区域经济合作方面愿望强烈，因而区域合作优势进一步凸显。2010年新年伊始，

---

① 参见李向阳等《亚洲，吸引全球目光》（2010年终报道·亚洲篇），人民网，http：//world. people. com. cn/GB/57507/13658338. html。

作为发展中国家间建立的世界最大自由贸易区——中国—东盟自贸区正式运作。一年来，双边贸易额明显增大，目前，中国已成为东盟最大的贸易伙伴，东盟成为中国第三大贸易伙伴，2010 年双边贸易总额有望突破 3000 亿美元。同时，由于自贸区内商品、资本和人员流动变得快捷、顺畅，也有利于各国间经济、文化等各方面交流与合作的开展。中国—东盟自贸区正式启动，标志着东亚区域经济合作迈上一个新台阶。[①]

金融合作作为区域经济合作的主要内容，在本年度也结出新硕果。2010 年 3 月 24 日，清迈倡议多边化协议生效，总规模达 1200 亿美元。金融合作的制度化，将为亚洲各经济体的进一步合作奠定稳固的基础。

2010 年 10 月在越南河内举行的东盟系列峰会期间，东盟与中日韩举行了"10 + 3"首脑会议，并分别与相关国家举行了"10 + 1"会议，经贸和金融合作已经成为东盟与对话伙伴国之间开展合作的主要领域和共同关注的重点。

（二）华盖云集，国际地位加速提升

进入 2010 年以来，美俄法英等大国政要纷纷到访包括东南亚以及中国在内的东亚地区，表现出主要大国对该地区的重视。

美国方面：2010 年 7 月，美国国务卿希拉里访问了巴基斯坦、阿富汗、韩国和越南。美国国防部长盖茨则于同月访问了韩国和印度尼西亚，并于 10 月前往越南出席东盟防长扩大会议。美国总统奥巴马 11 月 6 日抵达印度，并随后访问了印度尼西亚、韩国和日本，成为他就任总统后最长时间的海外出访活动，持续时间长达十天之久。

俄罗斯方面：2010 年 9 月 26 日，俄罗斯总统梅德韦杰夫访问中国，中俄两国元首签署了关于"第二次世界大战胜利 65 周年"和"全面加深中俄战略协作伙伴关系"两项联合声明，表明中俄两国在处理重大国际问题上，密切协调，彼此配合，在建立公正的多极化世界秩序的问题上持有共同立场。俄总统还于 2010 年 10 月底访问了越南，并出席俄罗斯和东盟的第二届首脑峰会。

欧盟方面：法国总统萨科齐 2010 年 12 月访问印度，英国首相卡梅伦也率庞大代表团访问了北京。

---

① 参见中评社北京 2010 年 1 月 2 日电。

值得关注的是，作为特别嘉宾，美国国务卿希拉里和俄罗斯外长拉夫罗夫出席了本届东亚峰会。据悉，美俄首脑将正式成为 2011 年东亚峰会新面孔。

（三）东盟给力，整合进程步伐稳健

2010 年 10 月末，与东亚峰会同步，东盟各国领导人举行了第 17 届东盟首脑会议。作为成果之一，会议通过了《东盟互联互通总体规划》，成为继《东盟宪章》以后东盟共同体建设的一个新进展。《东盟互联互通总体规划》囊括 700 多个工程和计划，东盟希望成员国及对话伙伴国通过多元化投资，积极参与这些工程和计划，切实推动东盟内部及东盟与其对话伙伴国间的互联互通。为此，东盟将建立互联互通协调委员会，协调、监管"规划"的落实过程。东盟优先致力于"经济共同体"① 建设，"东盟经济共同体理事会"作为协调和执行机构，对东盟共同体尤其是经济共同体建设发挥了积极的推动作用。

另外，2010 年 4 月，河内还举行了第 16 届东盟峰会及系列会议。东盟各成员国确定将在《东盟宪章》框架内以规则来解决各成员国之间的争端；通过了有关开发人力资源和劳动者技能的声明，以促进经济复苏和可持续发展；发表了旨在改善东盟地区妇女儿童福利的《河内宣言》；通过了海上搜救合作文件等。上述一系列合作文件，将有效促进《东盟宪章》的落实，为东盟共同体建设提供法律保障。

为实现 2015 年东盟一体化目标，东盟各国之间希望缩小发展差距，通过加快"大湄公河流域"等次区域合作以及开展与中日韩的技术合作等途径，使东盟内经济欠发达成员国更快地融入经济一体化进程。东盟之间的互联互通计划需要筹集大量资金，以加快道路、桥梁等基础设施建设，这要求东盟进行多元化融资并保证建设资金尽快到位。东盟十国与中日韩共同签署"清迈倡议多边化协议"，建立起被称为"亚洲货币血库"、总规模达 1200 亿美元的区域外汇储备库，将为东盟以及本地区有效抵御金融风险发挥重要作用。

东盟作为地区互利合作与共同发展的重要平台，其主导区域合作与强化自身一体化的努力不断取得成果。同时，在 2010 年 10 月东亚系列峰会期间，东盟与

---

① 按《东盟宪章》规定，一体化进程将包括建立东盟经济共同体、东盟政治安全共同体及东盟社会文化共同体。其中，经济共同体是率先努力的目标。

中日韩领导人一致表示将采取有效行动，推进落实"10＋3"框架内的各项协议，加强在金融货币问题上的合作，加深在贸易、投资、旅游、交通和基础建设领域的交流合作。

二 日本对东盟外交的最新动态

2010 年日本的内政外交形势依然严峻。刚刚夺取政权的民主党在关乎日美同盟的"普天间基地"等棘手问题上一筹莫展，执政仅八月有余的民主党鸠山内阁黯然退场。"钓鱼岛事件"、"朝韩炮击事件"，民主党内部矛盾不断，接任鸠山主政的营直人首相的日子显然也不好过，尤其在地区外交方面似乎更不尽如人意。

但日本在与东盟国家关系方面，仍然取得了一些进展。从外务大臣到首相均在不同场合表态，强调重视与东南亚发展合作关系，并呼应美国、越南等意欲使南海问题复杂化的国家，开展政治、经济乃至军事合作，谋求利益扩大化。

2010 年 7 月 24 日，时任日本外相的冈田克也在河内与越南副总理兼外长范家谦举行会谈，就召开由两国外交、国防人士参加的"日越战略对话"一事达成共识。双方围绕中国和越南等国"各自主张拥有主权"的南沙群岛问题密切交换信息。日本有报道称，资源丰富的南海是日本等国众多油轮频繁往来的海域。因此，冈田在会谈中称"日本对南海问题不能毫不关心"，范家谦则希望日本对越南的立场给予理解与配合。①

众所周知，在南海问题上，越南扮演着特殊的角色，因为中越在南海争端相对突出，两国曾在西沙发生冲突和战争。近年来，美日发展与越南关系，既有其政治经济方面的利益追求，同时也迎合了越南拉域外大国搅局的用意。2010 年 8 月，越南与美国在南海举行联合军演，随后美国国务卿希拉里 10 月代表美国政府参加在越南河内举行的东亚峰会，其中体现的战略意图不言自明。自 2010 年高调宣称"重返东南亚"后，作为全球唯一霸权国家的美国，需要介入东亚地区事务，而这些动作客观上为越南争取南海利益提供了战略上的支持。

---

① 参见《环球时报》援引共同社报道，http://world.huanqiu.com/。

无独有偶。2010 年 6 月 14 日，日美两国也在南海举行了代号为"太平洋伙伴 2010"的联合人道主义救援演习。美方派出了海军军事补给部队的医疗船，日本海上自卫队则派出一艘船坞登陆舰和两艘大型气垫登陆船参加演习。所谓人道主义救援演习在战时用来运送在南海作战的美军伤员，实际上是美军为未来在南海作战进行战前准备的一个环节。一旦战事爆发，美军伤员将通过日美舰艇送往日本治疗，这将极大地增强美军的后勤能力，有助于美军在南海的作战。①

在敏感的核技术上，美日也与越南达成了默契。年初，美、越核能合作谈判被美国媒体曝光，美国务院发言人菲利普·克劳利称美方"鼓励"但不强求越南方面放弃自行进行铀浓缩的权利；日本则在中国规范稀土出口的背景下，与越南政府达成协议，表示将为越南建造两座民用核反应堆，并在稀土矿的勘探与精炼方面进行合作。

此外，在高铁、基础设施等方面，美日都表示愿与越南开展合作。这无疑会使中国与越南合作的形势复杂化。

在东南亚国家中，越南稀土藏量丰富。菅直人首相 2010 年 10 月访问河内会见越南总理阮晋勇时，也谈到稀土合作问题。《产经新闻》同年 10 月 22 日以《稀土：与越南共同开发，摆脱中国依存》为题，对该事件作深度分析。日越两国的稀土合作，放在目前从东亚到南海的一系列地缘政治局势下看，格外引人关注。实际上，日本对越南的稀土开发前几年就已开始。据《读卖新闻》报道，当时越南官员向日本经济产业副大臣吉川贵盛保证："日本将获得稳定和长期的越南稀土供应。"而日本经济产业省下属的"独立行政法人"日本石油天然气金属矿物资源机构将负责相关矿场所在地区的基础设施建设援助行动。

根据日越两国的计划，最早可以于 2011 年投入生产，每年将会为日本供应 5000 吨稀土矿，占日本年需求的 1/4 或 1/5，持续 20 年时间。而从两家参与的日本公司来看，它们之前就一直从事中日之间的稀土贸易，对相关产业经验丰富。丰田通商的稀土子公司丰通公司成立于 2008 年，为了进入稀土业务，丰通还特意收购了专门从事稀土贸易的日本和光物产公司。

2010 年 5 月，昭和电工和中电稀土也先后在越南建立加工工厂。这也符合

---

① 参见 2010 年 7 月 12 日《环球时报》。

越南的需求——越南并不希望纯粹出口资源，也希望能引进相关加工产业。①

从以上可以看出，日越两国的资源合作也并非因为"钓鱼岛事件"引发的中日关系的严峻局势，而是早已开始的战略合作中的一环。

三 美国"重返亚洲"战略助推日本

不论着眼历史抑或面对现实，美国始终是亚太地区不可忽视的力量。作为当今唯一具有全球影响力的国家，美国的东亚战略具有相当的扩张性。加强在东亚地区的军事存在、确保在更多国家的军事准入，成为当前美国东亚安全战略的突出特征。另一方面，亚太新兴国家经济繁荣、政治稳定，国际地位不断上升。而美国在金融危机后，经济与社会发展面临重重压力。内政外交的诸多问题，使得美国政府及精英阶层普遍呈现焦虑心态。继续保持美国在亚太的主导地位，防止其他大国在本地区的快速崛起，成为美国现政府的优先战略考量。

胜选后的奥巴马也曾宣称自己是"太平洋总统、美国将回归亚太地区"。作为具体的外交行动，希拉里在2009年7月参加东盟地区论坛时，高调提出"重返东南亚"，显示美国亚太战略正强势且加速向纵深推进。另一方面，随着中国、印度的崛起，亚太国际格局调整，美国明显力不从心，于是拉紧旧盟友、拉拢新朋友便成为美国政府的合理选项。

美国媒体2010年10月27日发表文章称，希拉里的亚太之行其实从美国夏威夷便已开始，因为她在那里会见了时任日本外相的前原诚司。自中日"钓鱼岛事件"发生以来，亚洲这两个最大的经济体便矛盾不断。日本的新政府早前强调重视对华关系，并与美国"保持距离"。英国智库查塔姆宫的专家布朗表示，现在，中日之间的纠纷给了美国"驯服"东京的一个"新的机会"。日本是美国为亚太地区提供保护伞的重要一环，现在正是美国巩固美日关系的"绝佳时机"。②

美国在东亚军事存在的基础就是其在冷战时期构建的同盟体系，其中美日同盟又居于基轴性地位。美国不失时机地巧妙利用"两船"事件（上半年的"天

---

① 参见《日越"稀土外交"玄机：日本意外杀入南海棋局》，http://news.ifeng.com/mil/4/detail_2010_10/28/。

② 参见人民网，http://japan.people.com.cn/。

安号事件"、下半年的"钓鱼岛事件")和朝鲜半岛延坪岛炮击事件,重新加强了与日、韩的同盟关系。作为美国在东亚最大的盟友,日本在东亚地区既有自身的安全利益,同时也要在一定程度上与美国的东亚战略相协调。

在处理与东盟关系方面,美国通过签署加入《东南亚友好合作条约》,在东盟秘书处派驻常设外交机构,希望将美国—东盟峰会机制化。2010 年 9 月 24 日,美国总统奥巴马和东盟领导人在纽约就加强美国和东盟关系举行会谈。这是首次在美国本土召开的美国与东盟的峰会。10 月底,希拉里出席在越南河内举行的东亚峰会,为 2011 年美国正式加入东亚峰会作最后努力。

在经济合作层面,美国改变以往对东亚合作的冷淡态度,主张加强"跨太平洋战略经济伙伴关系",企图对未来亚太地区经济合作格局施加影响,构建以美国为中心的亚太经济合作网络。

在南海问题上,希拉里在参加东盟地区论坛(ARF)时,声称南海问题涉及美国利益,美国有责任和有关国家解决这一问题。美国为插手南沙争端,使南海问题国际化和复杂化,强化同印度尼西亚和菲律宾的军事与战略联系,甚至同昔日夙敌越南发展军事合作。

同样是在美国"重返亚洲"的大背景下,日本与印度加紧了外交协调。2010 年 5 月,时任日本经济产业大臣的直岛正行访印时提出两国民用核能合作意向。6 月,两国代表在东京举行首轮谈判。日本自 7 月起与印度接连举行了单项问题的会谈,商讨包括反恐、打击海盗和联合国改革等一系列问题,以增加两国战略合作关系的"含金量"。日本和印度最新一轮的双边核协议会谈已经引起了中国等地区相关国家的注意,因为日本此前不曾与《不扩散核武器条约》之外的国家缔结此类条约。进入 9 月,日本同印度举行最后一轮谈判以确定两国经济协定的关键性内容。10 月 25 日,日本首相菅直人与到访的印度总理辛格签署了全面经济伙伴关系协定,根据协议,日本将取消 97% 从印度进口商品的关税,印度将取消 90% 从日本进口商品的关税。

综观以上,可以预测美国对亚太地区的介入会更趋积极而系统。目前,美国的外交行动基本还是以自己的判断、规划与方式进行。对日本复归亚洲、试图领导东亚合作的意图与行动,美国的态度既谈不上积极,也谈不上消极。因为尽管该地区各国通过既有的合作架构,朝一体化方向努力并取得不菲的成绩已是既成事实,但"东亚共同体"离成形似乎尚远。

美国最大的疑虑是未来的"东亚共同体"是否可能把自己排除在外。至少到2008年东亚峰会之前，美国从未明确表述过参与意向。但有一点可以肯定：亚太地区任何新的国际机构、规约框架以及合作机制，如果威胁到美国参与的军事同盟或其他安全保障体系，都将是它所不能容忍的。

四　直面东亚变局，中国有所作为

在即将到来的"10＋8"体制内，除了中、俄、美三国以及作为区域性组织的东盟十国，其余的韩、日、澳、新、印五国基本上属于美国的盟国。对中国来说，加强地区外交，实施东亚战略，需要有如下几个基本判断。

（1）美国仍然是当今世界唯一的超级大国。不论从军事实力还是政治影响力，美国在亚太尚有"呼风唤雨"之势。

（2）东亚地区合作的机制化程度不断提高。中国与东亚峰会其他成员都已融入全球化时代，尤其是在经济贸易领域。

（3）东亚峰会从"10＋6"走向"10＋8"的体制势所必然。东盟在东亚一体化合作进程中的作用会越来越重要。同时，东盟能否顺利地在2015年实现一体化，也是左右东盟未来在东亚地区影响力的关键。①

（4）一些纠纷容易让美国加以利用。无论从哪个角度讲，都要求中国充分运用外交智慧和技巧加强与周边国家的关系。②

基于以上认识，加强中国外交尤其是地区外交力度显得尤其重要。中国要成为有影响、有威望的成熟的世界大国，与东盟的关系应该是优先考虑的课题之一。为此，①需要继续加强与东盟之间的经济合作与互惠的关系，维护并加强目前已经生效和运作的自由贸易区建设；②需要与东盟建立矛盾问题的控制机制，双方应该正视并控制已存在的问题，以使其不影响现存关系的发展；③需要继续支持东盟在东亚地区合作中的地位。

在未来的东亚峰会"10＋8"结构中，继续支持这种态势既符合东亚地区合

---

① 参加东亚峰会需要具备三个条件：（1）东盟的全面对话伙伴国；（2）已加入《东南亚友好合作条约》；（3）与东盟有实质性的政治与经济关系。可见，东盟在东亚峰会与东亚合作进程中发挥着主导作用。

② 参见《东亚峰会考验中国大国外交》，2010年11月3日〔新加坡〕《联合早报》。

作大局，也有利于对美对日外交的开展。因为东盟不仅是东亚峰会的主办国，也是平衡大国关系、调整有关国家利益的协调机构。

随着东亚在世界经济中地位的提升，作为一支重要的区域经济力量，东盟在国际舞台上的地位也不断上升。东盟作为一个整体，将与中国、日本、韩国、美国、俄罗斯、印度等国展开更广泛的、多层次的合作。在此背景下，东盟通过构建共同体提升其整体竞争力是必要的战略选择。

加强和拓展对外关系也一直是东盟共同体建设和对外合作的重点。在2010年10月举行的东盟系列峰会期间，经贸和金融合作成为东盟和对话伙伴的关注重点。随着2010年元旦中国和东盟间自由贸易协定开始全面实施，以及2011年韩国与东盟、2012年日本与东盟预计将各自实施的相互之间的自由贸易协定，中日韩三国之间，中日、中韩与日韩之间加快自由贸易协定谈判的呼声日益高涨。特别是现在的制造业领域，中日韩三国之间的国际分工与贸易互补，已经形成经济上相互依存的关系。关键是今后如何通过谈判，尽快签署中日韩之间的FTA协议，从制度上保障中日韩三国之间的贸易和投资得到持续与稳定的发展。①

在本次东亚峰会上，中国和东盟领导人签署了《中国和东盟领导人关于可持续发展的联合声明》，宣布了13项举措来加深双方合作，其中包括：全面、有效地落实中国—东盟自贸区协议，通过技术交流加强农业和粮食生产合作，加强能源合作，在国际气候变化谈判中加强对话和合作等。中国国务院总理温家宝表示，中国愿意在五年内同每个东盟成员国共建一个经贸合作区，力争中国与东盟之间的贸易额到2015年达到5000亿美元。中方将向亚洲区域合作专项资金增资1700万美元，用于推动区域合作。此前，中国全国政协主席贾庆林出席在南宁举行的中国东盟博览会，也强调继续在互惠互利原则基础上大力发展中国与东盟的"10+1"自贸区。

尽管峰会前结束的首届东盟防长扩大会议，俨然是美国联手东盟和日本围攻中国的"鸿门宴"，一些国家有意挑起南海纠纷的话题，但最终还是没有将南海争端正式作为会议的主题。因为东盟国家知道，"刺激"中国导致中国杯葛这次会议，那么首届东盟防长扩大会议将失去意义。②

---

① 参见中国日报网，http：//www.chinadaily.com.cn/hqpl/，2010年10月29日。
② 参见中国新闻网，转引自2010年10月26日香港《文汇报》评论。

中国政府一再坚定表示，中国对南海诸岛及其附近海域拥有无可争辩的主权。同时，也主张根据国际法，通过当事国间的双边协商，以和平方式解决有关争议。在争议解决前，可以搁置争议、共同开发。中方坚决反对与南海问题无关的美日等国家插手南海争议，反对将南海问题多边化、国际化。

　　综观各方面因素可见，尽管近来美国及某些地区国家有意结成"统一战线"应对中国崛起，但只要本着"以邻为伴、与邻为善"的"安邻、富邻"原则，排除可能再现的"中国威胁论"，并使中美关系不滑向战略对抗，那么包括中日摩擦在内的地区紧张局势就会限定于可控范围。否则，如果中美形成战略对抗态势，那么中日关系亦很难维持稳定。

参考文献

中国新闻网，http：//www.chinanews.com.cn/，2010 年相关报道。

中国外交部网站，http：//www.fmprc.gov.cn/chn/pds/ziliao/，2010 年相关报道。

日本外务省网站，http：//www.mofa.go.jp/mofaj/index.html/，2010 年相关报道。

日本民主党网站，http：//www.dpj.or.jp/index.html/，2010 年相关报道。

日本东亚共同体评议会网站，http：//www.ceac.jp/j/index.html。

日本广播协会网站，http：//www.nhk.or.jp/kaisetsu/index.html。

中国社会科学院日本研究所网站，http：//ijs.cass.cn/files/xuekan/mulu.htm。

中国亚太研究网，http：//iaps.cass.cn/zaixianqk/。

《人民日报》、《参考消息》。

〔香港〕《大公报》。

〔日〕《朝日新闻》。

日本とアセアン諸国との関係変化

白　如純

　要　旨：米口外相の2010 年「東アジアサミット」参加をきっかけに、東アジア地域協力の枠組みに新しい変化が起こり、すなわち「10 ＋ 8」の体制が

「10＋6」枠組みに取って代わろうとしている。同時に、中国の南海問題をめぐり、アセアン諸国はそれぞれの意見を持ち、米日両国の政治家も関心を表した。2009年に日本民主党が政権をとり、「アジア重視」の外交政策を提起したことに続き、2010年にアメリカも「アジア復帰」戦略を打ち出した。両国はともにアセアン諸国との関係を強化することを強調し、アセアン諸国も喜んで受け入れた。これによって、東アジアは再び大国外交の競技場になり、東アジアの国際関係と地域構造に変化が起こる可能性がある。

キーワード：日本外交　「10＋8」体制　東アジア地域協力　南海問題

经济社会文化篇

Economy, Society and Culture

B.9

2010 年经济走势分析

张季风*

摘　要：2010 年在美国经济疲软、欧洲债务危机起伏以及世界经济存在二次探底危险的逆境中，日本经济维持了温和复苏。外需持续增加、生产平稳上升、个人消费有所扩大、设备投资回暖，特别是企业效益强势恢复，上述亮点支撑了日本经济的持续复苏。但失业率仍居高不下，民需后劲不足，财政负担沉重依旧，日元激烈升值和股市动荡也使日本经济暗流涌动，险象环生。2011 年的日本经济机遇与挑战并存，估计还将持续复苏，但势头将明显减弱。

关键词：日本经济　景气复苏　日元升值　绿色补贴

---

* 张季风，经济学博士，中国社会科学院日本研究所研究员，经济研究室主任，研究专业为世界经济，研究方向为日本经济、中日经济关系、区域经济。

国际金融危机爆发后，日本经济遭受沉重的打击。2008 年第四季度和 2009 年第一季度，各项主要经济指标出现了自由落体式的急剧下滑。2008 财政年度①的日本实际 GDP 增长率为 - 4.1%，成为日本战后以来最严重的衰退。但是，在外需扩大和超宽松货币政策、积极财政政策等因素的共同作用下，2009 年第二季度以后日本经济形势逐渐好转，2009 年度实际 GDP 增长率为 - 2.4%，降幅明显收窄。进入 2010 年以后，前三个季度连续保持正增长，继续维持在温和复苏的通道。但是，由于欧美经济持续低迷，日本国内政策效应减退等因素，2011 年上半年复苏势头将明显减弱，但出现二次探底的可能性很低。

一　日本经济的近况

（一）明暗相间的温和复苏

国际金融危机给日本经济以重创，但是在政府不间断的大规模公共事业投资和央行超宽松金融政策的支撑下，2009 年 6 月份日本经济终于出现"拐点"，开始转入缓慢复苏状态。进入 2010 年以来，一直保持温和复苏态势。从季度增长率来看（换算为年率的实际 GDP 增长率）：2010 年第一季度为 6.8%，第二季度为 3.0%，第三季度为 4.5%，实现连续三个季度的正增长。② 若从 2009 年第四季度算起，为连续四个季度的正增长。尽管日本政府与民间研究机构普遍预测 2010 年第四季度可能降为负增长，但估计 2010 年度仍可望实现 3.1% 的较高正增长（见图 1）。③

在第三季度 GDP 环比增长的 1.1% 当中，外需（净出口）贡献度降为负值（ - 0.02）。自 2009 年第一季度以来，外需一直是拉动经济复苏的主要动力，出现负拉动是七个季度以来的第一次。与外需相比，内需表现不凡，其中设备投资

---

① 日本的财政年度从当年 4 月 1 日至翌年 3 月 31 日。本文提到的年度，在无特殊说明时，均指财政年度。

② 参见 2010 年 12 月 20 日〔日〕《日本经济新闻》第 21 版（景气指标）。本文提到的数字，在无特殊说明时，均出自于此。

③ 参见〔日〕内阁府《2011 年度经济预测与财政运营的基本态度》，2010 年 12 月 22 日临时内阁会议确定。

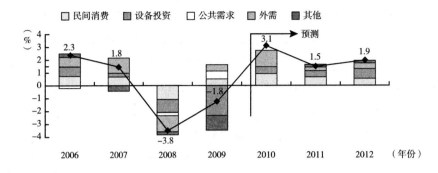

图 1　日本实际 GDP 增长率的变化

资料来源：〔日〕内阁府经济社会综合研究所《第四季度 GDP 速报》，2010。

环比上升 1.3%，个人消费环比增长 1.2%。需要指出的是，个人消费的强劲增长并非自律性增长，暂时性的政策因素所起的作用更大些。由于 2010 年夏天酷热，仅仅是空调等耐用消费品的销售贡献度，换算为年率就高达 2.8 个百分点，约占 GDP 增长率（年率，4.5%）的 2/3。因为到 9 月末环保型汽车补贴制度到期，而消费者纷纷赶在该制度结束之前扎堆购车，掀起了购车热，由此可见，消费补贴以及绿色补贴等景气刺激政策带来了消费扩大效果。但是，家电的环保积分制度将从 12 月开始减半，2011 年 3 月末全面终止。正因为第四季度刺激政策将要降温，加之前三个季度较高正增长的反作用，第四季度 GDP 可能陷入负增长。据内阁府的外围团体经济企划协会对多位经济学家的专访和调查分析的结果：估计第四季度换算为年率的经济增长率为 −1.92%，2011 年第一季度为 0.62% 的正增长。内阁府公布的 2010 年 12 月《月度经济报告》也表明，经济复苏进入徘徊阶段，失业率居高不下，形势比较严峻。

（二）危机对策及其效果

自从国际金融危机爆发以来，日本自民党政府和民主党政府都毫无例外地采取了空前规模的凯恩斯主义政策，其特点就是刺激经济景气的政策力度强，而且不断档。

在 2008 年 8 月、10 月和 12 月，日本先后采取了"紧急综合对策"、"生活对策"和"紧急经济对策"等措施，被称为"三级火箭助推"。三次政策措施共投入财政资金 12.4 万亿日元，相当 GDP 的 1.9%，预计将带动 75 万亿日元规模

的事业投资。鉴于 2008 年第四季度以后经济恶化速度加快，自民党政府又于 2009 年 4 月决定出台新的"追加经济对策"，追加额高达 15.4 万亿日元，相当于 GDP 的 3%，是近年来最大规模的财政投资，预计将带动 56 万亿日元的事业规模，并推动 2009 年度 GDP 增长率上升 2 个百分点。

2009 年下半年，日本物价出现大幅度下跌，再次陷入通缩状态。为此，新上台的民主党鸠山内阁在 12 月迅速推出新的"紧急经济对策"，本次经济对策的财政投入纳入 2010 年度第二次补充预算案当中，其总额为 7.2 万亿日元，预计可带动 24.4 万亿日元规模的事业投资。

2010 年严峻的就业形势及日元的一路飙升使得日本经济雪上加霜。2010 年 6 月菅内阁上任后立即将"摆脱通货紧缩"定为主要经济战略目标，阻止物价持续下滑，明确提出"到 2011 年底使消费者物价增长指数（CPI）变负为正"的目标。

2010 年 9 月 10 日菅内阁推出了所谓的《为实现新增长战略的"三段式经济对策"》，以 2011 年底为目标全面实现经济增长。经济对策具体分三大步骤展开：第一阶段是针对目前日元升值和通缩状态，制定积极有效的紧急经济政策；第二阶段是根据景气动向采取机动的对策；第三阶段是从 2011 年起正式实施新增长战略。第一阶段的核心内容是扩大就业和刺激消费，其对策的财源是利用经济危机对策、搞活区域经济机动费 9150 亿日元，因为动用此笔款项可不必经过国会讨论，资金可迅速到位，预计此项财政投资将带动 9.8 万亿日元规模的事业投资效果，解决 20 万人的就业，提升 GDP 增长 0.3 个百分点。[①] 10 月 8 日又补充提出了"应对日元升值、通货紧缩的紧急综合经济对策"。该对策是"三段式经济对策"中的"第二阶段对策"，即机动应对景气和就业状况变化，对补充预算编制等进行灵活调整。该对策主要包括扩大就业、刺激消费、育儿援助、社会保障和振兴地方经济等内容。该对策财政预算总投资约为 3.8 万亿日元，预计带来 19.8 万亿日元规模的事业投资效果，扩大就业 45 万至 50 万人，拉动 GDP 增长 0.6 个百分点。[②]

以上可以看出，从 2008 年 8 月至 2010 年 12 月，为了应对国际金融危机，

---

① 参见〔日〕内阁府《为实现新增长战略的"三段式经济对策"》，2010 年 9 月 10 日内阁会议决定。

② 参见〔日〕内阁府《应对日元升值、通货紧缩的紧急综合经济对策》，2010 年 10 月 8 日内阁会议决定。

日本政府先后出台了七次紧急经济对策，几乎没有断档，强度不减，支撑了经济的持续复苏，但财源究竟能支撑多久，很值得怀疑。

在货币政策方面，2008 年秋季金融危机爆发以来，日本银行主要采取了以下措施：向短期金融市场大量供给资金，通过公开市场操作向金融市场提供美元流动性，多次下调无担保隔夜拆借利率的诱导目标（2008 年 10 月从 0.5% 下调至 0.3%，12 月从 0.3% 下调至 0.1%）。2008 年 12 月又实施购入长期国债、购买一般企业商业票据（CP）等特别措施。针对通缩卷土重来和日元急剧升值，2010 年，日本银行多次追加实施更加宽松的货币政策新举措。

最值得关注的是，2010 年 10 月日本银行推出了"一揽子金融宽松政策"，其内容包括三个政策支柱：①将基准利率目标由 0.1% 变更为 0%～0.1% 的目标区间，采取实质上的零利率政策；②强化中长期物价稳定基础上的政策期限效果，提出如果消费价格指数年比不超过 1%，零利率政策将继续维持；③作为一项临时性应急措施，在日本银行资产负债表内设立资产购买基金，额度为 35 万亿日元，其中 30 万亿日元用于新型公开市场操作，5 万亿日元用于购买国债、公司债、商业票据和上市交易基金（ETF）、不动产投资信托基金（J-REIT）。日本银行首次进行金融实践，购买以降低风险溢价为目的的特定的风险性实物资产。

上述日本政府和央行实施的一系列扩张性财政货币政策已收到一些成效。特别是节能汽车减税及绿色补贴、定额消费补贴金等对策也产生了刺激消费的效果：超宽松的货币政策，增大了流动性，使企业的生产资金需求得到保障。加之面向东南亚地区，特别是面向中国出口大幅度增加，生产首先得到恢复，并且带动其他主要经济指标好转。

二　日本经济的亮点与难题

（一）主要亮点

1. 外需逐步回暖

近十年来，日本的出口占其 GDP 的比重不足 15%，不仅低于许多新兴市场国家，而且在主要发达国家中也属于低位。但是，由于内需增长幅度很小，特别

是占 GDP 近六成的个人消费增长几乎处于停滞状态，设备投资又长期处于负增长，而出口的增长率相对较高，因此对经济增长的贡献度相对较大。2008 年下半年以后，受欧美市场疲软的影响，日本的出口急速减少，2009 年度出口同比下降 9.6%。出口的骤减导致生产减少，对国民经济造成全面冲击。

2010 年以来出口强劲复苏，根据日本财务省统计，上半年出口同比平均增长率高达 38.3%。从出口区域来看，面向亚洲的出口增长幅度最大，2010 年上半年面向中国的出口增长 47%。这说明中国实施的 4 万亿大规模经济刺激政策牵引了亚洲经济的复苏，带动了日本出口的扩大。下半年由于受美国经济、欧洲经济下滑的影响，特别是受"钓鱼岛事件"的影响，对华出口锐减，导致日本出口的总体增幅下降，7～11 月出口同比平均增长率降为 14%，特别是 10 月份以后降为一位数增长。[①] 尽管第三季度外需对 GDP 增长为负拉动，但从全年度情况来看，仍有可能为正拉动。

2. 工矿业生产持续回升

受国际金融危机的影响，出口减少导致日本的工矿业生产减少幅度增大。但进入 2009 年以后，随着对外出口的扩大，加上库货调整已经完成，日本的工矿业生产也逐渐得到恢复。2009 年度工矿业生产指数与上年同比为 -8.4% 的下降，较之 2008 年度的 -12.6% 降幅明显收窄。2010 年 1～9 月份，工矿业生产指数同比均为两位数以上的正增长，10 月份增幅下降至 4.3%。估计 2010 年度工矿业生产将为 13.8% 的正增长。[②] 2010 年制造业开工率也迅速提高。上半年制造业开工率指数已恢复到 90% 以上，下半年也在 85% 以上，与上年同期 60% 左右的低水平相比明显好转。工矿业生产回升以及开工率的提高不仅使企业信心指数得到提振，而且还带动了设备投资的扩大。

3. 设备投资回暖、企业效益猛增

民间企业设备投资占日本 GDP 的 15%，设备投资是否扩大对经济景气将产生重大影响。设备投资的长期低迷，拖累了日本经济的复苏。2010 年，随着生产的扩大和企业效益的好转，设备投资也出现回升动向。据财务省法人企业统计，2010 年第三季度企业设备投资同比增长 4.8%，总额为 5.56 万亿日元，结

① http: //www. customs. go. jp/toukei/shinbun/trade - st/gaiyo2010_ 11. pdf.
② 参见〔日〕内阁府《关于 2010 年度经济走向》（内阁府年中测算），2010 年 6 月 22 日。

束了长达三年半（14 个季度）的连续负增长。即使除去软件之外的设备投资也是 2% 的正增长。设备投资将在需求和供给量方面推动经济增长，设备投资的扩大既能拉动需求增长也可增强供给的技术能力和发展后劲，对促进整个经济的复苏具有举足轻重的作用。

企业效益的迅猛回升不能不说是 2010 年日本经济的一个耀人亮点。2008 年秋季以后，国际市场萧条，绝大多数企业的销售额急剧减少，导致企业经营收益急剧下降。2008 年度日本的企业经营收益同比下降 40.6%，2009 年第一季度的降幅高达 80.8%，第二季度下降 58.3%，第三季度下降 29.1%，但是随着日本经济的回暖，企业经营收益出现了戏剧性的恢复，第四季度骤然回升 73.9%。而进入 2010 年以后企业经营收益进一步出现飞跃性上升，第一季度同比上升 272.7%，第二季度同比上升 125.9%，第三季度同比上升 50.7%。这种急剧回升，在战后日本经济史上也比较罕见。制造业大企业效益的恢复更好些，以丰田公司为例，尽管受到召回事件的严重影响，但在 2009 年度仍取得 1500 亿日元的盈利。2010 年上半年丰田汽车产量居世界第一，尽管下半年受到日元升值的冲击，但全年度仍可望取得 5400 亿日元的赢利。日产、马自达、铃木等其他主要汽车厂家也将大幅度赢利。这足以证明日本制造业企业的国际竞争力仍然很强。企业是经济发展的最基本和最重要的细胞，企业得到恢复必将会拉动整个经济的恢复。企业的营业收益上升是扩大设备投资、增加职工收入和政府税收的客观保证。

4. 个人消费出现回暖迹象

个人消费占日本 GDP 的 56%，对宏观经济运行而言可谓最重要因素。长期以来，受经济萧条和就业形势恶化的影响，日本个人消费信心一直低迷。最近一个时期，在政府各种扩大消费政策的刺激下，民间最终消费支出一改过去的负增长或零增长，呈现出上升趋势，2010 年第一季度同比上升 3.1%，第二季度同比上升 1.6%，第三季度同比上升 2.7%，全年度可能实现 1.5% 左右的正增长。[①]2009 年度两人以上家庭的消费支出增长为 - 0.2%，较之 2008 年度的 - 1.9% 大有好转。进入 2010 年以来两人以上家庭的消费支出进一步好转，1～10 月中有

---

① 〔日〕内阁府政策统括官室：《日本经济 2010～2011——景气"再启动"的条件》，2010 年 12 月。

六个月为正增长，估计全年度可望实现正增长。如前所述，消费回升的主要原因在于政府对环保汽车、家电实行减税和补贴政策，以空调、汽车和大屏幕液晶彩电为中心的耐用消费品销量大增。个人消费能否扩大，关键在于职工收入是否能增加。进入 2010 年以来，现金工资总额呈缓慢增长趋势，估计全年度能实现微弱的正增长。由于职工收入增加幅度较小，消费倾向不高，个人消费尽管有所回升，但尚未进入自律性恢复阶段。

（二）主要难题

1. 日元急剧升值与股市震荡

受国际金融危机的影响，日元汇率出现剧烈震荡。2008 年 9 月初，1 美元兑 108.1 日元，到 12 月 17 日已经迅速升值到 1 美元兑 87.4 日元，短短三个多月升值 19%。不过直到 2010 年 7 月中旬，大体维持 90 日元左右的平稳状态。但 7 月中旬以后再次升值，8 月 12 日升至 83 日元。此后 9 月与 10 月逼近 80 日元大关（见图 2）。虽然日本政府 9 月 15 日抛售 1.5 万亿日元进行了市场干预，但收效不大，直到 2010 年底，仍处于 83 日元左右的高位。

图 2　日元汇率的长期变化

资料来源：日本银行网站。

此次日元升值的主要原因在于美元贬值。美欧经济复苏疲软，金融环境的不确定性，加大了日元套利的需求。美欧经济复苏势头微弱，使投资者没有更好的选择，只能选择不算更坏的日元来规避风险。随着美元利率走低，投资者纷纷抛售美元购进日元，导致日元升值。当然，日元升值有利有弊，从长期看，弊大于利；但从近期来看，弊大于利，主要是对出口造成影响。据野村证券测算，日元兑美元汇率每升值 1 日元，日本 400 家主要企业在 2010 年度的利润将减少 0.5%，还可能加剧通缩的蔓延。不言而喻，日元升值对日本经济复苏构成了新的挑战。因此，克服日元升值带来的影响也成为 2010 年度日本财政货币政策的重点内容。

国际金融危机的爆发引起世界性的股市全盘大跌，其中日本股市下跌最为惨烈。日经 225 种平均股指从 2008 年 9 月初的 12834 点降至 10 月 27 日的 7163 点，不足两个月时间下跌幅度高达 44%。进入 2009 年第二季度以来，日本的股市逐渐回暖，直到 2010 年 7 月上旬基本保持在 9500～10000 点之间。但从 2010 年 7 月中旬起，受国际股市下跌以及日元升值的影响，日经股指在 8 月 24 日跌破 9000 点，降至 8995.14 日元，25 日又跌至 8845 点。此后又稍有好转，到 12 月份，又恢复到 10000 点以上。股市震荡使投资者信心遭受打击，对日本经济复苏的影响不可低估。

2. 失业率仍居高不下

战后以来，日本的失业率一直很低，在 1995 年之前，几乎没有超过 3%，长期萧条时期曾超过 5%，但在 2007 年度又下降至 3.8%。金融危机爆发以后，日本的失业率又不断攀升，2009 年 7 月份升至 5.6%，创战后失业率的最高纪录。此后随着日本经济的缓慢复苏，失业率也有所下降，2009 年全年为 5.2%。

进入 2010 年以来，失业率仍居高位，1 月、2 月曾下降至 4.9%，但 6 月又反弹至 5.3%，7 月以后呈下降趋势，10 月微降至 5.1%，估计全年的失业率约为 5.0%。1～6 月月平均完全失业人口达 349 万人，其中失业一年以上者 118 万人，比上年同期增加 21 万，并且连续七个季度增加。正式雇佣者 3339 万，减少 81 万；非正式雇佣者 1743 万，增加 58 万，其中钟点工 1184 万，增加 56 万。经济不景气，企业很少招收正式工人，而通过多招收临时工进行调整。目前非正雇佣已占总雇佣人数的 1/3，其中女性受雇人员中非正式雇佣更高达 52%[1]，就业人口特别是正式就业人口不增反降，直接影响社会总收入的增加。就业难也波及大学毕业生，2011 年春季毕业生的就业内定率降为 57.6%，这是 1996 年以来的最低点。[2] 大

---

[1] 参见〔日〕尾村洋介《人口减少与新兴国家抬头带来的"国家老化"的结构问题》，《经济学人》周刊新春特大号，2010 年 12 月 21 日。

[2] 参见〔日〕山田久《非正式雇佣加速与新毕业生内定率最低，经济基础崩溃导致国力衰退》，《经济学人》周刊新春特大号，2010 年 12 月 21 日。

量失业人口的存在不仅会压抑社会总需求，还有可能产生严重的社会问题。

3. 通缩卷土重来

1997～2005 年间，日本发生了比较严重的通货紧缩，拖累了经济的复苏。2005 年以来，随着经济的复苏，通缩曾得到缓解。然而，由于受金融危机的影响，通缩又卷土重来。2009 年 7～10 月连续四个月的消费者价格指数同比下跌幅度都在 2% 以上。11 月，刚刚上台的民主党政府正式宣布：日本再次陷入通缩状态。通缩的好处是国民的实际生活水平并未降低，弱势群体生活得以维系；坏处在于企业增产不增收，在刚性工资作用下，成本不降低，但产品卖不出价钱，企业效益难以提高。另外，还会使企业实际负债增加，负担加重。为克服通缩，鸠山内阁在 12 月迅速推出新的"紧急经济对策"，日本银行也同时出台追加宽松金融政策。尽管如此，2009 年度消费者价格指数仍为 -1.6%，截至 2010 年 10 月，每月消费者价格指数同比一直为负增长，这说明通缩局面还没有得到有效控制。菅直人政府在提出的"三段式经济对策"和"应对日元升值、通货紧缩的紧急综合经济对策"中明确提出在 2011 年实现物价正增长的目标，但能否真正实现，只能拭目以待。

4. 沉重的政府债务

日本的财政状况目前在世界主要国家当中是最糟的。2009 年末，中央政府与地方政府长期债务余额超过 910 万亿日元，与 GDP 之比达 189.3%（国际警戒线为 60%）。长期债务问题对日本经济的危害是多方面的。最主要有四点：①国家用财政杠杆调控经济、调节再分配的空间变小；②财政难以持续，国际信誉下降；③国民的增税预期增强，偏好储蓄，影响消费；④社会保障支出难以维系。

长期债务负担，是由于 20 世纪 90 年代初泡沫崩溃以来，经济陷入长期萧条，政府为刺激经济景气，不断扩大公共事业投资而累积起来的。经济萧条一方面导致税收减少，另一方面还需要增加财政投资刺激景气，这样只能借新债还旧债，结果债务越积越多。解决长期债务问题的根本方法无非就是"增收减支"，应当说，自民党政府曾为消解债务负担作出了艰苦的努力，到 2007 年度政府财政预算降为 82.9 万亿日元，新增国债发行额降至 25.4 万亿日元，当年基础性财政收支赤字仅为 4.5%。但是由于国际金融危机的爆发，政府又不得不扩大财政预算和增发国债。继 2010 年度 92.3 万亿大规模预算后，2011 年度又推出史上最大规模预算 92.4 万亿日元，其财源包括：税收 40.9 万亿日元，新增发国债

44.3 万亿日元，其他收入（特别会计结余，即所谓"埋藏金"）7.2 万亿日元（见图 3）。

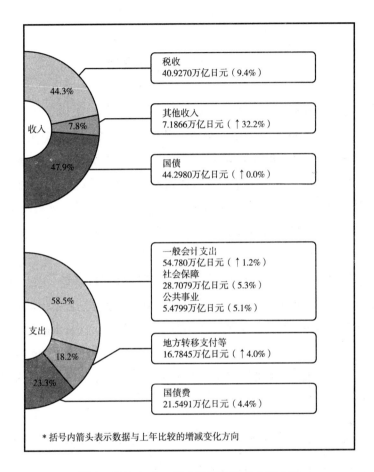

税收
40.9270万亿日元（9.4%）

其他收入
7.1866万亿日元（↑32.2%）

国债
44.2980万亿日元（↑0.0%）

一般会计支出
54.780万亿日元（↑1.2%）
社会保障
28.7079万亿日元（5.3%）
公共事业
5.4799万亿日元（5.1%）

地方转移支付等
16.7845万亿日元（↑4.0%）

国债费
21.5491万亿日元（4.4%）

* 括号内箭头表示数据与上年比较的增减变化方向

图 3　2011 年度一般会计预算案的主要内容

资料来源：日本财务省资料。

不过，民间研究机构及学者对如此超大规模的预算所能带来的景气刺激效果，并不看好。例如，《日本经济新闻》根据数字媒体的综合经济数据库"NEEDS"模型测算，本次预算和税制改革只能提高实际 GDP 增长 0.02 个百分点。大多数学者认为，将法人税实际税率降低 5% 将有助于经济复苏，而鉴于国债发行额连续两年超过税收，提高消费税已经势在必行。据称，民主党政府计划在 2011 年明确提高消费税的方向，在 2014 年前后将消费税从现在的 5% 提高到 10%，并于

2019 年再次从 10% 提高到 15%，争取在 2020 年度实现基础财政收支平衡的目标。但是，提高消费税是一件政治风险很强的举措，如何决断将考验民主党政府的智慧。

三　日本经济走势展望

尽管日本经济摆脱了最严峻的困境，温和复苏，但尚未恢复到 2008 年的经济水平。2010 年，实际 GDP、个人消费、设备投资、企业收益、出口和工矿业生产指数仅恢复到 2008 年的九成，而完全恢复到危机前水平，恐怕要到 2012 年。虽然日本经济出现了一些亮点，但依然面临着日元升值、通缩和失业等压力，不确定性增强，2010 年第四季度经济增速将明显放缓，可能出现负增长。2011 年日本经济将面临各种挑战，尽管如此，如果世界经济不发生大的动荡，日本经济出现二次探底的可能性不大。

日本经济按照如下路径缓慢复苏：世界经济回暖（特别是中国的强势复苏）→国内出口企业率先恢复→出口增加→生产增加→绿色补贴政策→消费增加→经济进入缓慢复苏通道。通过以上的分析不难看出，促使这次日本经济复苏的有两个最主要的动力：一是积极财政政策和超宽松货币政策的推动，二是中国经济的拉动。鉴于上述两大动力短期内不会发生太大变化，预示着日本经济复苏的基本方向不会逆转。具体分析如下。

（一）日本经济实力雄厚，政府与央行不会轻易采取退出措施

虽然经历了长期萧条，但日本经济实力犹在。本次国际金融危机对日本实体经济造成严重冲击，但对其金融体系和社会结构并未造成太大影响，企业核心竞争力和国家综合经济实力并未遭受实质性损失。国家可利用财力仍然很大，这是其实施大规模凯恩斯主义政策的基础。在世界经济尚未稳定复苏的情况下，日本不会轻易实施退出措施。

如前所述，日本政府分别于 2010 年 9 月 10 日和 10 月 8 日分别出台了"三段式经济对策"和"应对日元升值、通货紧缩的紧急综合经济对策"，具体包括推迟家电、住宅等的环保积分制度结束时间在内的刺激消费政策，支援新毕业生就业、促进非正式就业人员转正等的就业政策，支援中小企业融资等振兴区域经

济的政策。两次政策财政投资总额将达 4.8 万亿日元，预计可带动近 30 万亿日元的乘数效应，拉动 GDP 增长 0.9 个百分点。从货币政策来看，在利率工具无法正常发挥功能的条件下，为提振经济、摆脱通缩，2010 年日本央行全力以赴，采取非常规货币政策的力度很大。但是，在日本经济的出口和内需等结构性问题无法解决的前提下，货币政策执行效果受到制约，政策回归常态仍需时日。

（二） 中国经济将继续拉动日本经济复苏

外需一直是日本经济复苏的最主要动力之一。而中国是日本最大的贸易伙伴和最大出口对象国，日本经济对中国经济的依存度越来越大。据中国海关统计，2010 年 1 ~ 11 月，中日贸易总额高达 2677.88 亿美元，恢复到金融危机前 2008 年的水平。据日本财务省统计，2010 年日本对华贸易和对华出口分别占日本外贸总额和出口总额的 20.6% 和 19.25%，都分别略高于上年水平。中国经济的高速增长，直接拉动了日本经济复苏。据测算，2004 年以来，对华出口对日本经济增长的贡献率平均高达 30% 左右。从世界经济形势来看，欧洲债务危机和美国经济疲软可能对全球经济带来一定的负面影响，但二次探底可能性不大，2011 年还有可能保持 4% 左右的增长。新兴市场经济体将保持较高增长，其中 2010 年中国经济增长率可能超过 10%，2011 年也不会低于 9%，这意味着中国将继续扩大自日进口。日本对华出口的扩大将继续弥补对欧美出口减少带来的损失，中国将在外需方面支撑日本经济的复苏。

（三） 长期经济政策基本确立

民主党新政权上台以来，提出了一系列经济政策。其政策理念以"重视民生"为基础，与过去自民党只重视供给方面、只重视大企业利益的"经济增长主义"理念相比，前进了一步。但是，民主党经济政策以增发各种补贴为特征，民众迎合性过强，过于理想化，特别是缺乏强大的财政支撑，可能许多措施都难以实现，而且还缺乏长期战略设想。经过一年多的执政实践，民主党也对经济政策进行了必要的调整。2010 年 6 月 18 日内阁会议通过的《新经济增长战略》（2009 年底公布了该战略的基本框架）是日本到 2020 年的中长期经济政策的集大成，这标志着民主党的经济政策基本确立。日本是法治国家，一旦长期经济法规、政策确定之后，即使发生领导人的交替也基本能确保政策的

连续性。

《新经济增长战略》开宗明义提出了"强经济、强财政、强社保"的经济社会综合发展口号，不再走"扩大公共投资"和"全面市场化"的道路，而走扩大需求、扩大就业的第三条道路。明确了中长期增长目标：到 2020 年要实现年平均名义 GDP 增长率为 3%、年平均实际 GDP 增长率为 2% 以上的正增长。还提出，到 2020 年，要在环境、健康、亚洲合作和旅游等四个领域创造出超过 123 万亿日元的需求，并且创造 499 万个就业机会，将失业率控制在 3% 左右。具体提出了绿色创新、生活创新、亚洲经济战略、旅游立国与振兴地区经济、科技 IT 立国、扩大就业和人才立国、金融立国等七大战略领域，欲通过实施 21 项国家战略项目（每一项都确定了实施时间表）来实现新经济增长目标。具体的实施时间从 2011 度开始，即进入民主党政府提出的："三段式经济对策"的第三阶段。诚然，上述指标的实现还有相当大的难度，但毕竟设定了明确的目标。今后无论谁当首相，只要民主党执政都将大体沿着这一方向走下去。

结　语

日本经济面临的难题堆积如山，但有些是短期的，有些是中长期的，还有些是超长期的，不同难题对短期日本经济走势的影响强度都有所不同。从近期看，有经济复苏问题、外部经济环境不稳定、日元升值、通缩、失业、消费低迷、股市波动等问题；从中长期看，有政府债务问题、区域差距和贫富差距拉大等问题；从长期、超长期看，有社会保障危机、能源资源贫乏、人口少子老龄化等问题。从前面的分析可以看到，近期性难题，虽然也存在一定风险，但也存在向好趋势，即使发生波动，也不足以导致经济二次探底；其他难题，如政府债务问题、社会保障问题以及人口老龄化问题等属于中长期或超长期问题，对短期的经济走势影响不大。

目前最为棘手的可能是日元升值问题。如前所述，这次日元急剧升值开始于 2010 年 7 月中旬，但慢性升值已持续了一年半之久。实际上慢性升值对日本出口的打击并不是很大，一年多以来日本出口的迅速复苏可以证明这一点。另据日本全国商工会联合会 2010 年 8 月 25～27 日所做的调查，尽管日元持续升值，但 92% 的中小企业仍然经营良好，只有 25% 的出口型中小企业销售额有所下降。连脆弱的小企业都是这种小康状态，可见对大企业的打击可能会更小。这说明日本抗击日元升值的能力还很强。日元升值是双刃剑，虽然对出口带来负面影响，但是对日本进口能源、资源会带来好处，也有利于日本企业海外投资和并购外国企业，国民出国旅游也能得到实惠。从长期着眼，日本升值对提升日本国家的综合实力，特别是对提升金融实力、提高利率大有好处。日本政府在"应对日元升值、通货紧缩的紧急综合经济对策"中，明确提出要利用日元升值带来的利益。

在日元升值和股市动荡的逆境中，第四季度经济增长又明显趋缓，日本一些民间企业家、学者等对经济的前景不看好，但大多数人还是认为日本经济尚可维持小康水平。估计近中期还将以 2% 左右的巡航速度温和复苏，逐渐步入民需主导的自律性复苏轨道。

参考文献

〔日〕内阁府：《2011 年度经济预测与财政运营的基本态度》，2010 年 12 月 22 日临时内阁会议确定。

〔日〕内阁府：《2010 年度经济财政白皮书——通过创造需求强化增长力》，2010 年 7 月。

〔日〕内阁府《为实现新增长战略的"三段式经济对策"》，2010 年 9 月 10 日内阁会议决定。

〔日〕内阁府政策综合室《日本经济 2010～2011——景气"再启动"的条件》，2010 年 12 月。

〔日〕《日本经济总预测 2011》，《经济学人》周刊新春特大号，2010 年 12 月 21 日。

2010 年：日本の経済状況

張 季風

要　旨：2010 年度には、アメリカの経済低迷、ヨーロッパー主権債務危機及び世界経済の二度目底入れの恐れの逆風の中、日本経済は案外安定な回復の

姿勢を維持することができた。外需の持続的な増加、生産の安定上昇、個人消費の一時拡大ならびに設備投資の回復、とりわけ企業収益の急増などによって景気の回復を支えてきた。しかし、失業率は依然として高く、民需が低迷、財政負担も顕在化し、異常な円高及び株式の急落など、日本経済に潜在的なリスクが潜んでいる。2011 年度の日本経済はピンチとチャンスともに存在しており、景気の回復は続けるがその勢いはおそらく弱くなるだろう。

　キーワード：日本経済　景気回復　円高　エコーポイント

2010 年日本产业动向

胡欣欣 *

摘　要： 本文对 2010 年前后围绕日本产业出现的变化和主要进展进行概述和分析。主要内容包括对制造业生产指数的一般性观察，从内需、出口两个角度对影响生产指数变动的主要因素进行的分析，有关制造业及非制造业法人企业经营状况的描述，丰田汽车"召回门"事件及日航破产重建事件等有关日本产业主要事项的说明，有关 2010 年 6 月经济产业省推出的《产业结构构想 2010》等产业相关政策的介绍及点评等。

关键词： 日本产业　生产指数　召回门　日航重建　产业结构

作为一个世界经济大国，日本产业特别是制造业的动向一向受人关注。民主党执政后，对某些经济政策进行了调整，针对日本产业出台并推进了一些新的政策。本文将对 2010 年前后围绕日本产业出现的变化和主要进展进行概述和分析。

一　基于制造业生产指数的一般性观察

日本的工矿业及制造业生产指数在 2009 年 2 月降到最低点之后，从 2009 年 3 月起出现稳步回升。至 2010 年 5 月，工矿业生产指数恢复至 96.1，制造业生产指数恢复至 96.0（2005 = 100），相当于危机全面爆发前的高点 2008 年 2 月（110.1）的 87.3% 和 87.2%。但这种回升局面在 6 月以后出现转折。从 6 月份开始，工矿业生产指数和制造业生产指数逐月出现小幅下降，至 2010 年 10 月，跌至 90.9（2005 = 100），相当于 2010 年 1 月的 96.4%，但仍比 2009 年 2 月的最低点提高了 27% 以上（参见图 1、表 1）。

---

* 胡欣欣，经济学博士，中国社会科学院日本研究所经济研究室研究员，研究领域为中日产业、企业比较研究。

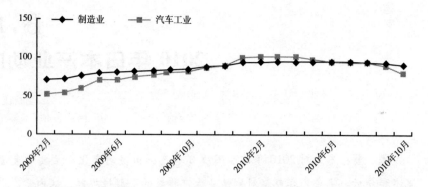

图1　2009 年 2 月至 2010 年 10 月日本制造业与汽车工业生产指数变化（2005 = 100）

注：汽车工业的数据取自日本生产指数统计中除机车车辆和船舶以外的运输机械。

资料来源：根据日本经济产业省发布的"工矿业生产指数"，http：// www. meti. go. jp/ statistics/tyo/iip/result/h2afdldj/xls/ha2gsm1j. xls。

表1　2010 年制造业各主要产业生产指数的变化

	2009 年 2 月	2010 年 1 月	2010 年 2 月	2010 年 5 月	2010 年 6 月	2010 年 9 月	2010 年 10 月	2009 年 2 月 = 100	2010 年 1 月 = 100
工矿业	71. 4	94. 3	93. 7	96. 1	95. 0	92. 8	90. 9	127. 3	96. 4
制造业	71. 3	94. 3	93. 7	96. 0	95. 0	92. 9	90. 9	127. 5	96. 4
钢铁业	60. 7	92. 3	98. 0	98. 5	96. 0	89. 8	88. 3	145. 5	95. 7
有色金属	63. 5	94. 4	93. 1	92. 7	90. 4	86. 6	86. 6	136. 4	91. 7
金属制品	75. 6	83. 8	85. 3	85. 1	83. 5	82. 3	80. 7	106. 7	96. 3
一般机械	60. 4	71. 7	77. 1	83. 2	84. 9	85. 9	88. 8	147. 0	123. 8
电气机械	71. 5	89. 9	90. 6	94. 1	94. 3	94. 6	94. 2	131. 7	104. 8
信息通信机械	74. 2	97. 5	95. 5	90. 0	88. 1	94. 1	92. 3	124. 4	94. 7
电子零配件	72. 3	129. 0	126. 6	129. 2	123. 8	117. 2	113. 4	156. 8	87. 9
运输机械	55. 6	100. 6	100. 1	99. 1	96. 2	91. 0	81. 9	147. 3	81. 4
精密机械	87. 3	98. 1	100. 7	111. 2	106. 9	100. 1	108. 2	123. 9	110. 3
土石烧制业	71. 9	86. 5	86. 7	85. 1	85. 5	83. 8	82. 4	114. 6	95. 3
化学工业	83. 9	100. 3	93. 6	102. 6	102. 0	97. 1	99. 0	119. 0	99. 5
石油煤炭制品	93. 5	93. 9	92. 2	92. 8	87. 5	92. 5	89. 7	95. 9	95. 5
塑料制品	74. 6	92. 5	92. 1	91. 0	89. 8	89. 5	86. 8	116. 4	93. 8
造纸、纸制品	82. 3	88. 4	91. 7	89. 6	87. 6	87. 6	88. 5	107. 5	100. 1
纺织工业	69. 2	68. 6	66. 8	68. 5	69. 4	68. 4	67. 2	97. 1	98. 0
食品烟草	102. 1	103. 3	101. 9	100. 6	104. 6	106. 4	98. 5	96. 5	95. 4
其他工业	78. 9	90. 4	87. 8	90. 3	89. 0	82. 9	80. 1	101. 5	88. 6

注：表中 2~7 列数据以 2005 年为基期（2005 = 100），8~9 列为 2010 年 10 月数据分别以 2009 年 2 月及 2010 年 1 月为基期重新计算所得数据。

资料来源：根据日本经济产业省发布的"工矿业生产指数"计算，http：// www. meti. go. jp/ statistics/tyo/iip/result/h2afdldj/xls/ha2gsm1j. xls。

为了解各主要产业的具体情况，表 1 截取了一年中几个关键月份的生产指数数据。根据这些数据，可观察到如下现象。

（1）危机后回升幅度最大的产业，依次为电子零配件、运输机械（特别是汽车）、一般机械、钢铁、有色金属和电气机械工业。与 2009 年 2 月的最低点相比，这些产业 2010 年 10 月份的生产指数都提高了 30% 以上。此外，生产指数比 2009 年 2 月提高 20% 以上的产业还有信息通信机械和精密机械产业。应该注意的是，这些产业大多是目前日本最重要的产业。电子零配件、运输机械、一般机械、电气机械工业、信息通信机械和精密机械这六个机械电子产业，在日本工矿业及制造业生产指数计算中，合计占据近 50% 的权重。

（2）在上述产业中，运输机械（包括汽车）、钢铁和电子零配件等产业的生产指数在 6 月之后出现了比较显著的下降，特别是运输机械中最重要的汽车工业，9 月至 10 月份的下降幅度相当大。

（3）以 6 月以来整个制造业生产指数呈现下降趋势为背景，大部分产业的生产指数在 10 月都低于同年 1 月的水平。但仍有一般机械、精密机械和电气机械这三个机械产业的生产指数较 1 月份有所提高。一般机械产业和精密机械工业的生产虽一度出现下降，但很快出现反弹，10 月的生产指数较 1 月相比，分别提高 23.8% 和 10.3%。精密机械也是生产指数唯一超过 2005 年水平的两个产业之一（另一个产业是电子零件组件）。查询细分类数据可以得知，支撑精密机械产业生产指数的行业主要是仪表工业（光学零件工业的生产指数虽然更高，但其权重远不及仪表工业），而一般机械产业的情况则更为复杂。从细分类行业的情况看，10 月份生产指数超过 1 月份指数 30% 以上的行业有：化工机械、半导体或平板制造装置、金属加工机械、纺织机械、产业机器人、土木建设机械等。电气机械中，表现较好的细分类行业主要有：电池、静止电气机械器具（变压器、电容器等）和民生用电气机械（家用电器）等。

二　影响制造业动向的主要因素

（一）内需方面

根据经济产业省的计算，2000～2007 年间，日本新增的 13 万亿日元名义国民生产总值中，有6万亿是由汽车及其关联产业创造的。① 日本经济对汽车产业的极高依存度至今仍未改变。如图1所示，日本制造业产业生产指数与汽车产业生产指数的变动方向高度吻合，可以说，2009年3月以来日本产业的回升，主要还是由汽车产业带动的。

汽车产业的迅速回升，与民主党政府的扩大内需政策，尤其是为扩大民间消费需求所采取的措施不无关系。为应对金融危机，刺激国内汽车需求，日本政府推出环保车购置补贴制度。自2009年6月19日起，正式受理申报的这项补贴制度，可追溯至2009年4月10日后登记上牌的新购车辆，凡达到政府规定的环保标准者，均可申请购车补贴，以旧换新补贴金额更高。至2010年9月上旬预算额度大致用完为止，日本政府为此共支付了超过5800亿日元的补贴。

由表2可以看出，补贴制度启动后，日本的新车销售数量显著增加，2009年8月以后，新车销售数量连续超过前年同期水平。2010年9月8日停止受理补贴之后，尽管各汽车公司都推出了一些新的让利措施，新车销售仍出现大幅减少。9月份的新车销售数量同比小幅下降，10月以后同比下降幅度增大。

表2　日本新车销售情况

时间	2009年		2010年	
	销售数量(辆)	同比增减(%)	销售数量(辆)	同比增减(%)
1月	174281	-27.9	238361	36.8
2月	218212	-32.4	294886	35.1
3月	323064	-31.5	443298	37.2
4月	166365	-28.6	222095	33.5
5月	178503	-19.4	228514	28.0
6月	243342	-13.5	293537	20.6
7月	289927	-4.2	333403	15.0
8月	198265	2.3	290789	46.7
9月	321736	3.5	308663	-4.1
10月	263506	12.6	193258	-26.7
11月	293410	36.0	203246	-30.7
12月	250474	36.5	179666	-28.3
1~12月合计	2921085	-9.1	3229716	10.6

资料来源：日本汽车销售协会联合会，http://www.jada.or.jp/contents/data/type/index01.php/。

① http://www.meti.go.jp/committee/summary/0004660/vision2010a.pdf.

与环保车补贴制度类似的鼓励消费措施，还有家电产品的"环保积分制度"，由日本环境省、经济产业省、总务省联合推出，正式名称为"利用环保积分普及绿色家电政策"，总预算约 2900 亿日元。作为日本政府应对金融危机、扩大内需措施之一，于 2009 年上半年正式启动。其具体做法是，自 2009 年 5 月 15 日以后购买的节能家电，可根据其容量、制冷（热）量等，获得不等积分（相当于所需金额的 5%～10% 左右），以旧换新（利用家电回收制度淘汰节能效率较低的家电）可获得更多追加积分。积分可换取交通卡、电子货币、商品券、旅游券等。这项制度所涉及的商品仅限定于电冰箱、空调和电视机，只有根据环境省规定的家电产品标准综合节能指标达到四星以上的产品方可获得积分。家电环保积分制度原定于 2010 年底结束，但日本政府接受环保车补贴政策结束导致汽车销售急剧减少的经验教训，决定将其延长至 2011 年 3 月底。同时决定自 2011 年 1 月起，将适用对象由统一节能标志四星以上限定为五星，并仅限于利用家电回收制度以旧换新的商品。

表 3 中列出了部分家电产品（包括实施环保积分制度的电冰箱、空调和液晶电视以及没有实施环保积分制度的洗衣机）自 2009 年 1 月份以来的生产、销售数据。由此可以看出，在环保积分制度全面启动的 2009 年 6 月，电冰箱、空调（为方便起见，以分体式空调室外机为代表）和液晶电视的生产和销售数量均出现显著增加。在 2010 年 1～10 月，与上年同期相比，实施环保积分制度的电冰箱、空调以及液晶电视的产量、产值和销售量均有增加，特别是液晶电视的销售数量比上年同期增加了近 80%，同时，由于较大容量的电冰箱和较大制冷（热）量的空调价格较高，且能够获得更高积分，这两类产品产值的增加幅度都超过了产量的增加幅度。相比之下，没有享受到环保积分待遇的洗衣机的销售数量和生产数量，与上年同期相比却出现了减少。

以上情况表明，日本政府为应对金融危机推行的扩大内需政策，在短期内确实对增加机械产品的国内需求起到了重要作用。

（二）出口因素

2010 年日本出口贸易有所增加，对经济增长起到一定拉动作用。制造业各产业生产指数的变化在多大程度上与出口增长有关，哪些产品的出口推动了生产

表3　部分家电产品生产、销售数据

时　间	电冰箱			洗衣机		
	产量 （台）	产值 （百万日元）	销售量 （台）	产量 （台）	产值 （百万日元）	销售量 （台）
2009 年 1 月	89115	10337	182012	259412	171366	8961
2009 年 6 月	235580	28807	359906	302625	175666	10252
2009 年 12 月	133110	16865	276102	274914	176880	8823
2010 年 1 月	103093	12790	182564	308951	189312	8943
2010 年 2 月	131112	15393	244917	333532	175293	7966
2010 年 3 月	134412	15393	411987	225911	182141	8305
2010 年 4 月	203474	24071	267286	285208	178401	8175
2010 年 5 月	194104	23848	270899	320336	178630	9402
2010 年 6 月	242663	30767	368300	354757	181336	8918
2010 年 7 月	247353	31699	515730	263502	185472	9595
2010 年 8 月	165107	21344	409040	158602	151741	7877
2010 年 9 月	182809	23326	336033	151316	166357	8572
2010 年 10 月	180373	22793	300671	150715	188290	9658
2010 年 1~10 月 同比增减（%）	9.0	10.0	7.9	-3.8	5.0	-3.7

时　间	分体空调室外机			液晶电视		
	产量 （台）	产值 （百万日元）	销售量 （台）	产量 （台）	产值 （百万日元）	销售量 （台）
2009 年 1 月	328414	34700	359383	582721	53614	570779
2009 年 6 月	612130	55795	1095614	810091	66389	976562
2009 年 12 月	277152	34503	411705	1245144	100159	2046534
2010 年 1 月	266126	33270	367786	747099	58435	1013699
2010 年 2 月	308877	37899	445994	820324	62145	1228408
2010 年 3 月	351685	42713	584542	810994	60902	1841678
2010 年 4 月	459295	51418	318293	682653	54066	1206232
2010 年 5 月	477389	52291	527576	714916	56704	1175134
2010 年 6 月	586013	62169	1074627	889178	75472	1465058
2010 年 7 月	560269	60897	1252235	922854	85563	1484147
2010 年 8 月	332292	39341	665352	852934	75169	1585507
2010 年 9 月	344413	45429	463766	1019391	84402	1978002
2010 年 10 月	328256	47355	391993	1355913	109391	2566489
2010 年 1~10 月 同比增减（%）	3.8	16.1	9.8	25.0	23.1	79.7

　　资料来源：根据日本经济产业省机械统计相关数据整理计算，http：//www.meti.go.jp/statistics/tyo/seidou/result/ichiran/03_kikai.html。

发展，需要进一步分析。表 4 所示的是财务省贸易统计公布的主要商品出口额数据，虽然商品分类方法与生产指数产业分类有所不同①，仍可据此观察到出口对各主要产业生产的影响。2010 年上半年，总出口增长 37.9%，运输机械和一般机械的增长幅度超过总体水平，尤其汽车出口增长了 74.1%。运输机械、一般机械和电气机械这三类机械产品合计拉动总出口增长 24.7%。进入下半年之后，出口贸易的总体增长势头趋缓，一般机械取代运输机械（主要是汽车），成为拉动日本出口增长的"龙头老大"。查询进一步细分类商品种类可以得知，一般机械中，金属加工机械和建设、矿山机械、纺织机械这三种商品的出口增长最为显著，但由于纺织机械在一般机械的出口额中所占比重很低，金属加工机械和建设、矿山机械对出口的拉动作用更大。

表 4　2010 年日本主要工业品出口增长率及对总出口的拉动

	增减(%)					
	1~6 月	7 月	8 月	9 月	10 月	11 月
总出口额	37.9	23.5	15.5	14.3	7.8	9.1
食　品	19.1	−3.5	6.9	5.7	5.1	3.7
原　料	25.2	−7.3	3.7	−4.2	10.5	15.6
燃　料	26.8	1.5	16.1	−3.4	9.1	4.3
化　工	35.3	12.9	6.6	3.2	2.1	8.5
材料加工品	37.4	25.6	20.1	15.1	6.7	14.0
机　械	39.5	53.1	41.1	39.0	31.1	27.2
电　机	32.5	16.6	6.3	6.6	2.4	−0.7
运输机械	52.6	20.9	10.4	16.4	4.2	2.4
（汽车）	74.1	27.1	18.7	12.0	10.2	2.8
其　他	26.6	16.8	10.1	5.6	−1.6	7.9

---

① 在日本的贸易统计中，"电气机械"一项大约包括工矿业生产指数统计中的电气机械、电子零配件以及信息通信机械这三个产业生产的产品。

续表 4

	1~6 月	7 月	8 月	9 月	10 月	11 月
			拉动（百分点）			
食　　品	0.1	0	0	0	0	0
原　　料	0.4	− 0.1	0.1	− 0.1	0.1	0.2
燃　　料	0.4	0	0.4	− 0.1	0.1	0.1
化　　工	3.8	1.4	0.8	0.3	0.2	0.9
材料加工品	5.0	3.2	2.6	1.9	0.9	1.7
机　　械	7.4	8.7	6.8	6.3	5.2	4.8
电　　机	6.3	3.4	1.3	1.4	0.5	− 0.1
运输机械	11.0	4.8	2.1	3.8	1.0	0.6
（汽车）	8.0	3.5	2.2	1.7	1.4	0.4
其　　他	3.4	2.0	1.3	0.7	− 0.2	1.0

注：表中的"燃料"为矿物性燃料；"化工"为化工制品；"材料加工品"为各种原材料制成的加工品，如钢铁、有色金属、金属制品、纺织品、纸制品等；"机械"为一般机械；"电机"为电气机械（包括电子产品）。

资料来源：日本财务省贸易统计，http：//www.customs.go.jp/toukei/shinbun/happyou.htm。

综合上述信息进行分析，可初步得出如下三点基本结论。

（1）在日本制造业中居举足轻重地位的汽车工业，其2010年上半年的增长，是由内需和出口两方面因素推动的。但2010年7月以后汽车出口增幅缩小，9月以后环保车补贴制度的终止使内需出现下降，导致汽车生产下降，并使整个制造业生产指数出现缓慢下降。

（2）除运输机械（汽车等）之外的机械产业，如一般机械、电气机械、电子零配件、信息通信机械等，在2010年表现相对良好。即使在9月份以前汽车工业出现下降之后，这些产业的生产都没有出现明显下降。但仔细分析可以得知，支撑这些产业的因素各不相同。一般机械在很大程度上依靠出口增长支撑，而电气机械和信息通信机械的情况，则在很大程度上与政府为扩大内需所采取的家电环保积分制度有关（实施环保积分制度的三种家电产品中，电冰箱和空调在工矿业生产指数统计中属于电气机械，液晶电视则属于信息通信机械）。

（3）民主党政府为扩大内需、鼓励居民部门消费所采取的环保车补贴和环保家电积分制等措施，虽受到日本国内部分人士的反对，但确实对日本产业起到了一定的支撑作用，在使国民享受到国家财政恩惠的同时，促进了节能环保低碳经济的形成，应该说是有一定积极意义。然而，依靠国家财政支撑消费需求毕竟不是长远之计。如何使国内产业走上自律成长的良性循环轨道，仍是一个课题。

三　企业状况

财务省法人企业统计显示，2010 年 1～9 月，日本企业的财务状况与 2009 年相比有了明显改善。就法人企业销售额的情况来看，如表 5 所示，制造业各产业的销售额同比均有所增加。销售额增幅最大的行业，1～3 月，为石油煤炭、运输机械和信息通信机械企业；4～6 月，为运输机械、生产用机械和钢铁企业；7～9 月，为生产用机械、运输机械和电气机械企业。非制造业企业销售额虽然在 4～6 月出现了 18% 以上的增加，但总的来看，销售额增幅小于制造业。还有部分行业的企业销售额出现负增长。非制造业中，表现较好的是批发零售企业，其 1～3 月、4～6 月销售额同比增长率分别达到 16.8% 和 34.1%，远远超过非制造业企业总体销售额增长幅度；7～9 月，增幅降至 7.3%，在非制造业各产业中仍比较突出。房地产企业的销售额在 1～3 月同步出现 13.7% 的下降，但 4～6 月和 7～9 月出现强劲回升。连续三个季度销售额同比均出现下降的产业有建筑企业，连续两个季度出现较大幅度下降的有物品租赁企业等。

从企业利润的情况来看，如表 6 所示，2010 年 1～3 月，从制造业各产业的情况来看，法人企业经常利润总体上实现了扭亏为盈，经常利润同比均有增加（2009 年 7～9 月，所列 11 个行业中，有 5 个行业的法人存在企业亏损；在 9～12 月，仍有石油煤炭和生产用机械这两个行业存在企业亏损）。4～6 月，除食品工业企业外，其他制造业产业的法人企业利润同比都出现增长，7～9 月利润增幅虽比 4～6 月份有所下降，但所有产业的企业利润都保持了增长态势。除一部分产业因上年同期利润为负数无法计算增长幅度，能够观察到的数据显示，在 7～9 月份，金属制品、运输机械、石油煤炭以及业务机械等行业的法人企业，其经常利润都同比大幅度提高，尤以金属制品和运输机械这两个行业的企业利润增幅最大。

表5 2010 年 1～9 月日本法人企业销售额

	1～3 月		4～6 月		7～9 月	
	销售额 （亿日元）	同比增减 （%）	销售额 （亿日元）	同比增减 （%）	销售额 （亿日元）	同比增减 （%）
全部产业	3441331	10.6	3579121	20.3	3372751	6.5
制造业						
全　　部	1001787	19.1	1041594	25.9	1043211	12.2
食　　品	101117	8.1	125288	6.4	127304	9.6
化　　学	102317	18.6	99740	4.6	102713	1.3
石油煤炭	48111	50.8	38723	18.5	41962	12.7
钢　　铁	43299	21.3	45205	34.6	46989	16.1
金属制品	40662	5.2	38986	19.5	40291	7.1
通用机械	15266	—	12279	0.6	13103	4.4
生产用机械	53009	—	49975	41.5	57253	33.3
商务机械	30734	—	34788	15.1	37504	0.9
电气机械	83990	4.7	78476	22.9	87080	17.2
信息通信机械	102919	39.1	100731	21.4	99828	1.3
运输机械	163878	47.4	158141	42.0	171826	25.4
非制造业						
全　　部	2439544	7.5	2537528	18.1	2329541	4.1
建　　筑	297909	-2.4	206545	-10.2	221381	-8.0
批发零售	1311470	16.8	1534513	34.1	1294420	7.3
房 地 产	79418	-13.7	79929	20.6	74523	11.2
物品租赁	31777	0.9	28362	-10.8	29012	-5.5
信息通信	146127	-1.3	131383	-7.9	142457	2.4
运输邮政	143482	10.4	138727	4.3	142664	0.9
电　　气	44283	-12.7	39937	-1.0	47883	12.1
服　　务	359357	3.2	353430	5.1	353588	1.3

注：不含金融、保险业。

资料来源：日本财务省《法人企业统计调查结果》（2010 年 7～9 月），http：//www. mof. go. jp/ ssc/h22. 7－9. pdf。

表6   2010 年 1~9 月日本法人企业经常利润

	1~3 月		4~6 月		7~9 月	
	利润额 （亿日元）	同比增减 （%）	利润额 （亿日元）	同比增减 （%）	利润额 （亿日元）	同比增减 （%）
全部产业	112565	163.8	132745	83.4	107493	54.1
制造业						
全　　部	44018	*	45767	553.0	39035	209.0
食　　品	1259	25.8	3350	-19.7	3999	10.6
化　　学	6771	*	10247	37.1	7950	17.4
石油煤炭	1059	*	843	122.6	362	162.2
钢　　铁	1967	*	2071	*	1231	*
金属制品	1896	*	1706	*	1910	1814.6
通用机械	985	——	341	1.6	59	*
生产用机械	1651	——	2393	*	2861	*
商务机械	2730	——	2348	21.6	2553	113.4
电气机械	3763	*	3993	*	3388	*
信息通信机械	2141	*	2949	*	2967	*
运输机械	10389	*	8207	*	5150	903.4
非制造业						
全　　部	68547	5.2	86978	33.1	68458	19.9
建　　筑	10652	-14.0	4159	*	3828	422.0
批发零售	20044	24.3	23665	36.0	21864	26.7
房地产	6699	35.3	9396	20.1	5022	-31.0
物品租赁	1118	-25.4	1877	26.0	1747	54.0
信息通信	10053	11.9	10425	-17.6	8040	-4.8
运输邮政	3184	*	8164	98.0	6769	46.2
电　　气	-448	-112.2	2155	-41.2	5059	37.4
服　　务	14511	-15.2	22949	49.7	13853	16.8

注：（1）全部产业及非制造业数据中均不含金融、保险业。（2）* 表示上年同期为负数。
资料来源：日本财务省《法人企业统计调查结果》（2010 年 7~9 月），http://www.mof.go.jp/ssc/h22.7 - 9.pdf。

与制造业企业的情况相比，非制造业企业的情况较为复杂。1~3 月虽有批发零售、房地产、信息通信等行业的企业利润同比出现较大幅度提高，但电气、物品租赁、服务、建筑等行业的企业利润同比仍出现较大下降。4~7 月和 7~9 月，大多数行业的企业利润状况有所好转。1~9 月份表现较好的行业是批发零售业，不仅维持了利润增长势头，而且其增幅超过了销售额的增加幅度。

四 主要事件

（一）丰田汽车"召回门"事件

丰田汽车公司 2008 年全球汽车生产达到 897.2 万辆，如愿取代美国通用汽车公司登上世界汽车生产老大地位。但好景不长，受国际金融危机等因素的影响，丰田公司在 2009 年 3 月决算期出现创业以来首次合并报表亏损。在 2010 年 3 月决算期，虽合并报表销售额比上年有所减少，但经常利润一项实现了 2914.68 亿日元的赢利。尽管如此，丰田汽车公司单独报表的经常利润一项，仍存在 771.2 亿日元的亏损。在公司尚未从金融危机重创中走出之际，又发生了大规模召回故障车的"召回门"事件。

2009 年 8 月，美国加利福尼亚州一家四口因所乘坐的雷克萨斯轿车故障而不幸丧生。事故发生后，丰田公司召回了此前在美国销售的八种车型约 380 万辆汽车，对 426 万辆汽车的油门踏板进行更换。2010 年 1 月 21 日，丰田汽车美国公司宣布，由于油门踏板存在安全隐患，召回美国市场上八种型号约 230 万辆汽车，其中有 170 万辆是"二次召回"。1 月 27 日，丰田宣布追加召回 109 万辆存在脚垫问题的汽车。1 月 28 日，一汽丰田宣布召回在中国生产的约 7.5 万辆 RAV4，召回原因仍是油门踏板问题。1 月 29 日，丰田汽车宣布从欧洲市场召回约 180 万辆存在油门隐患的丰田车。2 月 9 日，丰田公司宣布从日本国内市场召回存在刹车问题的四种车型合计 22.3 万辆。此后在世界各地召回事件陆续发生。至 2010 年 10 月为止，丰田公司在美国一地召回维修的汽车数量就超过 500 万辆。[1] 有报道称，在世界各地召回的丰田车数量超过 1000 万辆。[2]

2010 年 2 月 23 日至 3 月 3 日，美国国会参众两院召开三次听证会，就丰田汽车公司是否刻意隐瞒车辆安全及召回信息等问题，对丰田公司高管进行质询。丰田章男社长亲自出席 2 月 24 日众议院的听证会，向美国消费者道歉。美国消费者不依不饶，发动数百起诉讼官司。4 月 9 日，美国联邦裁审委员会决定，把

---

① http：//jp. autoblog. com/2010/10/06/toyota – gives – recall – update/.

② http：//www. carview. co. jp/news/0/140625/.

全美各地上百起针对丰田汽车意外加速故障提出的诉讼集中在加州的法院审理。但其他个人诉讼仍络绎不绝。

2010 年 3 月，丰田汽车公司紧急设立"全球产品质量特别委员会"，由丰田章男社长亲自挂帅，加强各地区产品质量监控和地区间质量信息交流。

2010 年 4 月，美国交通部以"蓄意隐瞒危险的缺陷"为由，向丰田公司处以 1637.5 万美元的民事罚款，成为美国政府对汽车制造商所处以的最高金额罚单。12 月，美国交通部再次向丰田公司处以总额 3242.5 万美元民事罚款。丰田公司在缴纳了总计 4880 万美元的罚款后，终于与美国官方达成和解协议。2011 年 2 月 8 日，美国交通部发表调查报告称，经调查证实，丰田的车辆中不存在足以引起意外加速的电子系统缺陷。

这次召回事件，除缴纳罚款、支付召回费用、停止生产带来的损失外，更打破了丰田车的质量神话，使丰田汽车公司的企业形象和品牌形象都受到一定影响。虽然通过丰田公司的多方努力，最终使丰田车在一定程度上恢复了名誉，避免了公司的进一步损失①，但在事件中丰田公司本身暴露出的问题，如全球化扩张对公司原有质量管理体制的影响，压缩成本与维持质量的关系，对不同地区消费者文化、习性的把握和适应，以及危机应对问题等，却是无法否认的。

（二）日航破产重建事件

2010 年 1 月 19 日，亚洲最大的航空公司——日本航空公司以经营状况恶化和严重资不抵债为由，向东京地方法院提出破产申请。

日航创立于 1951 年。1953 年由私营公司变更为国营航空公司，1954 年开辟飞往美国旧金山的航线，成为日本首家国际航空公司。1987 年，日航实施了"民营化"，但仍无法避免"政府行为"的弊端。政府出于政治需要，在全国大小城市修建机场，日航就必须为其提供航运服务，购买飞机，雇用员工，为维持亏损航线运行耗费大量资金。加上企业组织官僚化、经济核算意识欠缺、组织庞大、冗员很多、高工资、高福利等因素导致的高成本低效率，终于使日航在国际金融危机引发的航空客运市场严重收缩的情况下难以为继。虽然原日航主要领导

---

① 据报道，丰田汽车集团 2010 年 4~6 月合并报表实现 2116 亿日元营业利润，比上年同期大幅度增加。

进行了顽强抵制，企图通过谋求政府援助的方式再次渡过难关，但与过去长期执政的自民党不同，执政未久的民主党与这些既得利益者千丝万缕的联系较少，下决心将日航推到置其于死地而后生的"绝路"。

为推进日航重建，2010年1月19日，由政策投资银行牵头紧急注资6000亿日元，并邀请京瓷企业集团名誉会长稻盛和夫出任新的日航董事长兼首席执行官（CEO）。社长西村遥等原日航主要领导全部辞职。2月20日，日航股票停止上市。

著名企业家稻盛和夫入主日航后，立即深入现场，与一线员工促膝谈心，把握第一手情况。通过"号脉"，诊断出日航的责任体制不明确，管理层和员工缺乏企业经营意识和经济核算概念的症结。稻盛对症下药，认为，要使日航经营走上良性循环轨道，就必须改革日航的经营管理体制和以往的企业文化，加强员工教育，促进其意识转换，培养具有企业家精神和盈亏意识的人才。

2010年8月31日，日航向东京地方法院正式递交重建计划。其主要内容包括：对于日航集团2010年3月底合并报表高达9592亿日元的资不抵债金额，金融机构对其中5215亿日元的债务实行豁免，相当于总债务的87.5%，同时将日航的资本额削减为零；然后通过官民共同出资的企业再生支援机构注资3500亿日元，帮助其重建。争取2011年3月末年度决算时在营业方面实现扭亏为盈，摆脱资不抵债状态，并使日航股票在2012年底前重新上市。2013年确保净资产超过1800亿日元。

为实现上述目标，在事业计划方面，以确保航运安全为前提，努力推进以下工作：①提早更换低效率大型飞机，采用小型飞机，停飞亏损航线；②削减固定费用，集中精力搞好航运业务；③大幅度削减人员；④强化以羽田机场线为中心的网络联系；⑤建立有执行能力的高效的战略性经营组织；⑥确立能够应对任何突发事件的风险管理体制。

在组织改组方面，首先，在12月1日将需要重建的三个主要公司合并到日航国际公司，并入原日航集团旗下的日线航空和财务公司日航里弗（JAL Rivre）。2011年4月1日再将日航国际公司更名为日本航空股份公司。

重建计划于11月19日获股东大会批准后，11月30日获东京地方法院正式认可准。但即使在重建计划尚未获得最终批准时，重建工作也一直在持续推进。

从目前情况来看，一年来的努力确实收到了一定成果。通过停飞亏损航线、更换飞机、引进新服务项目等措施的实施，使载客率有了显著提高。① 10 月 21 日羽田机场重新开通国际航班，更是受到广大乘客好评。通过压缩员工数量、削减工资②、停发奖金等方式，大幅度压缩了人员经费。2010 年 12 月 15 日开始，对企业组织进行改组，在全公司推行"部门核算制"。为打破以往大锅饭、铁饭碗弊端，还计划进一步推行新的人事、工资制度，促使全体员工为缩减费用而付出努力。

2011 年 1 月 19 日，日航董事长稻盛和夫对媒体宣布，日航集团 2010 年 4 月至 11 月合并报表实现 1460 亿日元的营业利润，大幅度超过重建计划制订的目标。

五　相关政策动向

2009 年 12 月 15 日，日本政府设立了由全体内阁成员参加的"增长战略政策决定会议"，12 月 30 日推出《新增长战略基本方针》。为进一步探讨日本产业今后的发展方向，在经济产业省产业结构审议会新设立了产业竞争力部会。由东京大学教授伊藤元重牵头，吸收以产业界为首的各界人士参加，就日本产业今后的发展方向展开讨论。产业竞争力部会于 2010 年 2 月 25 日召开了第一次会议，经过几个月的讨论，于 6 月 3 日正式发布题为《产业结构构想 2010》的报告。

与以往日本官方发布的相关文件不同，该报告首先正视日本的经济地位和产业竞争力不断下降的事实，指出日本的人均国民生产总额的世界排位在过去十几年时间里大幅度降低，某些原本作为日本高科技象征的产品也在世界市场不断失去份额。报告进一步指出，这一现象并不是暂时的，而是由日本的产业结构、企业事业模式、国家的产业基础设施等一系列因素所造成的。为克服上述问题，必须通过政府和民间的共同努力实现四个转换：①产业结构的转换——由对汽车工业高度依存的"一条腿走路"方式，转换为"核电、铁路等基础设施关联及系统输出产业"，新一代环保汽车等"环保能源课题解决产业"，时尚、动漫、美

---

① 在 12 月 28 日新闻发布会上，大西贤社长称：国际航线已压缩大约 40%，国内航线压缩 30%。2010 年 10 月，载客率已提高到近 78%，比 2008 年 10 月提高了 12 个百分点。

② 根据 2010 年 12 月 28 日新闻发布会上大西贤社长的介绍，2010 年 4 月以来，日航一般员工的基本工资缩减了 5%，管理人员工资削减更多。

食等"文化产业","医疗、护理、育儿产业"和机器人、宇航等"尖端技术产业"这五大战略产业齐头并进的"多山头"方式;②企业事业模式的转换——将以往垂直一体化的封闭型模式转换为在严守企业核心技术的同时与国际标准接轨的更加开放的模式;③摆脱"全球化与国内就业相矛盾"的思维模式,提高日本作为产业立地的竞争力;④政府行为的转换——构筑能够最大限度发挥市场机能的新型官民合作体制。

2010 年 6 月 18 日,日本阁僚会议正式通过了《新增长战略》,提出"环境能源大国战略"、"健康大国战略"等"七大战略领域"以及 21 项相关的"国家战略项目"。

对于上述政策文件,在日本国内外争议甚多。有些人士认为,"构想2010"有过分夸大政府作用之嫌,隐藏着经产省方面重振通产省时代"雄风"的企图。我国学者也指出,《新增长战略》中各种"战略"罗列虽多,但大多属于"新瓶装旧酒"。总的来看,"构想 2010"对日本产业目前的症结所做的分析,应该说还是切中要害的。至于其开出的"处方"是否都有效,则要另当别论。

本文概述和分析了 2010 年日本产业的主要动向。由于篇幅有限,很多方面无法进一步详述。从 2011 年 1 月发布的日本工矿业生产指数 11 月确报数据来看,生产指数比 10 月份略有提高。可以预计,日本产业的运行轨道在短期内不会轻易改变,但从长期观点来看,要谋求进一步经济发展,使日本产业重新焕发活力,产业结构和企业经营模式的转换是必不可少的。

参考文献

丰田汽车公司官方网站相关信息,http://www.toyota.co.jp/。

日本航空公司官方网站相关信息,http://www.jal.com/ja/。

日本经济产业省:《新增长战略》,http://www.meti.go.jp/topic/data/growth_strategy/pdf/sinseichou01.pdf。

日本经济产业省产业结构审议会产业竞争力部会:《产业结构构想 2010》,http://www.meti.go.jp/committee/summary/0004660/index.html#vision2010。

2010 年日本産業動向

胡 欣欣

要　旨：本稿では日本の産業をめぐる2010 年の動向について概観している。製造業生産指数に基づいて、製造業の動向について観察し、内需面と輸出面から生産指数の変動要因について分析している。さらに財務省『法人企業統計調査結果』を用いて、日本企業の経営状況について考察し、トヨタ自動車リコール問題、JAL 再建問題等、日本の産業をめぐる主な事項についても紹介している。2010 年6 月に経済産業省産業構造審議会産業競争力部会が公表した『産業構造ビジョン2010』、閣僚会議で決定された『新成長戦略〜「元気な日本」復活のシナリオ』についても議論している。

キーワード：生産指数　トヨタ・リコール問題　JAL 再建　産業構造

B.11
社会保障课题及改革走向

王 伟*

摘　要：20世纪60年代初日本实现了"全民保险"、"全民养老金"，形成了综合性的社会保障体系。经过几十年的发展，日本社会保障制度面临的经济社会环境发生了很大的变化。随着少子老龄社会的到来及就业形态的多样化，日本社会保障制度面临着支出费用剧增、财源不足等诸多问题。2010年日本在就业、养老金、医疗等方面都采取了一些改革措施，同时明确了社会保障的改革方向。

关键词：社会保障　少子老龄化　非正式员工　社会保障支付　参加型社会保障

第二次世界大战以后，在经济社会环境较为有利的条件下，日本社会保障得到迅速发展和完善，20世纪60年代初，实现了"全民保险"、"全民养老金"，形成了综合性的社会保障体系。20世纪70年代后半期以后，随着低速增长、泡沫经济、世界经济危机等经济社会的变化，日本社会保障也在不断进行制度上的调整和改革。2010年，对于社会保障面临的课题，日本在改革政策选择上又有一些新的动向。

一　日本社会经济环境的变化

现代日本社会保障制度体系是在20世纪60~70年代形成的。当时日本处于

---

* 王伟，中国社会科学院日本研究所研究员，社会研究室主任，研究专业为日本社会，主要研究方向为日本社会阶层、家庭、社会保障等。

经济高速发展时期，日本的人口总和生育率在 2.0 以上，在人口结构上年轻人多，老龄人少，处于人口红利阶段。同时，日本企业对雇员实行长期雇佣，家庭中主要由主妇承担育儿和护理作用，企业和家庭在许多方面发挥着"安全网"的功能。因此，日本实行的是"低福利、低负担"的社会保障制度，社会保障支出和社会保障负担都控制在较低的水平。但是，经过几十年的发展，日本社会保障制度面临的经济社会环境发生了很大的变化。

（一）日本已经进入人口减少、超老龄社会

日本已从"第一次人口转换"（高生育率、高死亡率向低生育率、低死亡率的转换）进入"第二次人口转换"（由于过低的生育率进入人口减少时代）。日本社会少子化、老龄化问题日趋严重，人口的减少和出生率的下降将进一步加速日本的人口老龄化进程，对日本社会保障制度产生影响。

1970 年，日本 65 岁以上老年人口在总人口中所占比重达 7%，进入老龄化社会。此后，日本人口老龄化以惊人的速度发展：1994 年老龄化率达 14%，进入老龄社会；2007 年达 21%，进入超老龄社会。根据日本内阁府发表的 2010 年版《老龄社会白皮书》①，截至 2009 年 10 月 1 日，日本 65 岁以上人口为 2901 万人，为历史最高，占总人口比率为 22.7%。日本总务省于 2010 年 9 月发布的推测数据表明，截至 2010 年 9 月 15 日，日本 65 岁以上人口达 2944 万人，比上年增加 46 万人，占总人口的比重达 23.1%。② 根据日本国立社会保障与人口研究所的中位预测，日本 65 岁以上人口到 2030 年将达 3763 万人以上，占总人口比重达 32% 以上；到 2055 年将达 3810 万人以上，占总人口比重高达 41% 以上。③ 根据这个预测，45 年后每 2.5 个日本人中就有 1 个 65 岁以上老人。

另一方面，日本出生人数减少，总和生育率降低，14 周岁以下少儿人口在总人口中所占比重日益下降。从年出生人数看，第一次生育高峰期间（1947 ~ 1949 年）每年约出生 270 万人，1952 年前大体保持在年出生 200 万人的水平。

---

① http://www8.cao.go.jp/kourei/whitepaper/w-2010/zenbun/pdf/1s1s_1.pdf.
② 参见《65 岁以上人口达历史最高的 23.1%》，2010 年 9 月 20 日〔日〕《日本经济新闻》。
③ http://www.ipss.go.jp/syoushika/tohkei/suikei07/houkoku/kekka-1/7-1.xls.

此后年出生人数虽然减少到 150 万人左右，但到 1960 年后再次转入上升，第二次生育高峰期间（1971～1974 年）重回 200 万人的水平。1975 年以后，年出生人数持续减少，2005 年为 106 万余人，创历史最低水平。从总和生育率看，在 20 世纪 50 年代中期到 70 年代中期大约 20 年的时间里，日本的总和生育率一直稳定在 2.1 以上，这是相对较为合适的人口替代水平。从 70 年代后期开始，日本人口的动态平衡逐渐被打破，总和生育率持续下降，2005 年仅为 1.26，创历史最低（见图 1）。根据厚生劳动省发布的推测数据，2010 年日本出生人数 107.1 万人，总和生育率为 1.37。[①] 从 14 周岁以下少儿人口在总人口中所占比重上看，2000 年日本少儿人口为 1850.5 万人，占总人口 14.6%，2005 年为 1758.5 万人，所占比率为 13.8%，2010 年为 1648.1 万人，所占比率为 12.9%；在十年的时间里，日本少儿人口占总人口的比重下降了 1.7 个百分点。[②]

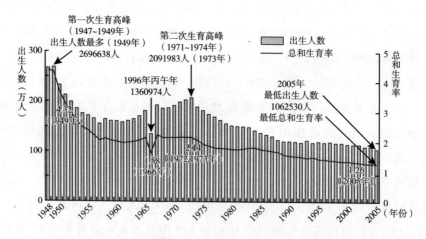

图 1 日本出生人数及总和生育率变化

资料来源：日本厚生劳动省《人口动态统计》，http：//www.mhlw.go.jp/。

出生率的降低不仅提高了老龄人口在人口结构中的比例，而且导致了人口的减少。图 2 表明，日本人口于 2005 年首次进入负增长，2006、2007 两年基本持

---

① 参见〔日〕厚生劳动省《2010 年人口动态统计年推算数据》，http：//www.mhlw.go.jp/。
② http：//www.ipss.go.jp/syoushika/tohkei/Mainmenu.asp.

平，2008、2009 两年降低幅度增加。根据总务省发布的数据，截至 2010 年 7 月，日本总人口为 12745 万人，同比减少 10.7 万人；日本人人口为 12576.6 万人，同比减少 8.1 万人。① 日本人口已连续六年处于人口减少状态。少儿人口的减少和老龄人口的增多，必然导致日本老年赡养系数的上升，这意味着社会保障的负担将日益加重。

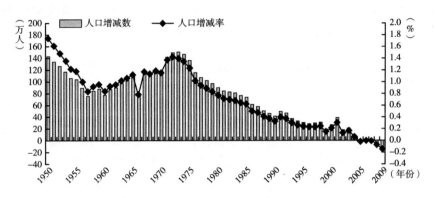

图 2　日本总人口增减数及增减率变化

资料来源：http：//www. stat. go. jp/data/jinsui/2009np/index. htmJHJ05k21－a。

（二）经济萧条带来了雇佣制度的变化

日本社会保障制度的发展和完善，与日本经济的增长有着密切的关系。20 世纪 60～70 年代，日本经济的高速增长一方面带来了国民经济总体规模的扩大，促成了国家财政收入的不断增加，从而保证了社会保障制度扩充所必需的财源；另一方面，经济的发展还扩大了劳动力的需求，失业问题大为缓解，从而减轻了社会保障制度在失业和雇佣保障方面的压力和负担。但是，20 世纪 70 年代中期以后，以 1973 年的石油危机及其引发的世界性经济危机为转折，日本经济进入低增长时期，财政收入恶化。进入 20 世纪 90 年代以来，由于泡沫经济的崩溃，日本经济又陷入了一场旷日持久的经济不景气，经历了"失去的 20 年"。

在此期间，日本的长期雇佣体系发生了变化，企业的非正式雇佣员工增多。

---

① 　参见〔日〕总务省统计局《人口推算——2010 年 12 月月报》，http：//www. stat. go. jp/。

非正式雇佣员工主要指计时工、零工、派遣员工、合同员工等。如图 3 所示，1990 年以来，日本非正式员工比率一直呈上升态势。特别是 1998 年以后，正式员工减少，非正式员工明显增多，非正式员工比率从 1990 年的 20% 上升到 2008 年的 33.9%，上升了近 14 个百分点。根据日本总务省公布的数据，截至 2010 年 9 月，日本非正式员工比率为 34.5%，比 2009 年年平均的 33.7% 又上升了 0.8 个百分点。① 目前在日本的从业人员当中，每 3 人中就有 1 人是非正式雇佣员工。

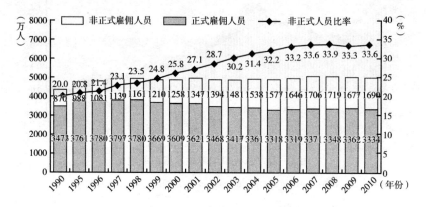

图 3　日本非正式员工情况变化

注：不包括农林业。数据截止到 2010 年 3 月。
资料来源：http://www.soumu.go.jp/index.html。

企业之所以大量雇佣非正式员工，是因为要降低企业成本。雇佣正式员工，企业要为其缴纳各种社会保险费用，而雇佣非正式员工则没有这方面的负担。在这种情况下，一方面由于非正式员工与正式员工在工资待遇、社会保障等方面存在明显的差异，使得非正式员工收入偏低，加剧了日本社会经济差距的扩大；另一方面由于非正式员工不缴纳养老金保费等现象的增多，日本社会保障制度受到了较大的冲击。

此外，随着经济全球化的进展，日本企业面临的国际竞争日益激烈，经济效益下降，企业在社会保障方面的替代功能减弱。随着城市化、核心家庭化、单身

---

① 参见〔日〕总务省统计局《劳动力调查》，http://www.stat.go.jp/data/roudou/longtime/zuhyou/lt51.xls。

化的进展，日本传统的家庭和社区共同体都发生了功能性的变化，给日本的社会
保障制度带来了重要影响。

二 日本社会保障的课题

日本社会保障制度面临着养老金、医疗、护理等各项制度的完善和改革的课
题，其中，社会保障费用在日本财政预算当中的巨额支出和财源不足是当前最主
要的课题。

从社会保障费用支出方面看，如图4所示，日本社会保障相关费用在一般支
出当中占的比重从1999年开始急剧上升。在2010年度预算当中，日本社会保障
费为272686亿日元，占一般会计比重，1980年为26.7%，1990年上升到
32.8%，此后一直到1998年基本维持在同一水平，占支出预算的29.5%，如扣
除国债、地方交付税交付金等支出，社会保障费在一般支出当中占51.0%，是
最多的支出项目。[①] 在日本内阁于2010年12月24日通过的2011年度一般会计
预算案当中，社会保障预算支出287079亿日元，比上年度增加14393亿日元，

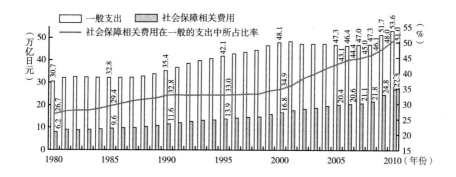

图4 日本一般支出与社会保障费用的变化

资料来源：〔日〕《厚生劳动白皮书》2010年版，heep：//www.mhlw.go.jp/wp/
hakusyo/kousei/10/dl/02-02-02.pdf。

---

① 〔日〕《厚生劳动白皮书》2010年版，http：//www.mhlw.go.jp/wp/hakusyo/kousei/10/dl/02-
02-02.pdf。

同比增长5.3%。其中，养老金104395亿日元，增长2.5%；医疗83934亿日元，增长4.0%；护理22037亿日元，增长5.9%；生活保障费26065亿日元，增长16.4%；社会福利费44194亿日元，增长12.4%。①

从社会保障支付费用情况看，如图5所示，1970年以后社会保障费用急剧上升。1970年为3.5万亿日元，1980年为24.8万亿日元，1990年为47.2万亿日元，2000年为78.1万亿日元，2007年为91.4万亿日元，2010年的预算为105.5万亿日元。在40年的时间里，日本社会保障金的支付增加了30多倍。在具体项目当中，养老金的支付增长最快，其次是医疗方面的给付，而这两项与老龄化的进展密切相关。

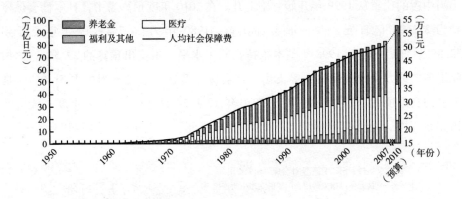

图5　日本社会保障给付费用情况变化

资料来源：〔日〕《厚生劳动白皮书》2010年版，http：//www. mhlw. go. jp/wp/hakusyo/kousei/10/dl/02 – 02 – 02. pdf。

从养老金情况看，养老金支付费无论是在金额上还是在比率上都在1970年以后急剧上升。1970年养老金支付金额为0.9万亿日元，在社会保障支付总额当中占24.3%；1990年支付金额上升到24万亿日元，在社会保障支付总额当中占的比率达50.9%，2010年为53.2万亿日元，所占比率仍然超过社会保障支付总额的一半（见表1）。

---

① 参见〔日〕财务省《2011年度政府预算案》，http：//www. mof. go. jp/seifuan23/yosan. htm。

表1 国民收入与养老金、医疗费、福利支出比例关系

年　　度	1970	1980	1990	2000	2010(预算)
国民收入(万亿日元)A	61.0	203.9	346.9	371.8	336.4
给付费总额(万亿日元)B	3.5 (100%)	24.8 (100%)	47.2 (100%)	78.1 (100%)	105.5 (100%)
其中:养老金	0.9 (24.3%)	10.5 (42.2%)	24.0 (50.9%)	41.2 (52.7%)	53.2 (50.4%)
医　疗	2.1 (58.9%)	10.7 (43.3%)	18.4 (38.9%)	26.0 (33.3%)	32.1 (30.4%)
福利及其他	0.6 (16.8%)	3.6 (14.5%)	4.8 (10.2%)	10.9 (14.0%)	20.2 (19.1%)
B/A	5.77%	12.15%	13.61%	21.01%	31.36%

资料来源:〔日〕《厚生劳动白皮书》2010年版,http://www.mhlw.go.jp/wp/hakusyo/kousei/10/dl/02 - 02 - 02. pdf。

但另一方面,养老金保费的缴纳情况却很不乐观。根据日本厚生劳动省发表的统计数据,日本"国民养老金"保费的缴费率从2005年度起逐年下降,2005年为67.1%,2006年为66.3%,2007年为63.9%,2008年为62.1%,截止到2010年3月底又降至60%,创有史以来最低,在四年的时间里,减少7.1个百分点。[①] 从年龄分层看,各年度都是20~29岁的人缴纳率最低,2009年度20~24岁的人缴费率为49%,25~29岁的人缴费率为47.1%,说明20~29岁的人当中有50%以上的人没有缴纳保费。养老金保费缴纳率的降低,是由于人口的减少使人们对养老金保险制度失去信心,担心自己年老后不能领取与缴纳的保费相对应的养老金,还因为近几年来日本发生的养老金事件,使民众对政府和现行制度产生了不满。2004年,日本发生了养老金丑闻事件,当时包括总理大臣小泉纯一郎在内的众多政要因未缴纳或滞纳养老金保费而受到批评。2007年,日本社会保险厅丢失了5000多份养老金记录,在民众当中引起了极大的不满,成为一大事件。根据日本厚生劳动省的调查,在没有缴纳养老金保费的人当中,有14.3%的人认为"对养老金制度的将来感到不安和不可信任",有7%的人认

---

① 参见〔日〕厚生劳动省《关于2009年度国民养老金保费缴纳情况及今后的措施等》,http://www.mhlw.go.jp/stf/houdou/2r9852000000j2o2 - img/2r9852000000j2rg. pdf。

为"社会保险厅不可信任"。① 同时，从就业形态来看，临时工、计时工的缴纳比率最低，仅为34.5%，缴纳比率的下降与非正式员工的增加也有一定的关系。

从医疗费的情况看，虽然1970年以后医疗费在社会保障支付总额当中的比重在下降，但金额却在不断增加。1970年医疗费支出为2.1万亿日元，1980年为10.7万亿日元，2000年为26万亿日元，2010年为32.1万亿日元，在40年间里增长了15倍以上。(见表1)

日本医疗费居高不下，一是由于随着全民保险的实施而使得求诊的途径增多，另一个原因是由于药费、诊疗费的增长而带来的医疗费上扬。日本的药费在医疗费用当中的比重曾占到30%以上，近年来虽然有较大幅度的下降，但在2009年所占比例仍然达到占23.5%，在世界发达国家当中药费所占医疗费的比重仍然偏高（2007年，日本药费占医疗费的比率为20.1%，而法国为16.5%，德国为15.1%，英国为12.2%，美国为12%）。② 同时，随着老年人口的增多，老人医疗费用在整个医疗费中的比重日益加大。根据日本厚生劳动省的数据，1985年日本老人医疗费在国民医疗费当中的比重为25.4%，1995年上升到33.1%，2005年为35.1%，估算2009年略有下降，为33.4%。③ 另根据日本厚生劳动省的预测，到2025年日本国民医疗费将达69万亿日元，其中老人医疗费为34万亿日元，届时老人医疗费将占日本整个医疗费用的近50%。④

同时，随着养老金、医疗费等费用的增加，社会保障支付在国民收入当中所占的比重也大幅度上升，由1970年的5.77%增长到2010年的31.36%，40年上升了25.6个百分点。(见表1)

三 日本社会保障改革走向

2010年，日本在雇佣、养老金、医疗等方面都有一些新的举措，并明确了

① 参见〔日〕厚生劳动省《关于2009年度国民养老金保费缴纳情况及今后的措施等》，http：//www.mhlw.go.jp/stf/houdou/2r9852000000j2o2 - img/2r9852000000j2rg.pdf。
② 参见〔日〕Astellas制药股份公司编《从数字看医疗与药品2010》，http：//www.astellas.com/jp/csr/community/data.html。
③ 参见〔日〕厚生劳动省《医疗费动向》，http：//www.mhlw.go.jp/bunya/iryouhoken/database/zenpan/dl/kokumin_ roujin20.pdf。
④ 参见〔日〕厚生劳动省《国民医疗费预测》，http：//www.mhlw.go.jp/。

今后社会保障改革的方向。

在雇佣方面，修改了《雇佣保险法》。为稳定就业，扭转非正式员工的增加，民主党在2009年9月掌权后就酝酿对在2009年3月刚刚修改过的《雇佣保险法》进行再次修改。2009年12月，鸠山内阁通过了修改《雇佣保险法》法案。2010年3月25日和3月31日，该法案在众议院和参议院分别获得通过，并从2010年4月1日开始实施。修改后的《雇佣保险法》放宽了非正式员工加入雇佣保险的条件，将雇佣保险的适用对象由以前的"每周工作20小时以上，可能工作6个月以上"的人扩大到"每周工作20小时以上，可能工作31天以上"的人，加强了雇佣保险对非正式员工的保障功能。与非正式员工密切相关的另一部法律《劳动者派遣法》的修改也提到议事日程上，2010年3月19日，日本内阁通过了《劳动者派遣法》修改方案，并提交日本国会审议。修改后的《劳动者派遣法》对派遣员工的行业作了较为严格的限制。由于日本内阁重组及在野党反对禁止向制造业派遣员工等原因，该法案还没有在国会审议通过。

在养老金方面，为更好地进行公共养老金的运营和管理，取得民众对养老金制度的信任，日本根据2007年制定的《养老金机构法》于2010年1月1日正式成立了特殊法人——日本养老金机构，同时取消了社会保险厅。日本养老金机构在全国47个都道府县设有事务中心，并设置了312个养老金事务所，开展有关养老金制度的加入，保费的缴纳，养老金的支付、咨询、裁定等事务，并统管有关养老金方面的所有记录。为推动养老金制度改革，日本在2010年3月成立了以总理大臣为议长的"新养老金制度研究会"，探讨养老金改革的方向。2010年3月，日本内阁通过了《国民养老金法》修改方案，将养老金保费的补缴时间由两年延长到十年。根据厚生劳动省的估算，修改后的养老金法实施后，最多将有40万人摆脱老后没有养老金的状况，将有1600万人领取的养老金额度会增加。①

在医疗方面，日本对诊疗报酬进行了改革，十年来首次在整体上增加了诊疗报酬，增加比率为0.19%，约700亿日元。②重点分配在医生严重不足的医院，

---

① 参见《养老金法修改方案决定：国民养老金补交时间延长到十年》，2010年3月5日〔日〕《读卖新闻》。

② 参见〔日〕厚生劳动省《2010年度诊疗报酬改革概要》，http：//www.mhlw.go.jp/bunya/iryouhoken/iryouhoken12/dl/100212－1.pdf。

特别向急诊科、妇产科、儿科、外科等倾斜。另外，还在日本亟待充实的癌症治疗和认知症治疗方面新设了诊疗报酬。

除上述具体举措外，更为重要的是，日本在2010年明确了社会保障改革的方向。

2010年4月，日本厚生劳动省就在《2010年度厚生劳动省目标》中提出，政策的方向是设定国民最低保障标准，推动参加型社会保障的建立。①

6月，新任总理大臣菅直人在国会众议院全体会议上发表施政演说时表示，他领导的政府将致力于重建日本经济、财政体制和社会保障制度，提出要实现"强大的社会保障"，创造出"克服少子老龄化社会的日本模式"。② 他认为，不应该把经济、财政、社会保障之间的关系看成对立关系，社会保障的许多领域可以创造就业机会，带动经济增长，经济和社会保障可以实现"双赢"。

2010年12月6日，民主党"税制与社会保障彻底改革调查会"的《中期报告》认为，要进行税制与社会保障一体化的改革，在社会保障的财源方面消费税非常重要，应该让国民理解将来社会保障的发展趋势及其与国民负担的关系。③ 12月10日发表了《关于社会保障改革有识之士研究会报告——面向安心和充满活力的社会保障蓝图》④，报告提出了社会保障改革的理念和原则，指出在少子老龄化社会条件下，要使社会可持续发展，每个国民都要发挥自己十二分的力量，实现"参加型社会保障"，提出不要把社会保障的成本负担丢给下一代，要通过这代的安心工作和活力，实现社会保险费收入和税收的良性循环，同时提出，建立中等规模、高功能的社会保障体制是当前日本社会保障改革的目标。

2010年12月14日，日本内阁作出了"关于推进社会保障改革"的决定，认同了民主党"税制与社会保障彻底改革调查会"的《中期报告》和《关于社

---

① 〔日〕厚生劳动省：《2010年度厚生劳动省目标》，http：//www. mhlw. go. jp/stf/houdou/2г98520000005w68－img/2г98520000005w7q. pdf。

② 菅直人出任首相的施政演说《强大的经济、强大的财政、强大的社会保障》，2010年6月11日〔日〕《读卖新闻》，http：//www. yomiuri. co. jp/politics/news/20100611－OYT1T00698. htm。

③ 〔日〕民主党"税与社会保障彻底改革调查会"《中期报告》，http：//www. dpj. or. jp/news/files/101206zeitosyakaihosyo. pdf。

④ 《关于社会保障改革有识之士研究会报告——面向安心和充满活力的社会保障蓝图》，http：//www. cas. go. jp/jp/seisaku/syakaihosyou/kentokai/dai5/siryou. pdf。

会保障改革有识之士研究会报告——面向安心和充满活力的社会保障蓝图》提
出的改革方向。①

参考文献

〔日〕总务省统计局网站，http：//www. stat. go. jp/。

〔日〕厚生劳动省网站，http：//www. mhlw. go. jp/。

〔日〕内阁府网站，http：//www. cao. go. jp/

〔日〕首相官邸网站，http：//www. kantei. go. jp/。

〔日〕劳动政策研究研修机构网站，http：//www. jil. go. jp/。

日本社会保障の課題と改革の方向

王　偉

　　要　旨：1960 年代に日本は"皆保険・皆年金"を実現し、総合的社会保障
体系を作り上げた。数十年来の発展を経て、日本社会保障制度のおかれた経済
社会環境は大きく変化した。少子高齢社会の到来や就業形態の多様化により、
日本社会保障制度は給付費の急増・財源不足などの課題を抱えている。2010
年、日本は雇用・年金・医療などについて取り込んだと同時に、社会保障改革
の今後の方向性を明確にした。

　　キーワード：社会保障　少子高齢社会　非正規雇用　社会保障給付　参加型
社会保障

---

① 参见〔日〕内阁府《关于推进社会保障改革》，http：//www. kantei. go. jp/jp/kakugikettei/
2010/1214suishin_ syakaihosyou. pdf。

B.12
由社会热点问题解析"国民心态"

范作申*

摘　要：近年来日本经济、社会问题不断。2010年最为突出的社会热点问题，是"大相扑丑闻"与"百岁老人失踪"。两者虽仅为某一领域或某些家庭自身的问题，但两类问题的叠加给日本国民心态留下了一些独有的甚至带有双重矛盾色彩的烙印，诸如傲慢与自卑、自负与悲观、武断与犹豫交织。这种相互矛盾的国民心态，不仅影响日本人的价值观、生活方式和国民意识，也对他们的日常行为产生了很大的负面影响，有时甚至影响到日本的国际立场。

关键词：大相扑丑闻　百岁老人失踪　国民心态

2010年，仍处在社会转型期的日本社会可谓热点频发。如果用简单的词汇概括如今的日本国民心态，那就是疲惫、沮丧、自卑、焦虑、不安、颓废。多年的经济萧条，使日本民族的发展到了关键的转折时期，在经历了高速发展时期，全体日本人的精神亢奋之后，如今日本国民心态似乎又戏剧性地回到20世纪40年代中期。在众多社会热点问题中，"大相扑丑闻"、"百岁老人失踪"等问题最能说明今天日本社会中的国民心态复杂变化，或者说，这两类问题犹如一面镜子折射着当前日本社会生活中的国民精神缩影。

一　2010年日本社会热点问题之一：大相扑丑闻

自从2010年5月20日日本《新潮周刊》发表了大相扑力士琴光喜赌球的新

---

* 范作申，中国社会科学院日本研究所文化研究室研究员，研究方向为日本社会文化。

闻以来，相扑界丑闻立刻成为 2010 年日本最大的社会新闻，日本媒体和普通民众对这一问题的关注程度达到了空前高度。截至 2010 年 8 月，不到三个半月的时间里，日本报刊、网站有关大相扑丑闻的报道就已经达到 28563 条。来自日本媒体和民众的质疑、谴责、声讨以及来自大相扑界内部的自责，迫使日本相扑协会不得不发表了《排除暴力团宣言》。通过这个《排除暴力团宣言》，我们可以大致了解日本相扑界究竟发生了什么。

2010 年 8 月 30 日，日本相扑协会向社会发布的《排除暴力团宣言》，内容如下。①

为了使国民能够更好地欣赏相扑比赛，为了使力士们能够专心致志地提高相扑技艺，维护土俵（大相扑比赛用竞技台——笔者注）的尊严，为了培养承担相扑未来的、健康的后继者，今天以（培训所）所长、力士为首的日本相扑协会所有人员郑重宣誓，明确自己的社会责任，坚决排除暴力团等反社会势力，今后保证做到：

1. 不允许暴力团等反社会势力进入国技馆等主会场以及巡演会场、培训所、后援会、庆功会场所。

2. 在日常生活、培训所、宿舍的运营以及用车、资金借贷等领域，不与暴力团发生任何关系。

3. 决不从反社会势力处接受任何金钱和获取任何方便。不同他们进行诸如饮食和打高尔夫之类的交际行为。

4. 不做诸如赌球之类的违法行为，明确培训所的责任，为培养年轻力士尽心尽力，培训所向社会公开，实行透明经营。

5. 如果发现协会相关人员与反社会势力接触，必须立即向协会举报，并且断绝与他的一切关系。

6. 如协会相关人员违反以上规定，在慎重调查的基础上，将根据实际情况，给予包括解雇在内的严厉处罚。

7. 在以国技馆为主的竞技场所内，严格禁止粗暴行为、杜绝票贩子和无证商贩等在内的非法活动。如发现上列情况存在，将采取严厉的措施予以

---

① 2010 年 8 月 30 日〔日〕《每日新闻》电子版。

制止。

我们庄重地向观众、媒体以及全体国民保证，坚决贯彻以上各条誓言，与过去的恶习一刀两断，尽快恢复国民的信任，改变相扑界，全力构筑充满光明的传统文化。希望国民监督我们的所作所为。

财团法人日本相扑协会

2010 年 8 月 30 日

众所周知，日本大相扑被喻为日本传统文化的代表，是拥有悠久历史的传统竞技项目，因此深受日本人民喜爱。这也使得它与日本企业和各种社会组织建立了错综复杂的利益关系。日本经济状况良好时期，日本相扑来自企业方面的后援比较充足，而进入持续经济低迷时期以后，大多数日本企业利润下降，能拿出赞助相扑界的钱越来越少。为了个人和小集团的利益，近年来不少相扑培训所和力士，不顾相扑界的名誉，放弃道德约束，强化了与黑道间的联系，因此来自暴力团等黑社会组织的资金援助所占比例越来越高。正因为如此，暴力团等黑社会组织成员，可以毫无顾忌地进入大相扑比赛的主会场——国技馆以及各巡演会场，干扰会场秩序，并且接受邀请参加培训所、后援会组织的诸如庆功会之类的活动。例如大相扑东京大会，四人包间的定价为 4 万日元，但是这类票必须通过"特殊"组织，花 10 万日元才能买到，而这种"特殊"组织就包括暴力团等黑社会组织。

另据日本《每日新闻》报道，有媒体发现在东京两个国技馆大相扑夏季场所，有暴力团住吉会组长在"维持员席"观看表演。① 所谓的"维持员席"是指向大相扑协会缴纳一定数额资金的个人或者团体，所拥有的使用"维持员席"的特权。维持员坐席距离大相扑比赛台最近，而且坐席从不对外公开售票。过去曾经有两位培训所所长和六位维持员，因向暴力团赠送"维持员席"入场券，而被日本相扑协会取消了资格。此外日本《每日新闻》报道，日本大相扑协会 9 月 10 日就维持员坐席问题发表声明，表示为了杜绝暴力团利用维持员席位集体观战，今后将严格规范维持员席位的利用。② 不仅如此，《每日新闻》还报道说，

---

① 参见 2010 年 6 月 7 日〔日〕《每日新闻》电子版。
② 参见 2010 年 9 月 10 日〔日〕《每日新闻》电子版。

大相扑名古屋夏季场所比赛之前，日本警方查出：代替日本相扑协会销售部分入场券的大相扑中介机构"茶之屋"的前总代理为暴力团成员；"茶之屋"分销店的经营者大多与日本相扑协会有很深的交情，其中不乏暴力团黑社会组织成员。① 2010 年 6 月 3 日《每日新闻》还报道，因暴力团观战问题被处以"关闭木濑培训所"和"降两级"处分的木濑所长，在 2010 年 5 月召开的相扑协会理事会上承认，"两三年前开始与暴力团接触"。另外，北屋培训所也承认，"三年前开始与暴力团接触"。

据 2010 年 7 月 23 日《每日新闻》报道，大相扑镜川培训所从暴力团成员经营的公司购买土地，建集体宿舍。另据同年 9 月 3 日《每日新闻》报道，大阪市西区日本相扑协会名下的一部分所有地，被暴力团山口组事务所占用。日本大相扑协会称，该建筑物为大相扑春季场所所用物资的保管仓库。但日本警方却宣称，经调查，该建筑物一层的房间正由暴力团山口组事务所使用。日常生活中相扑界人士有很多与暴力团接触的机会，例如培训所、力士宿舍的经营需要资金上的支持，另外借用外部的车子参加比赛、拉东西，特别是向暴力团黑社会组织借钱、贷款，可以得到很多的优惠和照顾，所以相扑界与暴力团黑社会组织在经济上有着千丝万缕的关系。

相扑力士的收入除了工资以外，还包括优胜附加奖、表演奖以及从后援会处得到的"贺礼"等，对于相扑力士来说，这部分收入往往超过工资。以前这部分资金主要来自企业赞助，由于经济持续萧条，导致来自企业的赞助大幅减少，而来自有暴力团黑社会背景人士的赞助则相应增加。为了拿到赞助，相扑界的某些人士抛弃道德约束，与暴力团黑社会组织交际，被社会舆论指责与黑恶势力人士一起吃饭、打高尔夫球，严重损害相扑界形象。日本图片周刊《弗拉修》2010 年 8 月 17 日刊登了大相扑日马富士大关两年前在日本千叶县高尔夫球场与某暴力团干部的合影。经日本相扑协会核实，该照片为伊势滨培训所 2008 年 5 月举行高尔夫聚会时拍摄，当时有 200 人参加，该暴力团干部是由后援会介绍来的。

赌球是这次日本相扑界出现"形象危机"的导火索。经日本相扑协会对包括培训所所长、力士、行司、呼出、床山在内的所有相扑相关人员"近五年内

---

① 参见 2010 年 7 月 24 日〔日〕《每日新闻》电子版。

是否参加过赌球"的调查，结果证明有七名日本大相扑力士直接参与赌球。根据《每日新闻》报道，相扑力士丰响、豪荣道、琴光喜、大岳所长、时津风所长、丰岛、雅山参加了赌球。这七人都属于师兄弟或者朋友关系，是一个名叫岫元的暴力团成员，通过在大相扑培训所担任后勤工作的床池，诱导七人参与了赌球。七人中的琴光喜因输了近亿日元后赖账，遭暴力团黑社会组织恐吓，并被要挟支付 7000 万日元的封口费。琴光喜被逼无奈，只得向警方报案。于是，相扑力士赌球的丑闻公布于众。据 2010 年 7 月 3 日《每日新闻》报道，因赌球问题，阿武松培训所的某力士，在接受警视厅调查时承认，"赌球与西日本暴力团所属某组织有关"。截至 2010 年 8 月，经调查确认，已经有 22 名相扑力士因赌球受到不同程度的处分。在日本，相扑力士赌球不仅是严重违反职业道德的行为，同时也是广大相扑爱好者不能原谅的行为。

除了赌球问题以外，近年来相扑培训所虐待年轻力士，特别是虐待外籍年轻力士的现象时有发生。据 2010 年 9 月 8 日《每日新闻》报道，原大相扑十两大勇武（蒙古国籍）2010 年 8 月向日本警视厅高井户署报案，称其师傅芝田山所长（原大相扑横纲大乃国），对他实施暴力。经日本警视厅立案调查、取证，芝田山所长因伤害弟子罪被起诉，并且被日本相扑协会强制引退。大勇武因此向日本相扑协会和芝田山所长提出总计 7000 万日元的赔偿要求。另据同年 9 月 9 日《每日新闻》报道，属于大相扑二所乃关培训所的序二段力士、蒙古国乌兰巴托市出身的刃刚力士，9 月 9 日晨练时突然意识不清，被东京都内医院诊断为"右眼急性硬膜血肿"，接受了四小时的手术。据日本警视厅调查，刃刚力士数日前就出现头与脖子疼痛。警视厅搜查了培训所。

除了大勇武、刃刚力士事件以外，近年来相扑培训所虐待力士的新闻常见诸报端。特别是几年前相扑培训所殴打年轻力士培训生致死的消息，曾经轰动日本。按照日本相扑界的传统，相扑培训所就是一个传统大家庭，所长就是父亲，所长夫人就是母亲，力士们则相当于孩子。所长不仅从事相扑技艺指导，还必须对力士成长为社会人承担责任。而出现虐待力士则完全违背了相扑培训所的原则，是缺乏职业道德约束的行为。另外，相扑培训所经营不透明也成为备受社会关注的问题。培训所内的"力士培训生"原则上没有工资，只是在每年六次的正式比赛时，领取交通费、各种补贴和奖金，而这些费用一般支付给所长，而不是他们本人。不仅如此，优胜时得到的附加奖、表演奖以及后援会的"贺礼"

也全部由所长掌握，如果所长本人缺乏道德自觉，私吞钱财的机会是很多的。另外，对于一般日本人来说，相扑培训所是十分神秘的地方，将相扑培训所向当地社会开放，让普通民众了解相扑，监督培训所的日常经营将是大势所趋。

由于相扑界与暴力团黑社会组织的特殊关系不断加深，位于日本东京的国技馆大相扑比赛的主会场观赛环境恶化，有些观众行为粗鲁，有伤大雅。不仅如此，那里竟成为缴过保护费的票贩子、无照商贩的天下，以致引起普通观众不满。

如果我们从历史渊源来观察，日本大相扑与日本的神道有很深的关系。相扑力士兜裆布上装饰的"穗子"与日本神社的系带（注连绳）相同。双方力士格斗前入场时的"入场仪式"和格斗前后力士的各种动作当中，也可以看到许多神社祭神活动的影子。例如格斗场上，力士的拍手动作与日本人参拜神社时的动作完全一致，即表示对神的敬意。力士在格斗场上，高抬一脚，用力踏地的动作象征神道镇住地下恶灵。另外，格斗前力士把盐撒在格斗场上，而撒盐也是神道祈神破除不祥的常用方法，用来表示净化格斗场。日本相扑不仅与日本神道有特殊的关系，而且与日本皇室的关系也非同一般。日本已故昭和天皇裕仁，就是大相扑的忠实观众，并自称人生最大嗜好就是观看大相扑和品尝秋刀鱼。日本皇太子的女儿爱子，据说也是大相扑的忠实观众。自大正时代开始，日本皇室都要向获得优胜的大相扑力士颁发"天皇赐杯"。大相扑作为日本传统文化的代表，也受到日本历届政府的重视和保护，设有"总理大臣奖"。正是由于它的特殊文化和社会地位，相扑一直被日本人视为神圣且圣洁的传统文化象征。然而，近年来特别是2010年日本相扑界接连不断出现各种丑闻，使日本人感到十分震惊和愤怒。这个与日本神道、皇室和日本国家有密切关系的传统文化的代表，本应是日本传统道德价值观、行为准则的模范践行者，却沦为多事之地，这不能不说是日本传统道德伦理观的沦丧。

二 2010 年日本社会热点问题之二：百岁老人失踪

可以说，2010 年另一个被日本社会高度关注的问题是高龄老人失踪。据日本媒体报道，"围绕老年人去向不明问题，《朝日新闻》对全国所有的都道府县、市区町村进行采访调查，结果了解到，根据各自治体掌握的数字，有 279 位 100

岁以上的老人去向不明"①。厚生劳动省 2010 年 8 月 27 日发表一项调查结果，对 770 名现住所与居民住地登记不符的老人进行抽样调查，调查对象均为 85 岁以上的老人。结果显示，其中的 48 人已经死亡，27 人失踪，继续领取养老金的有 23 人（约占总数的 3%）。根据厚生劳动省掌握的情况，全国约有 27000 名老人不在居民登记住地居住，据推算有 800 名老人的家属有诈取养老金的嫌疑。② 从地域分布看，失踪百岁老人最多的县是兵库县，达到 112 名；其次按顺序居前的分别是大阪府 88 人，京都府 21 人，东京都 13 人。③ 大城市出现此类情况比较突出。

那么，这些失踪老人的家属究竟怎样诈取养老金呢？日本媒体的一篇报道揭示了其中的奥秘。据报道，"警方在东京都某区，发现根据户籍登记已经 111 岁的加藤宗现的遗体。据家属交代，加藤死于 1978 年 11 月。为了骗取养老金，加藤的长女伪造了住民证和其他必要证件，继续领取加藤的养老金。1992 年接任当地民生委员会委员工作的某女职员介绍说，自她工作以来，从来没有见过加藤本人。其间她多次向家属了解加藤情况，都被婉言谢绝了。2010 年任期届满的该女职员，又提出确认加藤行踪，结果被现年 49 岁的加藤的孙子告知，五年前被送到岐阜县某养老设施去了。当再次提出确认加藤行踪后，家属回答，"我想他已经死了，在家里发现了他的遗体"。

老人失踪案除了反映出其家属违背社会道德，采取不正当手段窃取国家资金以外，背后还隐藏着另一个严重的社会问题。例如日本媒体报道，当东京大田区一位如果活着已经 104 岁的老人的遗体被警方发现后，其儿子现年 64 岁的三石说："我知道这样做是错误的，但是这笔钱对我来说就是救命钱。"三石的日记详细记载了自 2001 年其父去世后冒领养老金的情况。"我没有工作，每四个月从我居住的文京区到大田区冒领约 13 万日元的养老金。总额超过 100 万日元。"另外一位已经失踪 40 年以上、如果活着已 110 岁的老人的儿子，至 2010 年 8 月已经冒领 40 年养老金。他在接受日本《朝日新闻》采访时说："冒领已贴补家用。"据调查，由于生活困难，有不少冒领养老金的人已经把它作为自己的生活费，一旦停发，将无法生活。④

---

① 2010 年 8 月 13 日〔日〕《朝日新闻》。

② 参见 2010 年 8 月 28 日〔日〕《朝日新闻》。

③ 参见 2010 年 8 月 28 日〔日〕《朝日新闻》。

④ 参见 2010 年 8 月 28 日〔日〕《朝日新闻》。

日本是养老福利比较发达的国家，每年国家为社会福利投入的资金都来自税收和发行国债，冒领养老金就意味着盗窃国家和他人的钱为己有，是一种很不道德的行为，遭到社会唾弃和谴责不足为怪。需要特别指出的是，2010 年一次发现如此之多的人冒领养老金，足以让日本人震惊。

我们知道，过去日本人始终相信，自己生活在注重群体评价和协调群体关系的社会之中，他们最害怕被他人"边缘化"，因此通常情况下，很少干与众不同的事，至于干不道德或者侵犯他人利益的事，则被视为大逆不道，有被社会群体抛弃的危险。然而，今天这些人之所以敢冒天下之大不韪，明目张胆地干缺乏道德的事，除了说明日本人心态和价值观发生变化外，用《朝日新闻》"天声人语"专栏的话说："人世'沙漠化'，近年越发干燥。人与人之间的关系'稀薄'到极点，联系仅仅保留在政府部门的计算机信息中。'孤立'、'孤老'、'孤食'，以致'孤育'一词成为最近的流行语。"① 可以说，社会"沙漠化"，人与人之间关系弱化，也是造成百岁老人失踪的主要原因。

三 从日本国民心态分析社会热点问题

通过以上介绍，我们可以大致了解 2010 年日本社会热点问题——日本相扑界丑闻和百岁老人失踪丑闻的大致情况。那么，出现如此严重的社会问题，它的社会背景和深层次的文化原因是什么呢？

2010 年 6 月 11 日《朝日新闻》公布该社的一项社会舆论调查结果。这项以《日本——现在与未来》为题的全国舆论调查② 结果显示：有 90% 以上的被调查者对未来的日本抱沮丧、不安情绪。该舆论调查将目前日本的状况比作登山，有 62% 的被调查者认为"已经累得喘不上气来，被后面的人超过去了"；有 18% 的被调查者认为"脚疼得厉害，爬不动了"；有 15% 的被调查者认为"遇到了陡坡，但是仍然拼命地往上爬"。在被问到"你认为现在的日本失去自信了吗"时，有 74% 的被调查者认为"日本已经失去自信"。在问到"对未来的日本感到何种程度不安"时，有 50% 的被调查者回答"非常不安"，

---

① 2010 年 8 月 4 日〔日〕《朝日新闻》"天声人语"专栏。
② 2010 年 6 月 11 日〔日〕《朝日新闻》。

有45%的被调查者回答"某种程度上感到不安";两者相加可以看到,对日本未来感到不安的人,竟然达到被调查者总人数的95%。通过以上数字,可以感受到日本人的国民心态正出现巨大的转变。当然,这种转变不是突然造就的,而是泡沫经济崩溃后,受各种文化、社会因素缓慢刺激,逐渐积聚而成的。

可以说,日本国民的心态,其实就是每个日本人的心态,正是无数个体的日本人构成了集体的国民,国民心态呈现的是日本人在社会发展的各个阶段带有普遍性的观点、认识和情感。

多年的经济萧条,如今日本国民心态似乎又戏剧性地回到20世纪40年代中期。也就是在那个年代,美国文化人类学家本尼迪克特曾经采访过一位东京人,那个东京人说了这样一段话:"战争结束了,我们也失去了目标。每个人都茫然失措,做事无精打采。我是如此,我的妻子也是如此。全体日本人都像医院的病人,做什么事都不对劲。不知道生活到底该怎样进行,似乎病入膏肓了。"① 这种被本尼迪克特称之为"虚脱"的现象,与当前日本人爬山"累得喘不上气来"、"脚疼得厉害,爬不动了"的感受如出一辙。

《朝日新闻》的同一项调查还显示,在回答"对未来的日本感到何种程度不安"时,有95%的人,对未表示不同程度的不安。可以说,日本人的不安主要来自国内、国际两个方面。首先从日本国内的角度看,根据日本银行2010年6月17日公布的资金统计速报,日本国家、都道府县、市町村的金融负债总额已达1000万亿日元。② 这个统计数字说明,日本成为世界上屈指可数的负债大国,在国家收入没有多少增加的前提下,日本政府是在借普通日本人的钱,维持国家运转,日本人担心一旦"国债泡沫"崩溃,后果不堪设想。所以,反映在国民心态上,人人感觉不安便是顺理成章的事了。从国际角度看,2010年日本人不得不首次面对中国的赶超,也就是日本不得不从世界GDP第二大国的位置,退居第三位。那种"累得喘不上气来,眼睁睁地看着别人超过去"的现实,刺激了日本人的神经,日本人感觉受到了极大的精神伤害,由此产生的"受辱的悲情心态",正在整个日本列岛蔓延。

① 〔美〕本尼迪克特:《菊与刀》,线装书局,2006,第107页。
② 参见2010年6月18日〔日〕《朝日新闻》。

严重的不安，使日本人陷入深深的"焦虑"之中。当年，本尼迪克特在《菊与刀》中，曾经多次提到日本人的"焦虑"心态，她指出："焦虑给个人戴上了巨大的枷锁。害怕失败成为人们永远焦虑的问题，他们害怕不论怎么努力也免不了被排斥和抛弃。"① 本尼迪克特甚至指出："当日本人与他人竞争失败时，这种敏感性表现就特别明显，失败者会特别在意，感觉自己蒙了羞，虽然这种蒙羞感有时会成为更好的发奋动力。但是更多情况下，会让失败者变得沮丧，这是一种很危险的事情。他要么丧失自信心，一蹶不振。要么愤愤不平，要么兼而有之，他认为自己的努力已经付之东流。"② 如果说，战败后的日本复兴，是本尼迪克特所说的日本人在少数情况下，将民族悲情转化为奋斗动力的话，那么这次"蒙羞"后，将会产生什么后果，就不好说了，也许会是本尼迪克特所指出的"但是更多情况下……"。

　　《朝日新闻》的同一项调查还显示，有69%的被调查者认为，现在的日本已经不是"老老实实干活就有回报"的社会了。可以说，日本人的这种国民心态，预示着我们不得不对日本社会结构的"纵式人际关系"作出新的解释，同时也预示着"日本式经营"大厦将彻底崩塌。20世纪60年代，日本社会人类学家中根千枝先后发表了《日本式社会结构的发现》和《纵式社会的人际关系》。论文《日本式社会结构的发现》首次由日本人自己解释日本人的"集团主义"原理，并特别强调了它的"独特性"，从而在日本国内外引起轰动。同样，中根千枝的著作《纵式社会的人际关系》在集团主义的基础上，又进一步提出日本社会是"纵式社会"的说法。中根千枝的纵式社会论，提出日本近代获得成功的原因，是企业的"集团主义"理论。作为"日本式经营"的基础理论，受到全体日本人的疯狂追捧。然而，时过境迁，今天日本人面对严酷的现实，不得不抛弃依靠"纵式社会"生存的幻想，转而选择中根千枝批判的西方以个人利益为中心的社会生存方式。这不能不说是一场悲剧。

　　所谓日本不是"老老实实干活就有回报"的社会了，即意味着日本社会的游戏规则变了，努力不一定有回报。日本人已经摒弃了把企业当做家，老老实实为企业干活的观念。企业已经由大家庭转变为大雇主，员工与企业的关系由家庭

---

① 〔美〕本尼迪克特：《菊与刀》，线装书局，2006，第186页。
② 〔美〕本尼迪克特：《菊与刀》，线装书局，2006，第95页。

成员关系转为契约关系，企业抛弃了工人，工人也抛弃了企业。近些年来，日本企业大量使用"派遣工"、"钟点工"，他们中一些人的悲惨遭遇，彻底打破了"日本式经营"的神话。

更为严重的是，日本社会那种依赖集体，被中根千枝称为将"场"和"集体一体感"作为社会集团生存的先决条件的日本社会，已经出现裂痕。那种社会组织性质来源于模拟"亲子关系"的"纵式性"，为了形成集团内的秩序，必须重视"纵式"关系的日本社会，正在向重视个人利益或者说向重视横向社会关系的方向演变。日本人认为所谓的"纵式关系"就是连接处于不同地位的 A、B 的关系。过去他们坚信，在日本集团内部，基于"纵式关系"的序列很发达，但是泡沫经济崩溃以后，无情的现实生活使许多日本人逐渐抛弃原来的看法。过去那种认为日本人的"自己"与西方人的"自我"截然不同，西方人的自我表现为自己的独自性和自己的实质性，而日语中的"自己"是从超越自己的某个集团获得的"自己应该得到的一份"的传统价值观①，受到社会冲击，正逐渐失去吸引力。于是，过去日本学者用来与日本民族优越性进行比较的、西方的"横向关系"的个人主义价值观，正受到越来越多年轻人的追捧。《朝日新闻》的同一项调查显示，有48%的被调查者认为，"今后应该以个人生活为中心"，这个数字已经超过认为"应该以工作为中心"的被调查者（36%）。② 当然，对于全体日本人来说，群体主义价值观向个人主义价值观的转变是渐进式的。但是必须指出的是，如果有朝一日日本人彻底完成了从"纵式社会观"向"横式社会观"的转变，那么离日本民族成为"一盘散沙"的日子就不会太远了，而这对日本来说才是最致命的潜在危险。

本尼迪克特曾经说，"在他们（日本人）内心深处，始终深藏着被抛弃的恐怖感，以至于最后迷失了自己"③。在这种情况下，他们不是向外攻击，就是攻击自己，或者两者兼而有之。从对外的角度讲，日本人的迷失体现在对中国的态度上，日本国民过去认为改革开放50年后才可能达到明治维新阶段的国家，仅仅用30年的时间就超过自己成为世界经济大国，这让他们从心理上很难接

---

① 参见〔日〕土居健郎《依赖的心理结构》，济南出版社，1994。
② 参见2010年6月11日〔日〕《朝日新闻》。
③ 〔美〕本尼迪克特：《菊与刀》，线装书局，2006，第103页。

受。中国的发展，严重刺激了日本人的神经，部分日本人形成了"被抛弃的心理状态和精神状态"，因此日本要"攻击"中国。于是，在"国债泡沫"随时有可能崩溃的情况下，日本要扩充军事装备，他们宁愿放弃对美抑制日元升值的要求，放弃冲绳人的利益，不再向美国提出普天间机场搬迁要求，把自己与美国紧紧地捆绑在一起，向中国发动"攻击"。可以说，扣留逮捕在中国领海捕鱼的中国渔民，与美国一起组织自二战以来最大的针对中国的军事演习，公布以中国为假想敌的新《防卫计划大纲》，都是在日本"国民对外攻击"型心态的强烈诉求下出现的。

对内而言，这种迷失体现为带"攻击"性的自暴自弃，大相扑丑闻、冒领养老金等恰恰是日本人自暴自弃的典型代表。我们可以看到，日本人之所以不再过多考虑自己是否生活在注重群体评价和协调群体关系的社会中，不再过多顾虑被"边缘化"或者被社会群体抛弃，堂而皇之地干与众不同的事，甚至干不道德或者侵犯他人利益的事，除了对纵式社会结构发生怀疑以外，也是对内攻击型自暴自弃心理诉求的反映。陷入严重迷失状态的部分日本人，要摆脱恐怖，不得不选择道德丧失和颓废，对社会常理和规则实施报复。因无法享受"纵式社会"带来的好处，使得日本人不再心甘情愿地履行"纵式社会"道义的与行为的义务。《朝日新闻》的同一项调查显示，有65%的被调查者认为，日本人的精神生活存在问题。这也从一个角度印证了当前日本人精神生活的迷茫与空虚。

综上所述，近年来日本经济、社会问题不断，两者叠加给日本国民心态留下了一些独有的，甚至带有双重矛盾色彩的烙印，诸如傲慢与自卑、自负与悲观、武断与犹豫交织。这种相互矛盾的国民心态不仅影响日本人的价值观、生活方式和国民意识，也对他们的日常行为产生了很大的负面影响，有时甚至影响到日本的国际立场。这很值得我们进一步关注的。

参考文献

〔日〕《朝日新闻》2010 年相关报道。

〔美〕本尼迪克特：《菊与刀》，线装书局，2006。

〔日〕土居健郎：《依赖的心理结构》，济南出版社，1994。

ホットな話題から見る日本の「国民心状」

範 作申

要　旨：近頃日本は経済、社会おける様々な問題が起きている。2010 年において、最も突出してみんなの目線を引いたホットな話題は「大相撲スキャンダル」と「百歳老人失踪案」であった。この二つの問題は共にある業界或いは個人家庭に限って発生したものの、しかし、この二種の問題を調合して日本の国民心状を考えるときに、日本が持つ独特な二重矛盾的な色合いが見えてくる、いわゆる傲慢と卑屈、自負と悲観、独断と躊躇のような矛盾とした国民心状。これらは日本人の価値観、生活スタイル及び国民意識にのみならず、日本人の日常生活にもマイナス的な影響を齎している。

キーワード：大相撲スキャンダル　百歳老人失踪案　国民心状

钓鱼岛专题篇

Special Topi：Diaoyu Islands

𝔹.13

钓鱼岛的主权归属问题

刘江永*

摘　要： 钓鱼岛主权归属问题是甲午战争遗留下来的、与二战后美国介入密切相关的中日两国之间的领土主权争议问题。2010 年 9 月 7 日在钓鱼岛列岛黄尾鱼海域发生日本海上保安厅船只非法拦截、抓扣中国渔船导致的"钓鱼岛事件"，再度引发中日钓鱼岛领土主权争议。要妥善处理中日之间的这一敏感问题，防止矛盾激化，避免感情恶化，促使中日关系健康发展，需澄清钓鱼岛主权归属问题历史真相的来龙去脉及正确的国际法解释，并对容易引起误解的若干问题加以必要的说明。在此基础上，中日双方可以通过外交磋商，在相关敏感海域建立危机共同管理机制，研究"搁置争议、共同开发"的可行方案。

关键词： 钓鱼岛列岛　中日关系　战略互惠　搁置争议　共同开发

* 刘江永，法学博士，清华大学当代国际问题研究院副院长、教授、博士研究生指导教师，研究专业为国际关系，研究方向为日本政治、外交及中日关系。

钓鱼岛主权归属问题是甲午战争遗留下来的、与二战后美国介入密切相关的中日两国之间的领土主权争议问题。它既是中日之间一个与历史相关、悬而未决的现实问题，也是一个处理不好有可能影响中日关系全局的局部敏感问题。

2010 年 9 月 7 日，在钓鱼岛列岛黄尾鱼海域发生日本海上保安厅船只非法拦截、抓扣中国渔船导致的"钓鱼岛事件"，再度引发中日钓鱼岛领土主权争议，并对两国民间感情造成严重负面影响。2010 年岁末，日本共同社"共同网"（中文版）、日本亚洲通讯社和日本新闻网评选出"2010 年日中关系十大新闻"，名列榜首的都是在钓鱼岛海域发生的"日中撞船事件引发两国关系急剧恶化"。

日本民族是认同感和自尊心很强的民族，大多数日本人是通情达理的。但是，如果他们在钓鱼岛主权问题的历史经纬和事实真相方面缺乏必要的了解，便很容易同中国产生尖锐对立，在日本处在政局动荡、新老交替、网络信息发达的时期尤其如此。因此，要妥善处理中日之间的这一敏感问题，防止矛盾激化，避免感情恶化，促使中日关系健康发展，首先需澄清钓鱼岛主权归属问题历史真相的来龙去脉及正确的国际法解释，并对容易引起误解的若干问题加以必要的说明。对中国来说，"搁置争议"绝不等于放弃说明。

一 从历史事实看钓鱼岛主权归属

中国明代永乐三年（1405）至宣德八年（1433），郑和七次下西洋途经许多国家和地区，但并未把其中任何地方作为中国的领土。1879 年日本明治政府曾提出与中国清政府分割琉球，中方则主张维系琉球本岛的琉球王国而未允。1943 年美国总统罗斯福曾表示二战后把琉球交给中国管辖，也被蒋介石所拒绝。① 那么，中国为何却要坚持对钓鱼岛列岛这几个无人岛拥有主权呢？道理很简单，因为这些岛屿自古以来就是中国的固有领土。

日本政府 1972 年 3 月发表的所谓基本见解是："自 1885 年以来，日本政府通过冲绳县当局等途径再三实地调查，慎重确认尖阁诸岛（中国的钓鱼岛及其

---

① 参见《蒋介石后悔拒收琉球群岛》，新华网，http://news.xinhuanet.com/politics/2008-01/16/content_ 7428667. htm。

附属岛屿，下简称钓鱼岛列岛——笔者注）不仅为无人岛，而且没有受到清朝统治的痕迹。在此基础上，于 1895 年 1 月 14 日，在内阁会议上决定在岛上建立标桩，以正式列入我国领土。"① 以上这就是日本有关这些岛屿领土主张的所谓基本"依据"。这等于承认，在 1885 年以前日本政府没有调查，更没有占有过钓鱼岛列岛。那么，在此之前钓鱼岛列岛究竟属于哪个国家？是不是无主地？谈及钓鱼岛主权归属，首先必须澄清这些问题。

大量古代权威文献证明，在 1895 年日本利用甲午战争之机窃取钓鱼岛列岛之前，中国至少已先于日本 500 多年便发现、认识并实际利用这些岛屿。中国与琉球之间的国界线在赤尾屿和久米岛（古代称古米岛、姑米岛）之间。这是历史上中国、琉球、日本三国历史文献中的一致看法。

（一）中国明清时期的历史文献记载

从 1372 年（明太祖洪武五年）开始，明太祖便派杨载作为册封使出使琉球。琉球的中山王也遣其弟随杨载入明，朝贡受封。1392 年，明帝赐闽人 36 姓善操舟者赴琉球，令往来朝贡。在 1895 年之前，琉球版图内只有 36 岛而从未包括钓鱼岛列岛。笔者曾猜测，明朝皇帝赐给琉球 36 姓福建移民或许与琉球 36 岛有关。经考证，果不其然。清朝康熙册封副使徐葆光（1719 年赴琉球）所著《中山传信录》中称："惟张学礼记云：赐三十六姓，教化三十六岛。"②

中国明清两代册封使几乎都留下关于钓鱼岛列岛不属于琉球而属于中国的历史记录。对此，古代琉球人也是认同的。一般认为，明朝最早记载中国人利用钓鱼岛列岛赴琉球的文献是 1403 年的《顺风相送》一书。书中记载的名称为"钓鱼屿"和"赤坎屿"，即今天的钓鱼岛、赤尾屿。③ 这证明，钓鱼岛列岛最迟是

① 〔日〕1972 年 3 月 8 日《外务省关于尖阁列岛领有权问题的基本见解》，日本外务省中国课监修：《日中关系基本资料集 1970~1992》，财团法人霞山会发行，1993，第 73 页。
② 徐葆光：《中山传信录》，康熙五十八年（1719），第 14 页。
③ 据考证，《顺风相送》是现存最早记载钓鱼岛的史籍之一，英国牛津大学波德林（Bodleian）图书馆存有该书的誊抄本。见郑海麟《〈顺风相送〉所载钓鱼台列屿史实考释》，载《钓鱼台列屿之历史与法理研究》，香港明报出版社有限公司，1997，第 14~27 页。也有学者认为，早在公元 610 年《隋书·东夷传·流求国》中记载的从广东义安（今潮州）到达琉球所途经的高华屿，便是钓鱼岛。1221 年南宋时期的王象之所著《舆地纪胜》一书也提到钓鱼台、赤屿，但是否确系当今的钓鱼岛列岛尚存疑问。

在1372～1403年间，即被中国赴琉球的册封使船最先发现并作为海上航行的标志予以利用的。① 这比日本人发现这些岛屿要早约500多年。

1534年，明朝册封使陈侃与前来迎接的琉球人一起乘船赴琉球，并在《使琉球录》中明确记载："过平嘉山，过钓鱼屿，过黄毛屿，过赤屿，目不暇接。……见古米山，乃属琉球者，夷人鼓舞于舟，喜达于家。"② 古米山，又称姑米山、古米岛，即现在冲绳的久米岛；夷人指当时船上的琉球人。这表明，当时的琉球人认为过了钓鱼岛，到达古米岛（久米岛）后才算回到自己的国家，而钓鱼屿、黄毛屿（黄尾屿）、赤屿（赤尾屿）等则不属于琉球。

1556年6月郑舜功奉命赴日考察半年后撰写了《日本一鉴》一书。该书"万里长歌"篇中通过描述海上航线，明确记载了钓鱼岛属于台湾附属岛屿："取小东岛之鸡笼山……约至十更，取钓鱼屿。……自梅花渡澎湖，之小东，至琉球，到日本。……钓鱼屿小东小屿也。"③ 所谓"小东"，即当时明朝人对台湾的一种称呼。这说明，郑舜功经钓鱼岛赴日本时就已认定钓鱼岛是台湾的附属岛屿。

此后，1561年的册封使郭汝霖所著《重编使琉球录》中也有以下记载："闰五月初一日，过钓鱼屿。初三日，至赤屿焉。赤屿者，界琉球地方山也。再一日之风，即可望姑米山（久米岛）矣。"④ 这段话更清楚地证实，当时中国已将钓鱼岛列岛中最靠近琉球的赤屿，即现在的赤尾屿作为与琉球分界的标志。1606年，册封使夏子阳所写的《琉球录》中也说，看到久米岛后，琉球人认为到家了而特别高兴，久米岛上的头领出来迎接，奉献了几只海螺。⑤

早在明代，钓鱼岛就已被作为中国领土列入中国的海上防区。当时，倭寇十分猖獗，经常伙同中国当地海盗骚扰中国浙江、福建沿海一带。1561年，明朝军事地理学家郑若曾绘制的《万里海疆图》、明朝荡寇名将胡宗宪与郑若曾编纂

① 参见吴天颖《甲午战前钓鱼列屿归属考》，社会科学文献出版社，1994，第25～28页。
② 陈侃：《使琉球录》，嘉靖十三年（1534年），中国国家图书馆分馆善本馆藏书，第25页。文中标点系笔者所加。
③ 转引自郑海麟《钓鱼台列屿之历史与法理研究》，香港明报出版社有限公司，1997，第60页；鞠德源《钓鱼岛正名》，昆仑出版社，2006，第108～113页。
④ 郭汝霖：《重编使琉球录》，嘉靖四十年（1561），台湾银行经济研究室编印《使琉球录三种》，1970，第73～76页。
⑤ 参见夏子阳《琉球录》，中国国家图书馆《国家图书馆藏琉球资料汇编》上册，第425页。

的《筹海图编》一书中的《沿海山沙图》、1621 年茅元仪绘制出版的中国海防图《武备志·海防二·福建沿海山沙图》等，都标明了"钓鱼屿"、"黄尾山"和"赤屿"，视为抵御倭寇骚扰浙闽的海上前沿。① 这有力地证明，早在明朝中国便确立起对钓鱼岛及其附属岛屿的实际管辖权。

到清朝，中国与琉球的界线在钓鱼岛的赤尾屿南面海槽一带，已成为中国航海家的常识。清朝第二次册封史汪楫 1683 年赴琉球，翌年写下《使琉球杂录》。该书记载了他途经钓鱼岛、赤尾屿后为避海难而祭祀时，船上人告诉他船所经过的海槽（当时称"过郊"或"过沟"）即"中外之界也"。②

当时，对日本及琉球影响最大的，堪称是清朝康熙册封副使徐葆光（1719 年赴琉球）所著《中山传信录》。该书是经徐葆光在琉球潜心研究，与琉球地理学家、王府执政官等人切磋后写成的，并被译为日文，成为日本人了解琉球的重要资料来源。该书指出册封使赴琉球的海上航路是：由闽安镇出五虎门，取鸡笼头，经花瓶屿、彭家山、钓鱼台、黄尾屿、赤尾屿，取姑米山（琉球西南方界上镇山）、马齿岛，入琉球那霸港。③ 括号中"琉球西南方界上镇山"系徐葆光特意加注的。"镇山"古代原指主山。这里的所谓"界上镇山"，无疑是指中国钓鱼岛列岛中的赤尾屿与琉球那霸西南海上边界的主岛。另外，还记载"福州五虎门至琉球姑米山共四十更舟日"，这也是将琉球的姑米山（久米岛）作为中琉两国分界的有力佐证。

从明代开始，每位琉球国王嗣位，皆请命册封。从 1372 年册封使杨载首次出使琉球算起，到 1866 年赵新、于光甲最后一次出使为止，中国明清两代共 24 次出使琉球进行册封，派出正、副使共 44 人，其中明代 16 次、28 人，清代 8 次、16 人。④

这些册封使回国后都要把撰写好的出使报告，如《使琉球录》呈报皇帝。但 1543 年册封使陈侃之前的使录档案大多毁于火灾。其后，从 1561 年至 1866 年 305 年间，明、清政府向琉球派出的 12 任册封使，完成了 11 部相关使录，几

---

① 转引自鞠德源《钓鱼岛正名》，昆仑出版社，2006，第 116、123、133 页。
② 参见汪楫《使琉球杂录》，康熙二十三年（1684），中国国家图书馆分馆善本馆藏书。
③ 参见徐葆光《中山传信录》，康熙五十八年（1719），《国家图书馆藏琉球资料汇编》中册，第 36 页。
④ 参见中国福建省外事办公室编撰的相关资料。

乎都在《福建往琉球针路》中记载了钓鱼岛。例如，清朝第五任册封琉球副使李鼎元在其1800年所著《使琉球记卷三》中，便详细记载了当时琉球是以久米岛为西南边界的，说只有到了久米岛，才有琉球人按白天击鼓、晚间点火的既定暗号允许客人入境。①

（二）古代琉球王国与日本历史文献记载

琉球王府权威史书——琉球宰相向象贤监修《琉球国中山世鉴》（1650）转载陈侃"见古米山，乃属琉球者"之说，认定赤尾屿及其以西岛屿非琉球领土。1708年，琉球大学者程顺则在《指南广义》一书中也称，姑米山（久米岛）为"琉球西南方界上镇山"。该书在康熙册封使徐葆光赴琉十年前即完成，故《中山传信录》关于姑米山乃"琉球西南方界上镇山"一语系引自该书应无疑问。徐葆光只不过是确认了琉球大学者程顺则的边界认定而已。

据琉球学者东恩纳宽惇1950年出版的《南岛风土记》一书指出，程顺则所著《指南广义》中的附图，是根据1392年明朝选派福建36姓赴琉移民时的航海图绘制的。② 这证明，中国册封使船发现和利用钓鱼岛要早于琉球人。这说明，至迟在18世纪初，中、琉两国便认定双方海上边界在赤尾屿和久米岛之间。当时，琉球的贡船从那霸出发，先要在姑米山（今久米岛）或马齿山（今庆良间诸岛）停留候风，待顺风后才开洋出国，驶往福建。③

日本最早有钓鱼岛记载的书面材料当算1785年林子平所著《三国通览图说》的附图《琉球三省并三十六岛之图》，其中钓鱼台等岛屿的着色与中国大陆相同，与琉球明显有别，并未包括在琉球36岛的范围内。1876年日本陆军参谋局绘制的《大日本全图》、1873年大槻文彦所编写的《琉球新志》一书所附《琉球诸岛全图》等，均不含钓鱼岛列岛。④

日本官方关于冲绳地理最早的权威著作是1877年出版的《冲绳志》。该书作者系1875年受明治政府委派到琉球推行"废藩立县"的官员伊地知贞馨。他

① 参见李鼎元《使琉球记》，韦建培校点，陕西师范大学出版社，1992，第71~75页。
② 参见〔日〕东恩纳宽惇《南岛风土记》，冲绳文化协会，1950，第455页。
③ 参见陈大端《雍乾嘉时代的中琉关系》，台北明华书局，1956，第8~9页。
④ 转引自郑海麟《钓鱼台列屿之历史与法理研究》，香港明报出版社有限公司，1998，第126~128页。

在冲绳全岛名称和附图中均未提到钓鱼岛或"尖阁列岛"。① 1880 年，清政府与明治政府就琉球归属谈判时，日方提交中方的正式文件《宫古八重山二岛考》及附图中也无钓鱼岛或"尖阁列岛"。② 这是一个非常重要的历史事实，更加明确了钓鱼岛及其附属岛屿绝非日本固有领土。

即便日本吞并琉球国并将其改称"冲绳县"时，也没有改变上述琉球的地理界限。直到 1895 年日本窃取钓鱼岛之前，所谓冲绳县境内根本不包括钓鱼岛列岛。正因为如此，日本已故著名历史学家、京都大学教授井上清在专著《"尖阁"列岛——钓鱼岛的历史解析》中指出，作为一个历史学家，经过查阅历史文献而断定：明治时代（1868）以前，在日本和琉球，离开中国文献而言及钓鱼岛的文献，实际上一个也找不到。钓鱼岛在日本染指之前并非无主地。③ 他强调："钓鱼岛等岛屿最迟从明代起便是中国领土。这一事实不仅是中国人，就连琉球人、日本人也都确实承认。"④

（三）日本吞并琉球与首次侵犯台湾同时发生

日本在历史上向亚洲邻国侵略扩张有两个方向：一是朝鲜半岛，二是琉球及台湾。日本实现封建国家的统一后不久，丰臣秀吉便分别于 1592 年和 1597 年两次出兵朝鲜，企图先占朝鲜，再征服中国和印度，定都于北京。这堪称日本近代侵略扩张狂妄计划的发端，但遭到失败。1609 年，在德川幕府授意下，日本离琉球最近的萨摩藩主岛津家久发兵入侵并征服琉球。其借口竟是，琉球未缴纳丰臣秀吉入侵朝鲜的战费，并不偿还由萨摩藩代为垫付的这笔债务。萨摩军队将琉球王尚宁等百余人俘至鹿儿岛，逼迫尚宁承诺向其"进贡"。

琉球遭到日本萨摩藩入侵后仍心向中国而不愿受日本幕府统治。从明洪武五年（1372）中琉开始正式交往到清光绪五年（1879）琉球国灭亡，琉球来华使团达 884 次之多，平均每年 1.7 次，其中明代 537 次，清代 347 次，大大超过中国出使

① 参见〔日〕伊地知贞馨《冲绳志》，1877，美国哈佛大学燕京图书馆日文部藏书。
② 参见〔日〕田中敬一编《琉球事件记录（1）》，载鞠德源《日本国窃土源流：钓鱼列屿主权辨》上册，首都师范大学出版社，2001，第 102 ~ 104 页。
③ 参见〔日〕井上清《"尖阁"列岛——钓鱼岛的历史解析》，日本现代评论社，1972，第 14 页。
④ 〔日〕井上清：《"尖阁"列岛——钓鱼岛的历史解析》，日本现代评论社，1972，第 58 页。

琉球的次数。由于当时明朝与日本断绝贸易往来，日本为利用琉球与中国的传统贸易关系获益，只好允许琉球王继续受中国皇帝册封，保留了琉球王统治的形式，从而形成琉球对中日两国"双属"局面。直到19世纪中叶，琉球国还以独立国资格与美、法、荷三国签订有通商条约。① 例如，1854年7月，美国海军准将佩里与琉球国政府以中、英两种文字签订开放那霸港口的条约。

1840年鸦片战争后中国衰落，而日本明治维新后则国力渐强，开始大举对外扩张，琉球和台湾首当其冲。1871年，明治政府把琉球国划为由日本外务省管辖的"琉球藩"，要求琉球断绝对清朝贡关系。翌年，日本明治政府下诏以琉球为藩，封琉球国王尚泰为藩王。这是日本吞并琉球的第一步。②

正值此时，1872年琉球的八重山岛民69人漂至台湾，其中54人在与高山族牡丹社居民发生冲突中被杀。当时清政府把高山族分为较开化的"熟藩"和居于深山、缺乏教化的"生藩"。清政府官员向日方解释，杀人者皆属生藩，姑且置之化外，未便穷治，但却被日方抓住并夸大解释，把整个台湾说成"化外之地"。大久保利通和大隈重信两参议联名提出《处理台湾藩地要略》，主张"台湾土藩部落乃清政府政权所不及之地"，"应视为无主地"，"为我藩属琉球人民遭杀害进行报复，乃日本帝国政府之义务"。③

美国当时采取怂恿和帮助日本占领台湾的政策。美国驻日公使德隆称，台湾等同于"无主地"，并向日方举荐美前驻厦门领事李仙德给日本当顾问。④ 李仙德曾于1867年借口美船员在台遇难率兵赴台。他受雇于日本外务省后反复强调，台湾和澎湖列岛是东亚战略要地，日本应予占领，动武前要先就八重山岛民遇害问题谈判，以证实清政府对台缺乏行使权力的能力。⑤

1874年日军出兵台湾。清政府对此提出抗议，指出台湾属中国版图，要求日方撤兵。日军受到台湾高山族抵抗，又因流行的疟疾，伤亡惨重，只好与清政府谈判。清政府委曲求全，欲舍琉保台，不料正中日本下怀。1874年10月31日，中日签署了《中日北京专约》。其中称，"台湾生番曾将日本国属民等妄为加害"，作为

① 参见王绳祖主编《国际关系史》第三卷（1871～1918），世界知识出版社，1995，第209页。
② 参见王芸生《六十年来中国与日本》第一卷，天津大公报社出版部，1932，第120页。
③ 〔日〕《日本外交文书》（10）第7卷，日本外交文书颁布会，1975，第1页。
④ 参见〔日〕信夫清太郎主编《日本外交史》上册，商务印书馆，1991，第140页。
⑤ 参见〔日〕信夫清太郎主编《日本外交史》上册，商务印书馆，1991，第143页。

"退兵善后办法"规定三条：①日本此次行动是"保民义举"，中国不指以为不是；②中国偿付遇害难民之家抚恤银两，为日本所有在该处修道、建房筹补银两（共计50万两）；③此事两国一切来往公文，彼此撤回注销。中国保证航客不再受凶害。①《中日北京专约》是清政府的又一大外交败笔。日方最得意的是，迫使清政府承认了"日本对琉球岛的权力"②。1875 年 7 月，日本政府命令琉球藩王停止对清朝贡，不接受清政府的册封和撤销福州的琉球馆，企图使琉球与中国断绝关系。

1879 年 1 月，日本勒令琉球藩王尚泰一周内宣誓遵奉日本国法。同年 3 月，日本派军警占领琉球藩王尚泰住所，掠其世子到东京。尚泰抱病暂未同行，仍指望中国救援。同年 4 月，日本将琉球改名为"冲绳"。日本利用中俄围绕伊犁之争，在琉球问题上加紧迫清政府就范。

综上所述，"皮之不存，毛将焉附"，连琉球（今冲绳）原本都不是日本的领土，况且钓鱼岛列岛并非琉球的一部分，就更不可能是日本的固有领土。日本把本不属于琉球的钓鱼岛及其附属岛屿改称"尖阁列岛"，并强调其是日本固有领土，实在毫无根据。

二 日本窃取钓鱼岛的历史真相

这里涉及的重要问题是，既然日本 1885 年调查后确认"没有清朝统治的痕迹"，却为何没有立即列入日本领土，而是又等了十年之久才在甲午战争爆发后决定正式列入日本领土呢？二战后，钓鱼岛列岛为何又成为中日之间悬而未决的领土争议问题呢？

（一）日本在甲午战争前十年已知钓鱼岛列岛属于中国

日本外务省编撰的《日本外交文书》第 18 卷和第 23 卷中，对明治政府窃取钓鱼岛的决策过程有十分清楚的记载。简而言之，钓鱼岛是日本乘甲午战争之机，未等签署《马关条约》而从中国窃取的。如今，日方称其与《马关条约》

---

① 参见《中国近代对外关系史资料选辑》上卷，第一分册，上海人民出版社，1997，第 286、287 页。

② 〔日〕清泽洌：《外交家大久保利通》，1942，第 235 页。转引自信夫清太郎主编《日本外交史》（上册），商务印书馆，1991，第 154 页。

即甲午战争无关，根本站不住脚。

日方称，1884 年日本福冈人古贺辰四郎发现黄尾屿有大量信天翁栖息，其羽毛可销往欧洲，便于 1885 年请求冲绳县令允许其开拓，并在岛上树立标记，上写"黄尾岛古贺开垦"。日本政府以此为据，称钓鱼岛是"无主地"，是由日本人先占的，而非甲午战争时从中国夺取的。其实不然。

历史事实充分证明，1885 年日本已知钓鱼岛及其附属岛屿是中国领土而未敢轻举妄动。直到 1895 年 1 月 14 日才乘甲午战争得势之机，抢在《马关条约》谈判前先行窃取了钓鱼岛。中国在《马关条约》中被迫将"台湾全岛及所有附属各岛屿"割让给日本，其中自然包括钓鱼岛。直到 1896 年古贺辰四郎才获准登岛开发。然而，日本同年 3 月 5 日颁布的《关于冲绳县郡构成之敕令第十三号》中只笼统提到八重山，并未标出钓鱼岛列岛或所谓"尖阁列岛"。据《日本外交文书》第 18 卷记载，1885 年 9 月至 11 月，日本明治政府曾三次派人秘密调查，结果认识到钓鱼岛列岛并非无主地，而属于中国。

（1）第一次调查结果。1885 年 9 月 22 日冲绳县令（后称知事）西村舍三根据日本内务省命令所做调查称："有关调查散在本县与清国福州之间的无人岛事宜，依先前在京本县大书记官森所接受密令从事调查，概略如附件。久米赤岛、久场岛及鱼钓岛为古来本县所称之地方名，将此等接近本县所辖之久米、宫古、八重山等群岛之无人岛隶属冲绳县下一事，不敢有何异议，但该岛与前时呈报之大东岛（位于本县和小笠原岛之间）地势不同，恐无疑系与中山传信录记载之钓鱼台、黄尾屿、赤尾屿等属同一岛屿。若属同一地方，则显然不仅也已为清国册封原中山王使船所悉，且各附以名称，作为琉球航海之目标。故是否与此番大东岛一样，调查时即立标仍有所疑虑。"① 这至少说明，日本冲绳地方政府当时已经确认，这些岛屿是可能同中国发生领土争议的地区，并担心占领行为会刺激中国。

然而，内务卿山县有朋仍不甘心，要求再做调查，以利建立日本的"国标"。其主要的所谓理由是，这些岛屿"并未发现清国所属痕迹"（目前日本政府仍沿用这一错误主张作为占有钓鱼岛列岛的借口）。不过，再度调查结果反使

① 〔日〕日本外务省编撰《日本外交文书》第 18 卷"杂件"，日本国际联合协会发行，1950，第574 页。

日方不敢轻举妄动了。因为当时日本的这些动向已引起中国报界的警惕。据
1885 年 9 月 6 日（清光绪十一年七月二十八日）《申报》"台岛警信"指出，
"台湾东北边之海岛，近有日本人悬日旗于其上，大有占据之势"①，意在提醒清
政府注意。做贼必心虚。日本明治政府一面为占据钓鱼岛而加紧进行秘密登岛调
查，另一面通过中国报章报道等密切关注中方反应。

（2）第二次调查结果。1885 年 10 月 21 日，日本外务卿井上馨致内务卿山
县有朋的信中称："该等岛屿亦接近清国国境。与先前完成踏查之大东岛相比，
发现其面积较小，尤其是清国亦附有岛名，且近日清国报章等，刊载我政府拟占
据台湾附近清国所属岛屿等之传闻，对我国抱有猜疑，且屡促清政府注意。此刻
若有公然建立国标等举措，必遭清国疑忌，故当前宜仅限于实地调查及详细报告
其港湾形状、有无可待日后开发之土地物产，而建国标及着手开发等，可待他日
见机而作。"② 这次调查进一步确认了台湾附属岛屿钓鱼岛是"清国所属"。正是
在这种背景下，井上馨外务卿特意叮嘱山县有朋内务卿，不宜将日方秘密调查公
诸报端，而要暗中进行，以免引起中方反对。

值得注意的是，这次调查报告中记载的"港湾"很可能是中国先民开发钓
鱼岛列岛和清朝统治遗迹。据当时登岛调查的大城水保在 1885 年呈冲绳县厅的
报告称，该岛"海岸边有广阔的码头及船只碇宿所"。这也佐证了中国人早在日
本人登岛调查前已对钓鱼岛列岛进行过开发。③

（3）第三次调查结果。1885 年 11 月 24 日，冲绳县令西村捨三禀报内务卿
奉命调查之结果并请示："如前呈文所报，在管下无人岛建设国标一事，未必与
清国完全无关，万一发生纠纷，如何处置好，请速予指示。"④ 1886 年西村舍三
在他撰著的《南岛纪事外篇》一书中指出，"其他绝海远洋二三百里间，有一片
岛影，于航海中被认定是支那地方"。⑤ 这指的即是钓鱼岛列岛，而在该书中附

① 《申报》清光绪十一年七月二十八日（1885 年 9 月 6 日），中国国家图书馆缩微胶卷。
② 〔日〕日本外务省编撰《日本外交文书》第18卷"杂件"，日本国际联合协会发行，1950，第
575 页。
③ 参见〔日〕吉田东武：《大日本地名辞书》第八卷，明治四十二年（1909），富山房，第618
页。转引自鞠德源《钓鱼岛正名》，昆仑出版社，2006，第39页。
④ 〔日〕日本外务省编撰《日本外交文书》第18卷"杂件"，日本国际联合协会发行，1950，第
576 页。
⑤ 转引自鞠德源《钓鱼岛正名》，昆仑出版社，2006，第388页。

有的冲绳地图中则没有钓鱼岛列岛。由此看来，当时西村舍三对内务大臣山县有朋急于窃取钓鱼岛列岛的图谋态度比较消极，因为他知道那是属于中国的。

甲午战争前，日本内务省认为与中国争夺钓鱼岛列岛的时机尚未成熟。1885年12月5日，山县有朋内务卿根据外务卿和冲绳县令报告作出如下结论："秘第128号内，秘密呈报关于无人之岛建设国标之事。冲绳县与清国福州之间散在无人之岛屿调查，已如另纸呈报。然冲绳县令申请建立国标事，涉及与清国间岛屿归属之交涉，宜趁双方合适之时机。以目下之形势，似非合宜。与外务卿商议致冲绳县令。"①

这里值得注意的是，井上馨外务卿关于中国报章刊载日本"拟占据台湾附近清国所属岛屿"之传闻一语证实了以下重要事实：①至少在甲午战争前九年，日本政府已知钓鱼岛列岛是"清国所属岛屿"；②甲午战争前，中方报章关于日本拟占据钓鱼岛列岛之"传闻"对日本不利，日方只好暂缓公开建标；③日本蓄谋已久地秘密调查钓鱼岛列岛，目的在于日后伺机占据。

直到1893年，即中日甲午战争的前一年，冲绳县令要求将钓鱼岛列岛划归冲绳县时，日本政府仍以"该岛究竟是否为帝国所属尚不明确"为由而加以拒绝。当时日本正暗中针对中国加紧备战，担心染指钓鱼岛打草惊蛇。事实上，1887年日本参谋本部便制订了《清国征讨策案》② 等作战计划，决定在1892年前完成对华作战准备，进攻方向是朝鲜、辽东半岛、山东半岛、澎湖列岛、台湾、舟山群岛等。七年后，日本正是按照这样的时间表和路线图，完成了针对中国的备战计划并发动了甲午战争。

（二）日本趁甲午战争得势在《马关条约》谈判前窃取钓鱼岛

1984年7月日军发动甲午战争后，于同年11月底占领旅顺口。伊藤博文首相同年12月4日向大本营建议：目前进攻北京只能是说说而已，不可实行，而就此停战则是消耗士气的愚蠢策略。日本必须以少量部队控制占领地，以其他主力部队，由海军给予协助，进攻威海卫，全歼北洋舰队，以确保将来向天津、北

---

① 〔日〕《关于冲绳县与清国福州之间散在无人之岛屿建设国标之件》，日本内务省《公文别录（明治15~18年）》第四卷，1885。

② 〔日〕《清国征讨策案》（日军参谋本部制），转引自关捷、唐功春、郭富纯、刘恩格总主编《中日甲午战争全史》第一卷"战前篇"，吉林人民出版社，2005，第289页。

京进攻的道路；另一方面要出兵占领台湾。最近，日本国内的舆论也高呼讲和之际一定要中国割让台湾。为此，最好预先进行军事占领。①

据《日本外交文书》第 23 卷记载，正是在这一背景下，1894 年 12 月 27 日，日本内务大臣野村靖发密文给外务大臣陆奥宗光称，关于"久场岛、鱼钓岛建立所辖标桩事宜"，"今昔形势已殊，有望提交内阁会议重议此事如附件，特先与您商议"。②

1895 年 1 月 11 日陆奥宗光外务大臣复函表示支持。翌日，内务大臣野村靖便向内阁会议提出《关于在冲绳县下八重山群岛之西北久场岛、鱼钓岛上建立航标之事文书》。其内容是："秘别第 133 号关于航标建设之件冲绳县下八重山群岛之西北久场岛、鱼钓岛向为无人之岛，然近来有人尝试至该处捕鱼。故该县知事拟对该处实施管理，申请将上述各岛置于该县管辖之下设立国标。因上述各岛归该县管辖已被认可，故应允其建设航标。呈请阁议。"③

于是，1895 年 1 月 14 日，日本明治政府不等战争结束便迫不及待地通过"内阁决议"，秘而不宣地决定将钓鱼岛列岛划归冲绳县所辖并建立国标。同年 4 月 17 日，中日签署《马关条约》，中国被迫将"台湾全岛及所有附属各岛屿"割让给日本，其中自然包括钓鱼岛列岛。

日本横滨国立大学教授村田忠嬉指出："作为历史事实，被日本称为尖阁列岛的岛屿本来是属于中国的，并不是属于琉球的岛屿。日本在 1895 年占有了这些地方，是借甲午战争胜利之际进行的趁火打劫，绝不是堂堂正正的领有行为。这一历史事实是不可捏造的，必须有实事求是的认识和客观科学的分析态度。"④

钓鱼岛问题不是孤立的，而要放在冲绳问题、台湾问题整体演变的过程中来看，要把过去的历史与今天的现实结合起来分析。由于清政府被迫将台湾割让给日本，直到二战后《马关条约》被废除，中方对于日本占据钓鱼岛列岛并将其纳入冲绳，难以提出异议。但是，这不等于中国承认钓鱼岛列岛是日本的固有领土。

---

① 参见〔日〕春亩公追颂会《伊藤博文传》下，转引自村田忠嬉《如何看尖阁列岛、钓鱼岛问题》，日本侨报社，2004，第 37、38 页。

② 〔日〕日本外务省编撰《有关八重山群岛鱼钓岛所辖决定之件》，载《日本外交文书》第 23 卷，日本国际联合协会发行，1952 年 3 月 31 日，第 531、532 页。

③ 〔日〕《公文类聚 第十九编 明治 28 年 第二卷 政纲一 帝国会议 行政区 地方自治（府县会市町村制—1895 年 1 月 12 日）》。

④ 〔日〕村田忠嬉：《如何看尖阁列岛—钓鱼岛问题》，日本侨报社，2004，第 56、57 页。

据共同社报道，2010 年 12 月 17 日，日本冲绳县石垣市议会通过一项条例，将每年 1 月 14 日设为该市的"尖阁诸岛开拓日"，目的是"更明确地向国际社会表明，尖阁列岛在历史上也是日本固有领土，并对国内舆论起到引导作用"。之所以选定这一天，是因为 1895 年 1 月 14 日是日本明治政府通过内阁决议秘密决定在钓鱼岛建立标桩的日子。至今，日本仍把钓鱼岛列岛非法划归冲绳县石垣市所辖。

然而，无论从事实还是从国际法的角度看，1895 年 1 月 14 日明治政府通过占有钓鱼岛列岛的所谓"内阁决议"都是非法的、无效的。其根据是：①它是日本明治政府以甲午战争为背景单方面作出的决定；②它是明治政府未公之于众的秘密窃取行为；③它只是一纸空文而实际上日方并未在钓鱼岛列岛上建立所谓国家标桩。

据日本"尖阁诸岛防卫协会"1996 年 10 月发行的《尖阁诸岛 鱼钓岛 照片、资料集》展示的照片和资料，钓鱼岛上除了一些石头垒起的石墙外，根本没有日本政府所建国家标桩和任何统治痕迹。笔者认为，这绝不是因为日本明治政府忘记了建立国家标桩，而是由于日本通过《马关条约》霸占台湾及其所有附属岛屿后，根本无此必要了。这说明，日本窃取钓鱼岛后的统治方式与《马关条约》的结果密切相关。假设当时没有《马关条约》，明治政府一定会在钓鱼岛列岛建立国家标桩，即便风蚀了也会重建的。

然而，迄今日方在钓鱼岛上最早建立的标志只有石垣市 1969 年 5 月建立的"八重山 尖阁群岛 鱼钓岛"等两块混凝土碑。当时，日本尚未从美国手中收回对冲绳的施政权。此时石垣市急于在钓鱼岛非法建碑的重要背景是：①1969 年 3 月中苏爆发珍宝岛冲突，有趁火打劫之嫌；②同年 5 月，日本伙同美国调查海底资源的结果证明东海大陆架可能蕴藏大量石油资源，并准备进一步进行联合勘探开发。对此，中国政府通过《人民日报》发表评论员文章严正指出："台湾省及其所属岛屿，包括钓鱼岛、黄尾屿、赤尾屿、南小岛、北小岛等岛屿在内，是中国的神圣领土。这些岛屿周围海域和其他邻近中国浅海海域的海底资源，都是完全属于中国所有，决不容许他人染指。"①

---

① 《人民日报》评论员文章：《决不容许美日反动派掠夺我国海底资源》，1970 年 12 月 29 日《人民日报》。

如上所述，钓鱼岛及其附属岛屿自古以来就是中国的固有领土，在1895年之前根本就不是什么"无主地"，将窃取别国领土的行为称之为"开拓"是十分荒唐的。日本军国主义当年侵略中国东北时，就曾把日本殖民统治下的日本移民组织称为"开拓团"。这种所谓"开拓"，只不过是殖民扩张的代名词。然而，就当年日本秘密霸占钓鱼岛列岛而言，1月14日这天，与其说是"开拓日"，不如称为窃取日更为确切。①

（三）二战后美国将钓鱼岛施政权非法交给日本而不谈主权

1945年8月至1953年12月，美国并未明确对钓鱼岛列岛加以管辖。1953年12月25日，美国以琉球列岛民政副长官、美国陆军少将的名义发出一份美国民政府第27号令，即关于"琉球列岛地理界线"的布告。该布告称，根据1951年签署的对日和约，有必要重新划定琉球列岛的地理界线，并将当时美国民政府和琉球政府管辖的区域指定为，北纬24°、东经122°，北纬24°、东经133°，北纬27°、东经131°，北纬27°、东经128°18′，经过北纬28°、东经128°18′区域内各岛、小岛、环形礁、岩礁及领海。因钓鱼岛列岛分布在北纬25°40′~26°、东经123°~124°34′之间，总面积约6.344平方公里，正好被包括在这一范围之内。

从20世纪50年代中期起，驻冲绳美军就以每年约5764美元从琉球政府和古贺善次那租用黄尾屿作为军用射击靶场。1970年7月10日，根据美国陆军部指示，在钓鱼岛竖起"琉球列岛居民以外者禁止进入尖阁列岛警告板"。其后，在黄尾屿也建立了两个，在赤尾屿、南小岛、北小岛各建了一个警告牌。这便成为当时海外华侨华人"保钓运动"的导火索。

针对美国作为联合国唯一托管国占据冲绳，中华人民共和国政府从一开始就明确表示反对，同时不断要求美国从台湾撤出军队，其中当然包括钓鱼岛列岛。中国政府早已声明《旧金山对日和约》是非法的、无效的，所以根本不承认美国擅自把中国领土钓鱼岛划入冲绳的管辖范围。

1971年6月17日，日美签署的归还冲绳协定（《关于琉球诸岛及大东诸岛的日美协定》）中宣布的日本领土范围，与1953年国民政府第27号令完全相同。这样就将钓鱼岛列岛切给日本的冲绳县。日本政府据此主张该岛属于冲绳县的一

---

① 参见钟声《是"开拓日"还是窃取日》，2011年1月14日《人民日报》。

部分，并将钓鱼岛列岛划为日本自卫队的"防空识别圈"内。这是对中国领土主权的严重侵犯，遭到包括中国大陆、台湾及海外华侨华人的强烈反对。

于是，1971 年 10 月，美国政府表示："把原从日本取得的对这些岛屿的行政权归还给日本，毫不损害有关主权的主张。美国既不能给日本增加在它们将这些岛屿行政权移交给我们之前所拥有的法律权利，也不能因为归还给日本行政权而削弱其他要求者的权利。……对此等岛屿的任何争议的要求均为当事者所应彼此解决的事项。"①

同年美国参议院批准《归还冲绳协定》时，美国国务院发表声明称，尽管美国将该群岛的管辖权交还日本，但是在中日双方对群岛对抗性的领土主张中，美国将采取中立立场，不偏向于争端中的任何一方。

针对美国擅自将钓鱼岛列岛划入归还冲绳的范围，1971 年 12 月 30 日中国外交部发表声明表示："这是对中国领土主权的明目张胆的侵犯。中国人民绝对不能容忍！""钓鱼岛、黄尾屿、赤尾屿、南小岛、北小岛等岛屿是台湾的附属岛屿。它们和台湾一样，自古以来就是中国领土不可分割的一部分。"② 这一声明比日本外务省首次发表的相关基本见解要早三个月。

三 从国际法角度看钓鱼岛列岛主权归属

日本政府声称，日本于 1896 年将钓鱼岛列岛中的四个岛屿无偿借给古贺辰四郎开发经营 30 年，1918 年其子古贺善次又继承父业，后改为有偿租用，这说明日本通过民间实行有效统治。另外，日本政府还援引"先占"原则、《旧金山对日和约》等强调日本拥有钓鱼岛列岛主权。然而，这些从国际法的角度看，都是根本不能成立的。

（一）日本援引"先占"原则无效

无论根据国际法权威解释还是日本国际法学界解释，日本对钓鱼岛列岛都没有构成"先占"。德国的国际法权威奥本海认为，"先占"是传统国际法上领土

---

① 〔美〕参议院外交关系委员会听证会第 92 届国会记录，1971 年 10 月 27 日至 29 日，第 91 页。
② 1971 年 12 月 31 日《人民日报》。

取得的一种方式，指"一个国家的占取行为，通过这种行为该国有意识地取得当时不在其他国家主权之下的土地的主权"①。据日本《国际法词典》解释，所谓先占的必要条件是："第一，先占的主体必须是国家"；"第二，先占的客体必须是国际法上的无主地。它不属于任何国家所有"；"第三，主观上的必要条件是国家必须做出领有的意思表示"。② 其中的关键是第二个条件。

即便根据日本法学界的权威解释，日本对钓鱼岛列岛的占有也不具备"先占"的第二、第三个必要条件。日本在甲午战争前已知钓鱼岛列岛属于中国，连象征性的领土编入行动都未采取，只是偷窥偷查而非发现钓鱼岛列岛，所以根本谈不上先占。

依据"先占"原则，钓鱼岛列岛主权属于中国是确定无疑的。"先占"原则是裁定国家间领土争端的传统国际法原则之一。"先占"原则的具体规定随着时代的变迁也有所变化。18 世纪以前，国家只要"发现"无主地即可取得其主权，宣布占有。18 世纪中期以后，国际法上要求"无主地先占"必须是实际占有，应具备以下要件：①占领国有占领的意思表示，具体表现为正式宣告并通知他国；②占领国适当地行使了其主权，具体表现为占领的行动及采取驻军、升旗、划界等措施。

依据"先占"原则判断钓鱼群岛主权归属，首先可根据国际法中的"时际法"③ 原则来确定。即，对于取得无主地的主权而言，应依据权利发生时的国际法适用原则来认定。根据"时际法"原则，钓鱼岛列岛主权的产生应适用当时有效实行的国际法规则来判断。中国早在 1372 年杨载出使琉球时就发现了钓鱼岛列岛。中国在 14 世纪至 15 世纪便最先发现了钓鱼岛列岛，并公之于世。根据当时国际法上的"发现"即占有的"先占"原则，钓鱼列岛在 15 世纪即成为中国领土。

即便在 1895 年日本通过战争窃取钓鱼岛列岛之前，中国对钓鱼岛列岛拥有主权也同样适用于 18 世纪发展变化后的国际法"先占"原则，即，中国自

---

① 〔德〕奥本海、〔英〕劳特派特修订《奥本海国际法》上卷第二分册，商务印书馆，1972，第74、75 页。

② 〔日〕日本国际法学会：《国际法辞典》，世界知识出版社，1985，第 279 页。

③ "时际法"原则是在 1928 年的帕尔马斯岛仲裁案中由仲裁员休伯首创的，指"一项法律事实必须根据与其同时存在的法律，而不是根据有关该事实的争端发生或解决时的有效法律来予以判断"。

15 世纪拥有钓鱼列岛主权起的 300 多年间，明清两朝都将钓鱼岛列岛列入本国疆域和海上防区。从国际法的角度看，直至 1895 年被日本窃取之前，中国对钓鱼岛列岛的主权一直有效存续，而这种领土主权存续的中断，是由于中日甲午战争期间日本明治政府的窃取行为，以及战争后不平等的《马关条约》造成的。

关于钓鱼岛列岛"实效占有"的法律解释也是十分重要的。据日本《国际法词典》解释，"对于实效占有，有两种解释：一种解释是要从物质上加以占有，即要实际使用和定居在上面；另一种观点是要从社会上加以占有，即要对该地区确立统治权。本世纪（20 世纪——笔者注）国际裁判的判例，都支持后一种观点，认为这种观点是正确的"。因此，"哪怕是无人岛，只要通过军舰或官船进行定期巡逻，用这种方法使国家职能达到该地，就可构成对该地的先占。对完成先占来说，有实效的占有所需要的程度并不是绝对的，由于土地的地理状况和居民人口密度不同，其分寸也不一样"。① 这恰恰证明，即便按日本国际法的权威解释，中国拥有钓鱼岛列岛主权也是具有足够的国际法依据的。

众所周知，钓鱼岛列岛不具备人类长期居住的条件，现在仍然是无人岛。因此，关于钓鱼岛列岛的"实效占有"应当以"社会加以占有"为依据。同时，大量史实证明，早在明代，钓鱼岛列岛就被划入中国的海上防区和行政管辖范围，根本不是无主地。

（二）钓鱼岛列岛理应依法归还中国

二战后，决定中日领土问题的国际法基本文件是 1943 年的《开罗宣言》和 1945 年的《波茨坦公告》。《开罗宣言》明确规定："日本所窃取于中国之领土，例如满洲、台湾、澎湖群岛等，归还中华民国（当时的中国国号——笔者注）。日本亦将被逐出于其以暴力和贪欲所获取之所有土地。"《波茨坦公告》第八条规定："开罗宣言之条件必将实施，而日本之主权必将限于本州、北海道、九州、四国及吾人所决定其他小岛之内。"②

---

① 〔日〕日本国际法学会：《国际法辞典》，世界知识出版社，1985，第 279 页。
② 王绳祖、何春超、吴世民编《国际关系史资料选编（17 世纪中叶～1945 年）》，法律出版社，1988，第 859、876 页。

1945 年 9 月 2 日公布的日本投降书明确表示："天皇、日本国政府及其继续者，承约切实履行波茨坦宣言之条款"①。同一天昭和天皇发表诚实履行投降之诏书，命令日本臣民接受《波茨坦公告》所列一切条款。

日本宪法第 98 条规定："（1）本宪法为国家的最高法规，与本宪法条款相违反的法律、命令、诏敕以及有关国务的其他行为的全部或一部，一律无效。（2）日本国缔结的条约及已确立的国际法规，必须诚实遵守之。"日本既然已接受《波茨坦公告》，钓鱼岛列岛等岛屿连同台湾一起在法理上已归还中国。

日本政府主张："该列岛历史上一直是我国领土西南诸岛的组成部分，不包括在根据明治 28 年生效的下关条约（马关条约）接受割让的台湾及澎湖诸岛之内。"② 然而，日方没有证据证明前半句话，因为日本秘密占据中国的钓鱼岛列岛距《马关条约》签署只有三个多月。关于《马关条约》第二条规定，中国割让"台湾全岛及所有附属各岛屿"③，钓鱼岛列岛便包括在其中，只不过未等《马关条约》签署便被日本所窃取，而且和花瓶屿等其他台湾附属岛屿一样未在条约中一一列举而已。

（三）美日《旧金山对日和约》及归还冲绳协定无权决定钓鱼岛主权归属

日本政府强调："尖阁列岛也未包括在根据旧金山和约第二条日本放弃的领土之中，而是根据第三条作为南西诸岛的一部分置于美国的行政管理之下，包括在根据去年（1971 年）6 月 17 日签署的日美有关琉球诸岛及大东岛协定归还我国施政权的地域之中。"美国将托管地区交给日本后，其自然是日本的领土。外务省认为，"尖阁诸岛包含在根据《旧金山对日和约》第三条由美国施政的地区，中国并未对这一事实提出任何异议，这表明中国并没有认为尖阁诸岛为台湾的一部分"，"只是到 1970 年后半期，东海大陆架石油开发动向浮出水面后，才

---

① 孙平化、肖向前、王效贤监修，田桓主编《战后中日关系文献集 1945～1970》，中国社会科学出版社，1996，第 16 页。

② 〔日〕1972 年 3 月 8 日《外务省关于尖阁列岛领有权问题的基本见解》，日本外务省中国课监修《日中关系基本资料集 1970～1992》，财团法人霞山会发行，1993，第 73 页。

③ 王绳祖、何春超、吴世民编《国际关系史资料选编（17 世纪中叶～1945 年）》，法律出版社，1988，第 290 页。

首次提出尖阁诸岛领有权问题"。①

这显然不符合法理和事实。首先，中国的领土不能由日美相关条约或协议来决定。美国根本无权将中国领土钓鱼岛列岛转交日本。其次，《旧金山对日和约》草案刚一出笼，当时的中国外长周恩来便发表声明指出："如果没有中华人民共和国的参加，无论其内容和结果如何，中国人民政府一概认为是非法的，因而也是无效的。"他特别强调，台湾及澎湖列岛"业已依照开罗宣言决定归还中国"，明确反对美国要求重新决定台湾归属及托管琉球。② 再次，美国参议院外交委员会承认：国务院的立场是，有关钓鱼台列屿美国权利的唯一来源是《旧金山对日和约》，而据此约美国只获得行政权，而非主权；美国移交行政权给日本，既不构成主权的转移，也不影响对这些岛屿的主权要求。③ 还有，1952 年日本政府就《旧金山对日和约》第三条的地理概念所做解释为，"历史上的北纬 29 度以南的西南群岛，大体是指旧琉球王的势力所及范围"④，而旧琉球王从未把钓鱼岛列岛作为琉球的一部分，所以仅按经纬度划定领土或国界是行不通的。

另外，日本政府企图以 1971 年 6 月日美归还冲绳协议作为拥有钓鱼岛列岛主权的依据，也是一厢情愿，根本站不住脚。因为迄今美国的立场是，钓鱼岛主权归属未定，有待谈判和平解决。1996 年 9 月 11 日，美国政府发言人重申，"美国既不承认也不支持任何国家对钓鱼岛的主权主张"，"这种争议应该通过当事国谈判和平解决"。⑤ 直到 2010 年 8 月 16 日，美国国务院发言人克劳利仍明确表示："美国的政策是长期的，从未改变。美国在钓鱼岛最终主权归属问题上没有立场。我们期待各方通过和平方式解决这个问题。"⑥

（四）"时效取得"原则不适用钓鱼岛归属问题

日本一些人认为，若能长期实际控制"尖阁列岛"，便可依据"时效取得"

① 王绳祖、何春超、吴世民编《国际关系史资料选编（17 世纪中叶～1945 年）》，法律出版社，1988，第 73 页。

② 1950 年 12 月 4 日《周恩来外长关于美英对日和约草案及旧金山会议的声明》，《国际条约集（1950～1952）》，世界知识出版社，1961，第 362～368 页。

③ 明报出版社编辑部编《钓鱼台——中国的领土》，香港明报出版社有限公司，1996，第 142 页。

④ 郑海麟：《钓鱼台列屿之历史与法理研究》，香港明报出版社有限公司，1997，第 154、155 页。

⑤ 〔日〕浦野起央等编《钓鱼台群岛（尖阁诸岛）问题研究资料汇编》，励志出版社、刀水书房，2001，第 71 页。

⑥ 2010 年 8 月 18 日《环球时报》。

之说对该岛拥有主权。但据日本《国际法辞典》解释，取得时效（prescription）的必要条件是：①所占有和统治的领土不是无主地，而是别国的领土；②占有和统治必须持续相当时期；③占有和统治必须是不中断的［外交的有效抗议（包括断交、限制贸易等有实际效果的报复性措施）或把争端提交国际机构解决，将引起时效的中断］；④占有和统治必须是安稳而公开进行的；⑤要以主权者的权利根据行使主权。①

日本迄今一直以"尖阁列岛"是无主地为由，证明其"先占"（occupation）的"合法性"，故不能同时援引"时效取得"原则。另外，日本若援引"时效取得"原则，不能不考虑俄罗斯和韩国已分别对日俄有争议的"北方四岛"和日韩有争议的"独岛"长期实际控制的现实。否则，日本在同邻国的领土争议中将处于更加不利的境地。

（五）日本所谓中方承认钓鱼岛属日的说法不成立

1992年2月25日，全国人民代表大会常务委员会通过的《中华人民共和国领海及毗连区法》规定，中华人民共和国的陆地领土包括中华人民共和国大陆及其沿海岛屿、台湾及其包括钓鱼岛列岛在内的附属各岛、澎湖列岛、东沙群岛、西沙群岛、中沙群岛、南沙群岛以及其他一切属于中华人民共和国的岛屿。日本有一种自欺欺人的说法称，中国曾承认钓鱼岛列岛属于日本。这纯属无稽之谈。

第一，1945年之前所谓中华民国领事的"感谢状"说明概不足为据。1920年5月20日中华民国驻长崎领事冯冕因救援中国渔民给冲绳县石垣村一"感谢状"。全文内容是："中华民国八年冬福建省惠安县渔民郭和顺等三十一人遭风遇难漂泊至日本帝国冲绳县八重山郡尖阁列岛内和洋岛，承日本帝国八重山郡石垣村雇玉代势孙伴君热心救护使得生还，故国淘属救灾恤邻当仁不让，深堪感佩，特赠斯状以表谢忱。"② 日本有人称，这具有"一级史料的价值"③。

据日本冲绳县的《琉球新报》报道称，2010年11月又发现了当时中国政府赠给石垣村（现石垣市）村长的丰川善佐（1863～1937）的感谢状，其与石垣

---

① 参见〔日〕日本国际法学会：《国际法辞典》，世界知识出版社，1985，第373、374页。
② 〔日〕惠忠久：《尖阁诸岛 钓鱼岛 照片、资料集》，尖阁诸岛防卫协会，1996，第117页。
　日文原注："和洋岛"系"鱼钓岛别称"。文中标点系笔者所加。
③ 1996年9月23日〔日〕《产经新闻》。

市立八重山博物馆保存有中方赠给另一人的感谢状内容相同，证明了中方曾正式承认尖阁诸岛为日本的固有领土，是珍贵的史料。石垣市市长中山义隆 2010 年 11 月 27 日在记者会上表示："出现了新的历史证据。将把尖阁作为石垣市的行政区域坚守下去。"①

其实，只要对历史事实稍加分析，任何人都会得出一个结论：这些所谓"感谢状"不足为据。因为早在 1895 年日本便通过不平等的《马关条约》霸占了中国的台湾省，并在此前先行窃取了钓鱼岛，而钓鱼岛列岛又是台湾的附属岛屿，这种状态一直持续到 1945 年日本战败投降。因此，在这期间的"感谢状"中所述内容，充其量只反映出当时一些人对日本占据钓鱼岛列岛并将其纳入冲绳县的一种认识，而根本不能用它来证明钓鱼岛列岛是日本的"固有领土"。

第二，以 1958 年版中国《世界地图集》为依据不足取。日本有人指出，中国 1958 年出版的《世界地图集》日本版图中按日语写有"尖阁诸岛"，并作为琉球群岛的一部分对待。经笔者查，此类地图集均注明系根据抗战前《申报》地图绘制。这一时期《申报》出版的地图，充其量只能反映日本统治台湾时期把钓鱼岛列岛划归琉球管辖的历史侧面，不足以证明历史的全貌，更不能作为在正常情况下辨明领土主权归属的依据。另外，1956 年中国地图出版社根据中华人民共和国地图绘制的《世界分国图》中，日本领土中则没有所谓"尖阁诸岛"。

第三，1953 年《人民日报》一篇《资料》中的疏失根本不能代表中国政府立场。日本一些人指出，《人民日报》1953 年 1 月 8 日发表《琉球人民反对美国占领的斗争》一文曾把"尖阁诸岛"包括在琉球群岛之中。经查原文，该文很像是一篇编译自日文材料的文章，没有作者署名而只注明"资料"二字。该文中把冲绳的嘉手纳音译为"卡台那"，并用括号加注（译音）即是证明。这或许是当时领土观念比较薄弱的编辑人员的疏失，但显然不能代表人民日报社的观点，更不能代表中国政府的立场。

四 务实选择："搁置争议"，发展战略互惠关系

中日之间的钓鱼岛列岛领土之争由来已久，但是并没有影响实现中日邦交正常

---

① 共同社 2010 年 11 月 29 日电，转引自日本冲绳县的《琉球新报》报道。

化和缔结《中日和平友好条约》，也没有妨碍两国关系的发展。这是由于中日两国政府曾就搁置敏感的局部领土争议、维护和增进两国关系大局，达成过政治默契。

然而，日本外相前原诚司在2010年10月21日上午召开的众议院安全保障委员会会议上则表示：搁置争议"是邓小平单方面的言论，日本未曾同意此事"，强调日中之间并不存在主权争议，也没有"搁置"一说。① 早在1996年，日本右翼团体就曾强烈提出这种主张。② 因此，笔者曾经预言，钓鱼岛争议与中日关系出现恶性循环的逻辑起点将是日本政府否认中日之间存在领土争议，否认双方曾就搁置争议达成共识。③ 2010年以来，日方的态度和产生的结果再度印证了这一预测。未来日方要找到出路是日方回到"搁置争议"来发展两国关系的轨道，并同中方就相关问题展开对话。

（一）中日双方搁置钓鱼岛争议，实现中日邦交正常化

1972年7月28日，周恩来总理会见日本公明党委员长竹入义胜便提出，邦交正常化没必要涉及钓鱼岛问题。据日方会议记录和竹入义胜本人回忆，周总理当时表示，"对这个问题不感兴趣，由于石油问题，历史学者认为是问题，日本的井上清先生就关心此事，这个问题不必看得太重"④。"钓鱼岛列岛自古就是中国领土，我方也不可能改变看法。""提出这个问题就没完了，只能引起相互碰撞而不会有任何结果。还是搁置起来，留给以后有智慧的人吧。""因为那附近发现了石油，所以闹起来了，可以共同开发嘛。"⑤

1972年9月27日，田中角荣首相与周恩来总理会谈时主动问及对"尖阁列岛"怎么看。周总理表示，这次不想谈这个问题，现在谈这个问题不好。中日双方在回避钓鱼岛主权争议的情况下实现了邦交正常化。当时大平正芳外相的态度是，"对方（中方）不说，我方也不必提"，即默认两国可以搁置这一争议实

---

① 共同社2010年10月21日电，《日外相称日本从未同意尖阁群岛"搁置论"》。
② 参见〔日〕惠忠久《尖阁诸岛 钓鱼岛 照片、资料集》，尖阁诸岛防卫协会，1996，第135～138页。
③ 参见刘江永《中国与日本：变化中的"政冷经热"关系》，人民出版社，2007，第748页。
④ 〔日〕石井明、朱建荣、添谷秀芳、林晓光编《记录与考证日中邦交正常化、日中和平友好条约缔结谈判》，岩波书店，2003，第20页。
⑤ 〔日〕石井明、朱建荣、添谷秀芳、林晓光编《记录与考证日中邦交正常化、日中和平友好条约缔结谈判》，岩波书店，2003，第204页。

现邦交正常化。事后,大平正芳作为自民党干事长,曾在自民党总务会上作出明确说明:"作为外相在中国逗留了一周,领土问题没有被提出。日中双方都没有提出领土问题。我认为这是正确的。"①

(二) 双方再度搁置领土争议,缔结《中日和平友好条约》

1974 年 10 月 3 日,邓小平副总理会见日中友好协会代表团、日中文化交流协会代表团时,首次向日方提出,为早日缔结中日和平友好条约,还是搁置钓鱼岛主权问题为好。

1978 年 8 月 10 日,邓小平副总理会见园田直外相时重申,这种问题可以把它放一放。我们这一代人找不到解决的办法,我们的下一代、再下一代总会找到办法解决的。② 当时,作为园田直外相秘书在座的渡边亮次郎证明,会谈时的气氛很难反对搁置争议的建议,园田外相只有保持沉默,实际上接受了邓小平的主张。

1978 年 8 月 12 日,中日两国搁置钓鱼岛争议缔结了《中日和平友好条约》。其中第一条规定:"缔约双方确认,在相互关系中,用和平手段解决一切争端,而不诉诸武力和武力威胁。"邓小平副总理 1978 年 10 月 25 日结束访日时表示:"在邦交正常化时,双方约定不涉及这个问题。这次和平友好条约谈判时,也同样就不涉及这个问题达成一致", "可以将这个问题暂时搁置起来"。③

邓小平当时提出:"这样的问题是不是可以不涉及两国的主权争议,共同开发。共同开发无非是那个岛屿附近的海底石油之类,可以合资经营嘛,共同得利嘛。"④ 邓小平考虑的是不用战争手段而用和平方式,来解决这类国际争端,稳定国际局势。他强调:"这样的问题,要从尊重现实出发,找条新的路子来解决。"⑤ 这充分体现出邓小平从战略互惠的高度处理中日之间领土争议的务实精神。

---

① 1978 年 4 月 15 日〔日〕《产经新闻》。
② 参见张香山《中日关系管窥与见证》,当代世界出版社,1998,第 91 页。
③ 1978 年 10 月 26 日〔日〕《朝日新闻》。
④ 《邓小平文选》第三卷,人民出版社,1993,第 87 页。
⑤ 《邓小平文选》第三卷,人民出版社,1993,第 49 页。

（三）冷战后日本立场倒退，但最终还得搁置争议发展关系

1990 年 10 月 22 日，日本舰艇和飞机进入钓鱼岛列岛海域并拦阻台湾省渔民。中国外交部发言人强调指出钓鱼岛是中国固有领土，并强烈要求日本政府立即停止一切侵犯中国主权的活动。为平息事态，海部俊树内阁官房长官坂本三十次对记者表示，他赞成邓小平所说的，钓鱼岛主权问题应该留给后代去决定。[1]

然而，1996 年 2 月 20 日，日本内阁会议通过全面设定的 200 海里专属经济区，并宣布每年 7 月 20 日为"海洋日"，主张以钓鱼岛列岛作为日本的基线，按所谓中间线同中国划分大陆架及专属经济区，从而再度引起中日钓鱼岛主权之争。同年，日本右翼团体在钓鱼岛修建灯塔导致中日关系恶化。时任中国驻日大使的徐敦信曾向日本外务省提出抗议，指出日方有违双方同意"暂时搁置争议"的共识。时任日本外务事务次官的林贞行答道："尖阁诸岛是日本的固有领土。日本从未同意将领土问题搁置处理。"[2] 时任日本外相的池田行彦宣称，"尖阁列岛是日本固有领土，不存在与中国的领土纠纷问题"[3]。这是中日邦交正常化以来日方前所未有的强硬表态，等于是用 1960 年以后苏联对待"北方领土"（俄方称南千岛群岛）的态度对待中日之间的钓鱼岛争议，堪称是己所不欲偏施于人。其国际背景是，苏联解体后日美同盟完成了重新定义，美国开始暗示美日安全条约适用于钓鱼岛列岛。日本得到美国支持后有恃无恐。

尽管如此，当时的日本首相桥本龙太郎没有采用林贞行和池田行彦的说法，而表示："尖阁列岛是我国固有领土，这是我国的基本立场，我们清楚中国拥有自己不同的立场。立场的不同不应影响日中关系的正常发展。"[4] 这等于日本领导人再度认同搁置争议的中日共识。

（四）中日双方能否搁置领土争议，深化战略互惠关系面临考验

2010 年 9 月在钓鱼岛黄尾屿海域发生日本海上保安厅巡视船非法抓扣中国

---

[1] "Spokesman Favors Leaving Semkaku Islands Issue to Posterity," Kyodo News International, 23 October 1990. 转引自 Unryu Suganuma《中日关系与领土主权》，日本侨报社，2007，第 182 页。

[2] 〔新加坡〕卓南生：《钓鱼岛领土争议与日本的四张王牌》，1996 年 9 月 24 日，《日本外交：卓南生日本时论文集》，世界知识出版社，2006，第 302 页。

[3] 刘江永：《论钓鱼岛主权归属问题》，《日本学刊》1996 年第 6 期。

[4] 刘江永：《中国与日本：变化中的"政冷经热"关系》，人民出版社，2007，第 529 页。

渔民和渔船后，日本民主党政府再次坚称"日中之间不存在领土争议"，实际上是重复 1996 年池田外相表述的立场。在这一过程中，日方得到美国政府官员正式公开承诺钓鱼岛适用于美日安全条约。由此可见，迄今日方在钓鱼岛问题上立场强硬的程度，与美方对日本立场支持的程度密切相关。

菅直人政府表示，为防止日中关系继续恶化而同意日本地检当局的决定，释放中方船长并不予起诉。其后，日本国土交通省表示不许任何日本人登上钓鱼岛列岛，没有批准石垣市议员登岛的申请。这些表明，菅直人内阁也有所反思，并非完全不顾及中方立场而一意孤行。因为一旦局势失控，不仅将影响中日两国关系大局，而且会动摇菅直人的执政基础。这样，事实上，菅直人内阁也只能同中方搁置领土争议，继续谋求深化和发展两国战略互惠关系。问题在于，2010 年末出台的日本防卫计划大纲可能对中日关系产生不利影响。

（五）马英九关于钓鱼岛问题的学术观点值得重视

钓鱼岛列岛是台湾的附属岛屿。台湾领导人马英九当年在美国哈佛大学用英文撰写博士论文的题目是《怒海油争：东海海床划界及外人投资之法律问题》，从国际法的角度阐述了与钓鱼岛列岛及东海相关的划界问题。在此基础上，马英九于 1986 年出版了《从新海洋法论钓鱼台列屿东海划界问题》一书。该书分四章，"钓鱼台列屿的自然环境与石油蕴藏"、"钓鱼台列屿在中国东海划界主张中的地位"、"就国际法（新海洋法）泛论岛屿在海床划界中的效力"、"从国际法（新海洋法）论钓鱼台列屿在东海海床划界中的地位"，并附有一篇题为"1985年利（比亚）马（耳他）大陆礁层案对钓鱼台列屿划界效力的意义"，作"补述"。

马英九认为，钓鱼台之争的重点是围绕在这些岛屿周围大陆礁层的石油资源归属。他认为，从海洋法和国际共识的角度讲，极小的岛屿不应享有大陆礁层，钓鱼岛列岛并不具备拥有 200 海里专属经济区及大陆架的划界效力；因此主张有争议的相关国家可以将海床划界问题与主权问题剥离开，先进行相关周围海域的资源共同开发。① 由于可以先创造共同的利益，在共同利益的基础上，会使得任

---

① 参见马英九《从新海洋法论钓鱼台列屿东海划界问题》，台北正中书局，1986，第 9~11 页。

一方可以有意愿地搁置主权争议，先进行共同利益的创造。在共同利益的基础上建立互信，从而和缓紧张对立的气息。

马英九认为，军事力量并不是最佳的安全保障，交流互信才会是最佳的防御。在钓鱼岛列岛争议问题上，他主张"主权在我"、"搁置争议"、"和平互惠"、"共同开发"。马英九关于钓鱼岛列岛争议的解决方案着重在"搁置争议"的和平理念与"共同开发、资源共享"的共同利益创造，日后在有利于和平谈判的时机上再进行主权的讨论，这才是解决钓鱼岛主权的方向。①

马英九做台北市长期间，曾在2003年9月27日举行的"钓鱼台列屿问题学术研讨会"上的演讲中强调，历史上，钓鱼岛列岛并非如日本所称为"无主之地"，中国不仅经常使用而且将之纳入海防。依据明代奉使日本之郑舜功所著的《日本一鉴》，钓鱼岛列岛自明代即被视为台湾的附属岛屿。因此，无论台湾人的"统独"立场与意识形态如何，都应该对钓鱼岛列岛的主权、渔权、矿权力争到底。②

2010年，马英九在会见到访的日本前首相安倍晋三时，再度援引欧洲各国解决北海油田的案例，提出钓鱼岛列岛争议可以采取共同开发当地石油的模式处理。③ 在这个问题上，马英九与当年的邓小平所见略同。

（六）中日钓鱼岛争议的前景与出路

笔者的研究结论与马英九的上述观点基本一致。笔者在2007年出版的《中国与日本：变动中的"政冷经热"关系》一书中曾经指出："如果把钓鱼岛经济、战略价值视为自变量，它与中日围绕钓鱼岛主权争夺激烈程度作为因变量，这两者之间必然为正相关关系。即，钓鱼岛经济、战略价值越高，双方争夺越激烈。因此，为缓解双方矛盾，中日可努力协商达成以下共识：①对照相关国际法，钓鱼岛列岛的地理、地质条件不具有作为划定大陆架和专属经济区依据的任

---

① 参见赖奕佑《马英九关于钓鱼岛问题的学术见解》，《东北亚论坛》2011年第1期。

② 参见《马英九：对钓鱼岛主权不分"统独"应一争到底》，中国新闻网2003年9月28日电，http://www.southcn.com/news/hktwma/hot/200309280582.htm。

③ 参见《马见安倍　各自表述钓鱼台主权》，2010年11月1日台湾《自由时报》。

何价值①；②钓鱼岛列岛及其周边海域必须是永久非军事区，不得用于军事目的；③中日两国均避免对钓鱼岛列岛采取单方面行动，以免影响中日关系的健康发展。"②

尽管不可能精确，不妨通过下图的描述，对钓鱼岛列岛主权争议问题的前景作一大体的预测。图中所示"前景1 恶性循环"是2010年下半年以来所发生的一些情况；关于"前景2 良性循环"及主要做法，可供中日两国政府参考，作为共同努力的方向。中日两国在钓鱼岛主权争议问题上，应避免"恶性循环"，争取实现"良性循环"。

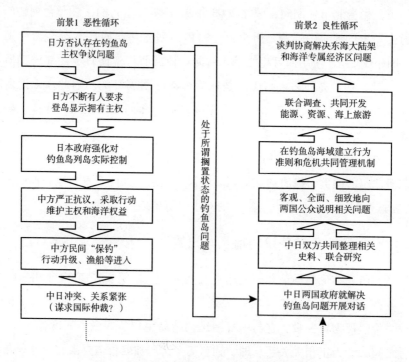

图1 解决钓鱼岛主权之争的前景与路线图

---

① 1964年6月10日生效的《大陆架公约》规定，大陆架的范围不取决于它同海岸的距离，而决定于其上覆水的深度。该公约第一条规定，大陆架系指"邻近海岸但在领海以外之海底区域之海床及底土，其上海水深度不逾200米，或虽逾此限度而其海水深度仍使该区域天然资源有开发之可能性者"。《联合国海洋法公约》第121条"岛屿制度"第三项规定："不能维持人类居住或其本身的经济生活的岩礁，不应有专属经济区或大陆架。"

② 刘江永：《中国与日本：变化中的"政冷经热"关系》，人民出版社，2007，第748～749页。

这是尝试用《易经》中阴阳辩证的思想方法所做的一种预测。假设矛盾发展变化的"良性循环"为阳，"恶性循环"为阴，要创造条件"转阴为阳"，还需要中日双方共同努力。"良性循环"可能有两种方式：①直线方式，即中日双方坦诚相见，为解决钓鱼岛列岛问题开展对话，谋求合理解决；②曲折方式，即由于搁置状态的"风化"，两国各自的单方面行动升级导致危机出现，物极必反，中日双方最终不得不谋求对话解决。但这种前景具有很大的不确定性，所以图中使用虚线表示。无论哪一种方式，都可能出现复杂的矛盾和长期艰苦的谈判。

如图1所示，笔者期待中日两国政府能共同探索解决这一问题的"路线图"，避免事态陷入恶性循环，争取早日步入良性循环的轨道。尽管中日关系在2010年受到钓鱼岛问题的严重影响，但中日两国政府都坚持战略互惠关系的大框架。中日两国如果能够通过对话协商解决钓鱼岛主权争议问题，建立相互信赖关系，不仅符合中日两国的共同利益，也有利于东亚的和平与稳定。为防止在钓鱼岛列岛争议根本解决之前发生中日海上冲突，除了禁止单方面采取行动外，应尽早建立相关地区的行为准则和相互信任措施，把钓鱼岛列岛周围敏感海域设定为非军事区，确保公海的无害通过与航行自由。

中日之间的领土争议是客观存在。包括美国在内，国际社会普遍希望中日两国根据国际法，通过和平谈判解决争议。笔者认为，如果我们这一代人仍然解决不了钓鱼岛主权争议问题，"搁置争议、共同开发"仍不失为一种合理的选择。如果日方认为能源资源共同开发暂时难以接受，也可考虑未来十年内实现中国沿海地方与日本冲绳地方展开海上旅游观光的共同开发，围绕钓鱼岛列岛开发海上客船古水道旅游热线。中日两国政府可为此提供便利和保障。这可以概括为存异求同，即存"主权争议"之异，求共同和平发展之同，而当务之急是建立相关敏感海域的危机共管机制。中日渔业协定的原则精神也可借鉴。如果中日两国能通过外交磋商做到这一点，无疑将有利于防止再度发生危机损害中日关系大局和两国民众之间的感情。

参考文献

〔日〕井上清：《关于钓鱼岛等岛屿的历史和归属问题》，生活·读书·新知三联书店，

1973。

　〔日〕高桥庄五郎：《钓鱼岛等岛屿纪事》，李杰译，地质矿产部海洋地质调查局，1983。

　鞠德源：《日本国窃土源流：钓鱼列屿主权辨》，首都师范大学出版社，2001。

　高之国、贾宇、张海文主编《国际海洋法的新发展》，海洋出版社，2005。

釣魚島の主権帰属について

劉　江永

　要　旨：釣魚島の主権問題は所謂「日清戦争」の遺留物である。なお第二次世界大戦後米国の密接な介入の結果、中日両国の間今は領土問題となっている。2010年9月7日、釣魚諸島の黄尾魚海域で、日本の海上保安庁の船が中国の漁船に対して違法的な作業妨害や拘束を強行し、「衝突事件」となった。中日両国の間は再び釣魚島主権問題の争いが起きている。釣魚島問題は中日両国にとって敏感なことであるが故に、問題の深刻化や国民感情の悪化を防ぐ必要がある。良き中日両国の関係を築くためには、釣魚島問題については、互いに釣魚島の主権問題に関わる歴史的な事実を解明し、国際法を正しく理解する必要がある。それを土台に、両国は外交ルートを通じて、敏感な海域においては共同管理体制を敷き、「争いを棚上げして、共同開発をする」ための方法を模索する。

　キーワード：釣魚諸島　中日関係　戦略互恵　争いを棚上げ　共同開発

ℬ . 14

"钓鱼岛事件"与民主党政府的对华外交

张 勇*

摘 要：研判日本对华外交的走向，除了洞悉日本决策层秉持的外交理念与推行的对华政策之外，更应关注其对华决策机制，即日本是如何制定和实施对华政策的，又有哪些内外因子对日本外交决策施加影响。"钓鱼岛事件"为观察民主党联合政权对华决策机制以及影响因子提供了较好的视角。秉持现实主义对华外交理念的菅直人内阁力图完善外交决策机制，但事实证明该机制并非健全和有效。在此背景下，日本决策层的政治抱负在很大程度上决定了"钓鱼岛事件"的进程。中国的抗议与美国的压力亦是影响该事件的重要外因。

关键词："钓鱼岛事件" 外交决策 民主党 影响因子

2010 年 6 月，原鸠山内阁副首相兼财务相菅直人当选日本第 94 任、第 61 位首相。其所领导的民主党联合政权将推行何种对华政策？这无疑决定着中日关系的发展与定位。上任之初，菅直人称"要加深与中国的战略互惠关系"①。然而，其执政未满百天，日本方面就在对华外交上人为制造了一出"闹剧"。9 月 7 日，日本在钓鱼岛海域非法抓扣中国渔民和渔船这一国际危机事件（以下简称"钓鱼岛事件"），使两国间的政治关系遭遇较为严峻的局面。围绕对该事件的处理，两国关系出现了新一轮的波动。

研判日本对华外交的走向，除了洞悉日本决策层秉持的外交理念与推行的对

---

* 张勇，法学博士，中国社会科学院日本研究所助理研究员，研究专业为国际关系，研究方向为战后日本外交。

① 菅直人首相在第 174 届国会上的施政演说，http：//www. kantei. go. jp/jp/kan/statement/201006//11 syosin. html。

华政策之外，更应关注其对华决策机制，即日本是如何制定和实施对华政策的，又有哪些内外因子对日本外交决策施加影响。应当说，"钓鱼岛事件"为观察民主党联合政权对华决策机制以及影响因子提供了较好的视角。本文将结合菅直人内阁成立以来首相的施政演说、重要内阁成员的发言、外务省的文件以及国会众参两院的记录等国内外公开资料，来考察参与或影响日本对华外交决策相关行为体的政策主张与行为模式。

一 现实主义的外交理念

在首次施政演说中，菅直人特别提及作为战后日本现实主义学派代表人物之一的永井阳之助对其国际观的影响。[①] 永井曾直言自己是现实主义者[②]，并将日本的现实主义又进一步细分为政治现实主义与军事现实主义，使得现实主义这一政治概念在日本更加具有学术操作性。菅直人早年曾多次参加永井阳之助主持的外交问题学习会，受永井的启发与熏陶，在外交理念上，菅直人主张"以现实主义为基本理念"来推行日本外交。他认为，应确立积极主动的外交，而不是消极被动地应对。

日本的现实主义学派主张国家政策目标要服务于国家利益，在此基础上，要处理好坚持日美同盟与提高自主外交和安保能力的关系。就当前的民主党联合政权而言，外交决策依然会基于如何有效拓展日本的国家利益这一基本逻辑，首当其冲的外交课题是改善鸠山执政时期因主张对美自立而一度冷却的日美同盟关系，该问题也是鸠山辞职的直接诱因。基于前车之鉴，菅直人认为最为现实的执政战略是避免重蹈鸠山政权的覆辙。

中日邦交正常化以来，对华外交无疑在日本亚洲外交序列中占据至关重要的位置，也是日本决策层谋求自主外交的一个重要方面，发展"战略互惠关系"仍是中日关系的主流，但在制约中日关系发展的结构性问题上，日本新内阁亦会采取现实主义的策略应对。菅直人在执政不久的一次党首辩论会上就曾使用

---

① 参见菅直人首相在第 174 届国会上的施政演说，http：//www.kantei.go.jp/jp/kan/statement/201006//11syosin.html。

② 参见〔日〕永井阳之助《现代与战略》，文艺春秋社，1985，第 18 页。

"势力均衡"这一现实主义者最为惯常使用的术语，他称"对中国正在增强军力一事必须给予严重关注"，"驻日美军发挥着威慑中国的重要作用"。① 在第二次发表施政演说时，菅直人一方面表明了改善两国关系的意愿，称日中"互为重要的邻国"，另一方面亦强调钓鱼岛为日本的"固有领土"，显示出软硬兼施的手法。②

无独有偶。外相前原诚司青年时代在京都大学潜心专攻国际政治，是高坂正尧的爱徒之一。③ 作为战后日本国际政治学界的"领军人物"，高坂曾在一系列重要著作中较为系统地阐述了现实主义外交理念。在《海洋国家日本的战略构想》一书中，高坂明确称："现实主义是观察政治的视角之一，是思考政治的思想方法之一。我是该意义上的现实主义者。"④ 在国际关系的操作层面，特别是在如何处理大国关系方面，高坂认为尽管美国在国际格局中的地位和对世界事务的影响都将下降，但从日本的立场看，日美同盟仍是日本外交的基础。同时，中国在亚太地区的影响力将愈发强大，因此日本将不可避免地将注意力转向中国。

从京都大学完成学业后，遵照高坂的建议，前原诚司进入"松下政经塾"，以提高从政能力和蓄积人脉。"松下政经塾"旨在培育日本政界的领袖人物，创办人则是有着日本"经营之神"美誉的著名实业家松下幸之助。自创立以来，"松下政经塾"先后培养了一批重量级新生代政治家，对日本现代政治有着独特的影响力。

在高坂悉心的指导和"松下政经塾"严格的从政历练之下，前原坚定了从政的信念并顺利成长为日本政坛一颗耀眼的"明星"。在对华外交上，在出任民主党代表及担任外相后，前原曾多次发表所谓的"中国威胁"论调。在"钓鱼岛事件"中，基于其政治理念与抱负，前原曾先后称"不存在领土问题"，"一毫米也不想让步"等，多次发表较为强硬的言论。

客观而言，在对华外交上，高坂正尧与永井阳之助为代表的日本现实主义者

---

① 共同社 2010 年 6 月 22 日电。

② 参见菅直人首相在第 176 届国会上的施政演说，http：//www. kantei. go. jp/jp/kan/statement/201010/01syosin. html。

③ 在前原诚司的官方网页中，他回顾了恩师高坂正尧及《海洋国家日本的战略构想》一书对自身海洋观的影响，相关内容参见 http：//www. maehara21. com/blog/straight. php？itemid=1164。

④ 〔日〕高坂正尧：《海洋国家日本的战略构想》，中央公论社，1965，第 190 页。

并非对外"强硬论"者，他们认为外交的真谛是以国家利益为宗旨、以国家实力为保障、以外交政策为手段，主张日本外交应处理好格局、实力、威慑与均衡四者之间的关系，当硬则硬，当软则软。作为首相的菅直人与外相前原诚司在一定程度上并未求得"真经"，他们似乎并未真正领悟和全面掌握现实主义的理论体系，当有外交问题需要应对时，根据执政需要与从政抱负急就章地搬出现实主义论者的只言片语，在日新月异与复杂多变的国际关系中"碰壁"就在所难免。

二　运转不畅的外交决策机制

多数国际危机事件的发生、发展、转折和平息，都是在较短时间内发生的，比如几天、几个星期，最多几个月。国际危机事件通常具有如下三个特点。①威胁性。危机对过去的稳定状态构成了一定的威胁，这种威胁既可能是重大利益，也有可能是社会的基本结构，还有可能是某些核心价值观。②不确定性。一方面，许多危机的爆发具有突然性，在爆发前往往被认为是不可能的；另一方面，绝大多数危机在爆发时人们无法获得全面的信息，因此无法把握危机的性质及趋势。③紧迫性。在危机过程中，决策者和危机管理者必须在有限的时间里作出决策。[1]"钓鱼岛事件"这一突发、重大、敏感外交事件发生后，日本政府内部（首相官邸、外务省、防卫省、国土交通省、法务省等机构）缺乏有效的沟通和协调，但又各有所图。在日本决定释放中国渔船船长后，冲绳县知事仲井真弘多曾表示"这是微妙的政治问题"。作为中日关系中出现的重大外交事件，依照常理应当靠"政治主导"来解决，即决策权由菅直人领导的内阁及内阁官房来直接掌握。

作为重大"政治问题"，理应由内阁官房来综合协调，由最高决策层高屋建瓴地作出政策选择。但至少在9月份的民主党代表选举之前，"对华强硬"论者的意愿得到了充分表达，受到了相当的重视。直至党代表正式选举出来之后，菅直人内阁才最终决定作出释放中国船长的决策。9月20日，菅直人为此事专门与内阁官房长官仙谷由人在首相官邸协商应对措施，中间还召集外相前原诚司与前任外相冈田克也"密议"。为了不让两国关系进一步恶化，菅直人表示"尽快处理此事"后，才前往纽约参加联合国大会。此后，前原诚司在与美国国务卿

① 参见杨洁勉《国际危机泛化与中美共同应对》，时事出版社，2010。

希拉里会谈时，得到美方关于"尖阁列岛（即中国的钓鱼岛）问题适用于美日安全条约"的口头保证，得知这一重要情况后，仙谷由人给菅直人和前原诚司打电话，指出放还中国船长的决策环境已经完全形成。24 日清晨，仙谷由人向极少数相关人员透露，"最近就要放人"。①

作为最了解日本首相官邸政治生态与政策运作的角色，主管事务工作的内阁官房② 副长官常常被称为"官僚中的官僚"。曾长期担任官房（事务）副长官的石原信雄就曾连续辅佐过竹下登、宇野宗佑、海部俊树、宫泽喜一、细川护熙、羽田孜和村山富市七位首相，任内经历了数次外交危机。针对此次日方的鲁莽行为，他从多年从事内阁管理工作的立场出发，称"内阁应充分活用、熟悉既往类似案例中官僚们的智慧和经验，作出正确的判断，这才是真正意义上的政治主导"，"一开始时就该预测到事态发展，应在听取外务省和防卫省官僚意见的基础上作出应对"。但令人遗憾的是政府"没有看到这点"，"我感觉做法有所欠缺"。③

"钓鱼岛事件"充分暴露了日本民主党联合政权在解决重大、突发性外交问题时手法的不成熟，这既激化了国际矛盾，损害了中日关系，又激化了日本国内的原有矛盾，使得现政权的执政能力备受舆论的质疑。

外交为国家利益服务，是内政的延伸。在研究本届民主党联合政权在面对纷繁复杂的外交决策现象时，应该注意到，日本外交决策注定要受制于其国内当前的政治生态变化。另外，尽管菅直人内阁的执政能力和菅直人的领导能力均备受质疑，但民主党代表选举结果尘埃落定之后，菅直人对内阁及民主党的掌控力却有一定程度的强化，这很大程度上源于弱化了小泽一郎对民主党及内阁成员的政治影响力。从某种程度上说，这有利于日本决策层在重大外交问题上进行"政治主导"和"首相主导"。但是，民主党联合政权所倡导的决策机制上的变革仍面临诸多挑战，远非本届内阁所能有效解决的。

针对日本政府在解决"钓鱼岛事件"中的决策失误，防卫相北泽俊美曾称

---

① 2010 年 12 月 6 日〔日〕《每日新闻》。

② 内阁官房设一名长官、三名副长官、两名政务副长官和一名事务副长官。政务副长官的工作主要是处理涉及国会、政党的事务以及主持政务副长官会议，并陪同首相出访。与政务副长官相比，事务副长官的工作举足轻重，具体掌握首相官邸的日常行政活动。

③ 共同社 2010 年 11 月 21 日电。

应在首相官邸设置协调各行政部门的专门机制，作为政府应发出基于日本国家利益与国家战略的一致的声音。① 从理论上说，在日本的危机管理体制中，作为内阁"第一人"的首相应切实发挥核心领导作用，但在"钓鱼岛事件"发生之后，在是否扣押中国船长及船只等敏感问题上，首相被认为并未负担起足够的责任。同时，设在首相官邸的危机管理中心也本应发挥指挥和协调作用，危机管理中心的基本职能是召集各行政部门建立相应的应对机制，并对它们制定的政策进行综合调整，但在该事件中，危机管理中心被指责并未有效发挥实质性作用。另外，信息和情报至今仍然是进行外交活动的核心因素，也是决定外交政策的重要因素。在首相官邸，信息和情报占有举足轻重的分量。如果缺少了信息和情报，首相官邸就成了"盲人摸象"。基于前车之鉴，日本的决策层也希冀通过如下措施强化处理外交问题的危机管理能力：①有效提升国家战略室的地位，增强其在决策中的实际地位；②拟设立外交问题专家委员会，给首相提供及时的、专门性建议；③将在危机管理中心根据具体情况适时设置情报联络室；④内阁情报调查室是首相官邸的情报中枢部门，首相官邸在尝试逐步建立和完善一个更加强有力的中枢机构来收集综合性情报。与以上决策机制的调整与改进相比，更为重要的是，日本决策层将不得不意识到"外交是协调的艺术"这句话的真正含义，当类似的突发事件发生后，与中国及时、有效地沟通信息将决定着事件能否顺利得以解决。现内阁也将构筑两国外交渠道与定期会晤机制作为对华外交的下一个重点。

三 决策者的政治抱负

"钓鱼岛事件"发生、发展乃至逐步平息的背后，个人的政治抱负也起到了关键性的作用，在一定程度上左右了日本外交决策者的行为。2010 年 9 月 14 日，民主党举行党代表选举，菅直人首相击败对手小泽一郎再次当选。该事件是日本政府决策层权衡国内政局的结果，一方面可显示日本政府不轻易"屈从来自他国的压力"，另一方面也可表明日方对其所坚称的"领土"与"主权"的明确态度。

从党代表的选举过程与最终结果上看，以菅直人为首的民主党决策层已经实现其目标。党代表选举之前，外交服务让位于内政；选举之后，选举政治因素的

---

① 参见 2010 年 9 月 28 日〔日〕《朝日新闻》。

影响相对弱化，日本的外交决策者们才真正、客观地顾及该事件所造成的严重后果，审慎地逐步化解外交争端，以避免事态的进一步恶化。

前原诚司的政治抱负也得到了淋漓尽致地体现。作为菅直人之后出任首相的有力人选之一，对这位曾经担任过民主党代表的务实派政治人物而言，成功问鼎首相一职才是其多年从政努力的最大报偿。该事件发生之时，前原任国土交通相，他力主扣留中国渔船及船长。9月7日，当时负责海上保安厅的国土交通大臣前原诚司在看过海上保安厅提供的录像后下令："立即逮捕，立即公开录像"，并向首相菅直人作了汇报。9月17日，菅直人重组内阁，其中引人注目的人事安排是宣布原外相冈田克也担任民主党干事长，而前原诚司则由国土交通相转任外相，司职敏感期的日本外交。即使是在出任外相之后，前原也多次强调逮捕中国船长的正当性，称"对该问题应依法处理"。尽管身为外相的前原在处理该事件中的一系列做法饱受国内外舆论的质疑，但却有效地帮助其确立了"毫不动摇地"坚持日本国家利益、对华强硬的有决断力的政治家形象。

尽管外交是内政的延伸，但日本知名外交家、曾长期担任外务省事务次官的法眼晋作认为，即使这样说也并不代表外交是内政的附庸，而是要找到两者之间的最佳合作方式。此外，不能单凭政治家私利和提高支持率而贸然行动。作为利益攸关的重要邻国和地区乃至世界性的重要国家，中日两国间的互利和互惠并非不可兼顾。但日本民主党联合政权的主要决策者们为能连任国会议员甚至获取首相地位，利用外交来实现这一政治目的，而不顾中日关系的特殊性和复杂性，从而招致了此次"日本外交的失败"。在日本决定释放中国渔船船长后，尽管有内阁阁僚辩称："日中两国对立的局面持续下去并不好，必须想办法做一了结。日方采取了更为成熟的处理方式。"但日本朝野人士纷纷提出批评，质疑菅直人内阁所作出的"政治判断"，这也是不争的事实。

四　中国政府的举措

在中国渔船船长被日本海上保安厅高调地逮捕之时，日本政府内部许多人士天真地认为时机抓得很准，称此时中国无暇顾及日本的行动。但出乎日本预料的是，中方反应的烈度之强超过了日本的乐观臆想。"钓鱼岛事件"发生后，中国政府有理、有力、有节地持续向日本政府提出外交交涉。

针对这一严峻事件，中国外交部极为罕见地连续十多次公开表态（见表1）。其主要特点包括：①反应迅速，事件发生之后旋即表示"严重关注"，向日方提出严正交涉；②直接约见日本驻华大使，通过正式外交渠道向日本政府提出强烈抗议，要求日方立即放人放船；③坚决主张钓鱼岛及其附属岛屿是中国固有领土，日方对在该岛海域作业的中国渔船适用其国内法是荒唐、非法和无效的，中方决不接受；④明确指出日本的做法侵害了中国公民的权益，日方应立即停止所谓"司法程序"；⑤明确指出坚持发展战略互惠关系的方向，符合两国人民的根本利益，日方非法扣押中国渔船船长是当前中日关系的突出障碍，要求日方采取切实行动。

表1　中国外交部对"钓鱼岛事件"的官方表态

时　间	表　态　者	关　键　词　语
9月7日	宋涛（副部长）	严正交涉、停止非法拦截行动
9月7日	姜瑜（发言人）	严重关切、严正交涉
9月7日	程永华（驻日大使）	严正交涉、强烈抗议、立即放人、放船
9月8日	胡正跃（部长助理）	强烈抗议、立即放人放船
9月9日	姜瑜	固有领土
9月10日	杨洁篪（部长）	坚定不移、立即无条件放回
9月10日	姜瑜	固有领土、恣意妄为、自食其果
9月11日	姜瑜	推迟第二次东海问题原则共识政府间谈判
9月12日	姜瑜	停止导致事态升级的举动、立即无条件放人放船
9月13日	姜瑜	强烈敦促日方立即予以放还
9月14日	姜瑜	立即停止所谓"司法程序"、尽快安全返回
9月15日	刘振民（部长助理）	严正交涉
9月16日	姜瑜	中日关系的突出障碍、采取切实行动
9月17日	姜瑜	维护中国的海洋权益
9月19日	马朝旭（发言人）	立即无条件放还、一意孤行、将采取强烈反制措施
9月21日	姜瑜	认清形势、立即无条件放回
9月22日	姜瑜	固有领土、无条件放还、防止两国关系受到进一步伤害
9月24日	姜瑜	中国政府将派包机接回、非法无效
9月25日	姜瑜	固有领土、日方道歉和赔偿、战略互惠关系、实际行动
9月25日	外交部	强烈抗议、向中方道歉和赔偿、对话协商

通过上述表态可以看出，随着事态的升级，外交部对日抗议的措辞愈发强硬和坚决。针对日方将继续扣押中方船长的举措，外交部向日方传递了清晰的信号：希望日方认清形势，立即无条件放还中方船员及船只，如一意孤行，错上加错，中方将采取强烈反制措施，其一切后果由日方承担。

中国国内的情况是，在外交事件发生时，通常由代表中国政府立场的外交部发言人宣布中方主张和提出抗议。在事态进展过程中，当事件较为复杂特别是冲突面上升时，外交部高层甚至是党和国家领导人则会通过紧急约见对象国的驻华大使来提出交涉和抗议。此次事件发生之后，在短短的十几天内，外交部发言人如此高频率与高强度地表态，加之部长助理、副部长、部长乃至国务委员数度约见日本新任驻华大使丹羽宇一郎，这在中华人民共和国外交史上并不常见。

"钓鱼岛事件"发生后，中国驻日本大使馆亦通过外交途径向日本外务省直接提出外交抗议，为避免事态进一步升级展开积极的外交交涉。更为重要的是，国务院总理温家宝在美国亦强烈敦促日方立即无条件释放中国被扣船长和渔船。他称，中方多次严正交涉，日方置若罔闻，中国政府不得不采取必要的反制措施。在此，他强烈敦促日方立即无条件放人。如果日方一意孤行，中方将进一步采取行动，由此产生的一切严重后果，日方要承担全部责任。①

中国内政同外交的关系，表现为外交的主要目标之一是"维护国内政治稳定和政府权威"②。中国之所以反应如此强烈，也正是基于上述判断。当时国内面临如下决策背景。①钓鱼岛问题涉及国家主权和领土完整，而日方扣押中方船员和船只，宣布使用日本国内法律处理该事件，这无疑又涉及中国公民的人权，"主权"加上"人权"，因而几乎不存在决策层对日单方面让步的可能性。②大众媒体对中国外交决策的影响逐渐增强。在中国的新闻媒体中，国际报道所占的比重在逐年增大，相应的，中国民众对国际形势和外交问题的关注程度也大大提高。值得注意的是，近年来互联网的普及使得网络舆论对外交决策的影响增强。尽管中国的外交决策具有高度的政治性，但决策层在遴选政策选项时已经越来越无法忽视舆论的力量。③日方的行为促使中国国内涉日游行频发，这既是对日本政府的抗议，同时又给本国政府造成决策压力。

显然，日本并未完全吃透中国的决策背景和政策意图，其非法抓扣中国船长和渔船，并不顾中方多次严正交涉，仍坚持使用其国内法来处理该问题，这无疑给中日关系带来了严重损害。中方宣布暂停双边省部级以上交往，中止了双方有

① 参见《温家宝总理在纽约强烈敦促日方立即无条件放人》，中华人民共和国中央人民政府网站：http://www.gov.cn/ldhd/2010-09/22/content_1707863.htm。
② 王缉思：《中美外交决策的国内环境比较》，《国际政治研究》2006年第1期。

关增加航班、扩大中日航权事宜的接触，推迟了中日煤炭综合会议。中国公民赴日旅游规模也受到了严重影响。①

"钓鱼岛事件"中，作为日方外交决策的对象国，中方的主张及外交抗议被认为是至关重要的外部影响因子，即让日本决策者明白如果日本在这种情况下继续采取强硬措施，那么有可能使两国关系发生决定性恶化，后果将不堪收拾。石原信雄也认为尽管此时日本政府已多次丧失决策良机，但也不能一味将释放中国船长批评为"软弱外交"。9月22日，就中国政府在此次事件上的态度日益强硬一事，日本内阁官房长官仙谷由人重申将寻找办法打开僵局，称"将寻求一切可能性"②。24日，那霸地方检察厅负责人铃木亨表明其"政治上的顾虑"，他认为"考虑到对我国国民的影响以及今后的日中关系，检方认为在拘留船长的情况下继续调查并不恰当"。③ 此后，在回答国内舆论对于释放中国船长质疑时，仙谷称"出现日中关系恶化的征兆是事实。必须重新为充实战略互惠关系而努力"④，强调日中两国有必要改善关系。

五 美国政府的影响

此外，应清醒认识和妥善处理美国对中日关系的影响。在今后一段时期，美国仍将交替使用对华"接触"与"遏制"战略，对日则强化同盟的广度与力度。在中日关系面临冲突与摩擦时，其基本的态度是"扶日抑中"。"钓鱼岛事件"发生后，希拉里在与前原诚司举行会谈时表示，美国政府的理解是钓鱼岛属于日美安保范围之内。这是自"钓鱼岛事件"发生以来，美国政府高官首次正式就此事件直接表态。与之相呼应，二战以后日本外交的基石是日美同盟关系，对华关系常常被置于日美关系的大背景下加以考虑。在此次事件中，日本的决策层也在试探美方的态度，看该区域是否在日美安保体制范围之内。对于美方的表示，日本决策者们纷纷强调这是日本的"外交成果"。仙谷由人针对希拉里的表态称："从（日美）安全条约签订时起就是当然的前提。"他同时还强调："日美必

---

① 参见新华网2010年9月19日文章。
② 共同社2010年9月22日电。
③ 共同社2010年9月26日电。
④ 共同社2010年9月24日电。

须就如何营造亚太地区和平等战略性课题展开讨论。"①

在对美政策上，日本现实主义者一直主张加强日美同盟，认为与美国结盟是确保日本国家利益最大化的战略选择。就日美同盟本身而言，二战后两国在诸多领域有着共同的课题和目标，"日美同盟不仅支撑着日本的防卫，同时也是支撑亚洲和太平洋稳定与繁荣的国际共有财产"，共识大于分歧。菅直人称"今后将稳步深化同盟关系"。可预见的是，日本决策层在未来很长一段时期仍将继续奉行日美结盟路线，对美关系仍是其外交考量的重中之重。只要现有国际格局的基本结构及中美日三国的国力不发生实质性变化，日本仍会"挟美抑华"，其对华政策可能将日趋保守和强硬。但是，美国不愿看到东亚两强因"钓鱼岛事件"而严重对立以至于对抗性措施相互升级，这不利于东亚地区的稳定，亦有损美国的根本利益。在与奥巴马会谈时，菅直人称"对此事会冷静对待，马上就会解决"。9月24日，日本方面宣布释放中国渔船船长。对此，美国国务院发言人克劳利表示欢迎，称"这是理性国家通过外交手段解决问题的方法"，"此举无疑将极大缓解地区紧张局势"。此外，美国务院代理副发言人唐纳亦表示"很高兴问题通过恰当的外交手段得到了解决"。他还强调："中日关系的改善有助于地区稳定。非常明显，两国构建和平且具有建设性的关系十分重要。"② 显然，美国不希望中日联手，但亦反对中日交恶。两国时有摩擦，但斗而不破，最终不得不求助于美国来协调，这或许是美国在处理中日关系问题上的主要立场。

尽管民主党已经成为执政党，但其对华政策、决策模式与过程仍处于调整摸索的过渡性时期。在对华外交政策上，本届内阁正在进行着新的政策调整与定位，但基本的对华政策很难有根本性的变化。就本届内阁而言，外交政策的制定与实施依然会基于国家利益最大化这一基本逻辑。其对华政策具有明显的两面性：基于国际格局与中日关系的现状，该政策是战略互惠关系的继承者，同时更是对华现实主义外交政策的实践者。③

客观而言，"钓鱼岛事件"并非不可避免，其实质是日本政府内对华强硬派主导的一次对华外交试探。秉持现实主义对华外交理念的菅直人内阁力图完善外

---

① 共同社 2010 年 9 月 24 日电。
② 共同社 2010 年 9 月 24 日电。
③ 参见张勇《日本对华政策走向何方》，《中国报道》2010 年第 11 期。

交决策机制，但事实证明该机制并非健全和有效。在此背景下，日本决策层的政治抱负在很大程度上决定了该事件的进程。中国的抗议与美国的压力亦是影响该案例的重要外因。

参考文献

〔日〕永井阳之助：《现代与战略》，文艺春秋社，1985。
〔日〕高坂正尧：《海洋国家日本的战略构想》，中央公论社，1965。
中华人民共和国中央人民政府网站，http：//www. gov. cn。
中华人民共和国外交部网站，http：//www. fmprc. gov. cn。
日本首相官邸网站，http：//www. kantei. go. jp。
日本外务省网站，http：//www. mofa. go. jp。

「釣魚島事件」と民主党政権の対中外交

張　勇

　要　旨：中日外交関係の未来について検討することにあたって、日本の外交意志決定層が持つ外交理念及びその対外政策の要素を把握するほかに、日本の対中外交政策決定のメカニズムに注目する必要がある、即ち当時の内閣は如何にして対中外交政策を策定して実施するのか、と同時にどのような内外因子が日本の外交政策に影響を与えたのかのである。「釣魚島事件」は民主党連合政権の対中外交政策決定メカニズム及びその影響因子を分析する視点を提供している。現実主義の元に対中外交を行ってきた菅直人内閣は外交政策決定のメカニズムを充実しようとしてきた、しかし事実そのメカニズムの欠点も現れている。これをバクに、日本の政策決定層が持つ政治理念が本事件のプロセスに影響を与えた。無論、中国の外交交渉と米国の圧力も本事件に重大な影響与えた。
　キーワード：釣魚島事件　外交政策決定　民主党　影響因子

附　录

Appendix

B.15
2010 年日本大事记

朱　明

1 月

4 日　东京证交所股票交易新系统启动。

7 日　藤井裕久财务相因健康原因辞职，菅直人副首相接任其职。

中国政府任命程永华为驻日大使。

11 日　中国国家副主席习近平会见日本静冈县知事川胜平太、前知事石川嘉延一行。

12 日　冈田克也外相和美国国务卿希拉里在夏威夷举行会谈。

13 日　东京地方检察院特别搜查部以涉嫌违反《政治资金规正法》为由，对民主党干事长小泽一郎的政治资金管理团体事务所等进行搜查。

14 日　日本银行公布，2009 年国内企业物价指数为 103.0，比上年下降 5.3 个百分点，是 1960 年开始此项统计以来的最大降幅。

15 日　东京股票市场日经平均股价收于 10982.10 日元，连续两天创 2009 年

以来的新高。

因"陆山会"土地购入问题,民主党干事长小泽一郎前秘书石川知裕、池田光智被捕,16 日首席秘书大久保隆规被捕。23 日东京地方检察院特别搜查部传讯小泽一郎,2 月 4 日因证据不足免予起诉。

16 日 日本海上自卫队终止印度洋供油活动。

18 日 众参两院第 174 届国会开幕。

19 日 《日美安全条约》修改 50 周年,日美两国发表联合声明。

日本航空公司破产,申请适用《公司更生法》,负债总额 2.3 万亿日元,2 月 20 日该公司股票退市。

22 日 日本政府召开内阁会议,提出 2010 年度经济预期指标为实际 GDP 增长率 1.4%,名义 GDP 增长率 0.4%,实现时隔三年经济正增长目标。

24 日 自民党召开党大会,通过新纲领。

反对美军普天间基地迁至名护市的稻岭进当选冲绳县名护市市长,并在 9 月 12 日市议会选举中获胜。

25 日 日本政府决定派自卫队赴海地援助重建。

26 日 日本银行公布,2009 年面向企业的服务价格指数为 98.4,比上年下降 2.5%,是 1985 年开始此项统计以来的最大降幅。

日本银行金融决策会议修订 2009～2011 年度"经济物价预测",实际 GDP 增长率 2009 年度下降 2.5%,2010 年度增长 1.3%。

27 日 财务省公布贸易统计速报,2009 年日本出口额比上年下降 33.1%,是迄今最大降幅,其中对华出口额 10.2 万亿日元,战后首次超过对美出口额(8.7 万亿日元)。

28 日 2009 年度第二次补充预算(包括 7.2013 万亿日元紧急经济对策等内容)和两项相关法案在参议院获得通过。

29 日 鸠山首相发表施政演说。

总务省公布,2009 年全国消费者物价指数(生鲜食品除外)比上年下降 1.3%,四年来首次下降,降幅创新高。

日本汽车工业会公布,2009 年国内汽车产量 793 万辆,比上年减少 31.5%,为历史最大减幅。

国土交通省公布,2009 年新建住宅开工数 78.8410 万户,45 年来首次低于

80 万户。

31 日 中日共同历史研究第一阶段研究报告发表。

2 月

2 日 厚生劳动省公布，2008 年度国民健康保险实际收支出现 2384 亿日元赤字，保费缴付率比上年度下降 2.14 个百分点，为 88.35%，是 1961 年度来的最低水平。

日美安全保障高级事务级磋商在东京举行，旨在深化日美同盟关系。

4 日 丰田公司承认"普锐斯"车存在刹车问题，次日丰田章男就刹车问题道歉，并宣布将在日本国内召回新款"普锐斯"等。

7 日 第五届中日友好 21 世纪委员会第一次会议在北京举行。

10 日 冈田克也外相访问韩国，11 日与韩国外交通商部长官柳明桓会谈。

15 日 内阁府公布，2009 年日本实际 GDP 比上年下降 5%，为战后最大降幅，连续两年负增长。

16 日 美国国务卿希拉里访问日本，表明进一步强化美日同盟政策。

19 日 日本政府通过《国家公务员法》修正案，设立"内阁人事局"。

21 日 民主党在长崎县知事选举中败北，在野党支持的候选人中村法道当选长崎县知事。

冈田克也外相与澳大利亚外长史密斯会谈，捕鲸问题成重点。

日本不动产经济研究所公布调查数据，2009 年全国公寓销量 7.9595 万户，比上年减少 18.8%，17 年来首次低于 8 万户。

24 日 为缓解丰田汽车召回事件的负面影响，丰田汽车公司总裁丰田章男赴美就汽车召回事件在听证会上就问题处理滞后表示道歉。

日本要求伊朗遵守联合国安理会相关决议，停止铀浓缩活动。

中国国务委员兼国防部长梁光烈会见日本陆上自卫队参谋长火箱芳文一行。

3 月

1 日 丰田章男抵京向中国消费者道歉。

3 日　东京外汇市场日元汇率瞬间升至 1 美元兑 88.47 日元，达到 2009 年 12 月 14 日以来的最高值。

8 日　经团联宣布停止干预企业献金。

9 日　外务省第三方委员会向冈田克也外相提交调查报告，证实日美两国存在三份密约。

12 日　日本公布日美财政密约（有关 1972 年冲绳归还时日美间财务负担）调查结果。

15 日　自民党政要前总务相鸠山邦夫退党。

日本政府公布经济统计报告，认为"经济正在稳步回升"。这是民主党执政以来首次上调对经济走势的基本判断。

17 日　日本银行决定追加金融宽松政策，以 0.1% 的固定年利率向金融机构提供三个月期贷款，将"新型公开市场操作"（2009 年 12 月实施）的规模增至 20 万亿日元。

18 日　国土交通省公布，地价连续两年下降，截至 1 月 1 日全国平均地价比上年下降 4.6%，降幅大于上年的 3.5%。

19 日　日本政府通过《劳动者派遣法》修正案，原则上禁止登记型派遣和向制造业派遣劳动者等。

鸠山由纪夫首相会见正在日本访问的中国国务院台湾事务办公室主任王毅，王毅会见日本自民党总裁谷垣祯一。

21 日　近 500 名日本青年代表开始访华。

23 日　日韩历史共同研究委员会公布第二期研究报告。

24 日　参议院通过 2010 年度预算案和"税法修正案"等与预算相关五项法案，一般会计预算 92.2992 万亿日元。

日本政府宣布邮政改革法案，内容包括，将邮政储蓄限额由每人 1000 万日元提高到 2000 万日元等。

26 日　参议院通过《育儿补贴法》，该法案于 3 月 16 日众议院通过。

中国警方逮捕"毒饺子"事件嫌疑人。

29 日　冈田克也外相出席在加拿大举行的八国集团外长会议。

30 日　日本政府确定《消费者基本计划》，包括新建"食品安全厅"等。

31 日　公立高中《免费教育法》在参议院通过，4 月 1 日开始实施（3 月

16 日获众议院通过）。

始于 1999 年度的"平成大合并"结束，市町村由 1999 年的 3232 个减少至 1727 个。

4 月

2 日 第五次中日韩外交高官磋商在韩国济州岛举行。

3 日 自民党前财务相与谢野馨退党，4 月 10 日组成新党"奋起日本党"。

中国国务院副总理李克强会见来华出席第三次中日财长对话的日本副首相兼财务相菅直人。

4 日 日本政府向中国青海玉树地震灾区提供约 1 亿日元的紧急无偿援助。

6 日 日籍毒犯赤野光信在华执行死刑。

9 日 东京工业品交易所黄金期货价格瞬间升至每克 3490 日元，创 1983 年 4 月来的最高值。

东京地方检察院对要求公开"日美外交密约"的诉讼作出判决，命令"公开密约"，取消外务、财务两省"不公开决定"，赔偿前《每日新闻》记者西山太吉等 5 名原告各 10 万日元。

12 日 日本发现印证日本与唐朝交流的珍贵考古文物。

13 日 核安全峰会在华盛顿举行，鸠山由纪夫首相出席，并与胡锦涛主席会谈。

鸠山首相与俄罗斯总统梅德韦杰夫在华盛顿举行会谈，就双方加强接触达成共识。

日本银行公布，2009 年度国内企业物价指数为 102.6，比上年度下降 5.2%，时隔六年再度下降，降幅与过去最大的 1986 年度持平。

18 日 新党"日本创新党"成立。

19 日 日本钢铁联盟公布，2009 年度粗钢产量 9645 万吨，比上年度下降 8.6%，10 年来首次低于 1 亿吨。

21 日 东京第四检察审查会决定，对鸠山首相获取高额政治资金案件免予起诉。

22 日 自民党前厚生劳动相舛添要一提出退党申请，23 日组成"改革新党"。

东京地方法院判决鸠山首相原公设秘书有罪。

25 日　冲绳数万人集会反对美普天间基地县内搬迁。

27 日　因"陆山会"购买土地问题，东京第五检察审查会认定"应当起诉"小泽一郎。

为保证党内政治意志的统一性，自民党中央决定将提出退党申请的前财务相与谢野馨和前厚生劳动相舛添要一两人从党内除名。

30 日　日本政府通过邮政改革法案。

日本银行公布《经济与物价形势展望报告》，预计 2011 年度消费者物价指数比上年度上升 0.1%。该项物价指数比政府年初预测的 0.2% 有所下调。

5 月

2 日　第十届中日韩三国财长会议在乌兹别克斯坦举行。

4 日　中日就东海问题举行首轮司长级接触。

鸠山首相访问冲绳，表示放弃普天间基地县外搬迁。

6 日　中日韩自贸区联合调研首轮会议在韩国举行。

日本原子能研究开发机构公布，因 1995 年钠泄漏事故停止运转的"文殊"号高速增殖核反应炉重新运行。

10 日　日本政府放弃在 5 月底前就普天间基地搬迁问题作出决定。11 日，日美就驻日美军普天间基地搬迁问题举行磋商，日本首次向美方提出了该基地搬迁草案。

12 日　中共中央政治局委员、书记处书记、中组部部长李源潮会见日本经济团体联合会会长御手洗富士夫和后任会长米仓弘昌一行。

东京地方检察厅特别搜查部再次要求传讯小泽一郎，就其资金管理团体"陆山会"购买地皮案作出说明。

15 日　第四次中日韩外长会议在韩国举行，冈田克也外相会晤中国外交部长杨洁篪。

18 日　《国民投票法》开始实施。

六大银行集团公布 2009 年度决算，全部赢利。

19 日　日澳签署双边防务后勤协议。

日本相扑界曝出丑闻，多名相扑运动员参与涉黑赌博活动。

21 日　美国务卿希拉里访问日本，冈田克也外相与希拉里举行会谈。

22 日　日美就普天间基地搬迁达成协议。

23 日　第七次中日韩经贸部长会议在韩国举行。

中日韩环境部长会议在北海道闭幕，会议通过联合声明和联合行动计划。

鸠山首相再次访问冲绳，表明美普天间基地迁至名护市边野古。

24 日　防卫相北泽俊美访美，协调普天间基地问题，25 日与美国国防部长盖茨会谈。

26 日　参议院通过所谓保护"冲之鸟岛"相关法案——《低潮线保全和基地设施整备法》，5 月 18 日众议院通过。

27 日　住友化学会长米仓弘昌任经团联会长。

28 日　日美就普天间问题发表联合声明。因反对内阁"普天间基地迁至名护市边野古"方针，鸠山首相罢免社民党党首福岛瑞穗的消费者担当相职务。

29 日　第三次中日韩领导人会议在韩国济州岛举行。

30 日　社民党宣布退出民主党联合政权。

日本举行海上检阅式，中国"海巡 21"号受邀参加。

31 日　温家宝总理访问日本，在与鸠山由纪夫首相会谈中提出双方要加强高层沟通，共同促进地区和平、稳定与繁荣的主张。温家宝总理与鸠山首相会谈，就尽快缔结共同开发东海条约谈判达成共识。

6 月

1 日　育儿补贴开始发放，约 1735 万人享受此待遇。

2 日　鸠山首相提出辞职，小泽一郎干事长辞职。

4 日　鸠山内阁总辞职，菅直人当选日本新首相。

5 日　亚太经合组织贸易部长会议在札幌举行。

7 日　中日投资促进机构第 17 次联席会议在东京举行。

内阁府经济社会综合研究所认定 2009 年 3 月为"景气谷底"，经济自 2007 年 11 月开始下滑，时间持续了 17 个月。

8 日　菅直人首相组成新内阁。

10 日 因反对民主党推迟在本届国会通过邮政改革法案决定，金融邮政改革相龟井静香辞去内阁职务。

11 日 菅直人首相发表施政演说。

12 日 前首相鸠山由纪夫出席上海世博会日本馆日活动。

13 日 "隼鸟"小型星探测器结束长达七年的太空探测返回地球。

15 日 菅直人首相表示任职内不参拜靖国神社。

日本政府决定伊藤忠商社顾问丹羽宇一郎为新任驻华大使，7 月 31 日履新。

菅直人首相与冲绳县知事仲井真弘多会谈。

日本银行确定新型贷款制度，内容是发放总额 3 万亿日元的贷款（政策利率，现行 0.1%），对象限于向增长行业融资的金融机构，期限原则上一年（最长四年），贷款上限 1500 亿日元，8 月底实行，受理时间截至 2012 年 3 月底。

16 日 众议院否决自民党提出的对菅直人内阁的不信任案。

第 174 届国会闭幕，参议院选举拉开序幕。

国民新党公布参议院竞选纲领。

17 日 自民党公布参议院竞选纲领，提出将消费税提高至 10%。

民主党公布参议院竞选纲领，菅直人首相表示将自民党提出的"提高消费税至 10%"作为参考。

18 日 日本政府确定未来十年经济增长战略（"新增长战略"），涉及 7 个领域、21 项国家战略项目，争取到 2020 年度在环保、旅游等 4 个领域创造 499 万个就业机会和 123 万亿日元的需求，年均实际增长率 2% 以上。

21 日 日本政府拟订《地域主权战略大纲》。

22 日 民主党、自民党等九个主要政党的党首举行公开辩论，阐述了各自的政策主张及争夺国会参议院选举议席的目标。

日本政府确定《财政运营战略》，到 2015 年度将中央和地方财政赤字对 GDP 之比减半，在 2020 财政年度前，使国家和地方基础财政收支实现盈余。

内阁府公布年中经济增长率预测，认为 2010 年度实际 GDP 增长将达到 2.6%。这一数据比半年前的预测上调 1.2 个百分点。

23 日 日本海上自卫队首次参加 6 月 23 日~8 月 1 日环太平洋多边军事训练。

24 日 菅直人首相赴加拿大出席八国集团峰会和 20 国峰会。27 日菅直人首相与奥巴马总统首次会谈，同日会见胡锦涛主席。

第 22 届参议院选举发布公告。

中国驻日新潟总领事馆开馆。

25 日 总务省公布消费者物价地域差指数，2009 年县厅所在地横滨市物价水平最高，为 110.2，1963 以来首次超过东京（110.0）位居榜首。

28 日 日印举行缔结核能协定谈判。

29 日 新日本石油公司宣布与中国石油天然气集团公司签署合作协议。

7 月

1 日 日本放宽中国公民赴日本旅游签证限制。

国税厅公布以 2010 年 1 月 1 日为标准的临街地价，全国约 38 万个地点的标准住宅平均地价同比下降 8%，降幅比上年增加 2.5 个百分点，为每平方米 12.6 万日元，连续两年下降。

4 日 日本邮政社长锅仓喜一就 1 日发生的邮件配送延误问题道歉，15 日邮件配送恢复正常，延误邮件累计超过 34 万件。

6 日 日印副部长级对话举行。

10 日 中国国务院副总理王岐山会见以日本国际贸易促进协会会长、日本众议院前议长河野洋平为团长的日本国际贸易促进协会访华团。

11 日 民主党在参议院选举中败北。

14 日 因试图删除有关业务的电子邮件，妨碍金融厅调查，警视厅搜查二科以涉嫌违反《银行法》为由，逮捕日本振兴银行前会长木村刚等五人。

15 日 日本银行上调 2010 年度实际经济增长率预测，由 4 月底预测的 1.8% 上调至 2.6%，同时将 2011 年度实际经济增长率预测由 2.0% 下调至 1.9%。

16 日 日本政府决定将 7 月 23 日到期的海上自卫队赴索马里护航时间延长一年。

17 日 修改后的《器官移植法》开始实施（2009 年 7 月 13 日参议院通过）。

21 日 日美澳副部长级战略对话在东京举行。

东盟与中日韩（10＋3）外长会议在越南举行。

23日　国家战略经济财政相荒井聪向内阁会议提交《经济财政白皮书》（2010年度经济财政报告），由于发放育儿补贴和实行高中免学费等措施，预计2010年度家庭可支配收入比上年度增加1.4万亿日元。

26日　财务省决定从2011年起下调对进口发展中国家商品实行的"特惠关税制度"，将单个国家的利用上限由20%下调至10%～15%，计划2011年实施。

27日　中日举行落实东海问题原则共识首轮政府间谈判。

日本政府确定2011年度预算概算要求基准，除社会保障外，所有政府部门的政策性经费在2010年预算基础上一律削减10%。

29日　松下电器产业公司宣布增持三洋电机公司和松下电工公司股票，2011年4月将两公司完全子公司化。

30日　第175届临时国会开幕。执政的民主党参议员西冈武夫当选为参议院议长，在野的自民党参议员尾辻秀久当选为参议院副议长。

31日　总务省公布日本总人口，据《居民基本台账》统计，截至2010年3月底，全国人口1.2705786亿，比上年减少1.8323万人。

8月

3日　日本政府决定追加对伊朗制裁措施。9月3日决定再度追加制裁措施。

冈田克也外相与到访的联合国秘书长潘基文举行会谈，双方就日本与联合国继续围绕核裁军与不扩散展开密切合作达成共识。

4日　东京债券市场新发行的10年期国债利率降至0.995%，时隔约7年再次跌破1%，8月25日降至0.895%。

5日　厚生劳动省公布，2009年度国民养老金保费缴付率比上年度下降2.07个百分点，为59.98%，创历史新高，首次低于60%。

6日　菅直人首相表示不会改变"禁止行使集体自卫权宪法解释"。

广岛、长崎市（9日）分别举行仪式，纪念原子弹爆炸65周年。

8日　民主党推荐的无党派人士阿部守一当选长野县知事。

"中亚＋日本"外长会议在乌兹别克斯坦首都塔什干举行。

9日　瑞穗金融控股集团将长期优惠利率下调0.05个百分点，为年率1.40%，这是2003年6月来的最低水平。

10 日　在日本战败日即将到来之际，菅直人重申任期内不参拜靖国神社。

日本政府决定在"日韩合并"条约签署 100 周年之际发表首相谈话，就日本过去对韩国的殖民统治表示反省和道歉。

16 日　鸠山由纪夫前首相访华，17 日温家宝总理会见鸠山。

厚生劳动省公布，2009 年度概算医疗费为 35.5 万亿日元，比上年度增加 3.5%，增长率和金额均创 2001 年来的新高。70 岁以上老人的医疗费占全体的 44%。

19 日　中国国家副主席习近平会见日本长崎县知事中村法道、议长末吉光德一行。

20 日　冈田克也外相访问印度。

21 日　日本政府派自卫队参与巴基斯坦救灾。

24 日　菅直人首相会见到访的美军太平洋司令部司令罗伯特·威拉德。

中国国务院副总理李克强会见来华访问的日本国土交通相前原诚司。

外务省在综合外交政策局内设立"新兴国家外交推进室"，加强与新兴国家的外交关系。

26 日　第九次中国—东盟经贸部长会议、第 13 次东盟和中日韩经贸部长会议在越南岘港举行。

28 日　第三次中日经济高层对话在北京举行，双方签署七项合作文件。外交部长杨洁篪与冈田克也外相会谈。29 日温家宝总理会见冈田克也外相。

30 日　第六届北京—东京论坛在东京开幕。

日本银行决定再次追加金融宽松政策，向金融机构提供新设六个月期贷款，并将这一"新型公开市场操作"规模由原定 20 万亿日元增至 30 万亿日元。

31 日　东京股票市场日经平均股价收于 8824.06 日元，创年初来的新低，是 2009 年 4 月 28 日来的最低值。

日本航空公司向东京地方法院提出再生计划方案。

9 月

1 日　销毁日本遗弃在华化学武器启动仪式在南京举行。

日本银行公布 6 月 15 日发表的新型贷款制度（向增长行业融资的金融机构贷款）的实施结果，共向 47 家金融机构贷款 4625 亿日元（11 月 30 日追加贷款

9983 亿日元，累计贷款接近 1.5 万亿日元）。

民主党发布党首选举公告。

3 日　第 13 次中日经济讨论会在长春举行。

7 日　日本海上保安厅船只与在钓鱼岛附近海域进行捕捞作业的中国渔船发生冲突。日方扣留中国船员及渔船，中国政府提出外交交涉与严正抗议。

8 日　经济产业省公布，节能车补贴受理时间结束，节能车补贴预算余额 10 亿日元。

10 日　日本政府实施追加经济对策，投入 2010 年度预算预备费 9150 亿日元，经济对策的事业规模约为 9.8 万亿日元。

法务省公布，全国"失踪"的百岁以上老人达 23.4354 万人。

内阁会议审议通过 2010 年版《防卫白皮书》。

12 日　反对美军普天间基地迁至名护市边野古的冲绳县名护市市长稻岭进在市议会选举中获胜。

14 日　菅直人再次当选民主党党首。

15 日　东京外汇市场日元汇率瞬间升至 1 美元兑 82.87 日元，创 15 年来（1995 年 5 月）新高。日本政府实施抛售日元购入美元的干预措施，这是日本政府自 2004 年 3 月以来再干预汇市。

17 日　菅直人新内阁成立。

21 日　大阪地方检察官前田恒彦涉嫌篡改厚劳省伪造文件案相关物证被捕，10 月 1 日两名检察官涉嫌包庇前田恒彦被捕。

23 日　菅直人首相赴美出席联大会议。访美期间菅直人首相与奥巴马总统、前原诚司外相与希拉里国务卿分别举行会谈。

中国拘留日本藤田公司进入河北省某军事管理区 4 名员工，9 月 30 日中方释放其中 3 人，10 月 10 日释放剩余 1 人。

24 日　日本释放中国船长，但声称"保留对其处分权利"。

25 日　中国外交部就"钓鱼岛事件"要求日方道歉和赔偿，日方表示拒绝。

28 日　印日首次军事对话在东京举行。

前首相羽田孜正式宣布退出政坛。

29 日　日本国际石油开发帝石公司决定，接受美国要求，撤出伊朗油田开发项目。

10 月

1 日　第 176 届秋季临时国会开幕，菅直人首相发表施政演说。

4 日　东京第五检察审查会决定"强制起诉"小泽一郎。10 月 18 日东京地方法院驳回小泽要求停止强制起诉请求，11 月 25 日日本最高法院驳回其请求。

5 日　菅直人首相与温家宝总理在亚欧首脑会议期间会谈。

日本银行宣布，将银行间无担保隔夜拆借利率从现行的 0.1% 降至 0 ~ 0.1%，这是日本时隔四年再次实施零利率政策。

6 日　铃木章、根岸英一获得诺贝尔化学奖。

8 日　日本政府通过总额约 5.05 万亿日元的紧急综合经济对策，应对日元升值和经济下滑。

10 日　正在越南访问的日本防卫相北泽俊美表示，有意修改现行的"武器出口三原则"。

中方通告日方推迟原定日本海上自卫队舰队 10 月 15 日的访华，14 日日防卫省宣布取消海上自卫队舰队的访华计划。

13 日　外务省亚太局局长斋木昭隆抵京，与中国朝鲜半岛事务特别代表武大伟会谈。

15 日　庆祝日中友协成立 60 周年大会举行。

18 日　联合国生物多样性条约第 10 届缔约国会议在名古屋开幕，30 日通过《名古屋议定书》闭幕。

民主党最高顾问、前参院议长江田 5 月访华。

24 日　印度总理辛格访日，菅直人首相与辛格总理会谈，双方签署《日印联合声明》，就缔结全面经济伙伴关系协定达成共识。

自民党前官房长官町村信孝在众院北海道五区补选中胜出。

第五届中日节能环保综合论坛在东京举行。

25 日　日美签署航空自由化协议。

日本政府公布实施约 5.1 万亿日元经济对策的 2010 年度补充预算案。

29 日　外交部长杨洁篪会见前原诚司外相。

30 日　东亚峰会及中国—东盟领导人会议、东盟与中日韩领导人会议、中

日韩领导人会议在越南河内举行。菅直人首相与温家宝总理进行非正式交谈。

31 日 第五届中日友好 21 世纪委员会第二次会议在日举行。菅直人首相会见出席会议的中方首席委员唐家璇。

安倍晋三前首相访台。

日越首脑会谈就越核电站建设和稀土开发达成共识。

11 月

1 日 俄罗斯总统梅德韦杰夫视察"北方四岛"的国后岛，日方表示抗议，2 日日本召回日驻俄大使，7 日返俄。

2 日 自卫队基地发生连环爆炸。

4 日 小泽一郎拒绝出席众议院政治伦理审查会说明政治资金问题。

民主党干事长冈田克也会晤前国务委员唐家璇，就改善日中关系达成共识。

9 日 日本政府通过《经济合作基本方针》，决定就《泛太平洋战略经济伙伴关系协定》（TPP）开始与美国等相关国家展开谈判。

11 日 亚太经合组织部长会议在横滨开幕。

12 日 参议院通过《保险业法》修正案。

13 日 亚太经合组织第 18 次领导人非正式会议在横滨举行。菅直人首相与胡锦涛主席会谈。菅直人与奥巴马总统、梅德韦杰夫总统会谈。14 日外交部长杨洁篪与前原诚司外相会谈。

14 日 在野党支持的新人高岛宗一郎当选福冈市长。

18 日 经济产业相大畠章宏与美国能源部长朱棣文签署联合声明，加强稀土领域合作。

19 日 菅直人首相与到访的蒙古国总统额勒贝格道尔吉举行会谈，双方同意建立战略伙伴关系。

20 日 中国渔政船开始在钓鱼岛海域巡航。

22 日 法务相柳田稔因藐视国会发言辞职，官房长官仙谷由人暂兼其职。

23 日 前原诚司外相访问澳大利亚，与澳贸易部长埃默森举行会谈，双方就 2011 年举行新一轮经济伙伴协定（EPA）谈判达成共识。

朝鲜半岛发生延坪岛炮战，日本政府紧急设置"信息联络室"。26 日日众议院通过对朝鲜实施制裁决议。

24 日 厚生劳动省公布，2008 年度国民医疗费（国民一年所用医疗费总额）34.8084 万亿日元，比上年度增加 2.0%，创历史新高。

26 日 外务省公开 1972 年美国归还冲绳时日美谈判相关文件 582 册。

实施约 5.1 万亿日元经济对策的 2010 年度补充预算案在参议院否决，众议院通过。

参议院以"钓鱼岛事件"应对措施不力为由，通过对官房长官仙谷由人和国土交通相马渊澄夫的问责决议案。

27 日 杨洁篪外长分别与俄罗斯外长拉夫罗夫和日本外相前原诚司通电话，就当前朝鲜半岛形势交换意见。

28 日 主张将美普天间基地县外搬迁的仲井真弘多连任冲绳县知事。

29 日 外务省公布报告承认，日本曾于 1969 年与联邦德国政府讨论日本拥有核武器的可能性。

民主党通过新版《防卫计划大纲》提案。

30 日 日航重组计划方案获东京地方法院批准。

12 月

3 日 美日举行联合军演。

4 日 前原诚司外相"空中视察""北方四岛"。

5 日 日本政府公布新版《防卫计划大纲》概要。

慰安妇问题国际研讨会在东京举行。

6 日 社民党反对修改"武器出口三原则"。

俄罗斯侦察机出现在日美军演上空。

日美韩外长在华盛顿举行部长级会议，协商对朝政策。

7 日 金融厅公布金融增长新战略，试图重新激发金融市场活力，维持日本金融市场在亚洲的地位。

9 日 俄罗斯总统办公厅主任谢尔盖·纳雷什金访日，营直人首相与谢尔盖·纳雷什金举行会谈。

北泽俊美防卫相与到访的美军参谋长联席会议主席迈克尔·马伦会谈，双方

就加强防务合作达成一致。

11 日　中日六方会谈代表在北京会晤。

13 日　俄罗斯第一副总理舒瓦洛夫登上俄日间存在争议的"北方四岛"中的国后岛和择捉岛。

14 日　中共中央对外联络部部长王家瑞会见由山口那津男率领的公明党代表团。

日本政府正式批准《中期防卫力量整备计划》中关于今后五年的中期防卫预算。

15 日　中国国家副主席习近平会见以党首山口那津男为团长的日本公明党代表团。

自民党在茨城县议会选举中获胜。

17 日　菅直人首相访问冲绳县，仲井真弘多知事要求普天间基地县外搬迁。

冲绳县石垣市设钓鱼岛"开拓日"。

日本政府通过新版《防卫计划大纲》和 2011～2015 年度"防卫力量整备计划"。

18 日　内阁府公布的一项舆论调查显示，表示对中国"没有亲近感"的人达到受访者的近 80%。

20 日　菅直人首相与民主党前代表小泽一郎会谈，要求小泽出席众院政治伦理审查会，小泽拒绝。

22 日　外务省公布有关"冲绳回归"机密文件 291 份。

中共中央政治局委员、中央书记处书记李源潮会见以日本前防卫相林芳正为团长的日本日中友好议员联盟年轻议员代表团一行。

24 日　日本政府通过 2011 年度预算案，一般会计预算 92.41 万亿日元，创历史新高。日本斥巨资建设"冲之鸟岛"列入预算案。

27 日　奋起日本党拒绝菅直人首相联合组阁邀请。

28 日　小泽称有条件出席国会众议院政治伦理审查会的听证，就其政治资金问题作出说明。

图书在版编目（CIP）数据

日本发展报告 . 2011/李薇主编. —北京：社会科学文献出版社，
2011. 4
（日本蓝皮书）
ISBN 978 - 7 - 5097 - 2181 - 0

Ⅰ. ①日… Ⅱ. ①李… Ⅲ. ①日本 - 概况 - 2011 Ⅳ. ①K931. 3

中国版本图书馆 CIP 数据核字（2011）第 038669 号

日本蓝皮书

日本发展报告（2011）

主　　编／李　薇
副 主 编／高　洪　林　昶

出 版 人／谢寿光
总 编 辑／邹东涛
出 版 者／社会科学文献出版社
地　　址／北京市西城区北三环中路甲 29 号院 3 号楼华龙大厦
邮政编码／100029
网　　址／http：//www. ssap. com. cn
网站支持／（010）59367077
责任部门／编译中心（010）59367139
电子信箱／bianyibu@ ssap. cn
项目经理／祝得彬
责任编辑／王晓卿　　王玉敏
责任校对／郭艳萍
责任印制／董　然
品牌推广／蔡继辉

总 经 销／社会科学文献出版社发行部
　　　　　（010）59367081　59367089
经　　销／各地书店
读者服务／读者服务中心（010）59367028
排　　版／北京中文天地文化艺术有限公司
印　　刷／北京季蜂印刷有限公司

开　　本／787mm×1092mm　1/16
印　　张／17. 25　字数／292 千字
版　　次／2011 年 4 月第 1 版
印　　次／2011 年 4 月第 1 次印刷

书　　号／ISBN 978 - 7 - 5097 - 2181 - 0
定　　价／49. 00 元

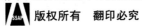

盘点年度资讯 预测时代前程

从"盘阅读"到全程在线阅读
皮书数据库完美升级

·产品更多样

从纸书到电子书，再到全程在线网络阅读，皮书系列产品更加多样化。2010年开始，皮书系列随书附赠产品将从原先的电子光盘改为更具价值的皮书数据库阅读卡。纸书的购买者凭借附赠的阅读卡将获得皮书数据库高价值的免费阅读服务。

·内容更丰富

皮书数据库以皮书系列为基础，整合国内外其他相关资讯构建而成，内容包括建社以来的700余部皮书、20000多篇文章，并且每年以120种皮书、4000篇文章的数量增加，可以为读者提供更加广泛的资讯服务。皮书数据库开创便捷的检索系统，可以实现精确查找与模糊匹配，为读者提供更加准确的资讯服务。

·流程更简便

登录皮书数据库网站www.i-ssdb.cn，注册、登录、充值后，即可实现下载阅读，购买本书赠送您100元充值卡。请按以下方法进行充值。

充值卡使用步骤：

第一步

· 刮开下面密码涂层
· 登录 www.i-ssdb.cn
  点击"注册"进行用户注册

第二步

登录后点击"会员中心"进入会员中心。

SSDB
社科文献资源库
SOCIAL SCIENCE
DATABASE

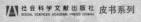
社会科学文献出版社 皮书系列
SOCIAL SCIENCES ACADEMIC PRESS (CHINA)

卡号：54868727355499
密码：

（本卡为图书内容的一部分，不购书刮卡，视为盗书）

第三步

· 点击"在线充值"的"充值卡充值"，
· 输入正确的"卡号"和"密码"，即可使用。

如果您还有疑问，可以点击网站的"使用帮助"或电话垂询010-59367071。